질병과의 전쟁
### 벌침봉침임상소설

질병과의 전쟁
# 벌침봉침임상소설

**초판 1쇄 발행** 2011년 4월 13일
**초판 4쇄 발행** 2019년 6월 3일

**지은이** 양광환

**펴낸이** 모드공짜출판사(대표 양광환)
**주소** 충북 청주시 서원구 사창동 129-7번지
**전화** 043)276-2366
**이메일** kwanghwany@naver.com

ⓒ 2011, 양광환
ISBN 978-89-962425-4-3  03510

파본은 구입하신 서점에서 교환해 드립니다.
이 책은 저작권법에 의하여 보호를 받는 저작물이므로 무단 전재와 복제를 금합니다.

이 도서의 국립중앙도서관 출판시도서목록(CIP)은 홈페이지(htp://www.nl.go.kr./ecip)에서 이용하실 수 있습니다.(CIP제어번호:CIP2011001460)

질병과의 전쟁

# 벌침봉침 임상소설

**양광환** 지음

아프지 않게 삽시다

# 머리글

　벌침이야기가 세상에 태어난 이후로 벌침을 누구나 자유롭게 스스로 즐길 수 있는 세상이 되었습니다. 벌침이 몸에 맞지 않은 사람은 맞을 수 없다던 세상을 벌침이야기 교본에 공개한 신체 벌침 적응 훈련과 성기벌침 적응 훈련이 누구나 자유롭게 벌침을 즐길 수 있는 세상으로 바꾸었습니다. 벌침이야기 교본은 벌침을 어떤 방식으로 신체에 적응시키고 어떻게 즐기는 것인지에 대하여 초보자 위주로 내용이 되어 있어서 정말로 아픈 사람들이 어떻게 질병과의 전쟁을 벌침으로 할 수 있는지가 궁금하였을 것입니다. 이에 벌침이야기 저자인 제가 벌침으로 어떤 이들이 어떻게 질병과의 전쟁을 하여 승리할 수 있는지에 대한 '벌침봉침임상소설-질병과의 전쟁'을 출간하게 되었습니다. 벌침에 입문하는 과정은 벌침이야기 교본을 통하여 사람들이 쉽게 접근할 수 있었습니다. 하지만 벌침을 자유롭게 스스로 즐길 수 있는 사람이 되어서 어떻게 질병을 퇴치하는 것인지는 2% 부족하였기에 7인의 영웅들을 통하여 질병과의 전투 장면을 일기 형식으로 소설을 구성하였습니다. 수영을 배워서 물가에 갔을 때 물가에서 안전하게 수영을 할 수 있는 안전지역 표지판이 준비되어 있다면 좀 더 편안하고 여유롭게 아이들과 물놀이를 즐길 수 있을 것입니다. 하지만 안전지역 표지판이 없는 물가라면 불안하여 마음 편한 물놀이가 될 수 없을 것입니다. 물놀이 안전지역 표지판에 물의 깊이, 온도, 수질, 바닥의 상태, 갑자기 물이 불어났을 때 피신요령 등이 친절하게 안내되어 있다면 정말로 피서다운 물놀이를 즐길 수 있습니다. '벌침봉침임상소설-질병과의 전쟁'의 내용도 벌침을 즐길 수 있는 사람들에게 물놀이 안전지대 표지판과 같은 역할을 할 것입니다. 질병 퇴치를 위해 벌침을 배웠는데 도대체 얼마나 많은 양을 어떻게 즐겨야 하는지에 대하여 답답한 마음을 풀어줄 것으로 믿습니다. 임상소설에 나와 있는 아라비아 숫자는 최대한의 의미이며 최소한의 의미로 받아들여서는 곤란할 것입니다. 즉 물가의 수영금지구역을 현재 시점에서 설정한 것이라고 보면 이해가 빠를 것입니다. 물가의 상태가 변하면 안전지역 표지판도 수정이 되겠지만 현재로서는 최대의 안전지역 표지판으로 이해하시기 바랍니다. 물가에서 물놀이를 즐길 때 비록 안전지역 표지판이나 수영금지구역 경계선 띠가 설치되어 있더라도 수영금지구역 띠가 설치된 곳까지 가서 물놀이를 하지 않습니다. 수영선수라면 수영금지구역 띠 근처까지 가서 물놀이를 할 수도 있습니다. 하지만 대부분 사람들은 그저 물 위에 자신의 몸을 뜨게 할 수 있는 정도의 수영실력일 것입니다. 따라서 임상소설 내용에 있는 아라비아 숫자의 의미를 잘 이해하시고 참고하시기 바랍니다. 7명의 영웅들이 아무도 가보지 않은 길에 도전을 했습니다. 그들이 개척한 길을 참고하여 독자 분들만의 벌침 세계를 즐겨보시기 바랍니다. 당뇨병, 고혈압, 관절염, 류머티스, 노안, 중풍, 전립선염, 목 디스크, 불면증, 요통, 안구 건조증, 피부미용, 각종 암, 각종 염증, 각종 통증, 갑상선염, 대상포진, 아토피, 동맥경화, 입술 잇몸 질환, 이명, 중이염, 비염, 만성피로, 신경통, 지방간, 테니스엘보, 손가락 저림, 수족냉증, 조루증, 정력 감퇴, 치질, 체지방, 우울증, 심혈관계질환, 성기벌침 등등 모든 질병에 벌침은 유익한 것입니다. 아울러 벌침에 대한 잘못된 정부들이 많이 보이고 있습니다. 제대로 된 벌침 상식을 접하시어 벌침 하나로 건강관리를 하는데 도움이 되었으면 합니다. 모쪼록 누구나 쉽게 즐길 수 있는 벌침을 배워 즐겨 모두 건강한 삶 누리시기 바랍니다. 벌침은 어떤 경우든 절차입니다. 절차대로 신체에 벌독 항체를 만드는 훈련을 마치고 나서 즐길 수 있는 것입니다. '벌침이야기(개정증보판)과 벌침이야기2-누구나 쉽게 즐길 수 있는' 벌침 교본 책에 이미 그 절차가 상세하게 공개되어 있으니 반드시 그 절차를 마친 다음에 임상소설 내용을 참고하시기 바랍니다. 고맙습니다.

머리글 ···005

그해 여름은 무더웠다 ···013

나오는 사람들 ···016

봉만치와 박소영의 민남 ···020

질병과의 전쟁에 돌입하며 ···024

| | | |
|---|---|---|
| 1차 | 첫걸음 | ···026 |
| 2~15차 | 벌독 항체 형성을 위한 훈련 | ···029 |
| 16차 | 전투시작 | ···031 |
| 17차 | 전진만이 살길이다 | ···048 |
| 18차 | 원인적 치료 | ···054 |
| 19차 | 고구마와 성기벌침 | ···060 |
| 20차 | 전선확대 | ···066 |
| 21차 | 반응 | ···072 |
| 22차 | 희망 | ···083 |
| 23차 | 벌침 제철 | ···090 |
| 24차 | 물과 구토 | ···097 |
| 25차 | 아픈 사람이 | ···104 |
| 26차 | 정량과 부작용 | ···111 |

27차 작용과 반작용 ···118

28차 얼굴벌침 ···125

29차 아시혈 벌침 ···133

30차 눈 ···140

31차 코 ···146

32차 팔자주름 ···153

33차 입술 ···160

34차 갑상선 ···168

35차 주름살과 피부미용 ···176

36차 탈모 ···185

37차 중이염과 이명 ···192

38차 화장대에 앉아서 ···201

39차 사타구니와 고관절 ···210

40차 그 정도 ···218

41차 내장질환 ···225

42차 지방과 근육 ···234

43차 염좌 ···243

44차 정말로 아픈 사람 ···251

45차 암이라는 것 ···260

46차 밥과 보약 ···269

47차 다발성경화증과 머리벌침 ···277

48차 바이러스 ···286

49차 뚜렷하게 ···294

50차 답답할 때 ···302

51차 욕창 ···310

52차 화농 ···318

53차 경추와 손가락 저림 ···326

54차 땀띠와 낭습 ···334

55차 창자와 성기벌침 ···343

56차 뇌진탕 ···351

57차 부인병과 성기벌침 ···359

58차 포경수술 ···367

59차 장보기 ···375

60차 언제까지 ···383

61차 알 수 없다 ···391

62차 공포심 ···399

63차 잇몸 ···407

64차 질문 ···415

65차 난치병과 불치병　　　⋯423

66차 술과 주입량　　　　　⋯431

67차 압축　　　　　　　　 ⋯439

68차 야유회　　　　　　　 ⋯447

　1년 뒤 ⋯455

　**부록** 벌침용 주요 혈자리 ⋯459

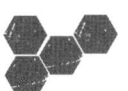

# 그해 여름은 무더웠다

"양 선생! 내게 부탁할 것이 있소. 알려지지 않은 영웅들에 관한 이야기를 세상에 알려 주시오. 영웅이라 함은 타인을 위해 목숨을 내걸고 죽기 살기로 싸운 사람이라 알고 있소. 특히 국가와 민족을 구하기 위해 목숨을 바친 영웅들이 대접을 받는 세상이잖소."

"그런데요? 뭐가 잘못된 것이라도 있습니까?"

"잘못한 영웅들이 있다는 것이 아니라 세상 영웅들이 거의 유사한 것 같아서 그렇소."

"세상에 알리고 싶은 영웅들에 관한 이야기라는 것이 무엇입니까?"

"좀 독특한 영웅들이오. 그들의 성장과정도 학력도 그리고 재산상태도 모르오. 다만 자신들에게 주어진 삶을 충실히 살아가는 평범하지만 위대한 사람들에 관한 것이라오. 나는 영웅들이라면 무언가를 반드시 이루어야만 되는 것으로 알고 있었소. 하지만 그들을 만나면서 나의 영웅관은 완전히 바뀌게 되었었소."

"점점 더 궁금해집니다. 영웅에 대한 생각을 바꿀 수 있는 이야기라니 흥미로울 것 같습니다."

"알겠소. 내가 말해주리라."

내가 봉만치를 만났을 때가 지난해 여름이었다. 60대 중반 나이로 보이는 봉만치는 늘 무엇인가를 갈망하는 표정으로 보통사람들의 눈빛과는 차이가 났다. 왠지 좀 더 강렬한 눈빛이 사람들에게 호기심을 불러일으키기에 충분했다. 한여름의 더위를 피해 공원 나무 그늘 벤치에서 봉만치를 처음 만났을 때 먼저 말을 꺼낸 쪽은 봉만치가 아니었다.

"너무 덥습니다. 나무 그늘 아래에서 매미소리 감상하는 것이 더위를 식히는데 상당히 좋습니다."

"매미소리를 벗 삼아 망중한을 즐기는 피서방법을 으뜸으로 여기고 있소. 뭐하는 사람이오?"

"세상에 알려지지 않은 이야기를 찾아 사람들을 만나고 기록할 것은 기록하면서 살고 있습니다. 그런 것들 중에 세상 사람들에게 도움이 될 내용이 있으면 정리를 해서 출판도 하면서요."

이렇게 봉만치와 인연을 맺으면서 영웅들의 이야기를 접하게 된 것이었다. 더운 날씨 덕분에 시원한 공원 나무 그늘 벤치에서 그해 여름 봉만치를 몇 번 더 만날 수 있었다. 그러면서 봉만치가 그토록 세상에 알리고 싶었던 영웅들의 이야기를 기록하게 되었다. 봉만치가 직접 경험했던 일들과 거기에 관련된 사람들의 이야기를 들으면서 나 또한 영웅들의 이야기를 반드시 세상에 알리고 싶은 충동을 강하게 느낄 수 있었다. 그렇게 하는 것만이 7인의 영웅들이 진정한 영웅으로 세상 사람들에게 다가갈 수 있을 것이라는 믿음이 생겼기 때문이었다. 아무튼 세상에 알려지지 않은 이야기를 사람들에게 알리고 싶은 욕망에 사로잡힌 나에게 봉만치와 만남은 색다른 미지의 세계에 대한 즐거움을 주기에 충분하였다.

# 나오는 사람들

【봉만치】 세상 모든 것에 호기심을 가지고 살아가는 60대 중반의 남성으로서 자신이 궁금해 하는 것이 있다면 반드시 그 해답을 찾아야하는 성격의 소유자이다. 나이가 들면서 자신이 궁금증을 가졌던 것들에 대해 대부분 해답을 찾을 수 있었고 사람들의 건강에 대한 궁금증을 벌침으로 해결할 수 있다는 결론을 내렸다. 언젠가부터 죽음에 대한 호기심을 갖기 시작했으며 죽는다는 것에 대하여 생물학적인 의미와 정신적 측면에서의 해답을 찾으려고 노력하고 있다. 양봉인이 비양봉인에 비해 무병장수하는 경우가 많은 것에 호기심을 갖고 원인이 벌침일 가능성이 높다는 믿음으로 자신의 신체를 이용하여 벌침의 대부분을 직접 임상실험한 후에 벌침에 대한 확신을 가지고 살아가고 있다. 자신의 신체로 임상실험을 마무리하고 가족들에게 벌침을 놓아주면서 수많은 임상결과를 직접 얻기도 했다. 그가 새로운 벌침이론을 정립했는데 바로 인간은 누구나 벌침을 자유롭게 스스로 즐길 수 있다는 결론이었다. 즉 모든 사람들이 벌독을 극복할 수 있다는 것이다.

【박소영 영웅】 경상북도 포항에서 태어났다. 나이와 체중은 63세, 48kg로 남편과 이혼 후 혼자 살고 있다. 결혼생활 40여 년 만에 남편과의 불화로 이혼을 하게 됨에 따라 그 과정에서 극심한 스트레스에 노출되어 건강상태가 매우 좋지 않다. 이혼 위자료 등으로 경제적 어려움은 없으나 혼자 산다는 것에 대하여 상당히 위축된 삶을 살고 있다. 건강상태를 보면 주요 관절이 매우 많이 상한 상태로 무릎관절, 발목관절, 손목관절, 어깨관절, 고관절 등에 퇴행성관절염을 앓고 있다. 특히 무릎관절, 발목관절, 손목관절 부위엔 물이 차기도 했다. 뿐만 아니라 몇 해 전에는 구안와사 증세로 병원치료를 받았으며 척추가 좌측으로 휘어져 고관절 부위에 통증을 느끼며 살고 있다. 노안과 안구 건조증 증상도 있다. 스트레스가 심할 경우 성기 주위에 물집이 생기는 대상포진 증상도 가끔씩 나타나고 있다. 손끝도 종종 저리는 증상도 지니고 있다. 여러 가지 질병으로 인하여 용하다는 곳을 찾아다니면서 침, 사혈, 뜸 등으로 치료는 받았으나 만족할 만한 진전이 없었다.

【김덕배 영웅】 강원도 춘천에서 태어났다. 나이와 체중은 58세, 75kg로 조그만 제조업을 꾸려나가고 있다. 부인인 윤미령과 함께 회사 일을 열심히 하고 있다. 당뇨와 고혈압 증상으로 약을 복용하고 있으며 술과 담배를 매우 좋아해서 늘 소주를 친구처럼 사귀고 있다. 왼손이 약간씩 떨리는 수전증도 앓고 있었다.

【윤미령 영웅】 김덕배의 아내로 충남 아산에서 태어났다. 나이와 체중은 49세, 58kg로 남편과 함께 열심히 회사 일을 하고 있다. 2남 1녀의 어머니로서 누구나 그러하듯이 자식 사랑으로 인하여 몸을 사리지 않고 일을 하는 성격이다. 다리 부위의 피부색이 종종 황금빛 색상을 띠기도 한다. 장시간 서서 일을 하거나 쪼그리고 앉아서 작업을 할 경우 그런 현상이 찾아오는 것이었다. 허리, 어깨, 팔, 무릎, 발목 부위에 조금씩 통증이 찾아들기도 하고 비염 증상이 나타나기도 한다. 낙천적인 성격임에도 불구하고 완벽한 성격 탓으로 남모르게 스트레스를 받으며 살고 있다. 갑상선 건강도 좋지 않은 편이었다.

【나찬일 영웅】 서울에서 태어났다. 나이와 체중은 53세, 78kg로 조그만 제조업을 부인인 손영미와 함께 운영하고 있다. 눈이 늘 충혈 되어 있으며 술과 담배를 즐기는 스타일이다. 간이 좋지 않아서인지 입술이 늘 어두운 편이며 등과 가슴 가운데 부위로 아토피성 피부질환을 앓고 있다. 건강을 위해 등산을 취미로 즐기고 있다. 테니스엘보, 무릎관절염 등으로 고통을 받고 있었다.

【손영미 영웅】 나찬일의 아내로 전라남도 나주 태생이다. 나이와 체중은 48세, 57kg로 남편과 함께 회사를 운영하다보니 사업상 스트레스 등으로 인하여 불면증과 함께 무릎관절, 허리관절, 어깨

관절이 좋지 않으며 자주 입술이 부르트기도 했다. 1남 1녀의 주부로 오른쪽 귀에 중이염 증상도 약하게 앓고 있었다.

【최갑용 영웅】 박소영의 친구로 경상북도 포항에서 태어났다. 나이와 체중은 63세, 68kg로 16년 전에 중풍이 와서 약물치료를 계속하고 있다. 오른쪽으로 중풍이 와서 오른손과 오른발이 불편하여 걷기가 부자연스럽고 오른손 역시 밥을 먹는 것은 가능하지만 부자연스럽다. 오른쪽 손, 팔, 다리, 발 등이 퉁퉁 부어 있어 활동에 제약을 받고 있다. 말도 약간 어눌하지만 의사소통엔 문제가 없다. 젊은 나이에 중풍을 앓다보니 술과 담배를 매우 즐기고 있다. 전립선비대증, 당뇨, 고혈압 증세도 함께 지니고 있었다.

【양미정 영웅】 최갑용의 부인으로 경상북도 포항에서 태어났다. 나이는 남편과 동갑이며 체중은 58kg이다. 40대에 남편 최갑용의 갑작스런 중풍 발병으로 시부모를 모시면서 자식들을 키우느라 스트레스를 받았는지 10여 년 전에 류머티스 관절염에 걸려 약물치료를 꾸준히 받고 있다. 남편 대신하여 가장 역할을 하고 있으며 손가락, 발등, 오른쪽 엄지발가락의 관절에 약간의 변형이 와 있으며 모든 관절 부위가 쑤시고 아플 때가 종종 있다. 늘 긍정적인 사고로 살아가지만 과다한 약물복용으로 위장이 좋지 않다.

## 봉만치와 박소영의 만남

 봉만치가 박소영 영웅을 처음 만난 곳은 입원병동의 휴게실이다. 지루한 입원생활에서 뉴스 프로그램이 주로 틀어져 있는 텔레비전과 1회용 종이컵으로 마실 수 있는 커피 자판기, 운동을 하기 위해 보조기구에 의지하고 돌아다니는 환자와 간병인, 이리 저리로 바쁘게 움직이는 간호원들과 의사들의 모습 등을 볼 수 있는 장소가 입원병동의 휴게실이다. 입원실의 지루함을 조금은 위로받을 수 있는 장소인 것이다. 중환자실에 입원한 환자가 아니라면 누구나 휴게실에 나가서 분주하게 움직이는 사람들을 바라보고 싶어진다. 봉만치가 그날 밤도 저녁을 먹고 답답한 입원실 병상을 벗어나 휴게실에 있는 텔레비전에서 흘러나오는 기계음 같은 아나운서의 뉴스를 시청하고 있었다.
 "어디가 아파서 입원하셨는지요?"

"아, 예 교통사고를 당하여 치료를 받고 있소. 아줌마는 어디가 불편한 것이오?"

"저는 고관절 골절로 인하여 수술을 했습니다. 현재 회복 중에 있습니다."

"다른 곳은 불편한 곳이 없소?"

"왜 아픈 곳이 없겠습니까? 나이를 먹을 만큼 먹었으니까요. 특히 관절이 많이 좋지 않습니다. 무릎관절, 발목관절, 손목관절, 어깨관절 등과 허리도 아프고 눈도 눈물이 말라서 불편합니다. 몇 해 전에는 입이 돌아가는 구안와사가 와서 치료를 받기도 했습니다. 약을 복용하고 있습니다. 류머티스 관절염 검사를 병원에서 받았는데 다행히 퇴행성관절염이라고 하더군요."

"고관절은 어쩌다가 골절을 당하셨소?"

"흐흐, 제가 변비가 좀 있었거든요. 하루는 변을 오랜만에 조금 보았는데 피가 섞여 있더군요. 변을 오랜만에 보다보니 변이 딱딱하게 굳은 상태가 되어 항문 부위의 실핏줄을 다치게 하여 피가 변에 묻은 것인데 자라를 보고 놀란 가슴 솥뚜껑 보고도 놀란다는 말이 있듯이 부리나케 병원에 갔더니 대장내시경 검사를 하자고 하더군요. 그래서 병원에서 장청소용으로 준 하얀색 액체를 가지고 와서 먹었더니 속이 불편해지더니 구토를 할 것 같았습니다. 급한 마음에 화장실로 달려가다가 미끄러운 화장실 바닥에서 결국 뒤로 자빠지면서 고관절을 다친 것입니다."

"그러니까 변비가 고관절 뼈를 골절시켰다는 말씀이오? 호호"

"맞습니다. 나이가 중년을 넘으니 건강에 대한 관심이 굉장히 민감하게 되더군요. 계단을 오르락내리락하는 직업이다 보니 무릎관절을 많이 상하게 되어 수없이 많은 침과 뜸을 맞았습니다. 그래도 시원치 않아 사혈이라는 것을 하기도 했는데 과하게 사혈을 하는 바람에 빈혈이 와서 쓰러지기도 했습니다. 이 무르팍을 보세요. 이게 사혈을 하기 위해 칼로 피부에 상처를 낸 흔적입니다. 그 이후로는 사혈을 더 이상 하지 않았습니다."

"침이나 뜸, 사혈 같은 것은 물리치료법이라오. 물리치료만으로는 잡균들을 죽일 수 없소. 혹시 벌침에 대해 들어보았소?"

"물론입니다. 관절염에 벌침이 특효라는 말을 꽤 여러 번 들었습니다. 하지만 벌침을 맞을 수 있는 곳을 찾을 수 없었습니다."

"벌침은 스스로 배워서 자유롭게 즐기는 것이오."

"뭐라고요? 자유롭게 스스로 즐기는 것이 벌침이라고요? 그런 방법을 선생님은 알고 있습니까?"

"물론 알고 있소. 하지만 아무에게나 그 비법을 전수시킬 수는 없소. 왜냐하면 믿지 않는 사람들에게는 입만 아프기 때문이오."

"선생님 성함이 무엇입니까?"

"나는 봉만치라는 사람이오."

"봉만치 선생님, 제가 제안 하나 하겠습니다."

"어떤 제안이오?"

"봉 선생님께 제 신체를 벌침 임상실험용으로 제공하겠습니다. 벌침을 믿지 않는다면 이런 제안을 할 수 없을 것입니다."

"벌침 임상실험을 위해 아줌마 신체를 제공하겠다는 말씀이오? 흥미로운 제안입니다만 아줌마 말을 내가 어떻게 믿을 수 있겠소? 나중에 엉뚱한 소리를 할 수도 있잖소."

"그렇다면 이렇게 하겠습니다. 저와 같은 처지에 있는 사람들과 함께 벌침 임상실험에 참여하는 것입니다. 몸이 아파서 용하다는 모든 것들을 다 경험한 사람들인데 제 소꿉친구와 친선 모임의 친한 회원 부부들입니다. 벌침에 대한 호기심과 기대심은 있지만 지금껏 벌침을 맞아보지 못한 이들입니다. 봉 선생님께서 벌침 임상실험을 모두가 같은 장소에 모여 함께 하는 것입니다. 저의 집에서 하면 되니까요. 벌침 임상실험을 언제부터 시작할 수 있겠는지요?"

"일주일 후라면 퇴원이 가능하다고 하니 그 때부터 할 수 있겠지만 살아있는 꿀벌과 핀셋은 아줌마가 책임지고 양봉원에서 구해야 하며 첫날은 모두가 한복으로 갈아입고 내게 절을 3번씩 해야 하오. 그것이 이 봉만치가 벌침을 놓아주는 관습이라오."

봉만치와 박소영이 이런 대화를 나누면서 그날 밤 입원실의 밤은 쏜살같이 흘러갔다.

# 질병과의 전쟁에 돌입하며

봉만치가 약속한 날짜에 박소영 영웅의 집을 찾아갔다. 오후 4시를 시계가 가리키고 있었다. 박소영 영웅, 김덕배 영웅, 윤미령 영웅, 나찬일 영웅, 손영미 영웅, 최갑용 영웅, 양미정 영웅 등 7명의 중년 남녀들이 벌써 도착해서 한복을 곱게 차려 입고 있었다. 봉만치가 자리에 앉자 7명이 함께 봉만치에게 절을 3번 하였다. 절을 마치고 박소영이 차를 준비해서 7명의 영웅들과 봉만치가 차를 마시는 시간을 가졌다.

"나는 봉만치라는 사람이오. 여러분을 영웅이라 칭하고 싶소. 그것은 여러분이 벌침 임상실험에 도전을 했기 때문이오. 아무도 가보지 않은 길을 스스로 가려고 도전을 한다는 것이 쉽지 않은 결심이라고 보오. 이 봉만치는 내 몸으로 직접 스스로 벌침 임상실험을 해보았소. 목숨을 걸고 벌침의 한계에 도전을 해보았으나 아직 부족한 것이 있소. 부족한 것은 바로 여러분처럼 실제로 건강이 많이 좋지 않은 사람들에게 벌침 임상실험을 많이 하지 못한 것이오. 여러분은 벌침을 믿어야 하오. 그리고 이 봉만치도 믿어야 하오. 벌침을 믿어야 하는 이유는 벌침은 무조건 인간에게 이롭다는 것이오. 인류 역사와 함께 했을 양봉의 역사가 그것을 증명하고 있소. 인간이 꿀을 얻기 위해 양봉을 수천 년 동안 하면서 꿀벌에게 많이 쏘인 것이 벌침의 역사인 것이오. 속말에 양봉 30년 제대로 하면 각종 암, 당뇨, 고혈압, 중풍, 뇌출혈, 관절염, 디스크, 불면증, 전립선염, 천식, 각종 염증, 비만, 감기, 신경통, 우울증 등 등 대부분의 성인병에 거의 걸리지 않고 무병장수할 수 있다고 했소. 만약에 그런 질병에 걸린다면 사꾸라 양봉인이라고 했소. 이것이 여러분들이 벌침을 믿어야 하는 이유인 것이오. 그리고 이 봉만치를 믿으라는 것은 여러분에게 그 어떤 해코지도 하지 않을 사람이라는 것을 믿으라는 말이오. 여러분들이 궁금한 것은 벌침 임상실험을 하면서 수시로 물으면 되오. 벌침 임상실험의 모든 과정은 이 봉만치가 일기를 쓸 것이오. 여러분이 참여한 벌침 임상실험에 대한 모든 내용은 세상 사람들에게 매우 유익한 자료가 될 것이오. 임상실험 기간은 100여일 정도 예상하겠소. 여러분 영웅들에게 고마울 뿐이오."

  봉만치의 길지 않은 벌침 임상실험 입문에 대한 인사말을 마치고 역사적인 1회차 벌침 임상실험이 시작되었다.

# 첫걸음

박소영 영웅은 지난 주 봉만치와 벌침 임상실험을 약속한 후에 꿀벌, 핀셋, 잠자리채 등을 준비해 놓았다. 임상실험 초기에는 꿀벌이 많이 필요치 않았다. 7명의 영웅들이 함께 지켜보는 가운데 벌침 임상실험이 이루어지니 서로의 불안감을 해소할 수 있었다.

박소영의 1차 벌침

봉만치가 잠자리채 속에 들어있는 꿀벌을 핀셋으로 잡아 박소영 영웅의 무릎에 위치한 좌우 족삼리혈에 벌침을 각각 1방씩 놓았다. 10여분 지나서 팔에 위치한 좌우 수삼리혈에도 벌침을 각각 1방씩 놓았다. 첫날 총 4방을 박소영 영웅에게 놓았다.

"따갑소?"

"예."

박소영 영웅의 대답과 동시에 봉만치가 박소영 영웅의 몸에 박힌 꿀벌의 침을 왼손 검지손톱으로 긁어서 뽑았다. 이런 방법으로 박소영 영웅의 족삼리혈과 수삼리혈에 벌침을 놓았다.

"벌침 맞을 만하오?"

"예, 그저 아플 것이라고만 알았는데 아무것도 아니네요, 봉 선생님."

"그렇소. 벌침을 한 번도 맞아보지 않은 사람들이 벌침이 상당히 아플 것으로 지레 짐작을 하고 있다오. 경험해 보니 아픈 것이 아니라는 것을 알 수 있잖소. 이렇게 아프지 않게 벌침을 맞아야 하오. 그러려면 벌침을 놓고 빨리(놓자마자) 침을 빼면 되는 것이오. 그러니깐 벌침을 맞고 따가움을 느끼는 순간 즉시 손톱으로 긁어서 뽑으면 된다는 것이오. 벌침은 외판이라도 핀셋으로 꿀벌만 집으면 스스로 즐길 수 있는 것이오. 핀셋을 잡은 손의 엄지손가락과 검지를 제외한 중지나 약지손가락의 손톱으로 빨리 침을 긁어서 빼면 되는 것이오."

이런 말을 하면서 봉만치는 다음 순서인 김덕배 영웅에게 박소영 영웅과 같은 방법으로 벌침을 4방 놓아주었다. 김덕배 영웅 역시 벌침 첫 경험이 자신이 기대했던(?) 것보다 아프지 않은 것을 느끼고 안도의 숨을 내쉬었다. 봉만치는 윤미령 영웅, 나찬일 영웅, 손영미 영웅, 최갑용 영웅, 양미정 영웅 등에게도 같은 방법으로 벌침을 4방 놓아주었다.

"여러분은 오늘 역사적인 벌침 첫발을 내딛었소. 자신의 신체로 직접 벌침을 경험해보니 상상했던 것보다 훨씬 벌침이 친근한 것이라는 것을 느꼈을 것이오. 이렇게 세상일 모든 것들이 자신이 직접 체험해 보기 전에는 가늠하기 어려운 것이오. 벌침에게만 있는 것이 무엇인 줄 아오. 바로 벌침 음해세력이라는 것이오. 벌침을 일반인들이 자유롭게 스스로 즐겨서 아프지 않게 되면 손해를 본다고 믿는 세력을 벌침 음해세력이라고 하오. 벌침의 효과가 너무 좋다보니 존재하는 것이오. 그들의 목적은 일반인들이 벌침을 자유롭게 스스로 즐기지 못하게 하기 위해 벌침이 매우 어려운 것처럼 일반인들을 현혹시키기도 하고 벌침 잘못 맞으면 큰일 난다고 호들갑을 떨기도 하오. 하지만 사람들이 생각을 바꾸어 보면 금방 간파하게 될 것이오. 세상 모든 일은 잘못 하면 큰일이 날 것이오. 잘못 하는데 큰일이 나지 않으면 잘못한 일이 아니지 않소. 등산, 운전, 수영, 사우나, 결혼 등등 사람들이 하는 일 모두는 잘못 하면 큰일이 나는 것이라오. 그렇다면 뭐든지 잘 하면 될 것 아니겠소. 이제 벌침 음해세력들의 말장난이 무엇인 줄 이해했을 것이오."

봉만치의 벌침 음해세력들의 말장난에 대한 설명을 듣고 모레 오후 4시에 2회 차 신체 벌침 적응 훈련을 실시하기로 약속을 하고 첫날 행사는 끝이 났다.

2~15차

# 벌독 항체 형성을 위한 훈련

"벌침을 누구나 쉽게 즐길 수 있는 방법은 양봉인들을 보면 쉽게 이해할 수 있을 것이오. 즉 인간은 누구나 태어나면서부터 신체에 벌독 항체를 지닌 것이 아니라는 것이오. 인간이 꿀벌에게 한두 방씩 쏘이면서 초기에 붓고 가렵고 홍반이 들기도 하며, 한기를 느끼기도 하고 두드러기도 약하게 나타나면서 신체에 벌독에 대한 항체가 만들어진다는 사실이 중요한 것이오. 누구나 몇 번 그런 과정을 겪고 나면 신체에 벌독에 대한 항체가 생기게 되어 벌침을 맞아도 그런 증상들이 나타나지 않게 되는 것이오. 양봉인들은 자연스럽게 신체 벌침 적응 훈련이 되지만 일반인들은 그런 환경이 아니므로 인위적으로 신체 벌침 적응 훈련을 하여 신체에 벌독 항체가 만들어지게 만들면 될 것 아니오. 여러분이 지금 벌침을 맞고 있는 과정이 바로 그런 훈련 과정이라고 이해하면 될 것이오."

봉만치가 7명의 영웅들에게 신체 벌침 적응 훈련의 의미에 대하여 설명을 하였다. 정월달 날씨는 예상대로 추웠다. 난방이 잘된 박소영의 집에서 2차부터 15차까지 신체 벌침 적응 훈련을 격일로 무사히 마쳤다. (신체 벌침 적응 훈련은 이미 '벌침이야기(개정증보판)-누구나 쉽게 즐길 수 있는' 교본 책을 통하여 세상에 공개되어 있으므로 반복하지 않기로 하여 생략함, 신체 벌침 적응 훈련을 마치지 않은 사람은 벌침을 자유롭게 스스로 즐길 수 있는 신체조건이 만들어지지 않아 벌침을 맞고 싶어도 맞을 수 없음) 벌침 임상 실험에 도전한 7인의 영웅들은 신체 벌침 적응 훈련에 모두가 적극적이었다. 서로에게 용기를 주면서 응원을 하기도 했다. 7인의 영웅들 또한 사소한 명현반응(초기에 붓고 가렵고 홍반이 나타나고 코끼리 다리가 되기도 하면서)을 겪으면서 훈련을 마쳤다. 이틀 후 그러니까 돌아오는 월요일부터 질병과의 실전을 하기로 약속했다.

# 전투시작

봉만치가 잠자리채 속으로 핀셋을 쥔 오른손을 집어넣어, 왼손으로 잠자리채 밖에서 잡고자 하는 꿀벌을 살짝 눌러 움직이지 못하게 한 후, 꿀벌을 잡아서 박소영 영웅에게 벌침을 놓았다. 물론 전투복으로 갈아입고 벌침을 맞았다. 전투복이라 해야 헐렁하고 긴 치마와 느슨한 티셔츠 차림이었다. 봉만치의 손놀림이 핀셋으로 꿀벌을 정확하고 확실하게 잡기 위해 바쁘게 움직였다. 잠자리채 속에서 오른손으로 핀셋을 이용하여 꿀벌을 잡아 꺼낸 후 왼손 엄지손톱을 꿀벌의 꽁무니에 대어 쏘지 못하게 하고는 벌침을 정확한 위치에 놓기 편리하게 확실히 잡아 박소영의 다리 족삼리혈(좌, 우)과 태충혈(좌, 우)에 벌침을 4방 놓았다. 왼쪽 무릎의 슬개골(종지뼈)을 위에서 내려다 볼 때 좌측 끝 중앙 부위와 우측 끝 중앙 부위에서 슬개골(종지뼈) 밖으로 1cm 정도 떨어진 부위에 벌침을 각각 1방씩 놓았다. 오른쪽 무릎에도 왼쪽 무릎과 같은 방법으로 벌침을 2방 놓았다.벌침을 놓고는 왼쪽 검지손톱으로 빨리(놓자마자) 몸에 박힌 침을 긁어서 뽑거나 왼손 엄지손가락과 검지로 잡아서 즉시 뽑는 것이었다.

"무릎이 이 상태까지 되도록 이제껏 뭘 했소?"

"사람이 먹고 살려고 하다 보니 무릎을 혹사시킬 수밖에 없었어요. 때로는 돈 버는 재미로 아픈 것을 잊어버리기도 했으며 돈만 있으면 나중에 무릎 아픈 것은 쉽게 고칠 수도 있다는 생각을 하기도 하면서요."

"대부분의 질병은 생활습관에서 발병하는 것이오. 생활습관만 개선하면 많은 질병들을 예방할 수 있다고 믿고 있소. 돈 버는 재미로 나쁜 습관을 개선시키지 않으면 질병이 찾아왔을 때 아무리 돈으로 질병을 완벽하게 치료한다고 해도 발병 전처럼 회복되지 않는 것이 세상일이오."

봉만치가 박소영 영웅과 몇 마디 주고받으면서 잠자리채 속에서 꿀벌을 잡아 발목 부위에 물이 차 있는 발뒤꿈치 부위인 곤륜혈(좌, 우)와 발목 안쪽 부위인 중봉혈(좌, 우)에 벌침을 좌우로 각 1방씩 4방 놓았다. 박소영의 관절염 상태는 심한 편이었다. 발목관절, 무릎관절, 손목관절에 물이 차 있었으며 어깨관절엔 물은 차 있지 않았지만 통증이 있어 방을 닦기도 힘들어 했다. 봉만치가 계속해서 박소영의 팔 부위인 수삼리혈(좌, 우), 합곡혈(좌, 우), 신문혈(좌,

우), 양계혈(좌,우)에 좌우로 각 1방씩 8방을 놓았다. 그리고 목 부위 천주혈(좌, 우)과 머리의 백회혈에 벌침을 3방 놓았다. 마지막으로 배 부위의 관원혈에 1방을 놓았다. 16차 날에 박소영 영웅은 벌침을 총 24방을 맞았다. 간단하게 정리를 하면,

### 박소영의 16차 벌침 맞는 현황

다리: 족삼리혈(좌, 우)에 2방, 태충혈(좌, 우)에 2방, 곤륜혈(발목의 바깥쪽 복사뼈와 발뒷꿈치 중간 부위)에 좌우로 2방, 중봉혈(좌, 우)에 2방, 왼쪽 다리와 오른쪽 다리의 무릎 아시혈(무릎 슬개골 둘레를 기준하여 좌측과 우측 중앙 끝에서 밖으로 1cm 정도 떨어진 부위) 4방

복부와 허리 쪽: 관원혈에 1방

팔: 수삼리혈(좌, 우)에 2방, 합곡혈(좌, 우)에 2방, 신문혈(좌, 우)에 2방, 양계혈(좌, 우)에 2방

목과 머리: 천주혈(좌, 우)에 2방, 백회혈에 1방

합계: 24방이었다.

이어서 김덕배 영웅의 차례가 되었다. 당뇨병과 고혈압 증상으로 약을 복용하고 있었다. 심한 애연가와 애주가로서 노안이 진행되어 검은 눈동자의 색상이 약간 흐려지고 있었고 왼쪽 손을 약간씩 떨기도 했다. 왼쪽 무릎과 오른쪽 옆구리에 가끔 기분 나쁜 통증이 나타난다고 했다. 또한 당뇨로 인한 혈액순환 장애로 인하여

손톱과 발톱의 색깔이 불그스름하고 투명하게 맑지 않고 뿌연 회색빛처럼 보였다. 봉만치는 늘 그랬던 것처럼 능숙하게 김덕배 영웅에게 벌침을 놓았다. 당뇨병을 오래 앓아서인지 신체 벌침 적응 훈련 때 유난히 가려움을 많이 타던 김덕배 영웅이었다. 특히 다리 쪽 벌침 맞은 부위에 좁쌀 만 한 검은 흔적(상처가 아물 때 생기는 부스럼 딱지)이 남아 있었다.

"당뇨와 고혈압 증상이 있으면 모세혈관에 혈액순환이 잘 되지 않아 모세혈관이 많이 망가질 수도 있다오. 그런 사람들이 벌침을 즐기면 훼손된 모세혈관이 복구되는 관계로 보통사람들보다 가려움을 더 느끼게 되오. 그 이치는 부스럼이 아물면서 생살이 돋아날 때 매우 가려운 것과 같은 것이라오. 그러므로 당뇨병이나 고혈압 환자들이 벌침을 맞으면서 가려움을 타는 것은 아주 긍정적인 신체의 신호로 봐야 하는 것이오."

이런 말을 하면서 봉만치는 김덕배 영웅에게 벌침을 놓아 주었다.

### 김덕배의 16차 벌침 맞는 현황

다리: 족삼리혈(좌, 우)에 2방, 태충혈(좌, 우)에 2방, 곤륜혈(발목의 바깥쪽 복사뼈와 발뒷꿈치 중간 부위)에 좌우로 2방, 승산혈(승근혈에서 아래로 6센티 정도 떨어진 부위)에 좌우로 2방, 삼음교혈(좌, 우)에 2방

복부와 허리 쪽: 천추혈(좌, 우)에 2방, 관원혈에 1방, 중완혈에

1방, 허리의 아시혈(눌러서 압통을 느끼는 부
위)에 좌우로 2방

팔: 수삼리혈(좌, 우)에 2방, 합곡혈(좌, 우)에 2방

목과 머리: 천주혈(좌, 우)에 2방, 백회혈에 1방

합계: 23방이었다.

김덕배 영웅의 처인 윤미령 영웅의 차례가 되었다. 윤미령 영웅 역시 미리 전투복으로 갈아입고 있었다. 갑상선염, 오십견, 허리통증, 무릎관절염, 손목관절, 무지외반증, 스트레스, 자궁내막염 등의 증상으로 통증 속에서 시달리고 있는 형편이 윤미령 영웅이었다. 특히 윤미령 영웅의 무릎 아래 쪽 피부 색상이 혈액순환 장애로 인하여 황금빛 색상으로 보이는 것인지 아니면 갑상선 기능에 문제가 있어서 그런 색상이 나타나는지 정확히 알 수는 없지만 두 가지 다 가능성이 있을 것이라고 봉만치는 생각했다. 오래도록 쪼그리고 앉아서 일을 한다든지 또는 오래 서서 일을 한 다음엔 누런 황금빛 피부 색상은 더욱 빛이 난다는 것이었다. 봉만치가 윤미령 영웅에게 벌침을 놓아 주었다.

### 윤미령의 16차 벌침 맞는 현황

다리: 족삼리혈(좌, 우)에 2방, 태충혈(좌, 우)에 2방, 곤륜혈(발목의 바깥쪽 복사뼈와 발뒷꿈치 중간 부위)에 좌우로 2방, 대돈혈(좌, 우)에 2방, 삼음교혈(좌, 우)에 2방

복부와 허리 쪽: 관원혈에 1방, 중완혈에 1방, 허리의 아시혈(눌러서 압통을 느끼는 부위)에 좌우로 2방
팔: 신문혈(좌, 우)에 2방, 곡지혈(좌, 우)에 2방
목과 머리: 천주혈(좌, 우)에 2방, 견정혈 (좌, 우)에 2방, 백회혈에 1방
합계: 23방이었다.

    앞선 사람들의 벌침 맞는 광경을 지켜보던 나찬일 영웅의 순서가 되었다. 첫눈에 간이 부실한 느낌이 들 정도로 눈빛이 맑지 않고 늘 충혈이 되어 있었고, 입술의 색상 역시 약간 어두운 붉은색을 띠고 있었다. 음주와 흡연을 즐기는데 그 중에 흡연에 더 끌린다고 했다. 음주, 흡연, 사업으로 인한 스트레스 등으로 간 건강이 영향을 받고 있는 것 같았다. 등산을 취미로 하면서 간 건강에 이로움을 주고 있었다. 등산을 열심히 하는 것보다는 음주, 흡연을 줄이는 것이 더 급한 것처럼 보였다. 전립선비대증으로 인하여 오줌을 눌 때 금방 오줌이 나오질 못하고 한참 이따가 오줌을 누게 되는 증상도 가지고 있었다. 담배로 인하여 천식 기운을 약하게 가지고 있어 종종 헛기침을 하는 습관도 있으며, 앞가슴 부위와 목뼈 아래 부위로 성인 손바닥 두 개 정도 크기의 아토피성 피부질환도 지니고 있었다. 또한 음주 후 잠을 잘 때면 코를 심하게 골아서 가족들이 잠을 설치기도 한다는 것이었다. 골프와 등산으로 인하여 왼쪽 팔꿈치 부위와 왼쪽 무릎관절 부위에 통증도 가

지고 있었다. 봉만치가 나찬일 영웅의 현재 상태를 확인하고 벌침을 놓아 주었다.

### 나찬일의 16차 벌침 맞는 현황

다리: 족삼리혈(좌, 우)에 2방, 태충혈(좌, 우)에 2방, 승산혈(승근혈에서 아래로 6센티 정도 떨어진 부위)에 좌우로 2방, 삼음교혈(좌, 우)에 2방
복부와 허리 쪽: 관원혈에 1방, 가슴 부위와 등 부위의 아토피성 피부질환 아시혈(환부)에 각각 3방씩 6방 (아토피성 피부질환 환부를 대략 3등분하여 3방씩 놓음)
팔: 수삼리혈(좌, 우)에 2방, 합곡혈(좌, 우)에 2방, 곡지혈(좌, 우)에 2방
목과 머리: 천주혈(좌, 우)에 2방, 신정혈에 1방, 백회혈에 1방
합계: 25방이었다.

남편 나찬일 영웅의 벌침 맞는 모습을 진지하게 살펴보던 손영미 영웅의 차례가 되었다. 신체 벌침 적응 훈련을 하면서 많이 붓고 가렵다며 호들갑을 떨기도 했지만 7인의 영웅들이 함께 훈련을 하니 쉽게 극복할 수 있었다. 허리통증, 무릎통증, 어깨 결림, 중이염, 소화불량, 스트레스, 입술 부르튼, 피로감, 갱년기증후군 같은 증상으로 고생하고 있었다. 7인의 영웅들 중 가장 나이가 어린 관계로 벌

침을 맞으면서 늘 웃음을 주려고 노력했다. 봉만치가 벌침을 놓을 때 벌침 맞는 부위에 자신의 손톱을 가까이 위치시켰다가 벌침을 놓으면 즉시 침을 긁어서 빼기도 했다. 벌침의 따가움을 조금이라도 줄여보려는 의도였다.

### 손영미의 16차 벌침 맞는 현황

다리: 족삼리혈(좌, 우)에 2방, 태충혈(좌, 우)에 2방, 곤륜혈(발목의 바깥쪽 복사뼈와 발뒷꿈치 중간 부위)에 좌우로 2방, 승산혈(승근혈에서 아래로 6센티 정도 떨어진 부위)에 좌우로 2방, 삼음교혈(좌, 우)에 2방
복부와 허리 쪽: 관원혈에 1방, 천추혈(좌, 우)에 2방, 허리의 아시혈(눌러서 압통을 느끼는 부위)에 좌우로 2방
팔: 신문혈(좌, 우)에 2방, 수삼리혈(좌, 우)에 2방
목과 머리: 천주혈(좌, 우)에 2방, 견정혈 (좌, 우)에 2방, 백회혈에 1방
합계: 24방이었다.

이어서 최갑용 영웅의 순서가 되었다. 최갑용 영웅은 7인의 영웅들 중에서 외관상으로 가장 중증 질병을 앓고 있었다. 16년 전 중풍(뇌경색)으로 인하여 오른쪽 손과 발을 원활하게 사용할 수 없었지만 지팡이를 짚고 다닐 정도는 아니었다. 오른쪽 팔과 오른쪽 다리가 퉁퉁 부어 있어 손가락을 쥐락펴락 움직일 수 없을 뿐

만 아니라 발목과 발가락 역시 자유롭게 움직일 수 없는 상태였다. 걸음을 걸을 때 오른쪽 다리를 충분히 들어서 옮길 수 없으므로 걸음걸이가 부자연스러웠다. 당뇨, 고혈압, 중풍(뇌경색), 전립선염 증상 등으로 약을 늘 복용하고 있었고 말을 할 때 약간 어눌한 발음이었다.

### 최갑용의 16차 벌침 맞는 현황

- 다리: 족삼리혈(좌, 우)에 2방, 태충혈(좌, 우)에 2방, 곤륜혈(발목의 바깥쪽 복사뼈와 발뒷꿈치 중간 부위)에 좌우로 2방, 승산혈(승근혈에서 아래로 6센티 정도 떨어진 부위)에 좌우로 2방, 삼음교혈(좌, 우)에 2방, 곡천혈(좌, 우)에 2방
- 복부와 허리 쪽: 관원혈에 1방, 중완혈에 1방
- 팔: 수삼리혈(좌, 우)에 2방, 합곡혈(좌, 우)에 2방, 신문혈(좌, 우)에 2방, 곡지혈(좌, 우)에 2방
- 목과 머리: 천주혈(좌, 우)에 2방, 백회혈에 1방
- 합계: 25방이었다.

남편 최갑용 영웅의 벌침 맞는 모습을 차분하게 지켜보던 양미정 영웅의 차례가 되었다. 신체 벌침 적응 훈련을 하면서 한 번도 상을 찡그리지 않고 부처님처럼 앉아서 벌침을 맞았었다. 십여 년 전에 남편의 중풍과 시어머니의 노환에 따른 병수발을 스스로 하면서 건강에 이상이 왔는데 바로 류머티스 관절염이었다. 손가락

관절, 손목관절, 발목관절, 발등관절 등이 부어 있었으며 관절 부위 모두에 통증을 가지고 있다고 했다. 류머티스 관절염 약을 오래 복용하여 위장이 좋지 않았지만 매사 긍정적인 사고방식으로 행동을 하려고 노력하고 있었다. 스스로 스트레스를 극복하기 위해 종교생활도 열심히 하고 있었다. 혈압이 조금 낮았지만 심각한 수준은 아니었다.

### 양미정의 16차 벌침 맞는 현황

다리: 족삼리혈(좌, 우)에 2방, 태충혈(좌, 우)에 2방, 곤륜혈(발목의 바깥쪽 복사뼈와 발뒷꿈치 중간 부위)에 좌우로 2방, 대돈혈(좌, 우)에 2방, 삼음교혈(좌, 우)에 2방, 곡천혈(좌, 우)에 2방, 발등 중앙 관절 부위 부어 있는 아시혈(환부)에 좌우로 2방

복부와 허리 쪽: 관원혈에 1방, 중완혈에 1방, 허리의 아시혈(눌러서 압통을 느끼는 부위)에 좌우로 2방

팔: 신문혈(좌, 우)에 2방, 양계혈(좌, 우)에 2방

목과 머리: 천주혈(좌, 우)에 2방, 백회혈에 1방

합계: 25방이었다.

7인의 영웅들과 함께 질병과의 실전 첫날을 마무리하고 전투성과에 대한 평가의 시간이 되었다. 봉만치가 정신없이 핀셋으로 잠자리채 속에서 꿀벌을 잡아 영웅들에게 벌침 169방 정도를 놓은

것이다. 봉만치가 먼저 입을 열었다.

"첫 번째 실전 전투를 무사히 마치었소. 초기 15차까지는 군대로 말하면 신병훈련소 기간의 훈련병 수준인 벌침이었을 것이오. 하지만 오늘부터 맞는 벌침은 질병과의 실전상황이라고 생각하시오. 그래 첫날 실전을 치른 소감이 어떻소? 벌침을 맞은 순서대로 말해 보시오."

박소영 영웅이 먼저 입을 열었다.

"우리들이 벌침 임상실험에 참가한 것은 봉만치 선생님을 믿기 때문만은 아니었습니다. 벌침을 믿기도 했으니까요. 아직 첫 전투를 치른 후라서 특별하게 말씀드릴 것은 없지만 반드시 우리들 몸속에 침투해 있는 질병들이 박멸할 때까지 낙오됨 없이 전투에 참가할 것입니다."

"좋은 말씀이오. 질병이라는 것은 박멸될 때까지 싸워야 한다는 정신력이 있어야지만 물리칠 수 있을 것이오. 괜히 질병을 건드려만 놓고 도중에 그만둔다면 질병의 간만 키운 것이나 다름이 없소. 그럴 바에는 질병을 친구처럼 여기고 죽을 때까지 함께 사는 것이 더 좋을 수도 있다는 것이오. 이왕 입문했으니 끝이 보일 때까지 한번 싸워 봅시다. 여러분들을 처음 만난 날 이 봉만치에게 한복 갈아입고 절을 3번씩 하라고 한 이유가 있소. 바로 벌침에 대한 믿음을 갖고 행하자는 의미를 전달하기 위함이었소."

이어서 김덕배 영웅이 거들었다.

"우리들이 반세기 이상 세상을 살아오면서 나름대로 깨우친 것들이 많이 있다고 봅니다. 하지만 자신의 몸을 공격한 질병에 대해 그 존재를 무시하거나 대수롭지 않게 여기다보니 질병의 세력이 점점 더 커지게 되었습니다. 이제부터라도 질병의 존재를 확실히 인식하고 그들을 물리칠 것입니다. 그러기 위해 벌침 초기에 나타나는 일시적인 명현반응이나 따가움 같은 것들은 사소한 것이라 여기고 오직 질병과의 전쟁에서 승리하기 위해 최선을 다할 것입니다."

"옳은 말씀이오. 바쁘게 산다는 핑계로 많은 사람들이 질병을 너무 너그럽게 대하고 있소. 질병은 관대하게 대하는 것이 아니라 가혹하게 몰아쳐야만 자신이 살 수 있는 것이오."

봉만치가 말을 끝내자 윤미령 영웅 역시 한마디 거들었다. 그러는 사이 박소영 영웅이 커피 한잔씩 마실 수 있도록 준비했다.

"나이가 들어가면서 건강이 최고라는 진리를 더욱 믿게 됩니다. 신체의 한두 군데에 이상이 나타날 때면 많이 위축이 되기도 했었습니다. 그러면서 많이 아플 때면 '이러면서 살다가 죽는 것이 인생이구나' 하는 생각이 들기도 했었습니다. 하지만 질병과의 전쟁에 동참하게 되면서 질병에게 미리 위축 되어서는 안 된다는 것을 깨닫게 되었습니다. 싸워보지도 않고 미리 겁부터 먹는 것이니까요. 아무튼 최선을 다해 싸워보겠습니다."

"고맙소. 그런 정신자세라면 분명히 질병과의 전쟁에서 승리할 수 있을 것이라 믿소. 그리고 질병과의 전쟁을 치르면서 주의해야 할 것이 있소. 바로 잘 먹고 잘 자는 것이오. 기초체력이 있어야만 질병과의 전쟁을 치르는 동안 벌독을 소화할 수 있는 것 아니겠소. 그리고 여러분들이 현재 먹고 있는 약들은 평소대로 복용하기 바라오. 질병과의 전쟁에서 승리하면 먹지 않을 수도 있을 것이오."

봉만치가 간단한 주의 사항을 말한 뒤에 나찬일 영웅이 말을 했다.

"질병과의 전쟁을 하면서 자신감이 생기는 이유가 있습니다. 그것은 우리 7명이 한 장소에서 공개된 상태로 함께 전쟁을 치르기 때문입니다. 7명의 전우가 눈으로 귀로 피부로 직접 경험을 하면서 전쟁을 하니 상당한 자신감이 생긴다는 것입니다. 특별한 경우가 아니라면 이런 분위기로 질병과의 전쟁을 계속해 줄 것을 부탁드립니다."

나찬일 영웅의 요청에 봉만치가 대답했다.

"그렇소. 여러분이 함께 보고 느끼면서 질병과의 전쟁 진행 상태를 체험하게 될 것이오. 그렇게 하면 여러분들은 질병과의 전쟁에서 반드시 승리할 수 있다는 확신을 가지게 될 것이오. 이 봉만치의 말보다도 여러분들이 동료들의 진행 상태를 직접 보고 자신의 변화된 모습을 비교한다면 그 어떤 말이나 자료보다도 확신할 수 있을 것이오."

커피를 마시면서 손영미 영웅도 한마디 했다.

"겁이 많기로 소문난 사람이 접니다. 신체 벌침 훈련 초기에 너무 가렵고 부어서 몰래 약국에 가서 벌에 쏘였을 때 먹는 약을 사 먹기도 했습니다. 흐흐. 믿음이 약했으니까요. 백회혈에 벌침을 처음 맞고 눈이 부어서 커다란 창모자를 쓰고 납품을 가기도 했습니다. 그때 거래처 사람들은 아마도 우리 부부가 부부싸움을 한 것으로 오해했을지도 모릅니다. 하지만 봉 선생님이 초보자 때 나타나는 신체반응을 명현반응이라 하시면서 훈련 초기에 그런 반응이 없는 사람이 오히려 더 나쁜 것이라고 말씀하셨는데 경험해 보니 그것이 모두 사실이라는 것을 알았습니다. 그래서 저는 완전히 믿는 자가 되어 질병과의 전쟁에 적극 동참키로 결심을 했습니다."

봉만치가 대꾸를 했다.

"고맙소. 훈련 초기에 가렵고 붓고 청반 홍반이 나타나기도 하고 두드러기도 약하게 나기도 하며 한기를 조금 느끼기도 하는 것은 벌침에서는 지극히 당연한 현상이오. 시체에게 벌침을 놓으면 그런 현상은 일어나지 않을 것이오. 훈련 초기에 이런 현상들이 나타나지 않는 사람은 시체처럼 이미 신체가 맛이 갔을 수 있다는 것이오. 그런데 이런 것을 모르는 벌침 음해세력(벌침을 일반인들이 공짜로 즐기면 손해를 본다고 믿는 세력)들이 당연한 명현반응을 가지고 부작용이 났다고 호들갑을 떨면서 일반인들이 벌침을 즐기는 것을 방해하기도 하오. 그것이 벌침 순작용이고 벌침 부작용이란 초보자가 벌침 맞고 시체처럼 아무런 반응이 없는 경우인데 말이오. 흐흐. 신체에 벌독(이물질)이 주입되는데 반응이 없다면 이미 건강상태가 많이 망가진 것으로 보면 되오. 아무 반응이 없는 사람도 절차에 따라 신체 벌침 적응 훈련을 하면 따갑고 붓고 가려운 증상을 느끼게 될 것이오. 몸이 되살아난다는 의미인 것이오. 그러다가 신체에 벌침 항체가 생기게 되면 아무리 벌침을 맞아도 가렵고 붓고 하는 것들이 사라지는 것이오. 벌침에 대하여 부작용과 순작용에 대하여 잘못 알고 있는 사람을 만나면 그를 피하시기 바라오. 보나 마나 벌침에 대한 상식 깊이가 매우 얕은 사람일 것이오."

봉만치의 말이 끝나자 최갑용 영웅이 약간은 어눌한 말투로 말을 했다.

"내가 중풍(뇌경색) 초기에 그러니까 16년 전 40대 중반의 나이일 때 많은 방황을 했습니다. 나에게는 절대로 그런 일이 일어나지 않을 것이라고 믿고 살았는데 오른팔, 오른발을 마음대로 쓰지 못하고 말까지 어눌하게 하게 되니 상상하기 어려운 고통으로 다가왔었습니다. 하지만 병원에서 약을 타서 먹고 재활운동도 열심히 하면서 현재 상태가 최선의 결과라고 믿고 살고 있습니다. 오른 손가락과 오른 손목을 완전히 펴지 못하고 오른발을 약간씩 끌면서 걸어야 하는 운명을 받아들이며 살고 있습니다. 즐거움이라고는 술과 담배 그리고 입에 맞는 음식뿐이니까요. 하지만 질병과의 전쟁에 동참한 이상 뇌경색과 싸워 보겠습니다. 지가 이기나 내가 이기나 말입니다."

봉만치가 최갑용 영웅의 비장한 각오의 말을 듣고 한마디 했다.

"최 선생, 젊은 나이에 심한 고통을 당했소, 충분히 이해할 만하오. 정상인들이야 최 선생이 겪은 뇌경색 후유증을 쉽게 이해할 수 없겠지만 아파 본 사람이라면 그 불편함을 어찌 모르겠소. 왜 나에게 이런 질병이 찾아온 것일까? 라는 원망과 함께 외로움을 말로 표현할 수 없을 것이라고 보오."

"신체 벌침 적응 훈련을 마치면서 약간의 신체 변화가 오는 것을 느끼고 있습니다. 몸이 조금 가벼운 기분이 드니까요. 아무튼 내 몸에 들어와 있는 중풍, 당뇨, 고혈압, 전립선염 등을 물리치기 위해 봉 선생님이 지도하는 것을 성실히 따를 것입니다."

최갑용 영웅의 하소연 같은 다짐이 끝나자 그의 아내인 양미정 영웅도 입을 열었다.

"고통이라면 류머티스 관절염 고통도 무시할 수 없습니다. 끙끙 소리를 내면서 고통을 이겨야 했습니다. 신체 구석구석이 쑤시고 아프니 때로는 정말로 죽고 싶은 생각이 들기도 했습니다. 하지만 언젠가는 완치될 수 있다는 희망을 가지고 버티고 있습니다. 약을 꾸준히 복용하고 있으니 더 증상이 악화되지는 않는 느낌입니다. 다행인 것은 아직 돌아다닐 수 있다는 사실입니다. 그러지 못하는 환우들이 많이 있는 것으로 알고 있습니다. 스스로 거동하지 못하는 환우들을 생각하니 긍정적인 마음이 생기더군요. 일어나 앉지도 못하고 서서 걷지도 못하는 이들, 밤마다 누군가 주물러 주지 않으면 참을 수 없는 통증으로 잠을 못 이루는 분들도 있다는 사실을 무시할 수 없습니다. 언젠가 나도 그 상태가 되지 말라는 법이 없으니까요. 류머티스 관절염과의 전쟁에서 승리하기 위해 그 어떤 고난도 다 극복할 수 있습니다."

"고맙소. 여러분들의 말을 들어보니 자신감이 넘치고 있고 이 봉만치 또한 무거운 책임감을 느끼게 되었소. 목숨을 걸고 최선을 다해 질병과의 전쟁에서 승리할 수 있도록 노력하겠소."

봉만치 역시 질병과의 전쟁을 잘 마무리하여 질병에 걸려 고생하는 사람들에게 희망을 선물하겠노라고 다짐하고 있었다.

# 17차
# 전진만이 살길이다

박소영 영웅의 집 거실 바닥 신문지 위에 300마리 정도의 꿀벌이 든 잠자리채와 핀셋 하나가 놓여 있었다. 그리고 신문지 옆으로 화장지 두 장이 놓여 있었다. 16차 실전을 마친 다음날 봉만치가 약속한 시간에 박소영 영웅의 집을 방문했다. 봉만치는 화장실에서 언제나 그랬던 것처럼 비누로 손을 깨끗이 씻었다. 그리고 박소영 영웅에게 벌침을 놓기 전에 꿀벌을 잡는 핀셋을 뜨거운 물로 소독을 하라고 부탁해 두었었다. 16차 실전 순서와 동일하게 봉만치가 박소영 영웅부터 벌침을 놓아주었다.

### 박소영의 17차 벌침 맞는 현황

다리: 족삼리혈(좌, 우)에 2방, 곡천혈(좌, 우)에 2방, 곤륜혈(발목의 바깥쪽 복사뼈와 발뒷꿈치 중간 부위)에 좌우로 2

방, 왼쪽 다리와 오른쪽 다리의 무릎 아시혈(슬개골 상하 끝에서 밖으로 1cm 정도 떨어진 부위)에 4방, 승근혈(무릎 뒤쪽 접히는 부위 중앙에서 다리 아래로 15cm 정도 떨어진 부위)에 좌우로 2방

복부와 허리 쪽 : 관원혈에 1방, 중완혈에 1방

팔 : 신문혈(좌, 우)에 2방, 양계혈(좌, 우)에 2방, 천정혈(좌, 우)에 2방, 곡지혈(좌, 우)에 2방

목과 머리 : 견정혈(좌, 우)에 2방, 풍지혈(좌, 우)에 2방, 신정혈에 1방, 어깨 아시혈(팔과 몸통의 경계선에서 가장 높은 부위)에 좌우로 2방

합계 : 29방이었다.

## 김덕배의 17차 벌침 맞는 현황

다리: 족삼리혈(좌, 우)에 2방, 삼음교혈(좌, 우)에 2방, 대돈혈(좌, 우)에 2방, 곤륜혈(발목의 바깥쪽 복사뼈와 발뒷꿈치 중간 부위)에 좌우로 2방, 엄지발가락 발톱 끝에서 밖으로 1센티 정도 떨어진 부위)에 좌우로 2방, 새끼발가락의 첫째 마디 발등 방향에 좌우로 2방

복부와 허리 쪽: 곡골혈에 1방, 수분혈에 1방, 석문혈에 1방

팔: 곡지혈(좌, 우)에 2방, 신문혈(좌, 우)에 2방, 양계혈(좌, 우)에 2방, 어깨 아시혈(눌러서 압통을 느끼는 부위)에 좌우로 2방

목과 머리: 풍지혈(좌, 우)에 2방, 신정혈에 1방

합계: 26방이었다.

## 윤미령의 17차 벌침 맞는 현황

다리: 족삼리혈(좌, 우)에 2방, 승산혈(승근혈에서 아래로 6센티 정도 떨어진 부위)에 좌우로 2방, 곤륜혈(발목의 바깥쪽 복사뼈와 발뒷꿈치 중간 부위)에 좌우로 2방, 대돈혈(좌, 우)에 2방, 삼음교혈(좌, 우)에 2방

복부와 허리 쪽: 곡골혈에 1방, 천추혈(좌, 우)에 2방, 허리의 아시혈(눌러서 압통을 느끼는 부위)에 좌우로 2방

팔: 수삼리혈(좌, 우)에 2방, 합곡혈(좌, 우)에 2방

목과 머리: 아문혈에 1방, 어깨 아시혈(눌러서 압통을 느끼는 부위) 좌우로 2방, 신정혈에 1방

합계: 23방이었다.

## 나찬일의 17차 벌침 맞는 현황

다리: 족삼리혈(좌, 우)에 2방, 대돈혈(좌, 우)에 2방, 위중혈(뒷다리의 종아리와 허벅지의 경계선 중앙 부위로 무릎을 꿇었을 때 접히는 부위의 중앙 부위)에 좌우로 2방, 곤륜혈(좌, 우)에 2방, 삼음교혈(좌, 우)에 2방

복부와 허리 쪽: 곡골혈에 1방, 중완혈에 1방, 가슴 부위와 등 부위의 아토피성 피부질환 아시혈(환부)에 각각 3방씩 6방(아토피성 피부질환 환부를 대략 3등분하여 3방씩 놓음)

팔: 신문혈(좌, 우)에 2방, 천정혈(좌, 우)에 2방

목과 머리: 풍지혈(좌, 우)에 2방, 아문혈 1방

합계: 25방이었다.

## 손영미의 17차 벌침 맞는 현황

다리: 족삼리혈(좌, 우)에 2방, 대돈혈(좌, 우)에 2방, 곤륜혈(발목의 바깥쪽 복사뼈와 발뒷꿈치 중간 부위)에 좌우로 2방, 승산혈(승근혈에서 아래로 6센티 정도 떨어진 부위)에 좌우로 2방, 삼음교혈(좌, 우)에 2방

복부와 허리 쪽: 중극혈에 1방, 중완혈에 1방, 허리의 아시혈(눌러서 압통을 느끼는 부위)에 좌우로 2방

팔: 합곡혈(좌, 우)에 2방, 곡지혈(좌, 우)에 2방

목과 머리: 풍지혈(좌, 우)에 2방, 신정혈에 1방, 어깨 아시혈(팔과 몸통의 경계선에서 가장 높은 부위)에 좌우로 2방

합계: 23방이었다.

## 최갑용의 17차 벌침 맞는 현황

다리: 족삼리혈(좌, 우)에 2방, 대돈혈(좌, 우)에 2방, 중봉혈(좌, 우)에 2방, 위중혈(뒷다리의 종아리와 허벅지의 경계선 중앙 부위로 무릎을 꿇었을 때 접히는 부위의 중앙 부위)에 좌우로 2방, 삼음교혈(좌, 우)에 2방, 새끼발가락 아시혈(첫째 마디 발등 방향 중앙 부위)에 좌우로 2방

복부와 허리 쪽: 곡골혈에 1방, 천추혈(좌, 우)에 2방

팔: 수삼리혈(좌, 우)에 2방, 합곡혈(좌, 우)에 2방, 새끼손가락과 손등의 경계선 중앙 부위에서 손목 방향으로 3cm 정도

떨어진 아시혈에 좌우로 2방, 어깨 아시혈(눌러서 압통을 느끼는 부위)에 좌우로 2방

목과 머리: 풍지혈(좌, 우)에 2방, 아문혈에 1방

합계: 26방이었다.

## 양미정의 17차 벌침 맞는 현황

다리: 족삼리혈(좌, 우)에 2방, 중봉혈(좌, 우)에 2방, 곤륜혈(발목의 바깥쪽 복사뼈와 발뒷꿈치 중간 부위)에 좌우로 2방, 대돈혈(좌, 우)에 2방, 삼음교혈(좌, 우)에 2방, 새끼발가락 아시혈(첫째 마디 발등 방향 중앙 부위)에 좌우로 2방

복부와 허리 쪽: 곡골혈에 1방, 천추혈(좌, 우)에 2방, 허리의 아시혈(눌러서 압통을 느끼는 부위)에 좌우로 4방

팔: 수삼리혈(좌, 우)에 2방, 새끼손가락과 손등의 경계선 중앙 부위에서 손목 방향으로 3cm 정도 떨어진 아시혈에 좌우로 2방, 엄지손가락 첫째 마디 손등 방향 중앙 아시혈에 좌우로 2방

목과 머리: 풍지혈(좌, 우)에 2방, 신정혈에 1방

합계: 28방이었다.

봉만치가 아주 진지하게 7인의 영웅들에게 벌침을 놓아주었다. 신체 벌침 적응 훈련기간(1차부터 15차까지)에는 2일에 한 번씩 훈련을 했지만, 16차부터는 평일엔 오후 4시부터 토요일은 오전 11시부터 질병과의 전쟁을 매일 하기로 약속했다. 물론 매주 일요일은 반드시 쉬기로 했다. 시간이 오후 7시 정도 된 것으로 봐서 매일 약 3시간 정도 소요되는 전쟁이었다.

"벌침은 좌우 대칭으로 맞아야 하오. 그것은 이런 이치와 같소. 테니스, 탁구, 배드민턴, 골프, 볼링 같은 운동을 사람들이 좋아할 것이오. 젊어서야 그런 운동이 유익하겠지만 나이가 들어가면서도 오래도록 그런 운동만 반복한다고 생각해 보시오. 신체의 좌우 균형이 허물어지게 되어 허리가 아프고, 어깨관절이 아프고, 발목과 무릎이 아프게 되지 않겠소. 바로 신체의 좌우 균형이 흐트러진 결과라는 것이오. 운동 중에 걷기, 달리기, 수영 등이 좋은 이유가 신체의 좌우 균형을 잘 맞추기 때문이오. 한쪽으로 치우친 운동은 나이가 들면 삼가는 것이 좋다는 것이오. 벌침도 이와 같이 좌우 균형이 중요한 것이오. 그래서 중요 혈자리는 말할 것도 없고, 아시혈(환부) 등에 벌침을 즐길 때도 가능하면 좌우 대칭이 되도록 즐겨야 하는 것이오. 오른쪽 관절이 아프더라도 오른쪽 관절 부위에만 벌침을 맞지 말고 왼쪽 관절까지 벌침을 맞으면 좋다는 것이오. 사람들이 생활을 할 때도 신체 좌우 균형을 무시하지 않는다면 늙어서 아프게 되는 것을 많이 줄일 수 있을 것이오. 오늘 수고들 많았소."

봉만치가 간단하게 벌침의 대칭이론을 설명하였고, 박소영이 준비한 커피 한잔으로 모두가 질병과의 전쟁에 대한 긴장감을 누그러트릴 수 있었다.

# 원인적 치료

    질병과의 전쟁을 치르는 동안 죽은 꿀벌의 시체는 얇은 화장지에 싸서 변기통에 넣고 물을 내려 치우는 방식이었다. 꿀벌 죽은 시체는 개미들이 좋아하는 먹이로서 잘못하면 온 집안에 개미천국을 만들 수도 있기 때문이었다.

    "집안에 좁쌀만 한 개미들이 보인다면 퇴치하기가 쉽지 않다오. 개미들도 꿀벌처럼 여왕개미가 다스리는 왕국이므로 일개미들 몇 마리 죽여서는 퇴치하기 어렵소. 바로 여왕개미까지 죽여야 더 이상 개미들이 번식을 하지 못해서 집안에서 사라질 것이오. 여왕개미를 죽이는 것이 쉽지는 않지만 사람들은 방법을 찾아냈소. 개미 퇴치용 지효제라는 것이 있소. 개미가 좋아하는 음식 같은 곳에 개미들이 서서히 죽어가는 약을 타서 개미들에게 주면 일개미들이 정신없이 지효제가 들어있는 음식을 개미왕국 창고로 옮길 것이고, 여왕개미의 시종개미들이 일단 음식을 먹어보고 안전하다고 판단했을 때 여왕개미가 음식을 먹기 때문에 시종개미들이 음식을 먹고 얼마간 죽지 않아야 하는 것이 지효제인 것이오. 시종개미를 관찰하여 지효제가 든 음식이 안전하다고 판단을 하면 여왕개미를 포함한 모든 개미들이 만찬을 할 것이고 결국 몰살을 당하게 될 것이오. 이 이야기를 하는 이유는 질병과의 전쟁을 하면서도 바로 원인적 치료라는 것을 반드시 염두에 두어야만 한다는 것이오. 모든 질병은 그것을 유발한 원인을 분명히 가지고 있다는 것이오. 그런데 원인을 제거하려는 노력은 하지 않고 눈으로 보이는 질병만 퇴치하려고 한다면 질병과의 전쟁에서 승리하기 어렵다는 것이오. 일개미 몇 마리 죽이는 것으로는 개미들을 완전히 집안에서 퇴치할 수 없는 이치와 같다는 것이오. 스트레스, 과로, 편식, 음주, 나쁜 생활습관, 흡연, 지나친 욕심, 짜증, 불만, 나쁜 콜레스테롤, 혈액순환 장애 등등 이런 것들이 바로 질병 유발 요인이라고 하오. 이런 것들을 줄일 수 있는 노력을 하지 않고는 질병을 근본적으로 퇴치하기란 어렵다는 것이오. 그것이 벌침이라고 해도 말이오. 그럭저럭 살다가 가려면 모를까 그렇지 않다면 적극적으로 질병 유발 요인들을 멀리 하려는 노력을 하라는 말이오."

봉만치가 18차 질병과의 전투에 앞서 원인적 치료라는 것에 대하여 한마디 했다. 실전 3일차 역시 박소영 영웅부터 벌침을 맞았다.

## 박소영의 18차 벌침 맞는 현황

다리: 족삼리혈(좌, 우)에 2방, 승산혈(좌, 우)에 2방, 중봉혈(좌, 우)에 2방, 곤륜혈(좌, 우)에 2방, 왼쪽 다리와 오른쪽 다리의 무릎 아시혈(슬개골 둘레를 기준하여 상하 끝과 좌우 끝의 각각의 중간 지점에서 슬개골 밖으로 1cm 정도 떨어진 부위)에 좌우로 8방

복부와 허리 쪽: 곡골혈에 1방, 천추혈(좌, 우)에 2방, 허리의 아시혈(눌러서 압통을 느끼는 부위 각 1방씩)에 좌우로 2방

팔: 신문혈(좌, 우)에 2방, 양계혈(좌, 우)에 2방

목과 머리: 견정혈(좌, 우)에 2방, 풍부혈에 1방, 백회혈에 1방, 어깨 아시혈(팔과 몸통의 경계선에서 가장 높은 부위)에 좌우로 2방, 날갯죽지 부위 아시혈(눌러서 아픈 부위)에 좌우로 2방

합계: 33방이었다.

## 김덕배의 18차 벌침 맞는 현황

다리: 족삼리혈(좌, 우)에 2방, 삼음교혈(좌, 우)에 2방, 승산혈(좌, 우)에 2방, 중봉혈(좌, 우)에 2방, 태충혈(좌, 우)에 2방, 대돈혈(좌, 우)에 2방

복부와 허리 쪽: 관원혈에 1방, 음교혈에 1방, 건리혈에 1방, 천추혈(좌, 우)에 2방

팔: 합곡혈(좌, 우)에 2방, 신문혈(좌, 우)에 2방, 천정혈(좌, 우)에 2방, 어깨 아시혈(눌러서 압통을 느끼는 부위)에 좌우로 2방

목과 머리: 풍부혈에 1방, 백회혈에 1방
합계: 27방이었다.

### 윤미령의 18차 벌침 맞는 현황

다리: 족삼리혈(좌, 우)에 2방, 위중혈(좌, 우)에 2방, 중봉혈(좌, 우)에 2방, 태충혈(좌, 우)에 2방, 삼음교혈(좌, 우)에 2방, 새끼발가락의 첫째 마디 발등 방향에 좌우로 2방
복부와 허리 쪽: 음교혈에 1방, 수분혈에 1방, 허리의 아시혈(눌러서 압통을 느끼는 부위)에 좌우로 2방
팔: 신문혈(좌, 우)에 2방, 합곡혈(좌, 우)에 2방, 곡지혈(좌, 우)에 2방
목과 머리: 천주혈(좌, 우)에 2방, 어깨 아시혈(눌러서 압통을 느끼는 부위) 좌우로 2방, 백회혈에 1방
합계: 27방이었다.

### 나찬일의 18차 벌침 맞는 현황

다리: 족삼리혈(좌, 우)에 2방, 태충혈(좌, 우)에 2방, 승근혈(좌, 우)에 2방, 중봉혈(좌, 우)에 2방, 삼음교혈(좌, 우)에 2방, 왼쪽 다리와 오른쪽 다리의 무릎 아시혈(무릎 슬개골 둘레를 기준하여 좌측과 우측 중앙 끝에서 밖으로 1cm 정도 떨어진 부위)에 좌우로 4방
복부와 허리 쪽: 음교혈에 1방, 천추혈(좌, 우)에 2방, 가슴 부위와 등 부위의 아토피성 피부질환 아시혈(환부)

에 각각 3방씩 6방(아토피성 피부질환 환부를 대략 3등분하여 3방씩 놓음)
팔: 합곡혈(좌, 우)에 2방, 수삼리혈(좌, 우)에 2방
목과 머리 쪽: 풍부혈에 1방, 천주혈(좌, 우)에 2방
합계: 30방이었다.

### 손영미의 18차 벌침 맞는 현황

다리: 족삼리혈(좌, 우)에 2방, 태충혈(좌, 우)에 2방, 위중혈(좌, 우)에 2방, 삼음교혈(좌, 우)에 2방, 왼쪽 다리와 오른쪽 다리의 무릎 아시혈(무릎 슬개골 둘레를 기준하여 좌측과 우측 중앙 끝에서 밖으로 1cm 정도 떨어진 부위) 4방
복부와 허리 쪽: 음교혈에 1방, 수분혈에 1방, 허리의 아시혈(눌러서 압통을 느끼는 부위)에 2방
팔: 양계혈(좌, 우)에 2방, 천정혈(좌, 우)에 2방
목과 머리: 풍부혈에 1방, 백회혈에 1방, 어깨 아시혈(눌러서 아픈 부위)에 좌우로 2방
합계: 24방이었다.

### 최갑용의 18차 벌침 맞는 현황

다리: 족삼리혈(좌, 우)에 2방, 태충혈(좌, 우)에 2방, 곤륜혈(좌, 우)에 2방, 위중혈(좌, 우)에 2방, 승산혈(좌, 우)에 2방, 삼음교혈(좌, 우)에 2방, 새끼발가락과 발의 경계선에서 발뒷꿈치 방향으로 3센티 정도 떨어진 부위 아시혈에 좌

우로 2방

복부와 허리 쪽: 음교혈에 1방, 수분혈에 1방, 중완혈에 1방

팔: 수삼리혈(좌, 우)에 2방, 합곡혈(좌, 우)에 2방, 양계혈(좌, 우)에 2방, 천정혈(좌, 우)에 2방, 신문혈(좌,우)에 2방, 어깨 아시혈(눌러서 압통을 느끼는 부위)에 좌우로 4방

목과 머리: 풍부혈에 1방, 백회혈에 1방

합계: 33방이었다.

### 양미정의 18차 벌침 맞는 현황

다리: 족삼리혈(좌, 우)에 2방, 대돈혈(좌, 우)에 2방, 곤륜혈(좌, 우)에 2방, 승산혈(좌, 우)에 2방, 삼음교혈(좌, 우)에 2방, 발등 중앙 관절 부위의 부어있는 아시혈에 좌우로 2방, 왼쪽 다리와 오른쪽 다리의 무릎 아시혈(무릎 슬개골 둘레를 기준하여 좌측과 우측 중앙 끝에서 밖으로 1cm 정도 떨어진 부위) 4방

복부와 허리 쪽: 음교혈에 1방, 수분혈에 1방, 허리의 아시혈(눌러서 압통을 느끼는 부위)에 좌우로 4방

팔: 신문혈(좌, 우)에 2방, 양계혈(좌, 우)에 2방, 합곡혈(좌, 우)에 2방, 곡지혈(좌, 우)에 2방

목과 머리: 풍부혈에 1방, 백회혈에 1방, 신정혈에 1방

합계: 33방이었다.

봉만치가 7인의 영웅들에게 순서대로 벌침을 다 놓아 주었다. 모두가 싫지 않은 느낌이었다.

# 고구마와 성기벌침

 봉만치가 여느 때와 마찬가지로 박소영 영웅의 집에 도착했다. 7인의 영웅들 역시 미리 도착해 있었다. 박소영 영웅이 겨울철엔 삶은 고구마가 제격이라며 호박 고구마를 삶아서 내놓았다.
 "19차 벌침 실전을 치르기 전에 삶은 고구마 좀 드셔보세요. 어릴 때나 늙었을 때나 고구마 맛이 별미더군요."
 "고맙게 먹겠소. 어린 시절 겨울철 간식거리로 최고였었소. 아직도 고구마 맛은 하나도 변하질 않았소."
 봉만치가 고구마 맛을 평가하면서 삶은 고구마를 먹음직스럽게 껍질을 벗겨 먹었다. 물론 7인의 영웅들 또한 고구마 향기에 푹 빠져 맛있게 먹었다.
 "고구마를 보니 갑자기 생각이 나오. 오늘 남자 영웅들은 성기벌침 훈련도 병행하겠소. 마음의 준비를 하고 기대 하시오. 거실에서 어제처럼 벌침을 모두 함께 맞고 작은 방으로 남자들은 들어가시오. 거기서 성기벌침을 놓아 주겠소. 남자들은 나이가 나이니 만큼 전립선이 많이 비대해져 있을 것이오. 오줌발도 약해졌을 것이고 발기력도 예전만 못할 것이오."

봉만치와 7인의 영웅들이 삶은 고구마를 다 먹고 19차 벌침 실전을 박소영 영웅부터 시작했다.

### 박소영의 19차 벌침 맞는 현황

다리: 족삼리혈(좌, 우)에 2방, 태충혈(좌, 우)에 2방, 곤륜혈(좌, 우)에 2방, 위중혈(좌, 우)에 2방, 삼음교혈(좌, 우)에 2방, 왼쪽 다리와 오른쪽 다리의 무릎 아시혈(둥근 슬개골 둘레 끝 주위를 따라 1cm 정도 밖으로 떨어진 부위를 균등하여 6방씩)에 좌우로 12방

복부와 허리 쪽: 석문혈에 1방, 중완혈에 1방, 허리의 아시혈(손가락으로 눌러서 아픈 부위를 찾아 좌우 대칭으로 1방씩)에 2방

팔: 주료혈(좌, 우)에 2방

목과 머리: 천주혈(좌, 우)에 2방, 상성혈에 1방, 어깨 아시혈(팔과 몸통의 경계선 둘레에서 가장 높은 부위를 기준하여 등 쪽으로 90도 가슴 쪽으로 90도 되는 부위에 각각 1방씩)에 좌우로 4방

합계: 35방이었다.

## 김덕배의 19차 벌침 맞는 현황

다리: 족삼리혈(좌, 우)에 2방, 삼음교혈(좌, 우)에 2방, 승근혈(좌, 우)에 2방, 중봉혈(좌, 우)에 2방, 곤륜혈(좌, 우)에 2방, 태충혈(좌, 우)에 2방

복부와 허리 쪽: 관원혈에 1방, 중극혈에 1방, 하완혈에 1방, 허리 아시혈(눌러서 압통을 느끼는 부위에 좌우 대칭으로 2방씩) 좌우로 4방

팔: 신문혈(좌, 우)에 2방, 수삼리혈(좌, 우)에 2방, 곡지혈(좌, 우)에 2방

목과 머리: 천주혈(좌, 우)에 2방, 상성혈에 1방, 어깨 아시혈(눌러서 압통을 느끼는 부위에 좌우 대칭으로 2방씩)에 좌우로 4방

성기벌침: 귀두 경계선에서 몸 쪽으로 1센티 정도 떨어진 부위 좌측 중앙에 1방

합계: 33방이었다.

## 윤미령의 19차 벌침 맞는 현황

다리: 족삼리혈(좌, 우)에 2방, 승산혈(좌, 우)에 2방, 대돈혈(좌, 우)에 2방, 태충혈(좌, 우)에 2방, 삼음교혈(좌, 우)에 2방

복부와 허리 쪽: 중극혈에 1방, 하완혈에 1방, 허리의 아시혈(눌러서 압통을 느끼는 부위 좌우 대칭으로 각2방씩)에 좌우로 4방

팔: 양계혈(좌, 우)에 2방, 합곡혈(좌, 우)에 2방, 주료혈(좌, 우)에 2방

목과 머리: 아문혈에 1방, 상성혈에 1방, 어깨 아시혈(팔과 몸통의 경계선 둘레에서 가장 높은 부위를 기준하여 등 쪽으로 90도 가슴 쪽으로 90도 되는 부위에 각각 1방씩)에 좌우로 4방

합계: 28방이었다.

### 나찬일의 19차 벌침 맞는 현황

다리: 족삼리혈(좌, 우)에 2방, 태충혈(좌, 우)에 2방, 위중혈(좌, 우)에 2방, 곤륜혈(좌, 우)에 2방, 삼음교혈(좌, 우)에 2방

복부와 허리 쪽: 중극혈에 1방, 하완혈에 1방, 가슴 부위와 등 부위의 아토피성 피부질환 아시혈(환부)에 각각 5방씩 10방(아토피성 피부질환 환부를 대략 5등분하여 5방씩 놓음)

팔: 수삼리혈(좌, 우)에 2방, 주료혈(좌, 우)에 2방, 양계혈(좌, 우)에 2방

목과 머리 쪽: 천주혈(좌, 우)에 2방, 상성혈에 1방, 후정혈에 1방

성기벌침: 귀두 경계선에서 몸 쪽으로 1센티 정도 떨어진 부위 좌측 중앙에 1방

합계: 33방이었다.

### 손영미의 19차 벌침 맞는 현황

다리: 족삼리혈(좌, 우)에 2방, 승산혈(좌, 우)에 2방, 곤륜혈(좌, 우)에 2방, 태충혈(좌, 우)에 2방, 왼쪽 다리와 오른쪽 다리의 무릎 아시혈(무릎 슬개골 둘레를 기준하여 상하 끝

중앙 부위에서 밖으로 1cm 정도 떨어진 부위에 각각 1방씩)에 좌우로 4방

복부와 허리 쪽: 중극혈에 1방, 하완혈에 1방, 허리의 아시혈(눌러서 압통을 느끼는 부위에 좌우 대칭으로 각각 2방씩)에 4방

팔: 합곡혈(좌, 우)에 2방, 주료혈(좌, 우)에 2방

목과 머리: 천주혈(좌, 우)에 2방, 상성혈에 1방, 어깨 아시혈(눌러서 아픈 부위에 좌우 대칭으로 각각 2방씩)에 좌우로 4방

합계: 29방이었다.

## 최갑용의 19차 벌침 맞는 현황

다리: 족삼리혈(좌, 우)에 2방, 승산혈(좌, 우)에 2방, 승근혈(좌, 우)에 2방, 위중혈(좌, 우)에 2방, 곤륜혈(좌, 우)에 2방, 삼음교혈(좌, 우)에 2방, 태충혈(좌, 우)에 2방, 대돈혈(좌, 우)에 2방

복부와 허리 쪽: 중극혈에 1방, 관원혈에 1방, 하완혈에 1방

팔: 수삼리혈(좌, 우)에 2방, 합곡혈(좌, 우)에 2방, 신문혈(좌, 우)에 2방, 주료혈(좌, 우)에 2방

목과 머리: 풍지혈(좌, 우)에 2방, 아문혈 1방, 상성혈에 1방, 어깨 아시혈(눌러서 압통을 느끼는 부위 좌우 대칭으로 각각2방씩)에 좌우로 4방

성기벌침: 귀두 경계선에서 몸 쪽으로 1센티 정도 떨어진 부위 좌측 중앙에 1방

합계: 36방이었다.

## 양미정의 19차 벌침 맞는 현황

다리: 족삼리혈(좌, 우)에 2방, 곡천혈(좌 ,우)에 2방, 곤륜혈(좌, 우)에 2방, 태충혈(좌, 우)에 2방, 삼음교혈(좌, 우)에 2방, 대돈혈(좌, 우)에 2방, 발등 중앙 관절 부위의 부어있는 아시혈에 좌우로 2방, 왼쪽 다리와 오른쪽 다리의 무릎 아시혈(무릎 슬개골 둘레를 기준하여 상하 끝 중앙 부위에서 밖으로 1cm 정도 떨어진 부위에 각각 1방씩)에 좌우로 4방

복부와 허리 쪽: 중극혈에 1방, 하완혈에 1방, 허리의 아시혈(눌러서 압통을 느끼는 부위를 좌우 대칭으로 각각 2방씩)에 좌우로 4방

팔: 신문혈(좌, 우)에 2방, 양계혈(좌, 우)에 2방, 수삼리혈(좌, 우)에 2방, 주료혈(좌, 우)에 2방

목과 머리: 천주혈(좌, 우)에 2방, 백회혈에 1방, 상성혈에 1방

합계: 36방이었다.

남자들의 첫날 성기벌침 적응 훈련은 작은 방에서 이루어졌다. 난생 처음 성기벌침을 접하는 남자들은 기대 반 두려움 반으로 성기벌침을 맞았으나 봉만치의 손놀림이 그런 두려움을 가시게 했다. 김덕배 영웅, 나찬일 영웅, 최갑용 영웅 순으로 성기벌침을 놓아주었다.

# 20차
# 전선 확대

금요일 오후 역신 전투는 계속되었다. 봉만치와 7인의 영웅들은 질병과의 전쟁에서 승리하기 위해 서로가 이미 약속한 대로 차질 없이 전투를 벌이는 것이었다.

### 박소영의 20차 벌침 맞는 현황

다리: 족삼리혈(좌, 우)에 2방, 곤륜혈(좌, 우)에 2방, 승부혈(엉덩이와 다리의 경계선에 횡으로 생기는 주름의 가운데 부위)에 좌우로 2방, 은문혈(허벅지 뒷부분에 있는 승부혈 아래로 18cm 정도 떨어진 부위)에 좌우로 2방, 대돈혈(좌, 우)에 2방, 왼쪽 다리와 오른쪽 다리의 무릎 아시혈(둥근 슬개골 둘레 끝 주위를 따라 1cm 정도 밖으로 떨어진 부위를 균등하여 6방씩)에 좌우로 12방

복부와 허리 쪽: 관원혈에 1방, 중완혈에 1방

팔: 양계혈(좌, 우)에 2방, 신문혈(좌, 우)에 2방, 곡지혈(좌, 우)
　　에 2방
목과 머리: 천주혈(좌, 우)에 2방, 백회혈에 1방, 어깨 아시혈(팔
　　　　　과 몸통의 경계선 둘레에서 가장 높은 부위와 그곳
　　　　　을 기준하여 등 쪽으로 90도 가슴 쪽으로 90도 되
　　　　　는 부위에 각각 1방씩)에 좌우로 6방
합계: 39방이었다.

## 김덕배의 20차 벌침 맞는 현황

다리: 족삼리혈(좌, 우)에 2방, 대돈혈(좌, 우)에 2방, 승산혈(좌,
　　　우)에 2방, 곤륜혈(좌, 우)에 2방, 태충혈(좌, 우)에 2방,
　　　곡천혈(좌, 우)에 2방, 왼쪽 다리와 오른쪽 다리의 무릎
　　　아시혈(무릎 슬개골 둘레를 기준하여 좌우 끝 중앙 부위
　　　에서 밖으로 1cm 정도 떨어진 부위에 각각 1방씩)에 좌
　　　우로 4방
복부와 허리 쪽: 기문혈에 1방, 천추혈(좌, 우)에 2방, 중완혈에
　　　　　　　 1방, 등 부위 아시혈(사마귀 3개에 각 1방씩)
　　　　　　　 에 3방
팔: 합곡혈(좌, 우)에 2방, 양계혈(좌, 우)에 2방, 팔 아시혈(곡지
　　혈에서 팔과 어깨의 경계선에서 가장 높은 곳 사이의 중간
　　부위)에 좌우로 2방
목과 머리: 풍지혈(좌, 우)에 2방, 신정혈에 1방, 어깨 아시혈(눌
　　　　　러서 압통을 느끼는 부위에 좌우 대칭으로 2방씩)에
　　　　　좌우로 4방
합계: 36방이었다.

## 윤미령의 20차 벌침 맞는 현황

다리: 족삼리혈(좌, 우)에 2방, 곡천혈(좌, 우)에 2방, 곤륜혈(좌, 우)에 2방, 대돈혈(좌, 우)에 2방, 삼음교혈(좌, 우)에 2방

복부와 허리 쪽: 기문혈에 1방, 중완혈에 1방, 허리의 아시혈(눌러서 압통을 느끼는 부위 좌우 대칭으로 각2방씩)에 좌우로 4방

팔: 신문혈(좌, 우)에 2방, 수삼리혈(좌, 우)에 2방, 팔 아시혈(곡지혈에서 팔과 어깨의 경계선에서 가장 높은 곳 사이의 중간 부위)에 좌우로 2방

목과 머리: 천주혈(좌, 우)에 2방, 신정혈에 1방, 어깨 아시혈(팔과 몸통의 경계선 둘레에서 가장 높은 부위와 그곳을 기준하여 등 쪽으로 90도 가슴 쪽으로 90도 되는 부위에 각각 1방씩)에 좌우로 6방

합계: 31방이었다.

## 나찬일의 20차 벌침 맞는 현황

다리: 족삼리혈(좌, 우)에 2방, 곡천혈(좌 ,우)에 2방, 승근혈(좌, 우)에 2방, 곤륜혈(좌, 우)에 2방, 삼음교혈(좌, 우)에 2방, 왼쪽 다리와 오른쪽 다리의 무릎 아시혈(무릎 슬개골 둘레를 기준하여 좌우 끝 중앙 부위에서 밖으로 1cm 정도 떨어진 부위에 각각 1방씩)에 좌우로 4방

복부와 허리 쪽: 기해혈에 1방, 천추혈(좌, 우)에 2방, 가슴 부위와 등 부위의 아토피성 피부질환 아시혈(환부)에 각각 5방씩 10방(아토피성 피부질환 환부

를 대략 5등분하여 5방씩 놓음)
팔: 합곡혈(좌, 우)에 2방, 신문혈(좌, 우)에 2방
목과 머리 쪽: 풍부혈에 1방, 신정혈에 1방, 어깨의 아시혈(눌러
　　　　　　서 압통을 느끼는 부위 좌우 대칭으로 각 2방씩)
　　　　　　에 좌우로 4방
합계: 37방이었다.

 손영미의 20차 벌침 맞는 현황

다리: 족삼리혈(좌, 우)에 2방, 곤륜혈(좌, 우)에 2방, 대돈혈(좌,
　　　우)에 2방, 왼쪽 다리와 오른쪽 다리의 무릎 아시혈(무릎
　　　슬개골 둘레를 기준하여 상하좌우 끝 중앙 부위에서 밖
　　　으로 1cm 정도 떨어진 부위에 각각 1방씩)에 좌우로 8방
복부와 허리 쪽: 관원혈에 1방, 중완혈에 1방, 허리의 아시혈(눌
　　　　　　　러서 압통을 느끼는 부위에 좌우 대칭으로 각
　　　　　　　각 2방씩)에 좌우로 4방
팔: 신문혈(좌, 우)에 2방, 수삼리혈(좌, 우)에 2방, 팔 아시혈(곡
　　지혈에서 팔과 어깨의 경계선에서 가장 높은 곳 사이의 중
　　간 부위)에 좌우로 2방
목과 머리: 풍지혈(좌, 우)에 2방, 신정혈에 1방, 어깨 아시혈(눌
　　　　　러서 아픈 부위에 좌우 대칭으로 각각 2방씩)에 좌
　　　　　우로 4방
합계: 33방이었다.

### 최갑용의 20차 벌침 맞는 현황

다리: 족삼리혈(좌, 우)에 2방, 승산혈(좌, 우)에 2방, 승근혈(좌, 우)에 2방, 위중혈(좌, 우)에 2방, 곤륜혈(좌, 우)에 2방, 삼음교혈(좌, 우)에 2방, 태충혈(좌, 우)에 2방, 대돈혈(좌, 우)에 2방, 곡천혈(좌, 우)에 2방

복부와 허리 쪽: 기문혈에 1방, 천추혈(좌, 우)에 2방, 중완혈에 1방

팔: 수삼리혈(좌, 우)에 2방, 합곡혈(좌, 우)에 2방, 신문혈(좌, 우)에 2방, 양계혈(좌, 우)에 2방, 팔 아시혈(곡지혈에서 팔과 어깨의 경계선에서 가장 높은 곳 사이의 중간 부위)에 좌우로 2방

목과 머리: 천주혈(좌, 우)에 2방, 신정혈에 1방, 어깨 아시혈(눌러서 아픈 부위에 좌우 대칭으로 각각 2방씩)에 좌우로 4방

합계: 39방이었다.

### 양미정의 20차 벌침 맞는 현황

다리: 족삼리혈(좌, 우)에 2방, 위중혈(좌, 우)에 2방, 곤륜혈(좌, 우)에 2방, 태충혈(좌, 우)에 2방, 대돈혈(좌, 우)에 2방, 발등 중앙 관절 부위의 부어있는 아시혈에 좌우로 2방, 왼쪽 다리와 오른쪽 다리의 무릎 아시혈(무릎 슬개골 둘레를 기준하여 상하좌우 끝 중앙 부위에서 밖으로 1cm 정도 떨어진 부위에 각각 1방씩)에 좌우로 8방

복부와 허리 쪽: 기해혈에 1방, 중완혈에 1방, 허리의 아시혈(눌러서 압통을 느끼는 부위를 좌우 대칭으로 각

각 2방씩)에 좌우로 4방

팔: 양계혈(좌, 우)에 2방, 신문혈(좌, 우)에 2방, 팔 아시혈(곡지
혈에서 팔과 어깨의 경계선에서 가장 높은 곳 사이의 중간
부위)에 좌우로 2방

목과 머리: 아문혈에 1방, 신정혈에 1방, 어깨 아시혈(눌러서 아
픈 부위에 좌우 대칭으로 각각 2방씩)에 좌우로 4방

합계: 38방이었다.

# 21차

# 반응

토요일 낮이다. 아직 점심 먹기 전이지만 질병과의 전투는 차분하게 계속되었다.

### 박소영의 21차 벌침 맞는 현황

다리: 족삼리혈(좌, 우)에 2방, 곤륜혈(좌, 우)에 2방, 중봉혈(좌, 우)에 2방, 엉덩이 아시혈(엉덩이 가운데 부위로 의자에 앉을 때 닿은 부위 각각 1방씩)에 좌우로 2방, 승부혈(좌, 우)에 2방, 왼쪽 다리와 오른쪽 다리의 무릎 아시혈(둥근 슬개골 둘레 끝 주위를 따라 1cm 정도 밖으로 떨어진 부위를 균등하여 6방씩)에 좌우로 12방

복부와 허리 쪽 : 음교혈에 1방, 건리혈에 1방

팔: 양계혈(좌, 우)에 2방, 신문혈(좌, 우)에 2방, 손목 아시혈(양

계혈과 신문혈의 손등 쪽 가운데 부위에 각 1방씩)에 좌우로 2방
목과 머리: 천주혈(좌, 우)에 2방, 신정혈에 1방, 어깨 아시혈(팔과 몸통의 경계선 둘레에서 가장 높은 부위와 그곳을 기준하여 등 쪽으로 90도 가슴 쪽으로 90도 되는 부위에 각각 1방씩)에 좌우로 6방
합계 : 39방이었다.

## 김덕배의 21차 벌침 맞는 현황

다리: 족삼리혈(좌, 우)에 2방, 대돈혈(좌, 우)에 2방, 위중혈(좌, 우)에 2방, 곤륜혈(좌, 우)에 2방, 태충혈(좌, 우)에 2방, 삼음교혈(좌, 우)에 2방, 왼쪽 다리와 오른쪽 다리의 무릎 아시혈(무릎 슬개골 둘레를 기준하여 상하 끝 중앙 부위에서 밖으로 1cm 정도 떨어진 부위에 각각 1방씩)에 좌우로 4방

복부와 허리 쪽: 곡골혈에 1방, 하완혈에 1방, 등 부위 아시혈(사마귀 3개에 각 2방씩)에 6방

팔: 신문혈(좌, 우)에 2방, 수삼리혈(좌, 우)에 2방, 팔 아시혈(곡지혈에서 팔과 어깨의 경계선에서 가장 높은 곳 사이의 중간 부위)에 좌우로 2방

목과 머리: 풍부혈에 1방, 후정혈에 1방, 신정혈에 1방, 어깨 아시혈(눌러서 압통을 느끼는 부위에 좌우 대칭으로 2방씩)에 좌우로 4방

성기벌침: 귀두 경계선에서 몸 쪽으로 1센티 정도 떨어진 부위 우측 중앙에 1방

합계: 38방이었다.

## 윤미령의 21차 벌침 맞는 현황

다리: 족삼리혈(좌, 우)에 2방, 승근혈(좌, 우)에 2방, 중봉혈(좌, 우)에 2방, 태충혈(좌, 우)에 2방, 삼음교혈(좌, 우)에 2방

복부와 허리 쪽: 석문혈에 1방, 하완혈에 1방, 천추혈(좌, 우)에 2방, 허리의 아시혈(눌러서 압통을 느끼는 부위 좌우 대칭으로 각2방씩)에 좌우로 4방

팔: 합곡혈(좌, 우)에 2방, 수삼리혈(좌, 우)에 2방, 팔 아시혈(곡지혈에서 팔과 어깨의 경계선에서 가장 높은 곳 사이의 중간 부위)에 좌우로 2방

목과 머리: 아문혈에 1방, 후정혈에 1방, 어깨 아시혈(팔과 몸통의 경계선 둘레에서 가장 높은 부위와 그곳을 기준하여 등 쪽으로 90도 가슴 쪽으로 90도 되는 부위에 각각 1방씩)에 좌우로 6방

합계: 32방이었다.

## 나찬일의 21차 벌침 맞는 현황

다리: 족삼리혈(좌, 우)에 2방, 태충혈(좌, 우)에 2방, 대돈혈(좌, 우)에 2방, 곤륜혈(좌, 우)에 2방, 삼음교혈(좌, 우)에 2방, 왼쪽 다리와 오른쪽 다리의 무릎 아시혈(무릎 슬개골 둘레를 기준하여 상하 끝 중앙 부위에서 밖으로 1cm 정도 떨어진 부위에 각각 1방씩)에 좌우로 4방

복부와 허리 쪽: 석문혈에 1방, 천추혈(좌, 우)에 2방, 가슴 부위와 등 부위의 아토피성 피부질환 아시혈(환부)에 각각 5방씩 10방(아토피성 피부질환 환

부를 대략 5등분하여 5방씩 놓음)
팔: 양계혈(좌, 우)에 2방, 곡지혈(좌, 우)에 2방
목과 머리 쪽: 천주혈(좌, 우)에 2방, 후정혈에 1방, 어깨의 아시혈(눌러서 압통을 느끼는 부위 좌우 대칭으로 각 2방씩)에 좌우로 4방
성기벌침: 귀두 경계선에서 몸 쪽으로 1센티 정도 떨어진 부위 우측 중앙에 1방
합계: 39방이었다.

## 손영미의 21차 벌침 맞는 현황

다리: 족삼리혈(좌, 우)에 2방, 삼음교혈(좌, 우)에 2방, 태충혈(좌, 우)에 2방, 왼쪽 다리와 오른쪽 다리의 무릎 아시혈(무릎 슬개골 둘레를 기준하여 상하좌우 끝 중앙 부위에서 밖으로 1cm 정도 떨어진 부위에 각각 1방씩)에 좌우로 8방
복부와 허리 쪽: 석문혈에 1방, 하완혈에 1방, 천추혈(좌, 우)에 2방, 허리의 아시혈(눌러서 압통을 느끼는 부위에 좌우 대칭으로 각각 2방씩)에 좌우로 4방
팔: 합곡혈(좌, 우)에 2방, 곡지혈(좌, 우)에 2방, 팔 아시혈(곡지혈에서 팔과 어깨의 경계선에서 가장 높은 곳 사이의 중간 부위)에 좌우로 2방
목과 머리: 아문혈에 1방, 후정혈에 1방, 어깨 아시혈(눌러서 아픈 부위에 좌우 대칭으로 각각 2방씩)에 좌우로 4방
합계: 34방이었다.

### 최갑용의 21차 벌침 맞는 현황

다리: 족삼리혈(좌, 우)에 2방, 승산혈(좌, 우)에 2방, 승근혈(좌, 우)에 2방, 위중혈(좌, 우)에 2방, 곤륜혈(좌, 우)에 2방, 삼음교혈(좌, 우)에 2방, 대돈혈(좌, 우)에 2방, 중봉혈(좌, 우)에 2방

복부와 허리 쪽: 석문혈에 1방, 하완혈에 1방, 허리의 아시혈(눌러서 압통을 느끼는 부위에 좌우 대칭으로 각각 1방씩)에 좌우로 2방

팔: 곡지혈(좌, 우)에 2방, 합곡혈(좌, 우)에 2방, 양계혈(좌, 우)에 2방, 팔 아시혈(곡지혈에서 팔과 어깨의 경계선에서 가장 높은 곳 사이의 중간 부위)에 좌우로 2방

목과 머리: 천주혈(좌, 우)에 2방, 풍지혈(좌, 우)에 2방, 후정혈에 1방, 어깨 아시혈(눌러서 아픈 부위에 좌우 대칭으로 각각 2방씩)에 좌우로 4방

성기벌침: 귀두 경계선에서 몸 쪽으로 1센티 정도 떨어진 부위 우측 중앙에 1방

합계: 38방이었다.

### 양미정의 21차 벌침 맞는 현황

다리: 족삼리혈(좌, 우)에 2방, 삼음교혈(좌, 우)에 2방, 곤륜혈(좌, 우)에 2방, 태충혈(좌, 우)에 2방, 대돈혈(좌, 우)에 2방, 발등 중앙 관절 부위의 부어있는 아시혈에 좌우로 2방, 왼쪽 다리와 오른쪽 다리의 무릎 아시혈(무릎 슬개

골 둘레를 기준하여 상하좌우 끝 중앙 부위에서 밖으로 1cm 정도 떨어진 부위에 각각 1방씩)에 좌우로 8방

복부와 허리 쪽: 석문혈에 1방, 하완혈에 1방, 허리의 아시혈(눌러서 압통을 느끼는 부위를 좌우 대칭으로 각각 2방씩)에 좌우로 4방

팔: 곡지혈(좌, 우)에 2방, 신문혈(좌, 우)에 2방, 팔 아시혈(곡지혈에서 팔과 어깨의 경계선에서 가장 높은 곳 사이의 중간 부위)에 좌우로 2방

목과 머리: 풍부혈에 1방, 후정혈에 1방, 어깨 아시혈(눌러서 아픈 부위에 좌우 대칭으로 각각 2방씩)에 좌우로 4방

합계: 38방이었다.

질병과의 전투를 본격적으로 6일간 치르고 처음 맞이하는 토요일이었다. 봉만치가 7인의 영웅들에게 벌침을 놓아주고는 주간 전투성과를 분석하는 시간을 마련했다. 점심은 중국집에서 배달을 시켜서 함께 먹을 수 있었다. 봉만치가 먼저 말을 꺼냈다.

"6일간 질병과의 전투를 하면서 여러분들이 느낀 것이나 신체의 변화를 감지할 만한 것들이 있을 것이오. 그런 것에 대해 말해 보시오."

모두 같은 곳에서 함께 실전을 하는 까닭에 동료들의 신체 변화에 대하여 매일 확인이 가능했으니 특별히 끄집어서 말을 하지 않아도 이해할 수 있었지만 각자의 느낌들은 말을 하지 않으면 알 수 없으므로 봉만치가 박소영 영웅부터 한마디씩 하라고 하였다.

"벌침을 맞고 밤에 소파에 앉아서 무릎을 관찰할 때 놀라운 사실을 발견할 수 있었습니다. 무릎관절에 물이 차서 굵기가 허벅지와 종아리보다 훨씬 굵었던 것이 제 무릎이었습니다. 어젯밤에 자세히 보니 무릎 굵기가 전보다 줄어들고 있는 것이 보였습니다. 물론 발뒷꿈치(곤륜혈 근처) 부위에 물이 찬 것도 사라지고 있는 기분이고요. 그리고 벌침을 맞고는 밥맛이 돌아오고 있습니다. 변비도 많이 개선된 것 같고요. 어깨관절이 아파서 걸레질도 못했는데 방바닥을 쓸 수 있을 정도는 되었습니다. 무엇보다도 긍정적인 희망이 생기니까 좋은 것 같습니다."

박소영 영웅의 무릎을 보면 아프리카 오지의 영양실조 걸린 아이들의 다리처럼 무릎관절 부위만 물이 차서 유난히 굵게 보였었다. 그것이 줄어들고 있으니 박소영 영웅이 희망을 가지지 않을 수 없었다. 외관상으로 직접 확인할 수 있으니 벌침에게 더욱 친근감이 갈 수밖에 없다는 것이었다. 김덕배 영웅도 말을 했다.

"피곤한 것이 많이 줄어든 기분입니다. 사업상 신경 쓸 일이 많이 있는데 스트레스 받는 것이 줄어든다는 기분이 듭니다. 그리고 거칠었던 피부 촉감이 매끈하게 변하는 느낌도 있습니다. 소화도 잘 되는 것 같고요. 침침한 눈도 불편한 것이 줄어드는 기분입니다."

담배와 술을 좋아하는 김덕배 영웅에게 봉만치가 건강관리를 위해서는 서서히 줄여야 한다고 우회적으로 말을 했었지만 아직도 김덕배 영웅은 담배와 술을 줄이지 않고 있었다. 김덕배 영웅의 말을 듣고 있던 윤미령 영웅이 입을 열었다.

"갑상선 건강이 좋지 않아서 늘 걱정을 많이 하면서 살았는데 벌침을 접하고는 조금은 심적으로 안심이 됩니다. 몸이 피곤했던 것이 좋아졌으니까요. 다리와 발 부위의 피부색도 진하게 누렇던 것이 엷어지고 있으니까요. 그리고 어깨 아픈 것도 개선되고 있고 신경성 위염으로 인한 트림을 자주 하지 않게 된 것도 좋습니다. 허리와 무릎 통증도 줄어든 기분입니다."

봉만치와 처음 만났을 때 영웅들의 표정은 약간 어둡게 보였었다. 하지만 벌침을 접하고 밝고 자신감 넘치는 표정으로 바뀐 것처럼 보였다. 건강이 조금씩 호전되고 있다는 증거였다. 이어서 나찬일 영웅이 말을 했다.

"보시다시피 아주 오래된 아토피성 피부질환 부위가 확연히 안정되고 있습니다. 참으로 놀랍습니다. 여러 가지 약을 접해봤는데 이처럼 벌침이 효과가 좋은 것은 미처 몰랐습니다. 이것만 봐도 벌침에게 더욱 믿음이 갑니다. 거울을 보니 눈이 늘 충혈 되어 있었는데 그것이 완화되고 있습니다. 무릎 통증과 테니스 엘보도 완화되고 있는 느낌입니다."

나찬일 영웅의 아토피성 피부질환은 처음에 상당히 악화되어 있었다. 하지만 환부에 벌침을 맞고 부터는 확연히 환부가 정상 피부로 돌아가고 있는 것이었다. 동료들은 나찬일 영웅의 피부질환 상태가 정상으로 돌아가는 것을 직접 목격하니 벌침에 대한 믿음은 점점 더 커질 수밖에 없었다. 말이 필요 없이 눈으로 본다는 것이 사람들에게 믿음을 주는 것이었다. 가장 나이가 어린 나찬일 영웅의 처인 손영미 영웅도 말을 했다.

"저는 몸이 가벼워졌습니다. 걸을 때 왠지 다리가 무겁다는 느낌을 받았었는데 벌침을 접하고 생활을 해보니 발걸음이 가볍다는 기분입니다. 눈도 맑아진 것 같고요. 가끔씩 있던 허리 통증도 요즘은 느끼지 못하겠습니다. 잠도 잘 잘 수 있게 된 기분입니다. 숙면을 하지 못했었거든요. 불경기 여파로 스트레스도 많이 받고 있지만 벌침을 접하고는 조금은 마음의 여유가 생긴 것 같습니다. 건강에 대한 관심이 매우 높아졌으니까요."

손영미 영웅의 말이 끝나자 최갑용 영웅이 입을 열었다.

"중풍이 와서 때로는 자포자기로 살기도 했었는데 벌침을 접해보고 '나도 건강하게 살 수 있다'는 자신감이 생겼습니다. 그것이 가장 큰 효과라고 믿습니다. 부기가 빠지면서 탱탱했던 피부가 약간씩 물렁해지는 것을 느낄 수 있습니다. 첫술에 배부른 것은 아니니 벌침 임상실험에 최선을 다하는 마음으로 임하겠습니다. 피로감이 줄었고 눈이 맑아진 느낌도 있습니다. 오줌도 전보다 많이 나오는 것 같고요. 오른팔과 다리에 부기가 조금씩 빠지니 걷기도 좀 편하다는 기분이 듭니다."

최갑용 영웅이 자포자기로 살다가 자신의 인생에 대한 애착을 가지게 되었다는 것이 가장 큰 벌침 효과라는 말에 봉만치가 한

마디 했다.

"자신의 삶에 대한 애착심이야말로 인생에서 가장 소중한 것이라고 믿고 있소, 그것이 없으면 인간으로서의 기본 자질이 없는 것이나 다름이 없소. 여러분들이 벌침을 접하면서 가장 큰 소득은 바로 삶에 대한 애착심, 건강에 대한 관심, 나도 건강하게 살 수 있다는 자신감일 것이오. 왜냐하면 벌침을 접하면서 자신의 신체 변화를 직접 체험하게 되니 그렇다오."

봉만치의 말이 끝나자 이번에는 양미정 영웅이 말을 했다.

"몸이 아파보지 않은 사람들은 자신의 건강에 대한 소중함을 잘 모르고 사는 것 같습니다. 하지만 제가 류머티스 관절염으로 일단 아파보니 세상에서 가장 소중한 것이 건강이라는 것을 확실히 깨우치게 되었습니다. 아프지 않게만 해주면, 류머티스 관절염만 없애주면 못할 것이 없다는 각오를 하루에도 수십 번씩 했었으니까요. 그러다가 현대의학으로는 완치가 불가능하다는 소식을 접하면서 삶이 위축되기도 했습니다. 제가 남편과 함께 박소영 친구 집에 숙식을 하면서 벌침 임상실험에 도전하는 것은 그래도 희망을 버리지 않아서입니다. 저도 벌침을 접하면서 밤에 자주 찾아오는 통증이 줄어들었습니다. 밤에 뼈마디마다 쑤시고 결리던 것이 약해지고 있는 느낌입니다. 몸이 가벼운 느낌과 피로감이 줄어드는 기분입니다."

양미정 영웅의 말이 끝나자 봉만치가 다음 주 벌침 임상실험에 일정에 대하여 알려주었다.

"다음 주 역시 질병과의 전투는 계속 될 것이오. 월요일부터 토요일까지 이번 주와 마찬가지로 매일 전투를 할 것이오. 내일 일요일은 전투로 인한 피로도 풀 겸 체내에 있을 폐독도 배출할 겸 모두들 대중탕에 사서 땀 좀 빼면서 충분한 휴식을 갖기 바라오."

벌침을 접하면 벌독이 체내의 잡균들을 다 태워 죽이고 폐독이 되어 땀이나 오줌 등으로 배출될 것이지만 집중적인 벌침 임상실험이므로 일주일에 한번 정도 대중탕에 가서 땀을 흘려 폐독 배출을 하면 좋겠다는 것이었다.

## 22차

# 희망

월요일 오후 4시에 박소영 영웅 집에서 질병과의 전투는 계속 되었다. 아직 늦은 겨울철이라 싸늘한 날씨였지만 7인의 영웅들이 전투에 임하는 자세는 추위를 충분히 녹일 수 있었다.

 박소영의 22차 벌침 맞는 현황

다리: 족삼리혈(좌, 우)에 2방, 곡천혈(좌, 우)에 2방, 곤륜혈(좌, 우)에 2방, 승산혈(좌, 우)에 2방, 엉덩이 아시혈(엉덩이 가운데 부위로 의자에 앉을 때 닿은 부위 각각 1방씩)에 좌우로 2방, 위중혈(좌, 우)에 2방, 왼쪽 다리와 오른쪽 다리의 무릎 아시혈(둥근 슬개골 둘레 끝 주위를 따라 1cm 정도 밖으로 떨어진 부위를 균등하여 6방씩)에 좌우로 12방

복부와 허리 쪽: 중극혈에 1방, 중완혈에 1방

팔: 합곡혈(좌, 우)에 2방, 수삼리혈(좌, 우)에 2방
목과 머리: 아문혈에 1방, 이마 아시혈(신정혈에서 좌우로 5cm 정도 떨어진 부위에 각 1방씩)에 2방, 어깨 아시혈(팔과 몸통의 경계선 둘레에서 가장 높은 부위와 그곳을 기준하여 등 쪽으로 90도 가슴 쪽으로 90도 되는 부위에 각각 1방씩)에 좌우로 6방
합계: 39방이었다.

##  김덕배의 22차 벌침 맞는 현황

다리: 족삼리혈(좌, 우)에 2방, 대돈혈(좌, 우)에 2방, 은문혈(좌, 우)에 2방, 곤륜혈(좌, 우)에 2방, 태충혈(좌, 우)에 2방, 왼쪽 다리와 오른쪽 다리의 무릎 아시혈(무릎 슬개골 둘레를 기준하여 좌우상하 끝 중앙 부위에서 밖으로 1cm 정도 떨어진 부위에 각각 1방씩)에 좌우로 8방
복부와 허리 쪽: 관원혈에 1방, 천추혈(좌, 우)에 2방, 등 부위 아시혈(사마귀 3개에 각 2방씩)에 6방
팔: 합곡혈(좌, 우)에 2방, 수삼리혈(좌, 우)에 2방, 팔 아시혈(곡지혈에서 팔과 어깨의 경계선에서 가장 높은 곳 사이의 중간 부위)에 좌우로 2방
목과 머리: 아문혈에 1방, 백회혈에 1방, 이마 아시혈(신정혈에서 좌우로 5cm 정도 떨어진 부위에 각 1방씩)에 2방, 어깨 아시혈(눌러서 압통을 느끼는 부위에 좌우 대칭으로 2방씩)에 좌우로 4방
합계: 41방이었다.

## 윤미령의 22차 벌침 맞는 현황

다리: 족삼리혈(좌, 우)에 2방, 곡천혈(좌, 우)에 2방, 중봉혈(좌, 우)에 2방, 대돈혈(좌, 우)에 2방, 삼음교혈(좌, 우)에 2방, 왼쪽 다리와 오른쪽 다리의 무릎 아시혈(무릎 슬개골 둘레를 기준하여 좌우 끝 중앙 부위에서 밖으로 1cm 정도 떨어진 부위에 각각 1방씩)에 좌우로 4방

복부와 허리 쪽: 관원혈에 1방, 중완혈에 1방, 허리의 아시혈(눌러서 압통을 느끼는 부위 좌우 대칭으로 각2방씩)에 좌우로 4방

팔: 신문혈(좌, 우)에 2방, 곡지혈(좌, 우)에 2방, 팔 아시혈(곡지혈에서 팔과 어깨의 경계선에서 가장 높은 곳 사이의 중간 부위)에 좌우로 2방

목과 머리: 아문혈에 1방, 백회혈에 1방, 이마 아시혈(신정혈에서 좌우로 5cm 정도 떨어진 부위에 각 1방씩)에 2방, 어깨 아시혈(팔과 몸통의 경계선 둘레에서 가장 높은 부위와 그곳을 기준하여 등 쪽으로 90도 가슴 쪽으로 90도 되는 부위에 각각 1방씩)에 좌우로 6방

합계: 36방이었다.

## 나찬일의 22차 벌침 맞는 현황

다리: 족삼리혈(좌, 우)에 2방, 태충혈(좌, 우)에 2방, 승산혈(좌, 우)에 2방, 곤륜혈(좌, 우)에 2방, 왼쪽 다리와 오른쪽 다리의 무릎 아시혈(무릎 슬개골 둘레를 기준하여 좌우상하 끝 중앙 부위에서 밖으로 1cm 정도 떨어진 부위에 각각

1방씩)에 좌우로 8방
복부와 허리 쪽: 관원혈에 1방, 중완혈에 1방, 가슴 부위와 등 부위의 아토피성 피부질환 아시혈(환부)에 각각 5방씩 10방(아토피성 피부질환 환부를 대략 5등분하여 5방씩 놓음)
팔: 신문혈(좌, 우)에 2방, 수삼리혈(좌, 우)에 2방
목과 머리 쪽: 아문혈에 1방, 백회혈에 1방, 이마 아시혈(신정혈에서 좌우로 5cm 정도 떨어진 부위에 각 1방씩)에 2방, 어깨의 아시혈(눌러서 압통을 느끼는 부위 좌우 대칭으로 각 2방씩)에 좌우로 4방
합계: 40방이었다.

## 손영미의 22차 벌침 맞는 현황

다리: 족삼리혈(좌, 우)에 2방, 승산혈(좌, 우)에 2방, 곤륜혈(좌, 우)에 2방, 왼쪽 다리와 오른쪽 다리의 무릎 아시혈(무릎 슬개골 둘레를 기준하여 상하좌우 끝 중앙 부위에서 밖으로 1cm 정도 떨어진 부위에 각각 1방씩)에 좌우로 8방
복부와 허리 쪽: 관원혈에 1방, 천추혈(좌, 우)에 2방, 허리의 아시혈(눌러서 압통을 느끼는 부위에 좌우 대칭으로 각각 2방씩)에 좌우로 4방
팔: 신문혈(좌, 우)에 2방, 수삼리혈(좌, 우)에 2방, 팔 아시혈(곡지혈에서 팔과 어깨의 경계선에서 가장 높은 곳 사이의 중간 부위)에 좌우로 2방
목과 머리: 풍부혈에 1방, 백회혈에 1방, 이마 아시혈(신정혈에서 좌우로 5cm 정도 떨어진 부위에 각 1방씩)에 2

방, 어깨 아시혈(눌러서 아픈 부위에 좌우 대칭으로 각각 2방씩)에 좌우로 4방

합계: 35방이었다.

## 최갑용의 22차 벌침 맞는 현황

다리: 족삼리혈(좌, 우)에 2방, 승산혈(좌, 우)에 2방, 승근혈(좌, 우)에 2방, 위중혈(좌, 우)에 2방, 곤륜혈(좌, 우)에 2방, 대돈혈(좌, 우)에 2방, 중봉혈(좌, 우)에 2방, 왼쪽 다리와 오른쪽 다리의 무릎 아시혈(무릎 슬개골 둘레를 기준하여 좌우 끝 중앙 부위에서 밖으로 1cm 정도 떨어진 부위에 각각 1방씩)에 좌우로 4방

복부와 허리 쪽: 관원혈에 1방, 중완혈에 1방, 허리의 아시혈(눌러서 압통을 느끼는 부위에 좌우 대칭으로 각각 1방씩)에 좌우로 2방

팔: 신문혈(좌, 우)에 2방, 합곡혈(좌, 우)에 2방, 수삼리혈(좌, 우)에 2방, 팔 아시혈(곡지혈에서 팔과 어깨의 경계선에서 가장 높은 곳 사이의 중간 부위)에 좌우로 2방

목과 머리: 아문혈에 1방, 백회혈에 1방, 이마 아시혈(신정혈에서 좌우로 5cm 정도 떨어진 부위에 각 1방씩)에 2방, 어깨 아시혈(눌러서 아픈 부위에 좌우 대칭으로 각각 2방씩)에 좌우로 4방

합계: 38방이었다.

## 양미정의 22차 벌침 맞는 현황

다리: 족삼리혈(좌, 우)에 2방, 삼음교혈(좌, 우)에 2방, 곤륜혈(좌, 우)에 2방, 중봉혈(좌, 우)에 2방, 태충혈(좌, 우)에 2방, 대돈혈(좌, 우)에 2방, 발등 중앙 관절 부위의 부어있는 아시혈에 좌우로 2방, 왼쪽 다리와 오른쪽 다리의 무릎 아시혈(무릎 슬개골 둘레를 기준하여 상하좌우 끝 중앙 부위에서 밖으로 1cm 정도 떨어진 부위에 각각 1방씩)에 좌우로 8방

복부와 허리 쪽: 관원혈에 1방, 중완혈에 1방, 허리의 아시혈(눌러서 압통을 느끼는 부위를 좌우 대칭으로 각각 2방씩)에 좌우로 4방

팔: 양계혈(좌, 우)에 2방, 수삼리혈(좌, 우)에 2방, 팔 아시혈(곡지혈에서 팔과 어깨의 경계선에서 가장 높은 곳 사이의 중간 부위)에 좌우로 2방

목과 머리: 아문혈에 1방, 백회혈에 1방, 이마 아시혈(신정혈에서 좌우로 5cm 정도 떨어진 부위에 각 1방씩)에 2방, 어깨 아시혈(눌러서 아픈 부위에 좌우 대칭으로 각각 2방씩)에 좌우로 4방

합계: 42방이었다.

봉만치가 7인의 영웅들에게 벌침을 놓아주고 말을 꺼냈다.

"사람들은 들고 나는 것을 확실히 해야 하오. 특히 가정에서 가족들이 들고 나는 것을 확실히 하지 않으면 곤란할 것이오. 가장이 출근했다가 퇴근을 했는지 안했는지도 모르고 아이들이 학교에 갔다가 하교를 제대로 했는지, 아내가 동창회 갔다가 귀가를 했는지 여부 등을 확실히 해야지만 가정이 존재하는 것이오. 그렇지 않으면 함께 모여서 살 필요가 없지 않겠소. 벌침도 마찬가지라고 보오. 내가 여러분에게 벌침을 놓아줄 때 훈련기간을 빼고는 반드시 신체의 족삼리혈부터 벌침을 놓았을 것이오. 신체 벌침 적응 훈련 기간의 첫날에도 족삼리혈부터 벌침을 놓았을 것이오. 하지만 신체 벌침 적응 훈련 기간에는 벌침을 몇 방 놓지 않으므로 족삼리혈에 놓지 않은 날이 있었을 것이오. 벌침을 본격적으로 놓을 때는 신체의 족삼리혈부터 시작해서 신체에 신고를 해야 좋은 것이오. 심장에서 멀리 떨어진 족삼리혈부터 벌침을 놓아 신고를 해야 신체가 놀라지 않을 것 아니오."

벌침도 들고 나는 것을 확실히 하는 것이 좋은 것이며 신고 혈자리는 무병장수에 좋은 족삼리혈이라는 말이었다.

# 벌침 제철

화요일도 전투는 계속 되었다. 7인의 영웅들과 봉만치는 승리를 하기 위해 질병과 전투에 만전을 기하는 것이었다.

### 박소영의 23차 벌침 맞는 현황

다리: 족삼리혈(좌, 우)에 2방, 곤륜혈(좌, 우)에 2방, 은문혈(좌, 우)에 2방, 엉덩이 아시혈(엉덩이 가운데 부위로 의자에 앉을 때 닿은 부위 각각 1방씩)에 좌우로 2방, 위중혈(좌, 우)에 2방, 왼쪽 다리와 오른쪽 다리의 무릎 아시혈(둥근 슬개골 둘레 끝 주위를 따라 1cm 정도 밖으로 떨어진 부위를 균등하여 6방씩)에 좌우로 12방, 발목 아시혈(복사뼈 안쪽과 바깥쪽 중앙에서 발등 방향으로 각각 3cm정도 떨어진 부위에 2방씩)에 좌우로 4방

복부와 허리 쪽: 곡골혈에 1방, 건리혈에 1방, 허리의 아시혈(눌

러서 압통을 느끼는 부위를 좌우 대칭으로 각각 1방씩)에 좌우로 2방

팔: 양계혈(좌, 우)에 2방, 주료혈(좌, 우)에 2방

목과 머리: 풍부혈에 1방, 이마 아시혈(신정혈에서 좌우로 5cm 정도 떨어진 부위에 각 1방씩)에 2방, 어깨 아시혈(팔과 몸통의 경계선 둘레에서 가장 높은 부위와 그곳을 기준하여 등 쪽으로 90도 가슴 쪽으로 90도 되는 부위에 각각 1방씩)에 좌우로 6방

합계: 43방이었다.

## 김덕배의 23차 벌침 맞는 현황

다리: 족삼리혈(좌, 우)에 2방, 삼음교혈(좌, 우)에 2방, 승근혈(좌, 우)에 2방, 곤륜혈(좌, 우)에 2방, 태충혈(좌, 우)에 2방, 왼쪽 다리와 오른쪽 다리의 무릎 아시혈(무릎 슬개골 둘레를 기준하여 좌우상하 끝 중앙 부위에서 밖으로 1cm 정도 떨어진 부위에 각각 1방씩)에 좌우로 8방

복부와 허리 쪽: 곡골혈에 1방, 천추혈(좌, 우)에 2방, 등 부위 아시혈(사마귀 3개에 각 2방씩)에 6방

팔: 양계혈(좌, 우)에 2방, 주료혈(좌, 우)에 2방, 곡지혈(좌, 우)로 2방

목과 머리: 천주혈(좌, 우)로 2방, 신정혈에 1방, 이마 아시혈(신정혈에서 좌우로 5cm 정도 떨어진 부위에 각 1방씩)에 2방, 어깨 아시혈(눌러서 압통을 느끼는 부위에 좌우 대칭으로 2방씩)에 좌우로 4방

성기벌침: 귀두 경계선에서 몸 쪽으로 1센티 정도 떨어진 곳에

서 위에서 볼 때 윗부분 중앙에 1방

합계: 43방이었다.

## 윤미령의 23차 벌침 맞는 현황

다리: 족삼리혈(좌, 우)에 2방, 승산혈(좌, 우)에 2방, 태충혈(좌, 우)에 2방, 대돈혈(좌, 우)에 2방, 왼쪽 다리와 오른쪽 다리의 무릎 아시혈(무릎 슬개골 둘레를 기준하여 상하 끝 중앙 부위에서 밖으로 1cm 정도 떨어진 부위에 각각 1방씩)에 좌우로 4방, 발목 아시혈(복사뼈 안쪽과 바깥쪽 중앙에서 발등 방향으로 가각 3cm정도 떨어진 부위에 각각 2방씩)에 좌우로 4방

복부와 허리 쪽: 음교혈에 1방, 건리혈에 1방, 허리의 아시혈(눌러서 압통을 느끼는 부위 좌우 대칭으로 각2방씩)에 좌우로 4방

팔: 양계혈(좌, 우)에 2방, 수삼리혈(좌, 우)에 2방, 주료혈(좌, 우)로 2방

목과 머리: 풍부혈에 1방, 신정혈에 1방, 이마 아시혈(신정혈에서 좌우로 5cm 정도 떨어진 부위에 각 1방씩)에 2방, 어깨 아시혈(팔과 몸통의 경계선 둘레에서 가장 높은 부위와 그곳을 기준하여 등 쪽으로 90도 가슴 쪽으로 90도 되는 부위에 각각 1방씩)에 좌우로 6방

합계: 38방이었다.

## 나찬일의 23차 벌침 맞는 현황

다리: 족삼리혈(좌, 우)에 2방, 태충혈(좌, 우)에 2방, 위중혈(좌, 우)에 2방, 삼음교혈(좌, 우)에 2방, 왼쪽 다리와 오른쪽 다리의 무릎 아시혈(무릎 슬개골 둘레를 기준하여 좌우 상하 끝 중앙 부위에서 밖으로 1cm 정도 떨어진 부위에 각각 1방씩)에 좌우로 8방

복부와 허리 쪽: 곡골혈에 1방, 건리혈에 1방, 가슴 부위와 등 부위의 아토피성 피부질환 아시혈(환부)에 각각 5방씩 10방(아토피성 피부질환 환부를 대략 5등분하여 5방씩 놓음)

팔: 양계혈(좌, 우)에 2방, 주료혈(좌, 우)에 2방, 곡지혈(좌, 우)에 2방

목과 머리 쪽: 천주혈(좌, 우)에 2방, 신정혈에 1방, 이마 아시혈(신정혈에서 좌우로 5cm 정도 떨어진 부위에 각 1방씩)에 2방

성기벌침: 귀두 경계선에서 몸 쪽으로 1센티 정도 떨어진 곳에서 위에서 볼 때 윗부분 중앙에 1방

합계: 40방이었다.

## 손영미의 23차 벌침 맞는 현황

다리: 족삼리혈(좌, 우)에 2방, 삼음교혈(좌, 우)에 2방, 태충혈(좌, 우)에 2방, 왼쪽 다리와 오른쪽 다리의 무릎 아시혈(무릎 슬개골 둘레를 기준하여 상하좌우 끝 중앙 부위에서 밖으로 1cm 정도 떨어진 부위에 각각 1방씩)에 좌우

로 8방

복부와 허리 쪽: 곡골혈에 1방, 건리혈에 1방, 허리의 아시혈(눌러서 압통을 느끼는 부위에 좌우 대칭으로 각각 2방씩)에 좌우로 4방

팔: 양계혈(좌, 우)에 2방, 곡지혈(좌, 우)에 2방, 주료혈(좌, 우)에 2방

목과 머리: 아문혈에 1방, 신정혈에 1방, 이마 아시혈(신정혈에서 좌우로 5cm 정도 떨어진 부위에 각 1방씩)에 2방, 어깨 아시혈(눌러서 아픈 부위에 좌우 대칭으로 각각 2방씩)에 좌우로 4방

합계: 34방이었다.

## 최갑용의 23차 벌침 맞는 현황

다리: 족삼리혈(좌, 우)에 2방, 승산혈(좌, 우)에 2방, 은문혈(좌, 우)에 2방, 승부혈(좌, 우)에 2방, 곤륜혈(좌, 우)에 2방, 대돈혈(좌, 우)에 2방, 중봉혈(좌, 우)에 2방, 왼쪽 다리와 오른쪽 다리의 무릎 아시혈(무릎 슬개골 둘레를 기준하여 상하 끝 중앙 부위에서 밖으로 1cm 정도 떨어진 부위에 각각 1방씩)에 좌우로 4방

복부와 허리 쪽: 곡골혈에 1방, 건리혈에 1방, 허리의 아시혈(눌러서 압통을 느끼는 부위에 좌우 대칭으로 각각 2방씩)에 좌우로 4방

팔: 양계혈(좌, 우)에 2방, 곡지혈(좌, 우)에 2방, 수삼리혈(좌, 우)에 2방, 주료혈(좌, 우)에 2방

목과 머리: 풍부혈에 1방, 신정혈에 1방, 이마 아시혈(신정혈에

서 좌우로 5cm 정도 떨어진 부위에 각 1방씩)에 2방, 어깨 아시혈(눌러서 아픈 부위에 좌우 대칭으로 각각 2방씩)에 좌우로 4방

성기벌침: 귀두 경계선에서 몸 쪽으로 1센티 정도 떨어진 곳에서 위에서 볼 때 윗부분 중앙에 1방

합계: 41방이었다.

## 양미정의 23차 벌침 맞는 현황

다리: 족삼리혈(좌, 우)에 2방, 삼음교혈(좌, 우)에 2방, 곤륜혈(좌, 우)에 2방, 중봉혈(좌, 우)에 2방, 태충혈(좌, 우)에 2방, 대돈혈(좌, 우)에 2방, 발등 중앙 관절 부위의 부어있는 아시혈에 좌우로 2방, 왼쪽 다리와 오른쪽 다리의 무릎 아시혈(무릎 슬개골 둘레를 기준하여 상하좌우 끝 중앙 부위에서 밖으로 1cm 정도 떨어진 부위에 각각 1방씩)에 좌우로 8방, 발목 이시혈(복사뼈 안쪽과 바깥쪽 중앙에서 발등 방향으로 가각 3cm정도 떨어진 부위에 각각 2방씩)에 좌우로 4방

복부와 허리 쪽: 곡골혈에 1방, 건리혈에 1방, 허리의 아시혈(눌러서 압통을 느끼는 부위를 좌우 대칭으로 각각 2방씩)에 좌우로 4방

팔: 합곡혈(좌, 우)에 2방, 곡지혈(좌, 우)에 2방, 주료혈(좌, 우)에 2방

목과 머리: 풍부혈에 1방, 신정혈에 1방, 이마 아시혈(신정혈에서 좌우로 5cm 정도 떨어진 부위에 각 1방씩)에 2방, 어깨 아시혈(눌러서 아픈 부위에 좌우 대칭으로

각각 2방씩)에 좌우로 4방

합계: 46방이었다.


봉만치가 7인의 영웅들에게 벌침을 모두 놓아주었다. 모두가 지켜보는 가운데 300여방 가까이 벌침을 놓았다. 벌침을 먼저 맞은 박소영 영웅이 커피를 준비해 주어 전투 중간에 잠시 휴식시간을 가지고 벌침을 놓을 수 있었다.

"벌침은 온열작용이 있소. 따라서 추운 겨울철이 벌침 제철이오. 신체의 온도가 내려가면 면역력이 약해지게 되어 겨울철에 사람들이 감기를 많이 앓게 되는 것이오. 추어서 면역력이 약화되어 감기 바이러스를 이길 힘이 부족해서 그렇다오. 하지만 사람들이 겨울철 벌침 즐기기가 예전에는 양봉인을 제외하면 거의 불가능했지만 요즘은 인터넷 시절이 아니오. 방안까지 저렴한 가격에 벌침용 꿀벌을 택배로 배달해주는 곳이 많이 있으니 좋은 세상 아니겠소."

봉만치의 말이 끝나고 모두가 내일 전투를 위하여 자신들의 둥지로 돌아갔다.

# 24차
# 물과 구토

수요일 역시 질병과의 전투는 계속 되었다. 7인의 영웅들과 봉만 치는 여느 때와 마찬가지로 승리를 위해 말없이 벌침에 열중했다.

## 박소영의 24차 벌침 맞는 현황

다리: 족삼리혈(좌, 우)에 2방, 곤륜혈(좌, 우)에 2방, 승산혈(좌, 우)에 2방, 엉덩이 아시혈(엉덩이 가운데 부위로 의자에 앉을 때 닿은 부위 각각 1방씩)에 좌우로 2방, 삼음교혈 (좌, 우)에 2방, 왼쪽 왼쪽 다리와 오른쪽 다리의 무릎 아 시혈(둥근 슬개골 둘레 끝 주위를 따라 1cm 정도 밖으로 떨어진 부위를 균등하여 6방씩)에 좌우로 12방, 발목 아 시혈(복사뼈 안쪽과 바깥쪽 중앙에서 발등 방향으로 각 각 3cm정도 떨어진 부위에 2방씩)에 좌우로 4방

복부와 허리 쪽: 관원혈에 1방, 수분혈에 1방, 허리의 아시혈(눌

러서 압통을 느끼는 부위를 좌우 대칭으로 각각 1방씩)에 좌우로 2방

팔: 합곡혈(좌, 우)에 2방, 신문혈(좌, 우)에 2방, 수삼리혈(좌, 우)에 2방

목과 머리: 아문혈에 1방, 백회혈에 1방, 신회혈에 1방, 어깨 아시혈(팔과 몸통의 경계선 둘레에서 가장 높은 부위와 그곳을 기준하여 등 쪽으로 90도 가슴 쪽으로 90도 되는 부위에 각각 1방씩)에 좌우로 6방

합계: 45방이었다.

## 김덕배의 24차 벌침 맞는 현황

다리: 족삼리혈(좌, 우)에 2방, 삼음교혈(좌, 우)에 2방, 곡천혈(좌, 우)에 2방, 승산혈(좌, 우)에 2방, 대돈혈(좌, 우)에 2방, 왼쪽 다리와 오른쪽 다리의 무릎 아시혈(무릎 슬개골 둘레를 기준하여 좌우상하 끝 중앙 부위에서 밖으로 1cm 정도 떨어진 부위에 각각 1방씩)에 좌우로 8방

복부와 허리 쪽: 관원혈에 1방, 수분혈에 1방, 등 부위 아시혈(사마귀 3개에 각 2방씩)에 6방

팔: 합곡혈(좌, 우)에 2방, 신문혈(좌, 우)에 2방, 수삼리혈(좌, 우)로 2방

목과 머리: 풍지혈(좌, 우)로 2방, 신회혈에 1방, 백회혈에 1방, 어깨 아시혈(눌러서 압통을 느끼는 부위에 좌우 대칭으로 2방씩)에 좌우로 4방

합계: 40방이었다.

### 윤미령의 24차 벌침 맞는 현황

다리: 족삼리혈(좌, 우)에 2방, 삼음교혈(좌, 우)에 2방, 태충혈(좌, 우)에 2방, 곤륜혈(좌, 우)에 2방, 왼쪽 다리와 오른쪽 다리의 무릎 아시혈(무릎 슬개골 둘레를 기준하여 좌우상하 끝 중앙 부위에서 밖으로 1cm 정도 떨어진 부위에 각각 1방씩)에 좌우로 8방

복부와 허리 쪽: 관원혈에 1방, 천추혈(좌, 우)에 2방, 수분혈에 1방, 허리의 아시혈(눌러서 압통을 느끼는 부위 좌우 대칭으로 각2방씩)에 좌우로 4방

팔: 합곡혈(좌, 우)에 2방, 신문혈(좌, 우)에 2방, 수삼리혈(좌, 우)에 2방

목과 머리: 풍지혈(좌, 우)에 2방, 신회혈에 1방, 어깨 아시혈(팔과 몸통의 경계선 둘레에서 가장 높은 부위와 그곳을 기준하여 등 쪽으로 90도 가슴 쪽으로 90도 되는 부위에 각각 1방씩)에 좌우로 6방

합계 : 39방이었다.

### 나찬일의 24차 벌침 맞는 현황

다리: 족삼리혈(좌, 우)에 2방, 곤륜혈(좌, 우)에 2방, 승산혈(좌, 우)에 2방, 대돈혈(좌, 우)에 2방, 삼음교혈(좌, 우)에 2방, 왼쪽 다리와 오른쪽 다리의 무릎 아시혈(무릎 슬개골 둘레를 기준하여 좌우상하 끝 중앙 부위에서 밖으로 1cm 정도 떨어진 부위에 각각 1방씩)에 좌우로 8방

복부와 허리 쪽: 관원혈에 1방, 수분혈에 1방, 가슴 부위와 등 부위의 아토피성 피부질환 아시혈(환부)에 각각 5방씩 10방(아토피성 피부질환 환부를 대략 5등분하여 5방씩 놓음)

팔: 합곡혈(좌, 우)에 2방, 신문혈(좌, 우)에 2방, 천정혈(좌, 우)에 2방

목과 머리 쪽: 풍지혈(좌, 우)에 2방, 신회혈에 1방

합계: 39방이었다.

## 손영미의 24차 벌침 맞는 현황

다리: 족삼리혈(좌, 우)에 2방, 곤륜혈(좌, 우)에 2방, 대돈혈(좌, 우)에 2방, 왼쪽 다리와 오른쪽 다리의 무릎 아시혈(무릎 슬개골 둘레를 기준하여 좌우상하 끝 중앙 부위에서 밖으로 1cm 정도 떨어진 부위에 각각 1방씩)에 좌우로 8방

복부와 허리 쪽: 관원혈에 1방, 수분혈에 1방, 허리의 아시혈(눌러서 압통을 느끼는 부위에 좌우 대칭으로 각각 2방씩)에 좌우로 4방

팔: 합곡혈(좌, 우)에 2방, 신문혈(좌, 우)에 2방, 수삼리혈(좌, 우)에 2방

목과 머리: 풍지혈(좌, 우)에 2방, 신회혈에 1방, 어깨 아시혈(눌러서 아픈 부위에 좌우 대칭으로 각각 2방씩)에 좌우로 4방

합계: 33방이었다.

## 최갑용의 24차 벌침 맞는 현황

다리: 족삼리혈(좌, 우)에 2방, 승근혈(좌, 우)에 2방, 은문혈(좌, 우)에 2방, 곤륜혈(좌, 우)에 2방, 삼음교혈(좌, 우)에 2방, 태충혈(좌, 우)에 2방, 중봉혈(좌, 우)에 2방, 왼쪽 다리와 오른쪽 다리의 무릎 아시혈(무릎 슬개골 둘레를 기준하여 좌우상하 끝 중앙 부위에서 밖으로 1cm 정도 떨어진 부위에 각각 1방씩)에 좌우로 8방

복부와 허리 쪽: 관원혈에 1방, 수분혈에 1방, 허리의 아시혈(눌러서 압통을 느끼는 부위에 좌우 대칭으로 각각 2방씩)에 좌우로 4방

팔: 합곡혈(좌, 우)에 2방, 신문혈(좌, 우)에 2방, 수삼리혈(좌, 우)에 2방

목과 머리: 풍지혈(좌, 우)에 2방, 신회혈에 1방, 어깨 아시혈(눌러서 아픈 부위에 좌우 대칭으로 각각 2방씩)에 좌우로 4방

합계: 41방이었다.

## 양미정의 24차 벌침 맞는 현황

다리: 족삼리혈(좌, 우)에 2방, 삼음교혈(좌, 우)에 2방, 곤륜혈(좌, 우)에 2방, 승산혈(좌, 우)에 2방, 태충혈(좌, 우)에 2방, 대돈혈(좌, 우)에 2방, 발등 중앙 관절 부위의 부어있는 아시혈에 좌우로 2방, 왼쪽 다리와 오른쪽 다리의 무릎 아시혈(무릎 슬개골 둘레를 기준하여 좌우상하 끝 중

앙 부위에서 밖으로 1cm 정도 떨어진 부위에 각각 1방씩)에 좌우로 8방, 발목 아시혈(복사뼈 안쪽과 바깥쪽 중앙에서 발등 방향으로 가각 3cm정도 떨어진 부위에 각각 2방씩)에 좌우로 4방
- 복부와 허리 쪽: 관원혈에 1방, 수분혈에 1방, 허리의 아시혈(눌러서 압통을 느끼는 부위를 좌우 대칭으로 각각 2방씩)에 좌우로 4방
- 팔: 신문혈(좌, 우)에 2방, 양계혈(좌, 우)에 2방, 수삼리혈(좌, 우)에 2방
- 목과 머리: 풍부혈에 1방, 신회혈에 1방, 어깨 아시혈(눌러서 아픈 부위에 좌우 대칭으로 각각 2방씩)에 좌우로 4방
- 합계: 44방이었다.

벌침을 다 놓은 봉만치가 7인의 영웅들에게 한마디 했다.

"신체 벌침 적응 훈련을 하고 벌침을 즐길 때 몇 달간 벌침을 맞지 않다가 다시 벌침을 맞으려면 신체 벌침 적응 훈련을 다시 처음부터 할 필요는 없소. 이미 신체에 벌독 항체가 만들어졌기 때문이오, 그렇더라도 첫날부터 과하게 맞으면 곤란하오. 벌침을 중단했을 때 1회에 30방 정도 즐기던 사람이라면 그 절반 수준인 15방 정도로 맞으라는 것이오. 첫날부터 갑자기 과하게 맞으면 몸이 놀랄 수 있으니 그렇소. 그러면서 차츰 예전의 벌침 마릿수에 도달하면 되는 것이오. 몇 달 쉬었다가 벌침을 첫날부터 예전처럼 맞아서 쇼크가 오거나 극도로 피곤한 경우에 놀라거나 당황하지 말고

변을 누거나 오줌을 누고, 속이 거북하면 물을 마시고 구토를 조금 한 후에 누워 있으면 곧 불편한 것이 사라질 것이오. 호들갑을 떨지 말고 차분하게 말이오. 그래도 거북하면 벌에 쏘였을 때 먹는 약을 사먹으면 될 것이오."

 소주를 좋아하는 김덕배 영웅이 봉만치와 나찬일 영웅을 데리고 인근 횟집으로 데리고 갔다. 남자들만 함께 가려고 했으나 최갑용 영웅은 박소영 영웅의 집에 부인과 함께 합숙을 하고 있어서 술자리에 함께 가지 않았다. 셋이 싱싱한 회를 안주로 소주 5병을 마셨다.

# 25차
# 아픈 사람이

목요일도 질병과의 전투는 계속 되었다. 7인의 영웅들과 봉만치는 질병과의 전투가 생활의 일부가 된 느낌이었다.

 박소영의 25차 벌침 맞는 현황

다리: 족삼리혈(좌, 우)에 2방, 곤륜혈(좌, 우)에 2방, 태충혈(좌, 우)에 2방, 위중혈(좌, 우)에 2방, 엉덩이 아시혈(엉덩이 가운데 부위로 의자에 앉을 때 닿은 부위 각각 1방씩)에 좌우로 2방, 대돈혈(좌, 우)에 2방, 왼쪽 다리와 오른쪽 다리의 무릎 아시혈(둥근 슬개골 둘레 끝 주위를 따라 1cm 정도 밖으로 떨어진 부위를 균등하여 6방씩)에 좌우로 12방, 발목 아시혈(복사뼈 안쪽과 바깥쪽 중앙에서 발등 방향으로 각각 3cm정도 떨어진 부위에 2방씩)에 좌우로 4방

복부와 허리 쪽: 음교혈에 1방, 중완혈에 1방, 허리의 아시혈(눌러서 압통을 느끼는 부위를 좌우 대칭으로 각각 1방씩)에 좌우로 2방, 등의 아시혈(등 가운데 부위에 등뼈를 기준하여 좌우로 3cm 정도 떨어진 부위에 각 1방씩)에 좌우로 2방

팔: 양계혈(좌, 우)에 2방, 신문혈(좌, 우)에 2방, 곡지혈(좌, 우)에 2방

목과 머리: 풍부혈에 1방, 신정혈에 1방, 어깨 아시혈(팔과 몸통의 경계선 둘레에서 가장 높은 부위와 그곳을 기준하여 등 쪽으로 90도 가슴 쪽으로 90도 되는 부위에 각각 1방씩)에 좌우로 6방

합계: 48방이었다.

## 김덕배의 25차 벌침 맞는 현황

다리: 족삼리혈(좌, 우)에 2방, 삼음교혈(좌, 우)에 2방, 곤륜혈(좌, 우)에 2방, 승근혈(좌, 우)에 2방, 태충혈(좌, 우)에 2방, 중봉혈(좌, 우)에 2방, 왼쪽 다리와 오른쪽 다리의 무릎 아시혈(무릎 슬개골 둘레를 기준하여 좌우상하 끝 중앙 부위에서 밖으로 1cm 정도 떨어진 부위에 각각 1방씩)에 좌우로 8방

복부와 허리 쪽: 음교혈에 1방, 중완혈에 1방, 등 부위 아시혈(사마귀 3개에 각 2방씩)에 6방

팔: 양계혈(좌, 우)에 2방, 신문혈(좌, 우)에 2방, 천정혈(좌, 우)로 2방

목과 머리: 천주혈(좌, 우)로 2방, 신정혈에 1방, 백회혈에 1방,

어깨 아시혈(눌러서 압통을 느끼는 부위에 좌우 대칭으로 2방씩)에 좌우로 4방

성기벌침: 성기의 귀두 경계선에서 성기 안쪽으로 1cm 정도 들어간 부위를 둘레로 하여 성기 아랫부분의 요도를 경계로 좌우로 1cm 정도 떨어진 부위에 각 2방

합계: 44방이었다.

## 윤미령의 25차 벌침 맞는 현황

다리: 족삼리혈(좌, 우)에 2방, 삼음교혈(좌, 우)에 2방, 대돈혈(좌, 우)에 2방, 곤륜혈(좌, 우)에 2방, 중봉혈(좌, 우)에 2방, 왼쪽 다리와 오른쪽 다리의 무릎 아시혈(무릎 슬개골 둘레를 기준하여 좌우상하 끝 중앙 부위에서 밖으로 1cm 정도 떨어진 부위에 각각 1방씩)에 좌우로 8방

복부와 허리 쪽: 음교혈에 1방, 중완혈에 1방, 하완혈에 1방, 허리의 아시혈(눌러서 압통을 느끼는 부위 좌우 대칭으로 각2방씩)에 좌우로 4방

팔: 양계혈(좌, 우)에 2방, 신문혈(좌, 우)에 2방, 천정혈(좌, 우)에 2방

목과 머리: 천주혈(좌, 우)에 2방, 신정혈에 1방, 어깨 아시혈(팔과 몸통의 경계선 둘레에서 가장 높은 부위와 그곳을 기준하여 등 쪽으로 90도 가슴 쪽으로 90도 되는 부위에 각각 1방씩)에 좌우로 6방

합계: 40방이었다.

## 나찬일의 25차 벌침 맞는 현황

다리: 족삼리혈(좌, 우)에 2방, 곤륜혈(좌, 우)에 2방, 승근혈(좌, 우)에 2방, 태충혈(좌, 우)에 2방, 삼음교혈(좌, 우)에 2방, 왼쪽 다리와 오른쪽 다리의 무릎 아시혈(무릎 슬개골 둘레를 기준하여 좌우상하 끝 중앙 부위에서 밖으로 1cm 정도 떨어진 부위에 각각 1방씩)에 좌우로 8방

복부와 허리 쪽: 음교혈에 1방, 중완혈에 1방, 가슴 부위와 등 부위의 아토피성 피부질환 아시혈(환부)에 각각 5방씩 10방(아토피성 피부질환 환부를 대략 5등분하여 5방씩 놓음)

팔: 합곡혈(좌, 우)에 2방, 신문혈(좌, 우)에 2방, 천정혈(좌, 우)에 2방

목과 머리 쪽: 천주혈(좌, 우)에 2방, 신정혈에 1방

성기벌침: 성기의 귀두 경계선에서 성기 안쪽으로 1cm 정도 들어간 부위를 둘레로 하여 성기 아랫부분의 요도를 경계로 좌우로 1cm 정도 떨어진 부위에 각 2방

합계: 41방이었다.

## 손영미의 25차 벌침 맞는 현황

다리: 족삼리혈(좌, 우)에 2방, 중봉혈(좌, 우)에 2방, 태충혈(좌, 우)에 2방, 위중혈(좌, 우)에 2방, 왼쪽 다리와 오른쪽 다리의 무릎 아시혈(무릎 슬개골 둘레를 기준하여 좌우상하 끝 중앙 부위에서 밖으로 1cm 정도 떨어진 부위에 각각

1방씩)에 좌우로 8방

복부와 허리 쪽: 음교혈에 1방, 중완혈에 1방, 허리의 아시혈(눌러서 압통을 느끼는 부위에 좌우 대칭으로 각각 2방씩)에 좌우로 4방

팔: 양계혈(좌, 우)에 2방, 신문혈(좌, 우)에 2방, 천정혈(좌, 우)에 2방

목과 머리: 천주혈(좌, 우)에 2방, 신정혈에 1방, 어깨 아시혈(눌러서 아픈 부위에 좌우 대칭으로 각각 2방씩)에 좌우로 4방

합계: 35방이었다.

## 최갑용의 25차 벌침 맞는 현황

다리: 족삼리혈(좌, 우)에 2방, 승산혈(좌 ,우)에 2방, 은문혈(좌, 우)에 2방, 곤륜혈(좌, 우)에 2방, 삼음교혈(좌, 우)에 2방, 태충혈(좌, 우)에 2방, 대돈혈(좌, 우)에 2방, 왼쪽 다리와 오른쪽 다리의 무릎 아시혈(무릎 슬개골 둘레를 기준하여 좌우상하 끝 중앙 부위에서 밖으로 1cm 정도 떨어진 부위에 각각 1방씩)에 좌우로 8방

복부와 허리 쪽: 음교혈에 1방, 중완혈에 1방, 허리의 아시혈(눌러서 압통을 느끼는 부위에 좌우 대칭으로 각각 2방씩)에 좌우로 4방

팔: 양계혈(좌, 우)에 2방, 신문혈(좌, 우)에 2방, 천정혈(좌, 우)에 2방

목과 머리: 천주혈(좌, 우)에 2방, 신문혈에 1방, 어깨 아시혈(눌러서 아픈 부위에 좌우 대칭으로 각각 2방씩)에 좌

우로 4방

성기벌침: 성기의 귀두 경계선에서 성기 안쪽으로 1cm 정도 들어간 부위를 둘레로 하여 성기 아랫부분의 요도를 경계로 좌우로 1cm 정도 떨어진 부위에 각 2방

합계: 43방이었다.

## 양미정의 25차 벌침 맞는 현황

다리: 족삼리혈(좌, 우)에 2방, 삼음교혈(좌, 우)에 2방, 곤륜혈(좌, 우)에 2방, 태충혈(좌, 우)에 2방, 중봉혈(좌, 우)에 2방, 대돈혈(좌, 우)에 2방, 발등 중앙 관절 부위의 부어있는 아시혈에 좌우로 2방, 왼쪽 다리와 오른쪽 다리의 무릎 아시혈(무릎 슬개골 둘레를 기준하여 좌우상하 끝 중앙 부위에서 밖으로 1cm 정도 떨어진 부위에 각각 1방씩)에 좌우로 8방, 발목 아시혈(복사뼈 안쪽과 바깥쪽 중앙에서 발등 방향으로 가각 3cm정도 떨어진 부위에 각각 2방씩)에 좌우로 4방

복부와 허리 쪽: 음교혈에 1방, 중완혈에 1방, 허리의 아시혈(눌러서 압통을 느끼는 부위를 좌우 대칭으로 각각 2방씩)에 좌우로 4방

팔: 합곡혈(좌,우)에 2방, 신문혈(좌, 우)에 2방, 양계혈(좌, 우)에 2방, 천정혈(좌, 우)에 2방

목과 머리: 아문혈에 1방, 백회혈에 1방, 어깨 아시혈(눌러서 아픈 부위에 좌우 대칭으로 각각 2방씩)에 좌우로 4방

합계: 46방이었다.

봉만치의 벌침 놓는 시간이 다소 길어지고 있었다. 7인의 영웅들에게 벌침 마릿수를 서서히 늘리고 있기 때문이었다. 벌침을 다 놓은 봉만치가 한마디 했다.

"벌침이라는 것이 신기하게도 아픈 사람들이 아프지 않은 사람에 비해 더 잘 궁합이 맞는 것 같소. 같은 사람이라도 관절염이나 중풍, 또는 기타 원인으로 몸 상태가 좋지 않은 사람이 그렇지 않은 사람에 비해 마릿수를 더 많게 맞을 수 있다는 사실을 발견했소. 아마도 그 이유는 아픈 사람들의 환부에 벌독이 가서 전쟁을 치르느라고 그러는 것 같소. 다시 말하면 벌독이 다른 곳에 신경 쓸 틈이 없이 환부로 가서 사용되기 때문이라는 것이오. 여러분들은 일반인에 비해 벌침 마릿수를 늘려서 전투를 하고 있는 것이오. 그 중에서도 박소영 영웅과 김덕배 영웅, 최갑용 영웅, 양미정 영웅의 몸 상태가 다른 이에 비해 더 좋지 않으므로 벌침 마릿수를 조금 더 하고 있으니 이 점 이해하기 바라오."

7인의 영웅들은 봉만치와 함께 질병과의 전투를 치르면서 벌침에 대한 믿음이 점점 더 깊어지고 있었다.

# 26차
# 정량과 부작용

금요일도 질병과의 전투는 계속 되었다. 7인의 영웅들과 봉만치는 질병과의 전투의 승리를 위해 옆을 돌아보지 않고 앞을 향하여 계속 전진을 하였다.

### 박소영의 26차 벌침 맞는 현황

다리: 족삼리혈(좌, 우)에 2방, 승산혈(좌, 우)에 2방, 곤륜혈(좌, 우)에 2방, 엉덩이 아시혈(엉덩이 가운데 부위로 의자에 앉을 때 닿은 부위 각각 1방씩)에 좌우로 2방, 태충혈(좌, 우)에 2방, 왼쪽 다리와 오른쪽 다리의 무릎 아시혈(둥근 슬개골 둘레 끝 주위를 따라 1cm 정도 밖으로 떨어진 부위를 균등하여 6방씩)에 좌우로 12방, 발목 아시혈(복사뼈 안쪽과 바깥쪽 중앙에서 발등 방향으로 각각 3cm정도 떨어진 부위에 2방씩)에 좌우로 4방

복부와 허리 쪽: 곡골혈에 1방, 하완혈에 1방, 허리의 아시혈(눌러서 압통을 느끼는 부위를 좌우 대칭으로 각각 1방씩)에 좌우로 2방, 등의 아시혈(등 가운데 부위에 등뼈를 기준하여 좌우로 3cm 정도 떨어진 부위에 각 1방씩)에 좌우로 2방

팔: 양계혈(좌, 우)에 2방, 신문혈(좌, 우)에 2방, 수삼리혈(좌, 우)에 2방

목과 머리: 아문혈에 1방, 전정혈에 1방, 어깨 아시혈(팔과 몸통의 경계선 둘레에서 가장 높은 부위와 그곳을 기준하여 등 쪽으로 90도 가슴 쪽으로 90도 되는 부위에 각각 1방씩)에 좌우로 6방

합계: 46방이었다.

## 김덕배의 26차 벌침 맞는 현황

다리: 족삼리혈(좌, 우)에 2방, 삼음교혈(좌, 우)에 2방, 곤륜혈(좌, 우)에 2방, 승근혈(좌, 우)에 2방, 태충혈(좌, 우)에 2방, 대돈혈(좌, 우)에 2방, 새끼발가락 아시혈(새끼발가락의 위 중앙 부위 각 1방)에 좌우로 2방, 발가락 아시혈(둘째, 셋째, 넷째 발가락의 엄지발가락 대돈혈에 상당하는 부위에 각 1방씩)에 좌우로 6방

복부와 허리 쪽: 곡골혈에 1방, 하완혈에 1방, 등 부위 아시혈(사마귀 3개에 각 2방씩)에 6방

팔: 합곡혈(좌, 우)에 2방, 신문혈(좌, 우)에 2방, 수삼리혈(좌, 우)로 2방

목과 머리: 풍지혈(좌, 우)로 2방, 전정혈에 1방, 신정혈에 1방,

어깨 아시혈(눌러서 압통을 느끼는 부위에 좌우 대
칭으로 2방씩)에 좌우로 4방

합계: 42방이었다.

### 윤미령의 26차 벌침 맞는 현황

다리: 족삼리혈(좌, 우)에 2방, 태충혈(좌, 우)에 2방, 곡천혈(좌, 우)에 2방, 곤륜혈(좌, 우)에 2방, 중봉혈(좌, 우)에 2방, 왼쪽 다리와 오른쪽 다리의 무릎 아시혈(무릎 슬개골 둘레를 기준하여 좌우상하 끝 중앙 부위에서 밖으로 1cm 정도 떨어진 부위에 각각 1방씩)에 좌우로 8방

복부와 허리 쪽: 곡골혈에 1방, 하완혈에 1방, 중완혈에 1방, 허리의 아시혈(눌러서 압통을 느끼는 부위 좌우 대칭으로 각2방씩)에 좌우로 4방

팔: 합곡혈(좌, 우)에 2방, 신문혈(좌, 우)에 2방, 수삼리혈(좌, 우)에 2방

목과 머리: 풍지혈(좌, 우)에 2방, 전정혈에 1방, 어깨 아시혈(팔과 몸통의 경계선 둘레에서 가장 높은 부위와 그곳을 기준하여 등 쪽으로 90도 가슴 쪽으로 90도 되는 부위에 각각 1방씩)에 좌우로 6방

합계: 40방이었다.

### 나찬일의 26차 벌침 맞는 현황

다리: 족삼리혈(좌, 우)에 2방, 곤륜혈(좌, 우)에 2방, 승근혈(좌, 우)에 2방, 태충혈(좌, 우)에 2방, 삼음교혈(좌, 우)에 2방,

새끼발가락 아시혈(새끼발가락의 위 중앙 부위 각 1방)에 좌우로 2방, 발가락 아시혈(둘째, 셋째, 넷째 발가락의 엄지발가락 대돈혈에 상당하는 부위에 각 1방씩)에 좌우로 6방

복부와 허리 쪽: 곡골혈에 1방, 하완혈에 1방, 가슴 부위와 등 부위의 아토피성 피부질환 아시혈(환부)에 각각 5방씩 10방(아토피성 피부질환 환부를 대략 5등분하여 5방씩 놓음)

팔: 양계혈(좌, 우)에 2방, 신문혈(좌, 우)에 2방, 수삼리혈(좌, 우)에 2방

목과 머리 쪽: 풍지혈(좌, 우)에 2방, 전정혈에 1방, 이마 아시혈(이마의 중앙 부위)에 1방

합계: 40방이었다.

## 손영미의 26차 벌침 맞는 현황

다리: 족삼리혈(좌, 우)에 2방, 곤륜혈(좌, 우)에 2방, 태충혈(좌, 우)에 2방, 위중혈(좌, 우)에 2방, 왼쪽 다리와 오른쪽 다리의 무릎 아시혈(무릎 슬개골 둘레를 기준하여 좌우상하 끝 중앙 부위에서 밖으로 1cm 정도 떨어진 부위에 각각 1방씩)에 좌우로 8방

복부와 허리 쪽: 곡골혈에 1방, 하완혈에 1방, 허리의 아시혈(눌러서 압통을 느끼는 부위에 좌우 대칭으로 각각 2방씩)에 좌우로 4방

팔: 합곡혈(좌, 우)에 2방, 신문혈(좌, 우)에 2방, 수삼리혈(좌, 우)에 2방

목과 머리: 풍지혈(좌, 우)에 2방, 전정혈에 1방, 어깨 아시혈(눌

러서 아픈 부위에 좌우 대칭으로 각각 2방씩)에 좌우로 4방
합계: 35방이었다.

### 최갑용의 26차 벌침 맞는 현황

다리: 족삼리혈(좌, 우)에 2방, 승산혈(좌 ,우)에 2방, 은문혈(좌, 우)에 2방, 곤륜혈(좌, 우)에 2방, 삼음교혈(좌, 우)에 2방, 태충혈(좌, 우)에 2방, 대돈혈(좌, 우)에 2방, 새끼발가락 아시혈(새끼발가락의 위 중앙 부위 각 1방)에 좌우로 2방, 발가락 아시혈(둘째, 셋째, 넷째 발가락의 엄지발가락 대돈혈에 상당하는 부위에 각 1방씩)에 좌우로 6방

복부와 허리 쪽: 곡골혈에 1방, 하완혈에 1방, 허리의 아시혈(눌러서 압통을 느끼는 부위에 좌우 대칭으로 각각 2방씩)에 좌우로 4방

팔: 합곡혈(좌, 우)에 2방, 신문혈(좌, 우)에 2방, 수삼리혈(좌, 우)에 2방

목과 머리: 풍지혈(좌, 우)에 2방, 추정혈에 1방, 전정혈에 1방, 이마 아시혈(이마의 중앙 부위)에 1방, 어깨 아시혈(눌러서 아픈 부위에 좌우 대칭으로 각각 2방씩)에 좌우로 4방

합계: 43방이었다.

### 양미정의 26차 벌침 맞는 현황

다리: 족삼리혈(좌, 우)에 2방, 삼음교혈(좌, 우)에 2방, 곤륜혈(좌, 우)에 2방, 승근혈(좌, 우)에 2방, 태충혈(좌, 우)에 2방, 중봉혈(좌, 우)에 2방, 대돈혈(좌, 우)에 2방, 발등 중

앙 관절 부위의 부어있는 아시혈에 좌우로 2방, 새끼발가락 아시혈(새끼발가락의 위 중앙 부위 각 1방)에 좌우로 2방, 발가락 아시혈(둘째, 셋째, 넷째 발가락의 엄지발가락 대돈혈에 상당하는 부위에 각 1방씩)에 좌우로 6방

복부와 허리 쪽: 곡골혈에 1방, 하완혈에 1방, 허리의 아시혈(눌러서 압통을 느끼는 부위를 좌우 대칭으로 각각 2방씩)에 좌우로 4방

팔: 양계혈(좌, 우)에 2방, 신문혈(좌, 우)에 2방, 엄지손가락 아시혈(엄지손가락 중앙 부위 부어 있는 곳 각 1방씩)에 좌우로 2방, 주료혈(좌, 우)에 2방

목과 머리: 풍부혈에 1방, 전정혈에 1방, 이마 아시혈(이마의 중앙 부위)에 1방, 어깨 아시혈(눌러서 아픈 부위에 좌우 대칭으로 각각 2방씩)에 좌우로 4방

합계: 45방이었다.


벌침을 다 놓고 봉만치가 입을 열었다.

"벌침에 대한 이야기 중에 부작용이라는 말을 들어 보았을 것이오. 벌침을 모르는 사람들이 부작용이라는 말의 의미도 모르고 일반인들에게 공포심을 가지게 하려는 의도로 사용하는 말이오. 일반 침은 피부 속으로 깊게 들어가므로 부작용이 있을 수 있소. 하지만 벌침은 피부에 들어가는 양이 아주 미세하므로 부작용이 있을 수 없는 것이라오. 술을 예로 들어 보겠소. 주량이 소주 2잔인 사람이 술을 2병을 마시면 어떻게 되겠소. 낭패를 당할 것이오. 이와 마찬가지인 것이 벌침이라오. 어디 벌침뿐이겠소. 세상 모든 것

들은 과하면 모자람만 못한 것이잖소. 그런데 여기서 중요한 사실이 있소. 술을 그렇게 과음한 것을 가지고 사람들은 술 부작용이라 하지 않는다는 것이오. 그렇다면 술을 자신의 정량에 맞게 마시면 될 것 아니겠소. 혹자는 자신의 술 정량을 어떻게 알 수 있냐고 의문을 가질 수 있겠지만 오히려 그것이 술을 즐기는데 도움이 될 수 있다는 사실이오. 처음 술을 마실 때 자신은 주량이 소주 1잔이라고 단정하고 마시면 되는 것이오. 그러면서 서서히 2잔으로 반병으로 늘려가는 것이 술이라는 것이오. 그러다 보면 자신이 기분 좋게 마시는 술의 양을 알 수 있는 것이라오. 벌침도 이렇게 즐기는 것이라오. 처음에 약하게 시작해서 차츰 늘려 가면 자신이 기준 좋게 즐길 수 있는 벌침 양을 찾을 수 있다는 것이오. 벌침 정량이 10방도 안 되는 초보자가 처음부터 욕심 부려 과하게 벌침을 맞으면 결과는 큰일만 남게 될 것 아니겠소. 이 점을 명심하고 벌침을 즐기기를 바라오. 반드시 벌침은 절차라는 것이오. 절차를 무시하면 결과는 낭패만 있을 것 아니겠소."

벌침 부작용에 대하여 봉만치가 술에 비교하여 설명을 하였다. 비아그라를 한 알 먹어야 하는데 한꺼번에 3알을 먹으면 결과는 말하지 않아도 상상할 수 있겠다.

# 27차
# 작용과 반작용

토요일 전투도 예외가 없었다. 7인의 영웅들과 봉만치는 질병과의 전투의 승리를 위해 벌침에 열중하였다.

### 박소영의 27차 벌침 맞는 현황

다리: 족삼리혈(좌, 우)에 2방, 은문혈(좌, 우)에 2방, 곤륜혈(좌, 우)에 2방, 엉덩이 아시혈(엉덩이 가운데 부위로 의자에 앉을 때 닿은 부위 각각 1방씩)에 좌우로 2방, 중봉혈(좌, 우)에 2방, 왼쪽 다리와 오른쪽 다리의 무릎 아시혈(둥근 슬개골 둘레 끝 주위를 따라 1cm 정도 밖으로 떨어진 부위를 균등하여 6방씩)에 좌우로 12방, 발목 아시혈(복사뼈 안쪽과 바깥쪽 중앙에서 발등 방향으로 각각 3cm정도 떨어진 부위에 2방씩)에 좌우로 4방

복부와 허리 쪽: 관원혈에 1방, 천추혈(좌, 우)에 2방, 허리의 아

시혈(눌러서 압통을 느끼는 부위를 좌우 대칭으로 각각 2방씩)에 좌우로 4방, 등의 아시혈(등 가운데 부위에 등뼈를 기준하여 좌우로 3cm 정도 떨어진 부위에 각 1방씩)에 좌우로 2방

팔 : 합곡혈(좌, 우)에 2방, 신문혈(좌, 우)에 2방, 곡지혈(좌, 우)에 2방

목과 머리: 풍부혈에 1방, 이마 아시혈(이마의 중앙 부위에) 1방, 어깨 아시혈(팔과 몸통의 경계선 둘레에서 가장 높은 부위와 그곳을 기준하여 등 쪽으로 90도 가슴 쪽으로 90도 되는 부위에 각각 1방씩)에 좌우로 6방

합계: 49방이었다.

## 김덕배의 27차 벌침 맞는 현황

다리: 족삼리혈(좌, 우)에 2방, 삼음교혈(좌, 우)에 2방, 곡천혈(좌, 우)에 2방, 승산혈(좌, 우)에 2방, 대충혈(좌, 우)에 2방, 대돈혈(좌, 우)에 2방, 새끼발가락 아시혈(새끼발가락의 위 중앙 부위 각 1방)에 좌우로 2방, 발가락 아시혈(둘째, 셋째, 넷째 발가락의 엄지발가락 대돈혈에 상당하는 부위에 각 1방씩)에 좌우로 6방

복부와 허리 쪽: 관원혈에 1방, 천추혈(좌, 우)에 2방, 등 부위 아시혈(사마귀 3개에 각 2방씩)에 6방

팔: 양계혈(좌, 우)에 2방, 신문혈(좌, 우)에 2방, 곡지혈(좌, 우)로 2방

목과 머리: 아문혈에 1방, 백회혈에 1방, 이마 아시혈(이마의 중앙 부위에) 1방, 어깨 아시혈(눌러서 압통을 느끼는

부위에 좌우 대칭으로 2방씩)에 좌우로 4방

성기벌침: 19차, 21차, 23차, 25차에 맞은 곳에 동시에 5방

합계: 47방이었다.

## 윤미령의 27차 벌침 맞는 현황

다리: 족삼리혈(좌, 우)에 2방, 태충혈(좌, 우)에 2방, 곡천혈(좌, 우)에 2방, 곤륜혈(좌, 우)에 2방, 중봉혈(좌, 우)에 2방, 새끼발가락 아시혈(새끼발가락의 위 중앙 부위 각 1방)에 좌우로 2방, 발가락 아시혈(둘째, 셋째, 넷째 발가락의 엄지발가락 대돈혈에 상당하는 부위에 각 1방씩)에 좌우로 6방

복부와 허리 쪽: 관원혈에 1방, 천추혈(좌, 우)에 2방, 건리혈에 1방, 허리의 아시혈(눌러서 압통을 느끼는 부위 좌우 대칭으로 각2방씩)에 좌우로 4방

팔: 양계혈(좌, 우)에 2방, 신문혈(좌, 우)에 2방, 곡지혈(좌, 우)에 2방

목과 머리: 천주혈(좌, 우)에 2방, 백회혈에 1방, 이마 아시혈(이마의 중앙 부위)에 1방, 어깨 아시혈(팔과 몸통의 경계선 둘레에서 가장 높은 부위와 그곳을 기준하여 등 쪽으로 90도 가슴 쪽으로 90도 되는 부위에 각각 1방씩)에 좌우로 6방

합계: 42방이었다.

## 나찬일의 27차 벌침 맞는 현황

다리: 족삼리혈(좌, 우)에 2방, 곡천혈(좌, 우)에 2방, 위중혈(좌, 우)에 2방, 삼음교혈(좌, 우)에 2방, 새끼발가락 아시혈(새끼발가락의 위 중앙 부위 각 1방)에 좌우로 2방, 발가락 아시혈(둘째, 셋째, 넷째 발가락의 엄지발가락 대돈혈에 상당하는 부위에 각 1방씩)에 좌우로 6방

복부와 허리 쪽: 관원혈에 1방, 천추혈(좌, 우)에 2방, 가슴 부위와 등 부위의 아토피성 피부질환 아시혈(환부)에 각각 5방씩 10방(아토피성 피부질환 환부를 대략 5등분하여 5방씩 놓음)

팔: 합곡혈(좌, 우)에 2방, 신문혈(좌, 우)에 2방, 곡지혈(좌, 우)에 2방

목과 머리 쪽: 천주혈(좌, 우)에 2방, 백회혈에 1방, 이마 아시혈(이마의 중앙 부위)에 1방, 어깨 아시혈(눌러서 압통을 느끼는 부위에 좌우 대칭으로 2방씩)에 좌우로 4방

성기벌침: 19차, 21차, 23차, 25차에 맞은 곳에 동시에 5방

합계: 48방이었다.

## 손영미의 27차 벌침 맞는 현황

다리: 족삼리혈(좌, 우)에 2방, 승산혈(좌, 우)에 2방, 태충혈(좌, 우)에 2방, 위중혈(좌, 우)에 2방, 왼쪽 다리와 오른쪽 다리의 무릎 아시혈(무릎 슬개골 둘레를 기준하여 좌우상하 끝 중앙 부위에서 밖으로 1cm 정도 떨어진 부위에 각

각 1방씩)에 좌우로 8방

복부와 허리 쪽: 관원혈에 1방, 천추혈(좌, 우)에 2방, 중완혈에 1방, 허리의 아시혈(눌러서 압통을 느끼는 부위에 좌우 대칭으로 각각 2방씩)에 좌우로 4방

팔: 양계혈(좌, 우)에 2방, 신문혈(좌, 우)에 2방, 곡지혈(좌, 우)에 2방

목과 머리: 풍지혈(좌, 우)에 2방, 백회혈에 1방, 이마 아시혈(이마의 중앙 부위)에 1방, 어깨 아시혈(눌러서 아픈 부위에 좌우 대칭으로 각각 2방씩)에 좌우로 4방

합계: 38방이었다.

## 최갑용의 27차 벌침 맞는 현황

다리: 족삼리혈(좌, 우)에 2방, 승산혈(좌, 우)에 2방, 곤륜혈(좌, 우)에 2방, 삼음교혈(좌, 우)에 2방, 태충혈(좌, 우)에 2방, 새끼발가락 아시혈(새끼발가락의 위 중앙 부위 각 1방)에 좌우로 2방, 발가락 아시혈(둘째, 셋째, 넷째 발가락의 엄지발가락 대돈혈에 상당하는 부위에 각 1방씩)에 좌우로 6방

복부와 허리 쪽: 관원혈에 1방, 천추혈(좌, 우)에 2방, 중완혈에 1방, 허리의 아시혈(눌러서 압통을 느끼는 부위에 좌우 대칭으로 각각 2방씩)에 좌우로 4방

팔: 양계혈(좌, 우)에 2방, 신문혈(좌, 우)에 2방, 곡지혈(좌, 우)에 2방

목과 머리: 풍부혈에 1방, 아문혈에 1방, 백회혈에 1방, 이마 아시혈(이마의 중앙 부위)에 1방, 어깨 아시혈(눌러서

아픈 부위에 좌우 대칭으로 각각 2방씩)에 좌우로 4방
성기벌침: 19차, 21차, 23차, 25차에 맞은 곳에 동시에 5방
합계: 45방이었다.

## 양미정의 27차 벌침 맞는 현황

다리: 족삼리혈(좌, 우)에 2방, 은문혈(좌, 우)에 2방, 곤륜혈(좌, 우)에 2방, 승산혈(좌, 우)에 2방, 태중혈(좌, 우)에 2방, 중봉혈(좌, 우)에 2방, 곡천혈(좌, 우)에 2방, 발등 중앙 관절 부위의 부어있는 아시혈에 좌우로 2방, 새끼발가락 아시혈(새끼발가락의 위 중앙 부위 각 1방)에 좌우로 2방, 발가락 아시혈(둘째, 셋째, 넷째 발가락의 엄지발가락 대돈혈에 상당하는 부위에 각 1방씩)에 좌우로 6방

복부와 허리 쪽: 관원혈에 1방, 천추혈(좌, 우)에 2방, 중완혈에 1방, 허리의 아시혈(눌러서 압통을 느끼는 부위를 좌우 대칭으로 각각 2방씩)에 좌우로 4방

팔: 양계혈(좌, 우)에 2방, 신문혈(좌, 우)에 2방, 정전혈(좌, 우)에 2방, 곡지혈(좌, 우)에 2방

목과 머리: 아문혈에 1방, 백회혈에 1방, 이마 아시혈(이마의 중앙 부위)에 1방, 어깨 아시혈(눌러서 아픈 부위에 좌우 대칭으로 각각 2방씩)에 좌우로 4방

합계: 47방이었다.

봉만치는 벌침을 7인의 영웅들에게 놓아주면서 그 내용을 일자별로 수첩에 기록을 했다. 토요일 질병과의 전투를 마치고 박소영

이 준비한 점심을 영웅들과 함께 먹었다. 메뉴는 콩나물 라면이었다. 라면을 끓일 때 콩나물을 함께 넣고 끓인 것이 콩나물 라면이다. 시원한 맛이 좋았다. 라면을 먹으면서 봉만치가 말을 했다.

"벌침은 침 기능 보다는 벌독 주사 효과가 대부분이라오. 사람의 인체는 작용이 있으면 언제나 반작용이 있게 되어 있소. 피부 속으로 이물질인 벌독이 들어오면 거기에 자율적으로 반작용이 나타나게 되어 있다는 것이오. 죽은 사람이라면 모르겠지만 살아있는 사람이라면 당연히 이물질에 대한 반작용을 한다는 것이오. 그런데 일부 무식한 사람들이 인체의 작용과 반작용에 대한 것을 모르고 호들갑을 떠는 것을 보았었소. 참으로 어처구니없는 일이 아니라 할 수 없었소. 몸이 많이 망가진 사람이라면 반작용이 아주 더디게 나타날 수 있지만 반작용이 빨리 나타나는 것은 아직은 쓸 만한 신체라는 것을 말하는 것이오. 그렇지만 반작용 현상은 벌독에 신체가 친해지면 즉 적응하면 잘 나타나지 않는 것이오. 이 점을 이해하고 벌침을 가족들과 함께 즐기시기 바라오. 오늘은 이만하고 월요일에 다시 보기로 합시다."

# 얼굴벌침

    7명의 영웅들에게 질병과의 전투를 벌이면서 일요일은 반드시 목욕탕에 다니는 것을 봉만치가 부탁을 했었다. 그래서 그런지 아니면 벌침을 맞아서 그런지 월요일에 만난 7명의 영웅들은 모두 때깔이 좋게 보이는 것이었다. 우중충하고 찌뿌듯한 표정이 아니라 밝고 활기찬 표정이고 목소리 또한 자신감에 찬 것이었다.

 박소영의 28차 벌침 맞는 현황

    다리: 족삼리혈(좌, 우)에 2방, 승근혈(좌, 우)에 2방, 곤륜혈(좌, 우)에 2방, 엉덩이 아시혈(엉덩이 가운데 부위로 의자에 앉을 때 닿은 부위 각각 1방씩)에 좌우로 2방, 중봉혈(좌, 우)에 2방, 왼쪽 다리와 오른쪽 다리의 무릎 아시혈(둥근 슬개골 둘레 끝 주위를 따라 1cm 정도 밖으로 떨어진 부

위를 균등하여 6방씩)에 좌우로 12방, 발목 아시혈(복사뼈 안쪽과 바깥쪽 중앙에서 발등 방향으로 각각 3cm정도 떨어진 부위에 2방씩)에 좌우로 4방

복부와 허리 쪽: 중극혈에 1방, 수분혈에 1방, 허리의 아시혈(눌러서 압통을 느끼는 부위를 좌우 대칭으로 각각 2방씩)에 좌우로 4방, 등의 아시혈(등 가운데 부위에 등뼈를 기준하여 좌우로 3cm 정도 떨어진 부위에 각 1방씩)에 좌우로 2방

팔: 양계혈(좌, 우)에 2방, 신문혈(좌, 우)에 2방

목과 머리: 아문혈에 1방, 이마 아시혈(이마의 M자의 양 끝단 부위에 상당하는 관자놀이 주위로 각 1방씩)에 좌우로 2방, 어깨 아시혈(팔과 몸통의 경계선 둘레에서 가장 높은 부위와 그곳을 기준하여 등 쪽으로 90도 가슴 쪽으로 90도 되는 부위에 각각 1방씩)에 좌우로 6방

합계: 47방이었다.

## 김덕배의 28차 벌침 맞는 현황

다리: 족삼리혈(좌, 우)에 2방, 삼음교혈(좌, 우)에 2방, 곡천혈(좌, 우)에 2방, 승산혈(좌, 우)에 2방, 태충혈(좌, 우)에 2방, 대돈혈(좌, 우)에 2방, 발가락 아시혈(둘째와 셋째발가락 사이, 셋째와 넷째발가락 사이, 넷째와 새끼발가락 사이의 엄지발가락과 둘째 발가락 사이인 태충혈에 상당하는 부위에 각 1방씩)에 좌우로 6방

복부와 허리 쪽: 중극혈에 1방, 수분혈에 1방, 등 부위 아시혈

(사마귀 3개에 각 2방씩)에 6방

팔: 합곡혈(좌, 우)에 2방, 양계혈(좌, 우)에 2방, 수삼리혈(좌, 우)에 2방, 팔의 아시혈(곡지혈에서 팔과 몸통의 연결 부위 중 가장 높은 곳까지의 중간 부위에 좌우로 각 1방)에 2방

목과 머리: 천주혈(좌, 우)에 2방, 백회혈에 1방, 이마 아시혈(이마의 M자의 양 끝단 부위에 상당하는 관자놀이 주위로 각 1방씩)에 좌우로 2방, 어깨 아시혈(눌러서 압통을 느끼는 부위에 좌우 대칭으로 2방씩)에 좌우로 4방

합계: 43방이었다.

## 윤미령의 28차 벌침 맞는 현황

다리: 족삼리혈(좌, 우)에 2방, 태충혈(좌, 우)에 2방, 곡천혈(좌, 우)에 2방, 곤륜혈(좌, 우)에 2방, 중봉혈(좌, 우)에 2방, 발가락 아시혈(둘째와 셋째발가락 사이, 셋째와 넷째발가락 사이, 넷째와 새끼발가락 사이의 엄지발가락과 둘째 발가락 사이인 태충혈에 상당하는 부위에 각 1방씩)에 좌우로 6방

복부와 허리 쪽: 중극혈에 1방, 천추혈(좌, 우)에 2방, 수분혈에 1방, 허리의 아시혈(눌러서 압통을 느끼는 부위 좌우 대칭으로 각2방씩)에 좌우로 4방

팔: 합곡혈(좌, 우)에 2방, 신문혈(좌, 우)에 2방, 천정혈(좌, 우)에 2방, 팔의 아시혈(곡지혈에서 팔과 몸통의 연결 부위 중 가장 높은 곳까지의 중간 부위에 좌우로 각 1방)에 2방

목과 머리: 아문혈에 1방, 이마 아시혈(이마의 M자의 양 끝단

부위에 상당하는 관자놀이 주위로 각 1방씩)에 좌우로 2방, 어깨 아시혈(팔과 몸통의 경계선 둘레에서 가장 높은 부위와 그곳을 기준하여 등 쪽으로 90도 가슴 쪽으로 90도 되는 부위에 각각 1방씩)에 좌우로 6방

합계: 41방이었다.

## 나찬일의 28차 벌침 맞는 현황

다리: 족삼리혈(좌, 우)에 2방, 곡천혈(좌, 우)에 2방, 위중혈(좌, 우)에 2방, 승산혈(좌, 우)에 2방, 삼음교혈(좌, 우)에 2방, 발가락 아시혈(둘째와 셋째발가락 사이, 셋째와 넷째발가락 사이, 넷째와 새끼발가락 사이의 엄지발가락과 둘째발가락 사이인 태충혈에 상당하는 부위에 각 1방씩)에 좌우로 6방

복부와 허리 쪽: 중극혈에 1방, 천추혈(좌, 우)에 2방, 가슴 부위와 등 부위의 아토피성 피부질환 아시혈(환부)에 각각 5방씩 10방(아토피성 피부질환 환부를 대략 5등분하여 5방씩 놓음)

팔: 양계혈(좌, 우)에 2방, 신문혈(좌, 우)에 2방, 천정혈(좌, 우)에 2방, 팔의 아시혈(곡지혈에서 팔과 몸통의 연결 부위 중 가장 높은 곳까지의 중간 부위에 좌우로 각 1방)에 2방

목과 머리 쪽: 아문혈에 1방, 백회혈에 1방, 이마 아시혈(이마의 M자의 양 끝단 부위에 상당하는 관자놀이 주위로 각 1방씩)에 좌우로 2방, 어깨 아시혈(눌러서 압통을 느끼는 부위에 좌우 대칭으로 2방씩)에

좌우로 4방

합계: 45방이었다.

## 손영미의 28차 벌침 맞는 현황

다리: 족삼리혈(좌, 우)에 2방, 승산혈(좌, 우)에 2방, 태충혈(좌, 우)에 2방, 위중혈(좌, 우)에 2방, 왼쪽 다리와 오른쪽 다리의 무릎 아시혈(무릎 슬개골 둘레를 기준하여 좌우상하 끝 중앙 부위에서 밖으로 1cm 정도 떨어진 부위에 각각 1방씩)에 좌우로 8방

복부와 허리 쪽: 중극혈에 1방, 천추혈(좌, 우)에 2방, 수분혈에 1방, 허리의 아시혈(눌러서 압통을 느끼는 부위에 좌우 대칭으로 각각 2방씩)에 좌우로 4방

팔: 합곡혈(좌, 우)에 2방, 신문혈(좌, 우)에 2방, 수삼리혈(좌, 우)에 2방, 팔의 아시혈(곡지혈에서 팔과 몸통의 연결 부위 중 가장 높은 곳까지의 중간 부위에 좌우로 각 1방)에 2방

목과 머리: 천주혈(좌, 우)에 2방, 백회혈에 1방, 이마 아시혈(이마의 M자의 양 끝단 부위에 상당하는 관자놀이 주위로 각 1방씩)에 좌우로 2방, 어깨 아시혈(눌러서 아픈 부위에 좌우 대칭으로 각각 2방씩)에 좌우로 4방

합계: 41방이었다.

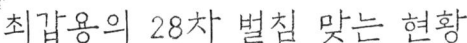
## 최갑용의 28차 벌침 맞는 현황

다리: 족삼리혈(좌, 우)에 2방, 승근혈(좌, 우)에 2방, 곤륜혈(좌, 우)에 2방, 삼음교혈(좌, 우)에 2방, 태충혈(좌, 우)에 2방, 중봉혈(좌, 우)에 2방, 발가락 아시혈(둘째와 셋째발가락 사이, 셋째와 넷째발가락 사이, 넷째와 새끼발가락 사이의 엄지발가락과 둘째 발가락 사이인 태충혈에 상당하는 부위에 각 1방씩)에 좌우로 6방

복부와 허리 쪽: 중극혈에 1방, 천추혈(좌, 우)에 2방, 수분혈에 1방, 허리의 아시혈(눌러서 압통을 느끼는 부위에 좌우 대칭으로 각각 2방씩)에 좌우로 4방

팔: 합곡혈(좌, 우)에 2방, 신문혈(좌, 우)에 2방, 수삼리혈(좌, 우)에 2방, 팔의 아시혈(곡지혈에서 팔과 몸통의 연결 부위 중 가장 높은 곳까지의 중간 부위에 좌우로 각 1방)에 2방

목과 머리: 천주혈(좌, 우)에 2방, 백회혈에 1방, 이마 아시혈(이마의 M자의 양 끝단 부위에 상당하는 관자놀이 주위로 각 1방씩)에 좌우로 2방, 어깨 아시혈(눌러서 아픈 부위에 좌우 대칭으로 각각 3방씩)에 좌우로 6방

합계: 45방이었다.

## 양미정의 28차 벌침 맞는 현황

다리: 족삼리혈(좌, 우)에 2방, 위중혈(좌, 우)에 2방, 곤륜혈(좌, 우)에 2방, 승근혈(좌, 우)에 2방, 태충혈(좌, 우)에 2방, 삼음교혈(좌, 우)에 2방, 곡천혈(좌, 우)에 2방, 발등 중앙 관절 부위의 부어있는 아시혈에 좌우로 2방, 발가락 아시

혈(둘째와 셋째발가락 사이, 셋째와 넷째발가락 사이, 넷째와 새끼발가락 사이의 엄지발가락과 둘째 발가락 사이인 태충혈에 상당하는 부위에 각 1방씩)에 좌우로 6방

복부와 허리 쪽: 중극혈에 1방, 수분혈에 1방, 허리의 아시혈(눌러서 압통을 느끼는 부위를 좌우 대칭으로 각각 2방씩)에 좌우로 4방

팔: 합곡혈(좌, 우)에 2방, 신문혈(좌, 우)에 2방, 수삼리혈(좌, 우)에 2방, 곡지혈(좌, 우)에 2방

목과 머리: 천주혈(좌, 우)에 2방, 백회혈에 1방, 이마 아시혈(이마의 M자의 양 끝단 부위에 상당하는 관자놀이 주위로 각 1방씩)에 좌우로 2방, 어깨 아시혈(눌러서 아픈 부위에 좌우 대칭으로 각각 3방씩)에 좌우로 6방

합계: 47방이었다.

"여러분들이 직접 보시다시피 아픈 부위들이 놀라울 정도로 개선되고 있소. 박수영 영웅의 무릎관절, 발목관절, 손목관절에 물이 찬 것이 많이 줄어든 것을 알 수 있지 않소. 그리고 어깨관절 아픈 것도 이제는 팔을 돌릴 수 있게 됐소. 고관절 부위 통증도 많이 가라앉았을 것이오. 김덕배 영웅의 손톱과 발톱 색깔이 많이 투명해지고 있소. 당이 높아 혈액순환이 잘 되지 않아서 어두운 회색이었던 것들이 이제는 밝고 불그스름한 색깔로 변하고 있는 것이 보일 것이오. 그리고 등에 난 사마귀도 까맣게 타들어 가는 것이 보일 것이오. 윤미령 영웅의 다리를 보오. 누런 색 피부색이 거의 사라진 것을 알 수 있지 않소. 어깨 결림, 허리통증, 무릎통증은 많

이 완화되고 있을 것이오. 나찬일 영웅의 아토피 환부는 거의 다 사라진 것 아니오. 하지만 아직도 환부에 벌침을 놓는 것은 망가졌던 피부 조직을 완전히 되살아나게 하기 위함이오. 눈동자도 맑게 변하고 있소. 손영미 영웅은 스트레스로 인한 머리 무거운 것이 사라지고 있다고 했소. 허리통증과 어깨통증은 물론 잠도 깊이 잘 온다고 하오. 최갑용 영웅의 마비되었던 다리와 팔의 피부를 손가락으로 눌러 보시오. 탱탱하게 부었던 부기가 완화되고 있소. 잠도 잘 온다고 하오. 머리가 맑아진 기분으로 하루하루가 즐겁게 느껴진다고 하오. 양미정 영웅도 류머티스 관절염 통증이 완화되었다고 하오. 발등의 부기도 가라앉고 있는 것이 보일 것이오. 무엇보다도 깊은 잠을 잘 수 있어서 좋다고 하오. 그리고 여러분 모두 피부색이 살아있는 사람으로 보인다는 것이오. 혈액순환이 잘 되고 있다는 증거라오."

봉만치가 28차 질병과의 전투를 마치고 전투성과에 대하여 짤막하게 언급을 했다. 처음 전투를 할 때보다 완전히 다른 사람들로 바뀌고 있다는 것이었다.

"이제부터 전선은 얼굴 부위로 확대될 것이오, 이미 신정혈과 이마까지 벌침을 놓고 있으니 큰 어려움 없이 얼굴벌침을 자연스럽게 맞을 수 있게 될 것이오. 얼굴벌침은 이렇게 서서히 이마에서부터 조금씩 내려가면서 즐기는 것이라오."

# 29차
# 아시혈 벌침

월요일에 이어 화요일에도 질병과의 전투는 계속되었다. 벌침은 벌독 주사효과가 대부분이므로 신체에 벌독 항체가 만들어졌다면 아시혈(환부, 압통점, 아픈 부위)에 벌침을 즐겨야 좋다고 봉만치가 말했다. 물론 신체의 기본 혈지리도 함께 벌침을 즐겨 면역력 증강을 키우는 것도 잊어서는 안 되는 것이라면서 봉만치는 벌침 상식에 맞게 7인의 영웅들에게 벌침을 놓아주었다.

### 박소영의 29차 벌침 맞는 현황

다리: 족삼리혈(좌, 우)에 2방, 승부혈(좌, 우)에 2방, 곤륜혈(좌, 우)에 2방, 엉덩이 아시혈(엉덩이 가운데 부위로 의자에 앉을 때 닿은 부위 각각 1방씩)에 좌우로 2방, 중봉혈(좌, 우)에 2방, 왼쪽 다리와 오른쪽 다리의 무릎 아시혈(둥근

슬개골 둘레 끝 주위를 따라 1cm 정도 밖으로 떨어진 부위를 균등하여 6방씩)에 좌우로 12방, 발목 아시혈(복사뼈 안쪽과 바깥쪽 중앙에서 발등 방향으로 각각 3cm정도 떨어진 부위에 2방씩)에 좌우로 4방

복부와 허리 쪽: 음교혈에 1방, 건리혈에 1방, 허리의 아시혈(눌러서 압통을 느끼는 부위를 좌우 대칭으로 각각 2방씩)에 좌우로 4방, 등의 아시혈(등 가운데 부위에 등뼈를 기준하여 좌우로 3cm 정도 떨어진 부위에 각 1방씩)에 좌우로 2방

팔: 합곡혈(좌, 우)에 2방, 신문혈(좌, 우)에 2방, 곡지혈(좌, 우)에 2방

목과 머리: 풍부혈에 1방, 이마 아시혈(이마 M자의 가장 높은 부위 좌우에 각 1방)에 좌우로 2방, 어깨 아시혈(팔과 몸통의 경계선 둘레에서 가장 높은 부위와 그곳을 기준하여 등 쪽으로 90도 가슴 쪽으로 90도 되는 부위에 각각 1방씩)에 좌우로 6방

합계: 49방이었다.

## 김덕배의 29차 벌침 맞는 현황

다리: 족삼리혈(좌, 우)에 2방, 삼음교혈(좌, 우)에 2방, 위중혈(좌, 우)에 2방, 승근혈(좌, 우)에 2방, 태충혈(좌, 우)에 2방, 대돈혈(좌, 우)에 2방, 발가락 아시혈(모든 발가락 끝 부위 중앙 부위에 각 1방씩)에 좌우로 10방

복부와 허리 쪽: 음교혈에 1방, 중완혈에 1방, 등 부위 아시혈

(사마귀 3개에 각 2방씩)에 6방

팔: 신문혈(좌, 우)에 2방, 곡지혈(좌, 우)에 2방

목과 머리: 풍지혈(좌, 우)에 2방, 백회혈에 1방, 이마 아시혈(이마 M자의 가장 높은 부위 좌우에 각 1방)에 좌우로 2방, 어깨 아시혈(눌러서 압통을 느끼는 부위에 좌우 대칭으로 2방씩)에 좌우로 4방

성기벌침: 성기의 벌침 맞은 곳을 피하여 왼쪽과 위쪽의 중간, 오른쪽과 위쪽의 중간, 아래쪽과 왼쪽의 중간, 아래쪽과 오른쪽의 중간 부위에 각 1방씩 4방

합계: 47방이었다.

## 윤미령의 29차 벌침 맞는 현황

다리: 족삼리혈(좌, 우)에 2방, 대돈혈(좌, 우)에 2방, 위중혈(좌, 우)에 2방, 곤륜혈(좌, 우)에 2방, 중봉혈(좌, 우)에 2방, 발가락 아시혈(둘째와 셋째발가락 사이, 셋째의 넷째발가락 사이, 넷째와 새끼발가락 사이의 엄지발가락과 둘째발가락 사이인 태충혈에 상당하는 부위에 각 1방씩)에 좌우로 6방

복부와 허리 쪽: 음교혈에 1방, 천추혈(좌, 우)에 2방, 건리혈에 1방, 허리의 아시혈(눌러서 압통을 느끼는 부위 좌우 대칭으로 각2방씩)에 좌우로 4방

팔: 양계혈(좌, 우)에 2방, 신문혈(좌, 우)에 2방, 곡지혈(좌, 우)에 2방, 팔의 아시혈(곡지혈에서 팔과 몸통의 연결 부위 중 가장 높은 곳까지의 중간 부위에 좌우로 각 1방)에 2방

목과 머리: 천주혈(좌, 우)에 2방, 이마 아시혈(이마 M자의 가장

높은 부위 좌우에 각 1방)에 좌우로 2방, 어깨 아시혈(팔과 몸통의 경계선 둘레에서 가장 높은 부위와 그곳을 기준하여 등 쪽으로 90도 가슴 쪽으로 90도 되는 부위에 각각 1방씩)에 좌우로 6방

합계: 42방이었다.

## 나찬일의 29차 벌침 맞는 현황

다리: 족삼리혈(좌, 우)에 2방, 대돈혈(좌, 우)에 2방, 중봉혈(좌, 우)에 2방, 승근혈(좌, 우)에 2방, 삼음교혈(좌, 우)에 2방, 발가락 아시혈(둘째와 셋째발가락 사이, 셋째와 넷째발가락 사이, 넷째와 새끼발가락 사이의 엄지발가락과 둘째 발가락 사이인 태충혈에 상당하는 부위에 각 1방씩)에 좌우로 6방

복부와 허리 쪽: 음교혈에 1방, 건리혈에 1방, 가슴 부위와 등 부위의 아토피성 피부질환 아시혈(환부)에 각각 5방씩 10방(아토피성 피부질환 환부를 대략 5등분하여 5방씩 놓음)

팔: 합곡혈(좌, 우)에 2방, 곡지혈(좌, 우)에 2방

목과 머리 쪽: 풍부혈에 1방, 신정혈에 1방, 이마 아시혈(이마 M자의 가장 높은 부위 좌우에 각 1방)에 좌우로 2방, 어깨 아시혈(눌러서 압통을 느끼는 부위에 좌우 대칭으로 2방씩)에 좌우로 4방

성기벌침: 성기의 벌침 맞은 곳을 피하여 왼쪽과 위쪽의 중간, 오른쪽과 위쪽의 중간, 아래쪽과 왼쪽의 중간, 아래쪽과 오른쪽의 중간 부위에 각 1방씩 4방

합계: 44방이었다.

## 손영미의 29차 벌침 맞는 현황

다리: 족삼리혈(좌, 우)에 2방, 승근혈(좌, 우)에 2방, 태충혈(좌, 우)에 2방, 곡천혈(좌, 우)에 2방, 왼쪽 다리와 오른쪽 다리의 무릎 아시혈(무릎 슬개골 둘레를 기준하여 좌우상하 끝 중앙 부위에서 밖으로 1cm 정도 떨어진 부위에 각각 1방씩)에 좌우로 8방

복부와 허리 쪽: 음교혈에 1방, 건리혈에 1방, 허리의 아시혈(눌러서 압통을 느끼는 부위에 좌우 대칭으로 각각 2방씩)에 좌우로 4방

팔: 양계혈(좌, 우)에 2방, 신문혈(좌, 우)에 2방, 곡지혈(좌, 우)에 2방, 팔의 아시혈(곡지혈에서 팔과 몸통의 연결 부위 중 가장 높은 곳까지의 중간 부위에 좌우로 각 1방)에 2방

목과 머리: 풍지혈(좌, 우)에 2방, 백회혈에 1방, 이마 아시혈(이마 M자의 가장 높은 부위 좌우에 각 1방)에 좌우로 2방, 귀 아시혈(오른쪽 귀 뒷부분 머리와 귀의 경계선 중앙 부위)에 1방, 어깨 아시혈(눌러서 아픈 부위에 좌우 대칭으로 각각 2방씩)에 좌우로 4방

합계: 40방이었다.

## 최갑용의 29차 벌침 맞는 현황

다리: 족삼리혈(좌, 우)에 2방, 승부혈(좌, 우)에 2방, 곤륜혈(좌, 우)에 2방, 위중혈(좌, 우)에 2방, 태충혈(좌, 우)에 2방,

중봉혈(좌, 우)에 2방, 발가락 아시혈(모든 발가락 끝 부위 중앙 부위에 각 1방씩)에 좌우로 10방

복부와 허리 쪽: 음교혈에 1방, 건리혈에 1방, 허리의 아시혈(눌러서 압통을 느끼는 부위에 좌우 대칭으로 각각 2방씩)에 좌우로 4방

팔: 양계혈(좌, 우)에 2방, 신문혈(좌, 우)에 2방, 곡지혈(좌, 우)에 2방, 팔의 아시혈(곡지혈에서 팔과 몸통의 연결 부위 중 가장 높은 곳까지의 중간 부위에 좌우로 각 1방)에 2방

목과 머리: 풍지혈(좌, 우)에 2방, 신정혈에 1방, 이마 아시혈(이마 M자의 가장 높은 부위 좌우에 각 1방)에 좌우로 2방, 어깨 아시혈(눌러서 아픈 부위에 좌우 대칭으로 각각 3방씩)에 좌우로 6방

성기벌침: 성기의 벌침 맞은 곳을 피하여 왼쪽과 위쪽의 중간, 오른쪽과 위쪽의 중간, 아래쪽과 왼쪽의 중간, 아래쪽과 오른쪽의 중간 부위에 각 1방씩 4방

합계: 51방이었다.

## 양미정의 29차 벌침 맞는 현황

다리: 족삼리혈(좌, 우)에 2방, 곤륜혈(좌, 우)에 2방, 승산혈(좌, 우)에 2방, 태충혈(좌, 우)에 2방, 삼음교혈(좌, 우)에 2방, 대돈혈(좌, 우)에 2방, 발등 중앙 관절 부위의 부어있는 아시혈에 좌우로 2방, 발가락 아시혈(모든 발가락 끝 부위 중앙 부위에 각 1방씩)에 좌우로 10방

복부와 허리 쪽: 음교혈에 1방, 건리혈에 1방, 허리의 아시혈(눌러서 압통을 느끼는 부위를 좌우 대칭으로 각

각 2방씩)에 좌우로 4방

팔: 양계혈(좌, 우)에 2방, 신문혈(좌, 우)에 2방, 주료혈(좌, 우)에 2방, 천정혈(좌, 우)에 2방

목과 머리: 풍지혈(좌, 우)에 2방, 신정혈에 1방, 이마 아시혈(이마 M자의 가장 높은 부위 좌우에 각 1방)에 좌우로 2방, 어깨 아시혈(눌러서 아픈 부위에 좌우 대칭으로 각각 3방씩)에 좌우로 6방

합계: 49방이었다.

"벌침에 대한 이해를 완벽하게 하지 못한 사람들 중에 벌침 혈자리에 대해 미주알고주알 따지는 이들이 많이 있소. 모두 벌침이 벌독 주사효과가 대부분이라는 사실을 깨우치지 못한 사람들이라고 보오. 벌침 전문 병원에서 주사기로 벌독을 놓아주기도 하는 것을 보면 쉽게 이해가 될 것이오."

봉민치가 벌침의 특성을 다시 한 번 강조했다.

# 눈

수요일도 7명의 영웅들과 봉만치는 질병과의 전투를 계속하였다. 다리에 집중하던 전선은 머리 부위로 점점 확대되고 있었다.

### 박소영의 30차 벌침 맞는 현황

다리: 족삼리혈(좌, 우)에 2방, 곤륜혈(좌, 우)에 2방, 엉덩이 아시혈(엉덩이 가운데 부위로 의자에 앉을 때 닿은 부위 각각 1방씩)에 좌우로 2방, 중봉혈(좌, 우)에 2방, 왼쪽 다리와 오른쪽 다리의 무릎 아시혈(둥근 슬개골 둘레 끝 주위를 따라 1cm 정도 밖으로 떨어진 부위를 균등하여 6방씩)에 좌우로 12방, 발목 아시혈(복사뼈 안쪽과 바깥쪽 중앙에서 발등 방향으로 각각 3cm정도 떨어진 부위에 2방씩)에 좌우로 4방

복부와 허리 쪽: 곡골혈에 1방, 하완혈에 1방, 허리의 아시혈(눌

러서 압통을 느끼는 부위를 좌우 대칭으로 각 각 2방씩)에 좌우로 4방, 등의 아시혈(등 가운데 부위에 등뼈를 기준하여 좌우로 3cm 정도 떨어진 부위에 각 1방씩)에 좌우로 2방

팔: 양계혈(좌, 우)에 2방, 신문혈(좌, 우)에 2방, 수삼리혈(좌, 우)에 2방

목과 머리: 후정혈에 1방, 신정혈에 1방, 양백혈(눈썹과 이마의 경계선의 중앙 부위 좌우로 각 1방)에 2방, 어깨 아시혈(팔과 몸통의 경계선 둘레에서 가장 높은 부위와 그곳을 기준하여 등 쪽으로 90도 가슴 쪽으로 90도 되는 부위에 각각 1방씩)에 좌우로 6방

합계: 48방이었다.

## 김덕배의 30차 벌침 맞는 현황

다리: 족삼리혈(좌, 우)에 2방, 곡천혈(좌, 우)에 2방, 곤륜혈(좌, 우)에 2방, 태충혈(좌, 우)에 2방, 대돈혈(좌, 우)에 2방, 발가락 아시혈(모든 발가락 끝 부위 중앙 부위에 각 1방씩)에 좌우로 10방

복부와 허리 쪽: 곡골혈에 1방, 하완혈에 1방, 등 부위 아시혈(사마귀 3개에 각 2방씩)에 6방

팔: 양계혈(좌, 우)에 2방, 수삼리혈(좌, 우)에 2방

목과 머리: 아문혈에 1방, 신정혈에 1방, 후정혈에 1방, 양백혈(눈썹과 이마의 경계선의 중앙 부위 좌우로 각 1방)에 2방, 어깨 아시혈(눌러서 압통을 느끼는 부위에 좌우 대칭으로 4방씩)에 좌우로 8방

합계: 45방이었다.

###  윤미령의 30차 벌침 맞는 현황

다리: 족삼리혈(좌, 우)에 2방, 곡천혈(좌, 우)에 2방, 곤륜혈(좌, 우)에 2방, 삼음교혈(좌, 우)에 2방, 발목 아시혈(복사뼈 안쪽과 바깥쪽 중앙에서 발등 방향으로 각각 3cm정도 떨어진 부위에 각각 2방씩)에 좌우로 4방

복부와 허리 쪽: 곡골혈에 1방, 기해혈에 1방, 하완혈에 1방, 허리의 아시혈(눌러서 압통을 느끼는 부위 좌우 대칭으로 각3방씩)에 좌우로 6방

팔: 합곡혈(좌, 우)에 2방, 신문혈(좌, 우)에 2방, 수삼리혈(좌, 우)에 2방, 팔의 아시혈(곡지혈에서 팔과 몸통의 연결 부위 중 가장 높은 곳까지의 중간 부위에 좌우로 각 1방)에 2방

목과 머리: 풍지혈(좌, 우)에 2방, 후정혈에 1방, 양백혈(눈썹과 이마의 경계선의 중앙 부위 좌우로 각 1방)에 2방, 어깨 아시혈(팔과 몸통의 경계선 둘레에서 가장 높은 부위와 그곳을 기준하여 등 쪽으로 90도 가슴 쪽으로 90도 되는 부위에 각각 1방씩)에 좌우로 6방

합계: 40방이었다.

### 나찬일의 30차 벌침 맞는 현황

다리: 족삼리혈(좌, 우)에 2방, 태충혈(좌, 우)에 2방, 중봉혈(좌, 우)에 2방, 승근혈(좌, 우)에 2방, 곡천혈(좌, 우)에 2방, 발

목 아시혈(복사뼈 안쪽과 바깥쪽 중앙에서 발등 방향으로 가각 3cm정도 떨어진 부위에 각각 2방씩)에 좌우로 4방

복부와 허리 쪽: 곡골혈에 1방, 기해혈에 1방, 하완혈에 1방, 가슴 부위와 등 부위의 아토피성 피부질환 아시혈(환부)에 각각 5방씩 10방(아토피성 피부질환 환부를 대략 5등분하여 5방씩 놓음)

팔: 신문혈(좌, 우)에 2방, 수삼리혈(좌, 우)에 2방

목과 머리 쪽: 풍지혈(좌, 우)에 2방, 후정혈에 1방, 신정혈에 1방, 양백혈(눈썹과 이마의 경계선의 중앙 부위 좌우로 각 1방)에 2방, 어깨 아시혈(눌러서 압통을 느끼는 부위에 좌우 대칭으로 3방씩)에 좌우로 6방

합계: 43방이었다.

## 손영미의 30차 벌침 맞는 현황

다리: 족삼리혈(좌, 우)에 2방, 곤륜혈(좌, 우)에 2방, 태충혈(좌, 우)에 2방, 곡천혈(좌, 우)에 2방, 발목 아시혈(복사뼈 안쪽과 바깥쪽 중앙에서 발등 방향으로 가각 3cm정도 떨어진 부위에 각각 2방씩)에 좌우로 4방

복부와 허리 쪽: 곡골혈에 1방, 기해혈에 1방, 허리의 아시혈(눌러서 압통을 느끼는 부위에 좌우 대칭으로 각각 3방씩)에 좌우로 6방

팔: 합곡혈(좌, 우)에 2방, 신문혈(좌, 우)에 2방, 수삼리혈(좌, 우)에 2방

목과 머리: 천주혈(좌, 우)에 2방, 후정혈에 1방, 양백혈(눈썹과 이마의 경계선의 중앙 부위 좌우로 각 1방)에 2방,

귀 아시혈(오른쪽 귀 앞부분과 뒷부분의 머리와 귀의 경계선 중앙 부위 각 1방씩)에 2방, 어깨 아시혈(눌러서 아픈 부위에 좌우 대칭으로 각각 2방씩)에 좌우로 4방

합계: 37방이었다.

## 최갑용의 30차 벌침 맞는 현황

다리: 족삼리혈(좌, 우)에 2방, 곡천혈(좌, 우)에 2방, 곤륜혈(좌, 우)에 2방, 위중혈(좌, 우)에 2방, 태충혈(좌, 우)에 2방, 삼음교혈(좌, 우)에 2방, 발가락 아시혈(모든 발가락 끝 부위 중앙 부위에 각 1방씩)에 좌우로 10방

복부와 허리 쪽: 곡골혈에 1방, 기해혈에 1방, 허리의 아시혈(눌러서 압통을 느끼는 부위에 좌우 대칭으로 각각 3방씩)에 좌우로 6방

팔: 합곡혈(좌, 우)에 2방, 신문혈(좌, 우)에 2방, 수삼리혈(좌, 우)에 2방

목과 머리: 천주혈(좌, 우)에 2방, 후정혈에 1방, 양백혈(눈썹과 이마의 경계선의 중앙 부위 좌우로 각 1방)에 2방, 어깨 아시혈(눌러서 아픈 부위에 좌우 대칭으로 각각 3방씩)에 좌우로 6방

합계: 47방이었다.

## 양미정의 30차 벌침 맞는 현황

다리: 족삼리혈(좌, 우)에 2방, 곤륜혈(좌, 우)에 2방, 중봉혈(좌, 우)에 2방, 곡천혈(좌, 우)에 2방, 삼음교혈(좌, 우)에 2방, 위중혈(좌, 우)에 2방, 발등 중앙 관절 부위의 부어있는 아시혈에 좌우로 2방, 발가락 아시혈(모든 발가락 끝 부위 중앙 부위에 각 1방씩)에 좌우로 10방

복부와 허리 쪽: 곡골혈에 1방, 기해혈에 1방, 허리의 아시혈(눌러서 압통을 느끼는 부위를 좌우 대칭으로 각각 3방씩)에 좌우로 6방

팔: 양계혈(좌, 우)에 2방, 신문혈(좌, 우)에 2방, 곡지혈(좌, 우)에 2방

목과 머리: 천주혈(좌, 우)에 2방, 후정혈에 1방, 양백혈(눈썹과 이마의 경계선의 중앙 부위 좌우로 각 1방)에 2방, 어깨 아시혈(눌러서 아픈 부위에 좌우 대칭으로 각각 3방씩)에 좌우로 6방

합계: 49방이었다.

봉만치가 7인의 영웅들에게 눈 부위 양백혈에 벌침을 좌우로 2방씩 놓았다. 안구 건조증과 노안과의 전투가 시작된 것이었다.

## 31차

# 코

목요일도 7명의 영웅들과 봉만치는 질병과의 전투를 계속하였다. 벌침을 놓기 전에 봉만치가 자신의 오른쪽 어깨 부위에 벌침을 3방 놓았다. 질병과의 전투를 벌이면서 오른손을 이용하여 핀셋으로 벌침을 7명의 영웅들에게 놓다보니 어깨가 약간씩 결렸던 것이었다.

### 박소영의 31차 벌침 맞는 현황

다리: 족삼리혈(좌, 우)에 2방, 곤륜혈(좌, 우)에 2방, 엉덩이 아시혈(엉덩이 가운데 부위로 의자에 앉을 때 닿은 부위 각각 1방씩)에 좌우로 2방, 위중혈(좌, 우)에 2방, 왼쪽 다리와 오른쪽 다리의 무릎 아시혈(둥근 슬개골 둘레 끝 주위를 따라 1cm 정도 밖으로 떨어진 부위를 균등하여 6방

씩)에 좌우로 12방, 발목 아시혈(복사뼈 안쪽과 바깥쪽 중앙에서 발등 방향으로 각각 3cm정도 떨어진 부위에 2방씩)에 좌우로 4방

복부와 허리 쪽: 관원혈에 1방, 중완혈에 1방, 허리의 아시혈(눌러서 압통을 느끼는 부위를 좌우 대칭으로 각각 2방씩)에 좌우로 4방, 등의 아시혈(등 가운데 부위에 등뼈를 기준하여 좌우로 3cm 정도 떨어진 부위에 각 1방씩)에 좌우로 2방

팔: 합곡혈(좌, 우)에 2방, 신문혈(좌, 우)에 2방, 천정혈(좌, 우)에 2방

목과 머리: 아문혈에 1방, 전정혈에 1방, 사백혈(눈 아래 다크써클 부위 중앙 부위 좌우로 각 1방씩)에 2방, 코 아시혈(코 끝 가장 높은 곳의 중앙)에 1방, 어깨 아시혈(팔과 몸통의 경계선 둘레에서 가장 높은 부위와 그곳을 기준하여 등 쪽으로 90도 가슴 쪽으로 90도 되는 부위에 각각 1방씩)에 좌우로 6방

합계: 49방이었다.

## 김덕배의 31차 벌침 맞는 현황

다리: 족삼리혈(좌, 우)에 2방, 승근혈(좌, 우)에 2방, 곤륜혈(좌, 우)에 2방, 태충혈(좌, 우)에 2방, 삼음교혈(좌, 우)에 2방, 발목 아시혈(복사뼈 안쪽과 바깥쪽 중앙에서 발등 방향으로 가각 3cm정도 떨어진 부위에 각각 2방씩)에 좌우로 4방

복부와 허리 쪽: 관원혈에 1방, 중완혈에 1방, 등 부위 아시혈

(사마귀 3개에 각 2방씩)에 6방

팔: 합곡혈(좌, 우)에 2방, 신문혈(좌, 우)에 2방, 천정혈(좌, 우)에 2방

목과 머리: 풍부혈에 1방, 전정혈에 1방, 사백혈(눈 아래 다크써클 부위 중앙 부위 좌우로 각 1방씩)에 2방, 코 아시혈(코 끝 가장 높은 곳의 중앙)에 1방, 어깨 아시혈(눌러서 압통을 느끼는 부위에 좌우 대칭으로 4방씩)에 좌우로 8방

성기벌침: 성기벌침 첫날부터 넷째 날까지 맞은 부위에 5방

합계: 46방이었다.

## 윤미령의 31차 벌침 맞는 현황

다리: 족삼리혈(좌, 우)에 2방, 태충혈(좌, 우)에 2방, 승근혈(좌, 우)에 2방, 곤륜혈(좌, 우)에 2방, 삼음교혈(좌, 우)에 2방, 발목 아시혈(복사뼈 안쪽과 바깥쪽 중앙에서 발등 방향으로 가각 3cm정도 떨어진 부위에 각각 2방씩)에 좌우로 4방

복부와 허리 쪽: 관원혈에 1방, 중완혈에 1방, 허리의 아시혈(눌러서 압통을 느끼는 부위 좌우 대칭으로 각3방씩)에 좌우로 6방

팔: 양계혈(좌, 우)에 2방, 신문혈(좌, 우)에 2방, 천정혈(좌, 우)에 2방

목과 머리: 아문혈에 1방, 전정혈에 1방, 사백혈(눈 아래 다크써클 부위 중앙 부위 좌우로 각 1방씩)에 2방, 코 아시혈(코 끝 가장 높은 곳의 중앙)에 1방, 어깨 아시혈(팔과 몸통의 경계선 둘레에서 가장 높은 부위와 그

곳을 기준하여 등 쪽으로 90도 가슴 쪽으로 90도 되는 부위에 각각 1방씩)에 좌우로 6방
합계: 39방이었다.

### 나찬일의 31차 벌침 맞는 현황

다리: 족삼리혈(좌, 우)에 2방, 태충혈(좌, 우)에 2방, 곤륜혈(좌, 우)에 2방, 삼음교혈(좌, 우)에 2방, 곡천혈(좌, 우)에 2방, 위중혈(좌, 우)에 2방

복부와 허리 쪽: 관원혈에 1방, 중완혈에 1방, 가슴 부위와 등 부위의 아토피성 피부질환 아시혈(환부)에 각각 5방씩 10방(아토피성 피부질환 환부를 대략 5등분하여 5방씩 놓음)

팔: 합곡혈(좌, 우)에 2방, 천정혈(좌, 우)에 2방

목과 머리 쪽: 아문혈 1방, 전정혈에 1방, 사백혈(눈 아래 다크써클 부위 중앙 부위 좌우로 각 1방씩)에 2방, 코 아시혈(코 끝 가장 높은 곳의 중앙)에 1방, 어깨 아시혈(눌러서 압통을 느끼는 부위에 좌우 대칭으로 3방씩)에 좌우로 6방

성기벌침: 성기벌침 첫날부터 넷째 날까지 맞은 부위에 5방
합계: 44방이었다.

### 손영미의 31차 벌침 맞는 현황

다리: 족삼리혈(좌, 우)에 2방, 승근혈(좌, 우)에 2방, 태충혈(좌, 우)에 2방, 곡천혈(좌, 우)에 2방, 삼음교혈(좌, 우)에 2방,

발목 아시혈(복사뼈 안쪽과 바깥쪽 중앙에서 발등 방향으로 가각 3cm정도 떨어진 부위에 각각 2방씩)에 좌우로 4방

복부와 허리 쪽: 관원혈에 1방, 중완혈에 1방, 허리의 아시혈(눌러서 압통을 느끼는 부위에 좌우 대칭으로 각각 3방씩)에 좌우로 6방

팔: 양계혈(좌, 우)에 2방, 신문혈(좌, 우)에 2방, 천정혈(좌, 우)에 2방

목과 머리: 아문혈에 1방, 전정혈에 1방, 사백혈(눈 아래 다크써클 부위 중앙 부위 좌우로 각 1방씩)에 2방, 코 아시혈(코 끝 가장 높은 곳의 중앙)에 1방, 귀 아시혈(오른쪽 귀 앞부분과 뒷부분의 머리와 귀의 경계선 중앙 부위 각 1방씩)에 2방, 어깨 아시혈(눌러서 아픈 부위에 좌우 대칭으로 각각 2방씩)에 좌우로 4방

합계: 39방이었다.

## 최갑용의 31차 벌침 맞는 현황

다리: 족삼리혈(좌, 우)에 2방, 위중혈(좌, 우)에 2방, 곤륜혈(좌, 우)에 2방, 승근혈(좌, 우)에 2방, 태충혈(좌, 우)에 2방, 삼음교혈(좌, 우)에 2방, 발목 아시혈(복사뼈 안쪽과 바깥쪽 중앙에서 발등 방향으로 가각 3cm정도 떨어진 부위에 각각 2방씩)에 좌우로 4방

복부와 허리 쪽: 관원혈에 1방, 중완혈에 1방, 허리의 아시혈(눌러서 압통을 느끼는 부위에 좌우 대칭으로 각각 3방씩)에 좌우로 6방

팔: 양계혈(좌, 우)에 2방, 신문혈(좌, 우)에 2방, 천정혈(좌, 우)에 2방

목과 머리: 풍부혈에 1방, 전정혈에 1방, 사백혈(눈 아래 다크써클 부위 중앙 부위 좌우로 각 1방씩)에 2방, 코 아시혈(코 끝 가장 높은 곳의 중앙)에 1방, 어깨 아시혈(눌러서 아픈 부위에 좌우 대칭으로 각각 3방씩)에 좌우로 6방

성기벌침: 성기벌침 첫날부터 넷째 날까지 맞은 부위에 5방
합계: 46방이었다.

## 양미정의 31차 벌침 맞는 현황

다리: 족삼리혈(좌, 우)에 2방, 태충혈(좌, 우)에 2방, 승근혈(좌, 우)에 2방, 곡천혈(좌, 우)에 2방, 삼음교혈(좌, 우)에 2방, 위중혈(좌, 우)에 2방, 발등 중앙 관절 부위의 부어있는 아시혈에 좌우로 2방, 발가락 아시혈(모든 발가락 끝 부위 중앙 부위에 각 1방씩)에 좌우로 10방

복부와 허리 쪽: 관원혈에 1방, 중완혈에 1방, 허리의 아시혈(눌러서 압통을 느끼는 부위를 좌우 대칭으로 각각 3방씩)에 좌우로 6방

팔: 합곡혈(좌, 우)에 2방, 신문혈(좌, 우)에 2방, 천정혈(좌, 우)에 2방

목과 머리: 풍부혈에 1방, 전정혈에 1방, 사백혈(눈 아래 다크써클 부위 중앙 부위 좌우로 각 1방씩)에 2방, 코 아시혈(코 끝 가장 높은 곳의 중앙)에 1방, 어깨 아시혈(눌러서 아픈 부위에 좌우 대칭으로 각각 3방씩)에

좌우로 6방

합계: 49방이었다.

봉만치가 7인의 영웅들에게 눈 부위 사백혈과 코 끝 가장 높은 부위 중앙에 벌침을 놓았다. 안구 건조증과 노안 그리고 비염을 물리치기 위한 것이었다. 모두들 눈물이 핑 돌았고 재채기가 나오는 영웅도 있었다.

# 팔자주름

안면 부위에 벌침 훈련이 추가되고 있었다. 금요일 오후에도 박소영 영웅의 집에서 7명의 영웅들과 봉만치는 질병과의 훈련을 하였다. 벌침 마릿수가 늘어감에 따라 봉만치가 자신의 어깨에 벌침을 서너 방씩 맞으면서 7명의 영웅들에게 벌침을 놓아주었다. 왼손의 검지와 중지 손가락으로 오른쪽 어깨 부위를 눌러서 아시혈(압통점)을 찾은 다음 오른손에 쥐고 있던 꿀벌 잡은 핀셋을 왼손으로 잡아 아시혈(압통점)에 벌침을 맞은 다음 왼손의 중지 손톱으로 몸에 박힌 침을 긁어서 뽑았다. 봉만치는 이와 같은 방법으로 때밀이가 없으면 때를 밀 수 없는 곳을 제외하고는 자신의 신체 어느 곳이든 벌침을 스스로 즐길 수 있었다.

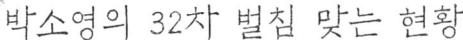
## 박소영의 32차 벌침 맞는 현황

다리: 족삼리혈(좌, 우)에 2방, 곤륜혈(좌, 우)에 2방, 승부혈(좌, 우)에 2방, 엉덩이 아시혈(엉덩이 가운데 부위로 의자에 앉을 때 닿은 부위 각각 1방씩)에 좌우로 2방, 위중혈(좌, 우)에 2방, 왼쪽 다리와 오른쪽 다리의 무릎 아시혈(둥근 슬개골 둘레 끝 주위를 따라 1cm 정도 밖으로 떨어진 부위를 균등하여 6방씩)에 좌우로 12방

복부와 허리 쪽: 중극혈에 1방, 천추혈(좌, 우)에 2방, 수분혈에 1방, 허리의 아시혈(눌러서 압통을 느끼는 부위를 좌우 대칭으로 각각 2방씩)에 좌우로 4방, 등의 아시혈(등 가운데 부위에 등뼈를 기준하여 좌우로 3cm 정도 떨어진 부위에 각 1방씩)에 좌우로 2방

팔: 양계혈(좌, 우)에 2방, 신문혈(좌, 우)에 2방, 팔의 아시혈(곡지혈에서 팔과 몸통의 연결 부위 중 가장 높은 곳까지의 중간 부위에 좌우로 각 1방)에 2방

목과 머리: 풍부혈에 1방, 팔자주름 아시혈(팔자주름의 중앙 부위에 좌우로 각 1방씩)에 2방, 코 아시혈(눈과 눈 사이 코 부위 중앙)에 1방, 어깨 아시혈(팔과 몸통의 경계선 둘레에서 가장 높은 부위와 그곳을 기준하여 등 쪽으로 90도 가슴 쪽으로 90도 되는 부위에 각각 1방씩)에 좌우로 6방

합계: 48방이었다.

## 김덕배의 32차 벌침 맞는 현황

다리: 족삼리혈(좌, 우)에 2방, 곡천혈(좌, 우)에 2방, 곤륜혈(좌, 우)에 2방, 태충혈(좌, 우)에 2방, 삼음교혈(좌, 우)에 2방, 발가락 아시혈(모든 발가락 끝 부위 중앙 부위에 각 1방씩)에 좌우로 10방

복부와 허리 쪽: 중극혈에 1방, 천추혈(좌, 우)에 2방, 등 부위 아시혈(사마귀 3개에 각 2방씩)에 6방

팔: 양계혈(좌, 우)에 2방, 신문혈(좌, 우)에 2방, 팔의 아시혈(곡지혈에서 팔과 몸통의 연결 부위 중 가장 높은 곳까지의 중간 부위에 좌우로 각 1방)에 2방

목과 머리: 아문혈에 1방, 팔자주름 아시혈(팔자주름의 중앙 부위에 좌우로 각 1방씩)에 2방, 코 아시혈(눈과 눈 사이 코 부위 중앙)에 1방, 어깨 아시혈(눌러서 압통을 느끼는 부위에 좌우 대칭으로 4방씩)에 좌우로 8방

합계: 47방이었다.

## 윤미령의 32차 벌침 맞는 현황

다리: 족삼리혈(좌, 우)에 2방, 대돈혈(좌, 우)에 2방, 승산혈(좌, 우)에 2방, 곤륜혈(좌, 우)에 2방, 위중혈(좌, 우)에 2방, 발목 아시혈(복사뼈 안쪽과 바깥쪽 중앙에서 발등 방향으로 가각 3cm정도 떨어진 부위에 각각 2방씩)에 좌우로 4방

복부와 허리 쪽: 중극혈에 1방, 천추혈(좌, 우)에 2방, 허리의 아시혈(눌러서 압통을 느끼는 부위 좌우 대칭으

팔: 합곡혈(좌, 우)에 2방, 신문혈(좌, 우)에 2방, 팔의 아시혈(곡지혈에서 팔과 몸통의 연결 부위 중 가장 높은 곳까지의 중간 부위에 좌우로 각 1방)에 2방

목과 머리: 풍부혈에 1방, 백회혈에 1방, 팔자주름 아시혈(팔자주름의 중앙 부위에 좌우로 각 1방씩)에 2방, 코 아시혈(눈과 눈 사이 코 부위 중앙)에 1방, 어깨 아시혈(팔과 몸통의 경계선 둘레에서 가장 높은 부위와 그곳을 기준하여 등 쪽으로 90도 가슴 쪽으로 90도 되는 부위에 각각 1방씩)에 좌우로 6방

합계: 40방이었다.

## 나찬일의 32차 벌침 맞는 현황

다리: 족삼리혈(좌, 우)에 2방, 태충혈(좌, 우)에 2방, 승산혈(좌, 우)에 2방, 삼음교혈(좌, 우)에 2방, 곡천혈(좌, 우)에 2방, 위중혈(좌, 우)에 2방, 발목 아시혈(복사뼈 안쪽과 바깥쪽 중앙에서 발등 방향으로 가각 3cm정도 떨어진 부위에 각각 2방씩)에 좌우로 4방

복부와 허리 쪽: 중극혈에 1방, 천추혈(좌, 우)에 2방, 가슴 부위와 등 부위의 아토피성 피부질환 아시혈(환부)에 각각 5방씩 10방(아토피성 피부질환 환부를 대략 5등분하여 5방씩 놓음)

팔: 신문혈(좌, 우)에 2방, 수삼리혈(좌, 우)에 2방, 팔의 아시혈(곡지혈에서 팔과 몸통의 연결 부위 중 가장 높은 곳까지의 중간 부위에 좌우로 각 1방)에 2방

목과 머리 쪽: 풍부혈 1방, 백회혈에 1방, 팔자주름 아시혈(팔자주름의 중앙 부위에 좌우로 각 1방씩)에 2방, 코 아시혈(눈과 눈 사이 코 부위 중앙)에 1방, 어깨 아시혈(눌러서 압통을 느끼는 부위에 좌우 대칭으로 3방씩)에 좌우로 6방

합계: 46방이었다.

## 손영미의 32차 벌침 맞는 현황

다리: 족삼리혈(좌, 우)에 2방, 승산혈(좌, 우)에 2방, 태충혈(좌, 우)에 2방, 위중혈(좌, 우)에 2방, 삼음교혈(좌, 우)에 2방, 발목 아시혈(복사뼈 안쪽과 바깥쪽 중앙에서 발등 방향으로 가각 3cm정도 떨어진 부위에 각각 2방씩)에 좌우로 4방

복부와 허리 쪽: 중극혈에 1방, 천추혈(좌, 우)에 2방, 허리의 아시혈(눌러서 압통을 느끼는 부위에 좌우 대칭으로 각각 3방씩)에 좌우로 6방

팔: 합곡혈(좌, 우)에 2방, 신문혈(좌, 우)에 2방, 팔의 아시혈(곡지혈에서 팔과 몸통의 연결 부위 중 가장 높은 곳까지의 중간 부위에 좌우로 각 1방)에 2방

목과 머리: 풍부혈에 1방, 백회혈에 1방, 팔자주름 아시혈(팔자주름의 중앙 부위에 좌우로 각 1방씩)에 2방, 귀 아시혈(오른쪽 귀 앞부분과 뒷부분의 머리와 귀의 경계선 중앙 부위 각 1방씩)에 2방, 어깨 아시혈(눌러서 아픈 부위에 좌우 대칭으로 각각 2방씩)에 좌우로 4방

합계: 39방이었다.

## 최갑용의 32차 벌침 맞는 현황

다리: 족삼리혈(좌, 우)에 2방, 곡천혈(좌, 우)에 2방, 곤륜혈(좌, 우)에 2방, 승산혈(좌, 우)에 2방, 태충혈(좌, 우)에 2방, 삼음교혈(좌, 우)에 2방, 발가락 아시혈(모든 발가락 끝 부위 중앙 부위에 각 1방씩)에 좌우로 10방

복부와 허리 쪽: 중극혈에 1방, 천추혈(좌, 우)에 2방, 허리의 아시혈(눌러서 압통을 느끼는 부위에 좌우 대칭으로 각각 3방씩)에 좌우로 6방

팔: 합곡혈(좌, 우)에 2방, 신문혈(좌, 우)에 2방, 팔의 아시혈(곡지혈에서 팔과 몸통의 연결 부위 중 가장 높은 곳까지의 중간 부위에 좌우로 각 1방)에 2방

목과 머리: 아문혈에 1방, 백회혈에 1방, 팔자주름 아시혈(팔자주름의 중앙 부위에 좌우로 각 1방씩)에 2방, 코 아시혈(눈과 눈 사이 코 부위 중앙)에 1방, 어깨 아시혈(눌러서 아픈 부위에 좌우 대칭으로 각각 3방씩)에 좌우로 6방

합계: 48방이었다.

## 양미정의 32차 벌침 맞는 현황

다리: 족삼리혈(좌, 우)에 2방, 태충혈(좌, 우)에 2방, 승산혈(좌, 우)에 2방, 곤륜혈(좌, 우)에 2방, 삼음교혈(좌, 우)에 2방, 위중혈(좌, 우)에 2방, 발가락 아시혈(모든 발가락 끝 부위 중앙 부위에 각 1방씩)에 좌우로 10방

복부와 허리 쪽: 중극혈에 1방, 천추혈(좌, 우)에 2방, 허리의 아시혈(눌러서 압통을 느끼는 부위를 좌우 대칭으로 각각 3방씩)에 좌우로 6방

팔: 양계혈(좌, 우)에 2방, 신문혈(좌, 우)에 2방, 팔의 아시혈(곡지혈에서 팔과 몸통의 연결 부위 중 가장 높은 곳까지의 중간 부위에 좌우로 각 1방)에 2방

목과 머리: 아문혈에 1방, 백회혈에 1방, 팔자주름 아시혈(팔자주름의 중앙 부위에 좌우로 각 1방씩)에 2방, 코 아시혈(눈과 눈 사이 코 부위 중앙)에 1방, 어깨 아시혈(눌러서 아픈 부위에 좌우 대칭으로 각각 3방씩)에 좌우로 6방

합계: 48방이었다.

벌침을 즐기면 혈액순환이 활발하게 되어 피부노화가 지연될 수 있다고 말을 하면서 봉민치가 중년을 넘긴 7인의 영웅들의 팔자주름 가운데 부위와 양미간 사이에 벌침을 놓아주었다. 피부노화 방지의 목적도 있지만 코와 입안의 잡병예방이 우선 목적이라고 했다.

# 33차

# 입술

토요일이 되었다. 안면 부위에 벌침 훈련이 오늘도 추가되고 있었다.

 박소영의 33차 벌침 맞는 현황

다리: 족삼리혈(좌, 우)에 2방, 곤륜혈(좌, 우)에 2방, 태충혈(좌, 우)에 2방, 엉덩이 아시혈(엉덩이 가운데 부위로 의자에 앉을 때 닿은 부위 각각 1방씩)에 좌우로 2방, 삼음교혈(좌, 우)에 2방, 왼쪽 다리와 오른쪽 다리의 무릎 아시혈(둥근 슬개골 둘레 끝 주위를 따라 1cm 정도 밖으로 떨어진 부위를 균등하여 6방씩)에 좌우로 12방

복부와 허리 쪽: 천추혈(좌, 우)에 2방, 배 아시혈(천추혈 아래로 3센티 떨어진 부위와 6센티 정도 떨어진 부위에 좌우로 각 2방씩)에 4방, 허리의 아시

혈(눌러서 압통을 느끼는 부위를 좌우 대칭으로 각각 2방씩)에 좌우로 4방, 등의 아시혈(등 가운데 부위에 등뼈를 기준하여 좌우로 3cm 정도 떨어진 부위에 각 1방씩)에 좌우로 2방

팔: 합곡혈(좌, 우)에 2방, 곡지혈(좌, 우)에 2방, 팔의 아시혈(곡지혈에서 팔과 몸통의 연결 부위 중 가장 높은 곳까지의 중간 부위에 좌우로 각 1방)에 2방

목과 머리: 아문혈에 1방, 신정혈에 1방, 입술 부위 아시혈(입술 양끝에서 아래로 2센티 정도 떨어진 부위에 좌우로 각 1방씩)에 2방, 어깨 아시혈(팔과 몸통의 경계선 둘레에서 가장 높은 부위와 그곳을 기준하여 등 쪽으로 90도 가슴 쪽으로 90도 되는 부위에 각각 1방씩)에 좌우로 6방

합계: 50방이었다.

## 김터배의 33차 벌침 맞는 현황

다리: 족삼리혈(좌, 우)에 2방, 곡천혈(좌, 우)에 2방, 곤륜혈(좌, 우)에 2방, 태충혈(좌, 우)에 2방, 삼음교혈(좌, 우)에 2방, 발가락 아시혈(둘째와 셋째발가락 사이, 셋째와 넷째발가락 사이, 넷째와 새끼발가락 사이의 엄지발가락과 둘째발가락 사이인 태충혈에 상당하는 부위에 각 1방씩)에 좌우로 6방

복부와 허리 쪽: 천추혈(좌, 우)에 2방, 배 아시혈(천추혈 아래로 3센티 떨어진 부위와 6센티 정도 떨어진 부위에 좌우로 각 2방씩)에 4방, 등 부위 아시

혈(사마귀 3개에 각 2방씩)에 6방

팔: 합곡혈(좌, 우)에 2방, 곡지혈(좌, 우)에 2방, 팔의 아시혈(곡지혈에서 팔과 몸통의 연결 부위 중 가장 높은 곳까지의 중간 부위에 좌우로 각 1방)에 2방

목과 머리: 풍부혈에 1방, 입술 부위 아시혈(입술 양끝에서 아래로 2센티 정도 떨어진 부위에 좌우로 각 1방씩)에 2방, 어깨 아시혈(눌러서 압통을 느끼는 부위에 좌우 대칭으로 4방씩)에 좌우로 8방

성기벌침: 벌침을 맞았던 부위의 성기둘레를 4등분하여 4방

합계: 49방이었다.

## 윤미령의 33차 벌침 맞는 현황

다리: 족삼리혈(좌, 우)에 2방, 삼음교혈(좌, 우)에 2방, 곤륜혈(좌, 우)에 2방, 위중혈(좌, 우)에 2방, 왼쪽 다리와 오른쪽 다리의 무릎 아시혈(무릎 슬개골 둘레를 기준하여 좌우 상하 끝 중앙 부위에서 밖으로 1cm 정도 떨어진 부위에 각각 1방씩)에 좌우로 8방

복부와 허리 쪽: 천추혈(좌, 우)에 2방, 배 아시혈(천추혈 아래로 3센티 떨어진 부위와 6센티 정도 떨어진 부위에 좌우로 각 2방씩)에 4방, 허리의 아시혈(눌러서 압통을 느끼는 부위 좌우 대칭으로 각3방씩)에 좌우로 6방

팔: 양계혈(좌, 우)에 2방, 신문혈(좌, 우)에 2방. 곡지혈(좌, 우)에 2방

목과 머리: 아문혈에 1방, 신정혈에 1방, 입술 부위 아시혈(입술

양끝에서 아래로 2센티 정도 떨어진 부위에 좌우로 각 1방씩)에 2방, 어깨 아시혈(팔과 몸통의 경계선 둘레에서 가장 높은 부위와 그곳을 기준하여 등 쪽으로 90도 가슴 쪽으로 90도 되는 부위에 각각 1방씩)에 좌우로 6방

합계: 44방이었다.

## 나찬일의 33차 벌침 맞는 현황

다리: 족삼리혈(좌, 우)에 2방, 태충혈(좌, 우)에 2방, 승산혈(좌, 우)에 2방, 삼음교혈(좌, 우)에 2방, 곡천혈(좌, 우)에 2방, 왼쪽 다리와 오른쪽 다리의 무릎 아시혈(무릎 슬개골 둘레를 기준하여 좌우상하 끝 중앙 부위에서 밖으로 1cm 정도 떨어진 부위에 각각 1방씩)에 좌우로 8방

복부와 허리 쪽: 천추혈(좌, 우)에 2방, 배 아시혈(천추혈 아래로 3센디 떨이진 부위와 6센디 정도 떨이진 부위에 좌우로 각 2방씩)에 4방, 가슴 부위와 등 부위의 아토피성 피부질환 아시혈(환부)에 각각 3방씩 6방(아토피성 피부질환 환부를 대략 3등분하여 3방씩 놓음)

팔: 합곡혈(좌, 우)에 2방, 곡지혈(좌, 우)에 2방

목과 머리 쪽: 아문혈 1방, 신정혈에 1방, 입술 부위 아시혈(입술 양끝에서 아래로 2센티 정도 떨어진 부위에 좌우로 각 1방씩)에 2방, 어깨 아시혈(눌러서 압통을 느끼는 부위에 좌우 대칭으로 3방씩)에 좌우로 6방

성기벌침: 벌침을 맞았던 부위의 성기둘레를 4등분하여 4방
합계: 48방이었다.

## 손영미의 33차 벌침 맞는 현황

다리: 족삼리혈(좌, 우)에 2방, 중봉혈(좌, 우)에 2방, 태충혈(좌, 우)에 2방, 삼음교혈(좌, 우)에 2방, 왼쪽 다리와 오른쪽 다리의 무릎 아시혈(무릎 슬개골 둘레를 기준하여 좌우 상하 끝 중앙 부위에서 밖으로 1cm 정도 떨어진 부위에 각각 1방씩)에 좌우로 8방

복부와 허리 쪽: 천추혈(좌, 우)에 2방, 배 아시혈(천추혈 아래로 3센티 떨어진 부위와 6센티 정도 떨어진 부위에 좌우로 각 2방씩)에 4방, 허리의 아시혈(눌러서 압통을 느끼는 부위에 좌우 대칭으로 각각 3방씩)에 좌우로 6방

팔: 양계혈(좌, 우)에 2방, 곡지혈(좌, 우)에 2방

목과 머리: 아문혈에 1방, 신정혈에 1방, 입술 부위 아시혈(입술 양끝에서 아래로 2센티 정도 떨어진 부위에 좌우로 각 1방씩)에 2방, 오른쪽 귀 앞부분과 뒷부분의 머리와 귀의 경계선 중앙 부위 각 1방씩)에 2방, 어깨 아시혈(눌러서 아픈 부위에 좌우 대칭으로 각각 2방씩)에 좌우로 4방

합계: 42방이었다.

## 최갑용의 33차 벌침 맞는 현황

다리: 족삼리혈(좌, 우)에 2방, 곡천혈(좌, 우)에 2방, 곤륜혈(좌, 우)에 2방, 승근혈(좌, 우)에 2방, 태충혈(좌, 우)에 2방, 중봉혈(좌, 우)에 2방, 발가락 아시혈(둘째와 셋째발가락 사이, 셋째와 넷째발가락 사이, 넷째와 새끼발가락 사이의 엄지발가락과 둘째 발가락 사이인 태충혈에 상당하는 부위에 각 1방씩)에 좌우로 6방

복부와 허리 쪽: 천추혈(좌, 우)에 2방, 배 아시혈(천추혈 아래로 3센티 떨어진 부위와 6센티 정도 떨어진 부위에 좌우로 각 2방씩)에 4방, 허리의 아시혈(눌러서 압통을 느끼는 부위에 좌우 대칭으로 각각 3방씩)에 좌우로 6방

팔: 양계혈(좌, 우)에 2방, 곡지혈(좌, 우)에 2방, 팔의 아시혈(곡지혈에서 팔과 몸통의 연결 부위 중 가장 높은 곳까지의 중간 부위에 좌우로 각 1방)에 2방

목과 머리: 풍부혈에 1방, 후정혈에 1방, 신정혈에 1방, 입술 부위 아시혈(입술 양끝에서 아래로 2센티 정도 떨어진 부위에 좌우로 각 1방씩)에 2방, 어깨 아시혈(눌러서 아픈 부위에 좌우 대칭으로 각각 3방씩)에 좌우로 6방

성기벌침: 벌침을 맞았던 부위의 성기둘레를 4등분하여 4방

합계: 51방이었다.

## 양미정의 33차 벌침 맞는 현황

다리: 족삼리혈(좌, 우)에 2방, 태충혈(좌, 우)에 2방, 승산혈(좌, 우)에 2방, 곤륜혈(좌, 우)에 2방, 삼음교혈(좌, 우)에 2방, 위중혈(좌, 우)에 2방, 발등 중앙 관절 부위의 부어있는 아시혈에 좌우로 2방, 발가락 아시혈(둘째와 셋째발가락 사이, 셋째와 넷째발가락 사이, 넷째와 새끼발가락 사이의 엄지발가락과 둘째 발가락 사이인 태충혈에 상당하는 부위에 각 1방씩)에 좌우로 6방

복부와 허리 쪽: 천추혈(좌, 우)에 2방, 배 아시혈(천추혈 아래로 3센티 떨어진 부위와 6센티 정도 떨어진 부위에 좌우로 각 2방씩)에 4방, 허리의 아시혈(눌러서 압통을 느끼는 부위를 좌우 대칭으로 각각 3방씩)에 좌우로 6방

팔: 합곡혈(좌, 우)에 2방, 신문혈(좌, 우)에 2방, 곡지혈(좌, 우)에 2방

목과 머리: 풍부혈에 1방, 신정혈에 1방, 입술 부위 아시혈(입술 양끝에서 아래로 2센티 정도 떨어진 부위에 좌우로 각 1방씩)에 2방, 어깨 아시혈(눌러서 아픈 부위에 좌우 대칭으로 각각 3방씩)에 좌우로 6방

합계: 48방이었다.

"입술에 직접 벌침을 맞는 것이 아니라오. 입술에 질병이 찾아온다면 늘 입술의 아픈 부위에서 2센티 정도 떨어진 곳에 벌침을 즐기는 것이오. 몇 번 즐기면 귀신도 모르게 입술 주위의 질병이 사

라진 것을 알 수 있을 것이오."

　영웅들의 환부가 눈에 띠일 정도로 개선되고 있었다. 무엇보다도 전신의 혈액순환이 잘 되니 얼굴 등에 화색이 돌았다. 피부가 반질반질한 것이 우선 외관상으로 환자라는 느낌이 들지 않게 보였다. 하지만 봉만치는 질병과의 전투에서 작은 승리에 만족할 수 없는 것이라며 꾸준히 전투를 하기로 했다.

# 갑상선

일요일엔 7명의 영웅들이 모두 목욕탕에 가서 주간 질병과의 전투로 인한 피로를 풀었다. 새로운 한 주가 시작되었다. 봉만치는 7명의 영웅들에게 벌침 마릿수를 서서히 늘리면서 질병과의 전투를 계속하였다.

### 박소영의 34차 벌침 맞는 현황

다리: 족삼리혈(좌, 우)에 2방, 곤륜혈(좌, 우)에 2방, 곡천혈(좌, 우)에 2방, 엉덩이 아시혈(엉덩이 가운데 부위로 의자에 앉을 때 닿은 부위 각각 1방씩)에 좌우로 2방, 중봉혈(좌, 우)에 2방, 왼쪽 다리와 오른쪽 다리의 무릎 아시혈(둥근 슬개골 둘레 끝 주위를 따라 1cm 정도 밖으로 떨어진 부위를 균등하여 6방씩)에 좌우로 12방

복부와 허리 쪽: 석문혈에 1방, 배 아시혈(천추혈 아래로 3센티

떨어진 부위와 6센티 정도 떨어진 부위 그리고 9센티 정도 떨어진 부위에 좌우로 각 3방씩)에 6방, 허리의 아시혈(눌러서 압통을 느끼는 부위를 좌우 대칭으로 각각 3방씩)에 좌우로 6방, 등의 아시혈(등 가운데 부위에 등뼈를 기준하여 좌우로 3cm 정도 떨어진 부위에 각 1방씩)에 좌우로 2방

팔: 양계혈(좌, 우)에 2방, 신문혈(좌, 우)에 2방, 수삼리혈(좌, 우)에 2방

목과 머리: 풍지혈(좌, 우)에 2방, 상성혈에 1방, 턱 부위 아시혈(턱 끝 중앙 부위에서 목으로 3센티 정도 떨어진 부위와 그곳에서 좌우로 3센티 정도 떨어진 부위에 각 1방씩)에 3방, 어깨 아시혈(팔과 몸통의 경계선 둘레에서 가장 높은 부위와 그곳을 기준하여 등 쪽으로 90도 가슴 쪽으로 90도 되는 부위에 각각 1방씩)에 좌우로 6방

합계: 55방이었다.

## 김덕배의 34차 벌침 맞는 현황

다리: 족삼리혈(좌, 우)에 2방, 승산혈(좌, 우)에 2방, 위중혈(좌, 우)에 2방, 대돈혈(좌, 우)에 2방, 삼음교혈(좌, 우)에 2방, 발가락 아시혈(둘째와 셋째발가락 사이, 셋째와 넷째발가락 사이, 넷째와 새끼발가락 사이의 엄지발가락과 둘째발가락 사이인 태충혈에 상당하는 부위에 각 1방씩)에 좌

우로 6방

복부와 허리 쪽: 석문혈에 1방, 배 아시혈(천추혈 아래로 3센티 떨어진 부위와 6센티 정도 떨어진 부위 그리고 9센티 정도 떨어진 부위에 좌우로 각 3방씩)에 6방, 허리의 아시혈(눌러서 압통을 느끼는 부위를 좌우 대칭으로 각각 1방씩)에 좌우로 2방, 등 부위 아시혈(사마귀 3개에 각 2방씩)에 6방

팔: 신문혈(좌, 우)에 2방, 수삼리혈(좌, 우)에 2방, 팔의 아시혈(곡지혈에서 팔과 몸통의 연결 부위 중 가장 높은 곳까지의 중간 부위에 좌우로 각 1방)에 2방

목과 머리: 풍지혈(좌, 우)에 2방, 턱 부위 아시혈(턱 끝 중앙 부위에서 목으로 3센티 정도 떨어진 부위와 그곳에서 좌우로 3센티 정도 떨어진 부위에 각 1방씩)에 3방, 어깨 아시혈(눌러서 압통을 느끼는 부위에 좌우 대칭으로 4방씩)에 좌우로 8방

합계: 50방이었다.

## 윤미령의 34차 벌침 맞는 현황

다리: 족삼리혈(좌, 우)에 2방, 삼음교혈(좌, 우)에 2방, 곤륜혈(좌, 우)에 2방, 대돈혈(좌, 우)에 2방, 왼쪽 다리와 오른쪽 다리의 무릎 아시혈(무릎 슬개골 둘레를 기준하여 좌우상하 끝 중앙 부위에서 밖으로 1cm 정도 떨어진 부위에 각각 1방씩)에 좌우로 8방

복부와 허리 쪽: 석문혈에 1방, 배 아시혈(천추혈 아래로 3센티 떨어진 부위와 6센티 정도 떨어진 부위 그리고 9센티 정도 떨어진 부위에 좌우로 각 3방씩)에 6방, 허리의 아시혈(눌러서 압통을 느끼는 부위 좌우 대칭으로 각3방씩)에 좌우로 6방

팔: 합곡혈(좌, 우)에 2방, 신문혈(좌, 우)에 2방. 수삼리혈(좌, 우)에 2방

목과 머리: 풍지혈(좌, 우)에 2방, 턱 부위 아시혈(턱 끝 중앙 부위에서 목으로 3센티 정도 떨어진 부위와 그곳에서 좌우로 3센티 정도 떨어진 부위에 각 1방씩)에 3방, 어깨 아시혈(눌러서 압통을 느끼는 부위에 좌우 대칭으로 3방씩)에 좌우로 6방

합계: 46방이었다.

## 나찬일의 34차 벌침 맞는 현황

다리: 족삼리혈(좌, 우)에 2방, 대돈혈(좌, 우)에 2방, 승산혈(좌, 우)에 2방, 태충혈(좌, 우)에 2방, 곡천혈(좌, 우)에 2방, 왼쪽 다리와 오른쪽 다리의 무릎 아시혈(무릎 슬개골 둘레를 기준하여 좌우상하 끝 중앙 부위에서 밖으로 1cm 정도 떨어진 부위에 각각 1방씩)에 좌우로 8방

복부와 허리 쪽: 석문혈에 1방, 배 아시혈(천추혈 아래로 3센티 떨어진 부위와 6센티 정도 떨어진 부위 그리고 9센티 정도 떨어진 부위에 좌우로 각 3방씩)에 6방, 가슴 부위와 등 부위의 아토피성 피부질환 아시혈(환부)에 각각 3방씩 6방(아토피성 피부질환 환부를 대략 3등분하여 3방

씩 놓음)

팔: 양계혈(좌, 우)에 2방, 신문혈(좌, 우)에 2방, 수삼리혈(좌, 우)에 2방

목과 머리 쪽: 풍지혈(좌, 우)에 2방, 턱 부위 아시혈(턱 끝 중앙 부위에서 목으로 3센티 정도 떨어진 부위와 그곳에서 좌우로 3센티 정도 떨어진 부위에 각 1방씩)에 3방, 어깨 아시혈(눌러서 압통을 느끼는 부위에 좌우 대칭으로 3방씩)에 좌우로 6방

합계: 48방이었다.

## 손영미의 34차 벌침 맞는 현황

다리: 족삼리혈(좌, 우)에 2방, 곤륜혈(좌, 우)에 2방, 태충혈(좌, 우)에 2방, 곡천혈(좌, 우)에 2방, 왼쪽 다리와 오른쪽 다리의 무릎 아시혈(무릎 슬개골 둘레를 기준하여 좌우상하 끝 중앙 부위에서 밖으로 1cm 정도 떨어진 부위에 각각 1방씩)에 좌우로 8방

복부와 허리 쪽: 석문혈에 1방, 배 아시혈(천추혈 아래로 3센티 떨어진 부위와 6센티 정도 떨어진 부위 그리고 9센티 정도 떨어진 부위에 좌우로 각 3방씩)에 6방, 허리의 아시혈(눌러서 압통을 느끼는 부위에 좌우 대칭으로 각각 3방씩)에 좌우로 6방

팔: 합곡혈(좌, 우)에 2방, 신문혈(좌, 우)에 2방, 수삼리혈(좌, 우)에 2방

목과 머리: 풍지혈(좌, 우)에 2방, 턱 부위 아시혈(턱 끝 중앙 부

위에서 목으로 3센티 정도 떨어진 부위와 그곳에서 좌우로 3센티 정도 떨어진 부위에 각 1방씩)에 3방, 오른쪽 귀 앞부분과 뒷부분의 머리와 귀의 경계선 중앙 부위 각 1방씩)에 2방, 어깨 아시혈(눌러서 아픈 부위에 좌우 대칭으로 각각 2방씩)에 좌우로 4방
합계: 46방이었다.

## 최갑용의 34차 벌침 맞는 현황

다리: 족삼리혈(좌, 우)에 2방, 위중혈(좌, 우)에 2방, 곤륜혈(좌, 우)에 2방, 승산혈(좌, 우)에 2방, 태충혈(좌, 우)에 2방, 대돈혈(좌, 우)에 2방, 발가락 아시혈(둘째와 셋째발가락 사이, 셋째와 넷째발가락 사이, 넷째와 새끼발가락 사이의 엄지발가락과 둘째 발가락 사이인 태충혈에 상당하는 부위에 각 1방씩)에 좌우로 6방

복부와 허리 쪽: 석문혈에 1방, 배 아시혈(천추혈 아래로 3센티 떨어진 부위와 6센티 정도 떨어진 부위 그리고 9센티 정도 떨어진 부위에 좌우로 각 3방씩)에 6방, 허리의 아시혈(눌러서 압통을 느끼는 부위에 좌우 대칭으로 각각 3방씩)에 좌우로 6방

팔: 합곡혈(좌, 우)에 2방, 신문혈(좌, 우)에 2방, 수삼리혈(좌, 우)에 2방

목과 머리: 풍지혈(좌, 우)에 2방, 상성혈에 1방, 턱 부위 아시혈(턱 끝 중앙 부위에서 목으로 3센티 정도 떨어진 부위와 그곳에서 좌우로 3센티 정도 떨어진 부위에

각 1방씩)에 3방, 어깨 아시혈(눌러서 아픈 부위에 좌우 대칭으로 각각 3방씩)에 좌우로 6방

합계: 49방이었다.

## 양미정의 34차 벌침 맞는 현황

다리: 족삼리혈(좌, 우)에 2방, 곡천혈(좌, 우)에 2방, 승근혈(좌, 우)에 2방, 곤륜혈(좌, 우)에 2방, 대돈혈(좌, 우)에 2방, 위중혈(좌, 우)에 2방, 발등 중앙 관절 부위의 부어있는 아시혈에 좌우로 2방, 발가락 아시혈(둘째와 셋째발가락 사이, 셋째와 넷째발가락 사이, 넷째와 새끼발가락 사이의 엄지발가락과 둘째 발가락 사이인 태충혈에 상당하는 부위에 각 1방씩)에 좌우로 6방

복부와 허리 쪽: 석문혈에 1방, 배 아시혈(천추혈 아래로 3센티 떨어진 부위와 6센티 정도 떨어진 부위 그리고 9센티 정도 떨어진 부위에 좌우로 각 3방씩)에 6방, 허리의 아시혈(눌러서 압통을 느끼는 부위를 좌우 대칭으로 각각 3방씩)에 좌우로 6방

팔: 양계혈(좌, 우)에 2방, 신문혈(좌, 우)에 2방, 수삼리혈(좌, 우)에 2방

목과 머리: 풍지혈(좌, 우)에 2방, 상성혈에 1방, 턱 부위 아시혈(턱 끝 중앙 부위에서 목으로 3센티 정도 떨어진 부위와 그곳에서 좌우로 3센티 정도 떨어진 부위에 각 1방씩)에 3방, 어깨 아시혈(눌러서 아픈 부위에 좌우 대칭으로 각각 3방씩)에 좌우로 6방

합계: 51방이었다.

"아래 턱 부위에 벌침을 즐기는 이유는 갑상선 관련 질병을 다스리기 위함이오. 그리고 나이가 들면 노화로 인하여 아래 턱 부위 목살이 부풀어 오르는 것 같이 늘어지는 것을 예방하기 위한 목적도 있소. 물론 그 부위 주름살도 덜 생기게 하며 천식이나 가래 등에도 이로울 것이오. 중년 여성들이 특히 아래 턱 부위에 종종 벌침을 즐겨야 하오. 화장대에 앉아서 거울을 보고 혼자서 즐기면 편리할 것이오."

# 35차 주름살과 피부미용

화요일 전투도 화끈하게 진행되었다. 봉만치는 7명의 영웅들에게 질병과의 전투를 벌이면서도 지겹게 느끼지 않도록 벌침에 대한 상식을 한두 개씩 가르쳐주었다.

 박소영의 35차 벌침 맞는 현황

다리: 족삼리혈(좌, 우)에 2방, 곤륜혈(좌, 우)에 2방, 태충혈(좌, 우)에 2방, 엉덩이 아시혈(엉덩이 가운데 부위로 의자에 앉을 때 닿은 부위 각각 1방씩)에 좌우로 2방, 삼음교혈(좌, 우)에 2방, 왼쪽 다리와 오른쪽 다리의 무릎 아시혈(둥근 슬개골 둘레 끝 주위를 따라 1cm 정도 밖으로 떨어진 부위를 균등하여 6방씩)에 좌우로 12방

복부와 허리 쪽: 관원혈에 1방, 중완혈에 1방, 배 아시혈(천추혈 아래로 3센티 떨어진 부위와 6센티 정도 떨어

진 부위 그리고 9센티 정도 떨어진 부위에 좌우로 각 3방씩)에 6방, 허리의 아시혈(눌러서 압통을 느끼는 부위를 좌우 대칭으로 각각 3방씩)에 좌우로 6방, 등의 아시혈(등 가운데 부위에 등뼈를 기준하여 좌우로 3cm 정도 떨어진 부위에 각 2방씩)에 좌우로 4방

팔: 신문혈(좌, 우)에 2방, 주료혈(좌, 우)에 2방, 새끼손가락 아시혈(새끼손가락과 손등의 경계선 중앙에서 팔목 방향으로 2센티 정도 떨어진 부위에 좌우 각 1방씩)에 2방

목과 머리: 천주혈(좌, 우)에 2방, 눈가의 아시혈(눈가의 좌우 끝에서 밖으로 2센티 정도 떨어진 부위에 좌우로 각 1방씩)에 2방, 어깨 아시혈(눌러서 아픈 부위에 좌우 대칭으로 각각 3방씩)에 좌우로 6방

합계: 56방이었다.

## 김덕배의 35차 벌침 맞는 현황

다리: 족삼리혈(좌, 우)에 2방, 은문혈(좌, 우)에 2방, 곡천혈(좌, 우)에 2방, 태충혈(좌, 우)에 2방, 곤륜혈(좌, 우)에 2방, 발가락 아시혈(둘째, 셋째, 넷째 발가락의 엄지발가락 대돈혈에 상당하는 부위에 각 1방씩)에 좌우로 6방

복부와 허리 쪽: 관원혈에 1방, 중완혈에 1방, 배 아시혈(천추혈 아래로 3센티 떨어진 부위와 6센티 정도 떨어진 부위 그리고 9센티 정도 떨어진 부위에 좌우로 각 3방씩)에 6방, 허리의 아시혈(눌러서 압통을 느끼는 부위를 좌우 대칭으로 각각 1방씩)

에 좌우로 2방, 등 부위 아시혈(사마귀 3개에 각 2방씩, 사마귀가 거의 새까맣게 타들어가서 뿌리 부위에 벌침을 놓음)에 6방

팔: 곡지혈(좌, 우)에 2방, 새끼손가락 아시혈(새끼손가락과 손등의 경계선 중앙에서 팔목 방향으로 2센티 정도 떨어진 부위에 좌우 각 1방씩)에 2방

목과 머리: 천주혈(좌, 우)에 2방, 눈가의 아시혈(눈가의 좌우 끝에서 밖으로 2센티 정도 떨어진 부위에 좌우로 각 1방씩)에 2방, 어깨 아시혈(눌러서 압통을 느끼는 부위에 좌우 대칭으로 4방씩)에 좌우로 8방

성기벌침: 성기벌침 맞은 부위(귀두 경계선에서 몸 안쪽으로 1센티 정도 들어간 부위) 둘레를 5등분하여 5방

합계: 53방이었다.

## 윤미령의 35차 벌침 맞는 현황

다리: 족삼리혈(좌, 우)에 2방, 태충혈(좌, 우)에 2방, 곤륜혈(좌, 우)에 2방, 승근혈(좌, 우)에 2방, 왼쪽 다리와 오른쪽 다리의 무릎 아시혈(무릎 슬개골 둘레를 기준하여 좌우상하 끝 중앙 부위에서 밖으로 1cm 정도 떨어진 부위에 각각 1방씩)에 좌우로 8방

복부와 허리 쪽: 관원혈에 1방, 중완혈에 1방, 배 아시혈(천추혈 아래로 3센티 떨어진 부위와 6센티 정도 떨어진 부위 그리고 9센티 정도 떨어진 부위에 좌우로 각 3방씩)에 6방, 허리의 아시혈(눌러서 압통을 느끼는 부위 좌우 대칭으로 각3방씩)에 좌우로 6방

팔: 신문혈(좌, 우)에 2방. 곡지혈(좌, 우)에 2방, 새끼손가락 아
시혈(새끼손가락과 손등의 경계선 중앙에서 팔목 방향으로
2센티 정도 떨어진 부위에 좌우 각 1방씩)에 2방

목과 머리: 천주혈(좌, 우)에 2방, 눈가의 아시혈(눈가의 좌우
끝에서 밖으로 2센티 정도 떨어진 부위에 좌우로
각 1방씩)에 2방, 어깨 아시혈(눌러서 압통을 느끼
는 부위에 좌우 대칭으로 3방씩)에 좌우로 6방

합계: 46방이었다.

## 나찬일의 35차 벌침 맞는 현황

다리: 족삼리혈(좌, 우)에 2방, 승산혈(좌, 우)에 2방, 태충혈(좌,
우)에 2방, 삼음교혈(좌, 우)에 2방, 왼쪽 다리와 오른쪽
다리의 무릎 아시혈(무릎 슬개골 둘레를 기준하여 좌우
상하 끝 중앙 부위에서 밖으로 1cm 정도 떨어진 부위에
각각 1방씩)에 좌우로 8방

복부와 허리 쪽: 관원혈에 1방, 중완혈에 1방, 배 아시혈(천주혈
아래로 3센티 떨어진 부위와 6센티 정도 떨어
진 부위 그리고 9센티 정도 떨어진 부위에 좌
우로 각 3방씩)에 6방, 가슴 부위와 등 부위
의 아토피성 피부질환 아시혈(환부)에 각각 3
방씩 6방(아토피성 피부질환 환부를 대략 3등
분하여 3방씩 놓음)

팔: 신문혈(좌, 우)에 2방, 곡지혈(좌, 우)에 2방, 새끼손가락 아
시혈(새끼손가락과 손등의 경계선 중앙에서 팔목 방향으로
2센티 정도 떨어진 부위에 좌우 각 1방씩)에 2방

목과 머리 쪽: 천주혈(좌, 우)에 2방, 눈가의 아시혈(눈가의 좌

우 끝에서 밖으로 2센티 정도 떨어진 부위에 좌우로 각 1방씩)에 2방, 어깨 아시혈(눌러서 압통을 느끼는 부위에 좌우 대칭으로 3방씩)에 좌우로 6방

성기벌침: 성기벌침 맞은 부위(귀두 경계선에서 몸 안쪽으로 1센티 정도 들어간 부위) 둘레를 5등분하여 5방

합계: 51방이었다.

## 손영미의 35차 벌침 맞는 현황

다리: 족삼리혈(좌, 우)에 2방, 승산혈(좌, 우)에 2방, 태충혈(좌, 우)에 2방, 중봉혈(좌, 우)에 2방, 왼쪽 다리와 오른쪽 다리의 무릎 아시혈(무릎 슬개골 둘레를 기준하여 좌우상하 끝 중앙 부위에서 밖으로 1cm 정도 떨어진 부위에 각각 1방씩)에 좌우로 8방

복부와 허리 쪽: 관원혈에 1방, 중완혈에 1방, 배 아시혈(천추혈 아래로 3센티 떨어진 부위와 6센티 정도 떨어진 부위 그리고 9센티 정도 떨어진 부위에 좌우로 각 3방씩)에 6방, 허리의 아시혈(눌러서 압통을 느끼는 부위에 좌우 대칭으로 각각 3방씩)에 좌우로 6방

팔: 신문혈(좌, 우)에 2방, 곡지혈(좌, 우)에 2방, 새끼손가락 아시혈(새끼손가락과 손등의 경계선 중앙에서 팔목 방향으로 2센티 정도 떨어진 부위에 좌우 각 1방씩)에 2방

목과 머리: 천주혈(좌, 우)에 2방, 백회혈에 1방, 눈가의 아시혈(눈가의 좌우 끝에서 밖으로 2센티 정도 떨어진 부위

에 좌우로 각 1방씩)에 2방, 어깨 아시혈(눌러서 아픈 부위에 좌우 대칭으로 각각 2방씩)에 좌우로 4방

합계: 45방이었다.

## 최갑용의 35차 벌침 맞는 현황

다리: 족삼리혈(좌, 우)에 2방, 은문혈(좌, 우)에 2방, 곤륜혈(좌, 우)에 2방, 승산혈(좌, 우)에 2방, 태충혈(좌, 우)에 2방, 중봉혈(좌, 우)에 2방, 발가락 아시혈(둘째, 셋째, 넷째 발가락의 엄지발가락 대돈혈에 상당하는 부위에 각 1방씩)에 좌우로 6방

복부와 허리 쪽: 관원혈에 1방, 중완혈에 1방, 배 아시혈(천추혈 아래로 3센티 떨어진 부위와 6센티 정도 떨어진 부위 그리고 9센티 정도 떨어진 부위에 좌우로 각 3방씩)에 6방, 허리의 아시혈(눌러서 압통을 느끼는 부위에 좌우 대칭으로 각각 3방씩)에 좌우로 6방

팔: 신문혈(좌, 우)에 2방, 곡지혈(좌, 우)에 2방, 새끼손가락 아시혈(새끼손가락과 손등의 경계선 중앙에서 팔목 방향으로 2센티 정도 떨어진 부위에 좌우 각 1방씩)에 2방

목과 머리: 천주혈(좌, 우)에 2방, 백회혈에 1방, 눈가의 아시혈(눈가의 좌우 끝에서 밖으로 2센티 정도 떨어진 부위에 좌우로 각 1방씩)에 2방, 어깨 아시혈(눌러서 아픈 부위에 좌우 대칭으로 각각 3방씩)에 좌우로 6방

성기벌침: 성기벌침 맞은 부위(귀두 경계선에서 몸 안쪽으로 1센티 정도 들어간 부위) 둘레를 5등분하여 5방

합계: 54방이었다.

## 양미정의 35차 벌침 맞는 현황

다리: 족삼리혈(좌, 우)에 2방, 곡천혈(좌, 우)에 2방, 승산혈(좌, 우)에 2방, 곤륜혈(좌, 우)에 2방, 중봉혈(좌, 우)에 2방, 위중혈(좌, 우)에 2방, 발등 중앙 관절 부위의 부어있는 아시혈에 좌우로 2방, 발가락 아시혈(둘째, 셋째, 넷째 발가락의 엄지발가락 대돈혈에 상당하는 부위에 각 1방씩)에 좌우로 6방

복부와 허리 쪽: 관원혈에 1방, 중완혈에 1방, 배 아시혈(천추혈 아래로 3센티 떨어진 부위와 6센티 정도 떨어진 부위 그리고 9센티 정도 떨어진 부위에 좌우로 각 3방씩)에 6방, 허리의 아시혈(눌러서 압통을 느끼는 부위를 좌우 대칭으로 각각 3방씩)에 좌우로 6방

팔: 신문혈(좌, 우)에 2방, 곡지혈(좌, 우)에 2방, 새끼손가락 아시혈(새끼손가락과 손등의 경계선 중앙에서 팔목 방향으로 2센티 정도 떨어진 부위에 좌우 각 1방씩)에 2방

목과 머리: 천주혈(좌, 우)에 2방, 백회혈에 1방, 눈가의 아시혈(눈가의 좌우 끝에서 밖으로 2센티 정도 떨어진 부위에 좌우로 각 1방씩)에 2방, 어깨 아시혈(눌러서 아픈 부위에 좌우 대칭으로 각각 3방씩)에 좌우로 6방

합계: 51방이었다.


"눈가의 큰 주름이 있는 곳에 벌침을 즐기면 노안에도 이롭고 주름살 개선에도 도움이 될 것이오, 물론 벌침 특성상 안면 신경조직

과 뇌혈류 개선에도 상당한 도움이 될 것이오, 또한 얼굴 부위의 피부미용에도 꾸준히 즐긴다면 큰 도움이 될 것이오. 이렇게 벌침은 어느 특정 질병에만 이로운 것이 아니라 모든 질병에 이롭다는 것이오. 그것은 벌침이 혈액순환 개선에 의한 면역치료법이기 때문이오. 즉 모든 질병의 예방 및 치료에 벌침이 이롭다는 것이오."

봉만치의 말이 끝나자 박소영 영웅이 봉만치에게 단독 면담을 신청하였다. 박소영 영웅의 작은 방으로 자리를 옮긴 봉만치에게 박소영 영웅이 말을 했다.

"양미정과 최갑용은 소꿉친구입니다. 지금 저의 집에서 함께 합숙을 하면서 벌침을 맞고 있습니다. 저는 어릴 때 생각이 나서 양미정과 함께 안방 침대에서 자고 최갑용은 거실에서 혼자 자고 있습니다. 그런데 며칠 전부터 최갑용이가 양미정을 밤마다 불러내고 있습니다. 양미정은 류머티스 관절염으로 아직도 아픈 부위가 많음에도 불구하고 자꾸 최갑용이가 부부관계를 요구한다는 것입니다. 전에는 그런 행동을 하지 않았는데 말입니다. 최갑용이도 중풍, 당뇨, 전립선염을 오랜 시간 앓고 있으므로 부부관계를 두세 달에 한번 정도 가졌었는데 요즘엔 너무 자주 그런다는 것입니다. 혹시 성기벌침을 놓아줘서 그런 것은 아닌지요? 양미정은 한편으론 남편 건강이 좋아져서 좋으면서도 한편으론 혼자 사는 친구 집에서 그런 행동을 하는 남편이 야속하기도 하나 봅니다. 봉만치 선생님, 최갑용에게 성기벌침을 놓아주지 말았으면 합니다."

"흐흐. 무슨 말인지 잘 알겠소. 하지만 최갑용 영웅의 심정을 이해해 주시오. 아마도 최갑용 영웅은 몇 년 동안 기죽어 살다가 벌침 맞고 기가 살아나서 아내에게 빨리 자랑하고 싶은 기분일 것이오. 다시 말해 아내에게 사내구실이 아직도 가능하다는 것을 과시하기 위함일 것이고, 자신의 건강이 회복 중인 것을 스스로 테스트해 보려는 마음에서 그럴 것이오. 며칠만 불편함을 참아 줬으면 좋겠소. 이 봉만치가 나설 일이 아니잖소."

봉만치도 과부가 홀아비 사정을 잘 안다는 속말을 믿고 있는 사람이므로 부부간에 서로 잘 협의하여 무리하지 않게 공통점을 찾아보라고 박소영 영웅에게 말해 주었다. 하지만 성기벌침을 중단해서는 전립선염을 치료할 수 없다고 했다.

# 36차

# 탈모

수요일 전투도 예외는 없었다. 남자 영웅들 모두와 봉만치는 술을 싫어하지 않았다. 특히 김덕배 영웅은 거의 매일 술을 마시는 것을 좋아해서 종종 남자 영웅들과 봉만치는 김덕배 영웅의 간곡한 부탁(?)으로 일주일에 2번 정도는 술을 미셨디. 술이라고 해야 소주 몇 병 마시는 수준이었다.

 박소영의 36차 벌침 맞는 현황

> 다리: 족삼리혈(좌, 우)에 2방, 곤륜혈(좌, 우)에 2방, 승부혈(좌, 우)에 2방, 엉덩이 아시혈(엉덩이 가운데 부위로 의자에 앉을 때 닿은 부위 각각 1방씩)에 좌우로 2방, 삼음교혈(좌, 우)에 2방, 왼쪽 다리와 오른쪽 다리의 무릎 아시혈(둥근 슬개골 둘레 끝 주위를 따라 1cm 정도 밖으로 떨

어진 부위를 균등하여 6방씩)에 좌우로 12방

복부와 허리 쪽: 기문혈에 1방, 수분혈에 1방, 천추혈(좌, 우)에 2방, 허리 아시혈(눌러서 압통을 느끼는 부위를 좌우 대칭으로 각각 3방씩)에 좌우로 6방, 등의 아시혈(등 가운데 부위에 등뼈를 기준하여 좌우로 3cm 정도 떨어진 부위에 각 2방씩)에 좌우로 4방

팔: 합곡혈(좌, 우)에 2방, 신문혈(좌, 우)에 2방, 수삼리혈(좌, 우)에 2방, 새끼손가락 아시혈(새끼손가락과 손등의 경계선 중앙에서 팔목 방향으로 2센티 정도 떨어진 부위에 좌우 각 1방씩)에 2방

목과 머리: 아문혈에 1방, 신정혈에 1방, 이마 아시혈(신정혈에서 좌우로 5cm 정도 떨어진 부위에 각 1방씩)에 2방, 어깨 아시혈(눌러서 아픈 부위에 좌우 대칭으로 각각 3방씩)에 좌우로 6방, 오른쪽 뺨 아시혈(오른쪽 뺨 가운데 부위에 있는 쌀알 크기의 사마귀)에 1방

합계: 55방이었다.

### 김덕배의 36차 벌침 맞는 현황

다리: 족삼리혈(좌, 우)에 2방, 승산혈(좌, 우)에 2방, 위중혈(좌, 우)에 2방, 태충혈(좌, 우)에 2방, 곤륜혈(좌, 우)에 2방, 왼쪽 다리와 오른쪽 다리의 무릎 아시혈(무릎 슬개골 둘레를 기준하여 좌우상하 끝 중앙 부위에서 밖으로 1cm 정도 떨어진 부위에 각각 1방씩)에 좌우로 8방

복부와 허리 쪽: 기문혈에 1방, 수분혈에 1방, 천추혈(좌, 우)에 2방, 허리의 아시혈(눌러서 압통을 느끼는 부위를 좌우 대칭으로 각각 2방씩)에 좌우로 4방, 등 부위 아시혈(사마귀 3개에 각 2방씩, 사마귀가 거의 새까맣게 타들어가서 뿌리 부위에 벌침을 놓음)에 6방

팔: 합곡혈(좌, 우)에 2방, 수삼리혈(좌, 우)에 2방, 새끼손가락 아시혈(새끼손가락과 손등의 경계선 중앙에서 팔목 방향으로 2센티 정도 떨어진 부위에 좌우 각 1방씩)에 2방

목과 머리: 아문혈에 1방, 신정혈에 1방, 이마 아시혈(신정혈에서 좌우로 5cm 정도 떨어진 부위에 각 1방씩)에 2방, 어깨 아시혈(눌러서 압통을 느끼는 부위에 좌우 대칭으로 4방씩)에 좌우로 8방

합계: 50방이었다.

## 윤미령의 36차 벌침 맞는 현황

다리: 족삼리혈(좌, 우)에 2방, 태충혈(좌, 우)에 2방, 삼음교혈(좌, 우)에 2방, 위중혈(좌, 우)에 2방, 은문혈(좌, 우)에 2방, 왼쪽 다리와 오른쪽 다리의 무릎 아시혈(무릎 슬개골 둘레를 기준하여 좌우상하 끝 중앙 부위에서 밖으로 1cm 정도 떨어진 부위에 각각 1방씩)에 좌우로 8방

복부와 허리 쪽: 기문혈에 1방, 수분혈에 1방, 천추혈(좌, 우)에 2방, 허리의 아시혈(눌러서 압통을 느끼는 부위 좌우 대칭으로 각3방씩)에 좌우로 6방

팔: 합곡혈(좌, 우)에 2방. 수삼리혈(좌, 우)에 2방, 새끼손가락

아시혈(새끼손가락과 손등의 경계선 중앙에서 팔목 방향으로 2센티 정도 떨어진 부위에 좌우 각 1방씩)에 2방

목과 머리: 아문혈에 1방, 신정혈에 1방, 이마 아시혈(신정혈에서 좌우로 5cm 정도 떨어진 부위에 각 1방씩)에 2방, 어깨 아시혈(눌러서 압통을 느끼는 부위에 좌우 대칭으로 3방씩)에 좌우로 6방

합계: 44방이었다.

## 나찬일의 36차 벌침 맞는 현황

다리: 족삼리혈(좌, 우)에 2방, 승근혈(좌, 우)에 2방, 태충혈(좌, 우)에 2방, 삼음교혈(좌, 우)에 2방, 은문혈(좌, 우)에 2방, 왼쪽 다리와 오른쪽 다리의 무릎 아시혈(무릎 슬개골 둘레를 기준하여 좌우상하 끝 중앙 부위에서 밖으로 1cm 정도 떨어진 부위에 각각 1방씩)에 좌우로 8방

복부와 허리 쪽: 기문혈에 1방, 수분혈에 1방, 천추혈(좌, 우)에 2방, 가슴 부위와 등 부위의 아토피성 피부질환 아시혈(환부)에 각각 3방씩 6방(아토피성 피부질환 환부를 대략 3등분하여 3방씩 놓음)

팔: 합곡혈(좌, 우)에 2방, 수삼리혈(좌, 우)에 2방, 새끼손가락 아시혈(새끼손가락과 손등의 경계선 중앙에서 팔목 방향으로 2센티 정도 떨어진 부위에 좌우 각 1방씩)에 2방

목과 머리 쪽: 아문혈에 1방, 신정혈에 1방, 이마 아시혈(신정혈에서 좌우로 5cm 정도 떨어진 부위에 각 1방씩)에 2방, 어깨 아시혈(눌러서 압통을 느끼는 부위에 좌우 대칭으로 3방씩)에 좌우로 6방

합계: 44방이었다.

## 손영미의 36차 벌침 맞는 현황

다리: 족삼리혈(좌, 우)에 2방, 삼음교혈(좌, 우)에 2방, 태충혈(좌, 우)에 2방, 은문혈(좌, 우)에 2방, 승근혈(좌, 우)에 2방, 왼쪽 다리와 오른쪽 다리의 무릎 아시혈(무릎 슬개골 둘레를 기준하여 좌우상하 끝 중앙 부위에서 밖으로 1cm 정도 떨어진 부위에 각각 1방씩)에 좌우로 8방

복부와 허리 쪽: 기문혈에 1방, 수분혈에 1방, 천추혈(좌, 우)에 2방, 허리의 아시혈(눌러서 압통을 느끼는 부위에 좌우 대칭으로 각각 3방씩)에 좌우로 6방

팔: 합곡혈(좌, 우)에 2방, 수삼리혈(좌, 우)에 2방, 새끼손가락 아시혈(새끼손가락과 손등의 경계선 중앙에서 팔목 방향으로 2센티 정도 떨어진 부위에 좌우 각 1방씩)에 2방

목과 머리: 아문혈에 1방, 신정혈에 1방, 이마 아시혈(신정혈에서 좌우로 5cm 정도 떨어진 부위에 각 1방씩)에 2방, 어깨 아시혈(눌러서 아픈 부위에 좌우 대칭으로 각각 2방씩)에 좌우로 4방

합계: 42방이었다.

## 최갑용의 36차 벌침 맞는 현황

다리: 족삼리혈(좌, 우)에 2방, 곡천혈(좌, 우)에 2방, 곤륜혈(좌, 우)에 2방, 승근혈(좌, 우)에 2방, 태충혈(좌, 우)에 2방,

대돈혈(좌, 우)에 2방, 왼쪽 다리와 오른쪽 다리의 무릎 아시혈(무릎 슬개골 둘레를 기준하여 좌우상하 끝 중앙 부위에서 밖으로 1cm 정도 떨어진 부위에 각각 1방씩)에 좌우로 8방

복부와 허리 쪽: 기문혈에 1방, 수분혈에 1방, 천추혈(좌, 우)에 2방, 허리의 아시혈(눌러서 압통을 느끼는 부위에 좌우 대칭으로 각각 3방씩)에 좌우로 6방

팔: 합곡혈(좌, 우)에 2방, 수삼리혈(좌, 우)에 2방, 새끼손가락 아시혈(새끼손가락과 손등의 경계선 중앙에서 팔목 방향으로 2센티 정도 떨어진 부위에 좌우 각 1방씩)에 2방

목과 머리: 아문혈에 1방, 신정혈에 1방, 백회혈에 1방, 이마 아시혈(신정혈에서 좌우로 5cm 정도 떨어진 부위에 각 1방씩)에 2방, 어깨 아시혈(눌러서 아픈 부위에 좌우 대칭으로 각각 3방씩)에 좌우로 6방

합계: 47방이었다.

## 양미정의 36차 벌침 맞는 현황

다리: 족삼리혈(좌, 우)에 2방, 은문혈(좌, 우)에 2방, 승산혈(좌, 우)에 2방, 곤륜혈(좌, 우)에 2방, 중봉혈(좌, 우)에 2방, 위중혈(좌, 우)에 2방, 발등 중앙 관절 부위의 부어있는 아시혈에 좌우로 2방, 왼쪽 다리와 오른쪽 다리의 무릎 아시혈(무릎 슬개골 둘레를 기준하여 좌우상하 끝 중앙 부위에서 밖으로 1cm 정도 떨어진 부위에 각각 1방씩)에 좌우로 8방

복부와 허리 쪽: 기문혈에 1방, 수분혈에 1방, 천추혈(좌, 우)에 2

방, 허리의 아시혈(눌러서 압통을 느끼는 부위
를 좌우 대칭으로 각각 3방씩)에 좌우로 6방

팔: 합곡혈(좌, 우)에 2방, 수삼리혈(좌, 우)에 2방, 새끼손가락
아시혈(새끼손가락과 손등의 경계선 중앙에서 팔목 방향으
로 2센티 정도 떨어진 부위에 좌우 각 1방씩)에 2방

목과 머리: 아문혈에 1방, 신정혈에 1방, 백회혈에 1방, 이마 아
시혈(신정혈에서 좌우로 5cm 정도 떨어진 부위에
각 1방씩)에 2방, 어깨 아시혈(눌러서 아픈 부위에
좌우 대칭으로 각각 3방씩)에 좌우로 6방

합계: 49방이었다.

"머리 벌침을 즐기면 탈모에 도움이 될 것이오. 이마와 머리의 경계선과 원형탈모가 일어나는 부위 등에 즐기면 편리하오. 머리 벌침은 대단히 중요한 것이오. 어디가 아파서 벌침을 즐길 때 반드시 머리 벌침도 함께 즐겨야 효과를 볼 수 있는 것이오."

# 중이염과 이명

목요일도 늘 그랬던 것처럼 질병과의 전투가 있었다.

"질병이 사람들에게 찾아드는 경우는 평상 시 생활습관에 문제가 있는 경우가 많소. 귀에서 소리가 나는 이명 같은 경우도 때로는 잘못된 자세로 인한 것이 원인이 되기도 하오. 베개를 베고 자는 경우를 예로 들어 보겠소. 사람이 반듯하게 누워서 잘 때는 베개 높이가 크게 높지 않아도 되겠지만 옆으로 누워서 잘 경우를 생각해보면 베개 높이가 적어도 머리를 목뼈와 수평으로 유지시키려면 어깨에서 귀 부위까지 높이는 되어야 될 것이오. 하지만 사람들은 반듯하게 누워서 자는 용 베개 따로 옆으로 누워서 자는 용 베개 따로 사용할 수 없을 것이오. 잠을 잘 때는 무의식 상태처럼 되니까요. 종종 아이들이 자는 모습을 관찰해보면 팔을 베고 자는 모습을 볼 수 있을 것이오. 옆으로 누워서 잘 때 그런 행동을 많이 하는 것을 알 수 있을 것이오. 베개 높이가 너무 낮으니 팔로 베개 높이를 보완해야 편히 잠이 들기 때문에 그런 것이오. 이와 같이 생활 속에 질병과 관련된 원인들이 많이 있소. 하지만 누구나 완벽한 생활습관을 가질 수는 없소. 이명이나 목 디스크의 원인이 베개 때문일 수 있으므로 누구든지 벌침을 즐겨야 한다는 것이오. 천주혈, 풍지혈, 아문혈, 풍부혈, 백회혈 등과 어깨와 목덜미 쪽 아시혈(눌러서 압통을 느끼는 부위)에 벌침을 즐기면 좋을 것이오. 추가로 관자놀이 부위와 이명(신장이 나빠서 그럴 수도 있음, 이때 신장 부위에도 벌침을 즐기면 좋음)이라면 귀의 앞뒤 귀와 머리의 경계선 중앙 부위 정도에도 벌침을 즐기면 이로울 것이오."

봉만치가 벌침을 누구나 즐겨야 하는 이유에 대하여 중얼거리면서 7인의 영웅들에게 순서에 따라 벌침을 놓아 주었다.

## 박소영의 37차 벌침 맞는 현황

다리: 족삼리혈(좌, 우)에 2방, 위중혈(좌, 우)에 2방, 승부혈(좌, 우)에 2방, 엉덩이 아시혈(엉덩이 가운데 부위로 의자에 앉을 때 닿은 부위 각각 1방씩)에 좌우로 2방, 태충혈(좌, 우)에 2방, 승산혈(좌, 우)에 2방, 왼쪽 다리와 오른쪽 다리의 무릎 아시혈(둥근 슬개골 둘레 끝 주위를 따라 1cm 정도 밖으로 떨어진 부위를 균등하여 6방씩)에 좌우로 12방
복부와 허리 쪽: 중극혈에 1방, 배 아시혈(천추혈 아래로 3센티 떨어진 부위와 6센티 정도 떨어진 부위 그리

고 9센티 정도 떨어진 부위에 좌우로 각 3방씩)에 6방, 허리 아시혈(눌러서 압통을 느끼는 부위를 좌우 대칭으로 각각 3방씩)에 좌우로 6방, 등의 아시혈(등 가운데 부위에 등뼈를 기준하여 좌우로 3cm 정도 떨어진 부위에 각 2방씩)에 좌우로 4방

팔: 양계혈(좌, 우)에 2방, 주료혈(좌, 우)에 2방, 새끼손가락 아시혈(새끼손가락과 손등의 경계선 중앙에서 팔목 방향으로 2센티 정도 떨어진 부위에 좌우 각 1방씩)에 2방

목과 머리: 풍부혈에 1방, 머리 아시혈(후정혈에서 목 방향으로 3센티 정도 떨어진 부위)에 1방, 이마 아시혈(이마의 M자의 양 끝단 부위에 상당하는 관자놀이 주위로 각 1방씩)에 좌우로 2방, 어깨 아시혈(눌러서 아픈 부위에 좌우 대칭으로 각각 3방씩)에 좌우로 6방, 오른쪽 뺨 아시혈(오른쪽 뺨 가운데 부위에 있는 쌀알 크기의 사마귀)에 1방

합계: 58방이었다.

## 김덕배의 37차 벌침 맞는 현황

다리: 족삼리혈(좌, 우)에 2방, 승근혈(좌, 우)에 2방, 대돈혈(좌, 우)에 2방, 발가락 아시혈(둘째, 셋째, 넷째 발가락의 엄지 발가락 대돈혈에 상당하는 부위에 각 1방씩)에 좌우로 6방

복부와 허리 쪽: 중극혈에 1방, 배 아시혈(천추혈 아래로 3센티 떨어진 부위와 6센티 정도 떨어진 부위 그리

고 9센티 정도 떨어진 부위에 좌우로 각 3방씩)에 6방, 허리 아시혈(눌러서 압통을 느끼는 부위를 좌우 대칭으로 각각 3방씩)에 좌우로 6방, 등 부위 아시혈(사마귀 3개에 각 2방씩, 사마귀가 거의 새까맣게 타들어가서 뿌리 부위에 벌침을 놓음)에 6방

팔: 양계혈(좌, 우)에 2방, 주료혈(좌, 우)에 2방, 새끼손가락 아시혈(새끼손가락과 손등의 경계선 중앙에서 팔목 방향으로 2센티 정도 떨어진 부위에 좌우 각 1방씩)에 2방

목과 머리: 풍부혈에 1방, 머리 아시혈(후정혈에서 목 방향으로 3센티 정도 떨어진 부위)에 1방, 이마 아시혈(이마의 M자의 양 끝단 부위에 상당하는 관자놀이 주위로 각 1방씩)에 좌우로 2방, 어깨 아시혈(눌러서 압통을 느끼는 부위에 좌우 대칭으로 4방씩)에 좌우로 8방

성기벌침: 성기벌침 맞은 부위(귀두 경계선에서 몸 안쪽으로 1센티 정노 들어간 부위) 둘레를 /등분하여 /방

합계: 56방이었다.

## 윤미령의 37차 벌침 맞는 현황

다리: 족삼리혈(좌, 우)에 2방, 태충혈(좌, 우)에 2방, 삼음교혈(좌, 우)에 2방, 위중혈(좌, 우)에 2방, 왼쪽 다리와 오른쪽 다리의 무릎 아시혈(무릎 슬개골 둘레를 기준하여 좌우상하 끝 중앙 부위에서 밖으로 1cm 정도 떨어진 부위에 각각 1방씩)에 좌우로 8방

복부와 허리 쪽: 중극혈에 1방, 배 아시혈(천추혈 아래로 3센티 떨어진 부위와 6센티 정도 떨어진 부위 그리고 9센티 정도 떨어진 부위에 좌우로 각 3방씩)에 6방, 허리의 아시혈(눌러서 압통을 느끼는 부위 좌우 대칭으로 각3방씩)에 좌우로 6방

팔: 양계혈(좌, 우)에 2방. 주료혈(좌, 우)에 2방, 새끼손가락 아시혈(새끼손가락과 손등의 경계선 중앙에서 팔목 방향으로 2센티 정도 떨어진 부위에 좌우 각 1방씩)에 2방

목과 머리: 풍부혈에 1방, 머리 아시혈(후정혈에서 목 방향으로 3센티 정도 떨어진 부위)에 1방, 이마 아시혈(이마의 M자의 양 끝단 부위에 상당하는 관자놀이 주위로 각 1방씩)에 좌우로 2방, 어깨 아시혈(눌러서 압통을 느끼는 부위에 좌우 대칭으로 3방씩)에 좌우로 6방

합계: 45방이었다.

## 나찬일의 37차 벌침 맞는 현황

다리: 족삼리혈(좌, 우)에 2방, 승산혈(좌, 우)에 2방, 태충혈(좌, 우)에 2방, 발가락 아시혈(둘째, 셋째, 넷째 발가락의 엄지발가락 대돈혈에 상당하는 부위에 각 1방씩)에 좌우로 6방

복부와 허리 쪽: 중극혈에 1방, 배 아시혈(천추혈 아래로 3센티 떨어진 부위와 6센티 정도 떨어진 부위 그리고 9센티 정도 떨어진 부위에 좌우로 각 3방씩)에 6방, 가슴 부위와 등 부위의 아토피성 피부질환 아시혈(환부)에 각각 3방씩 6방(아토

피성 피부질환 환부를 대략 3등분하여 3방씩 놓음)

팔: 양계혈(좌, 우)에 2방, 주료혈(좌, 우)에 2방, 새끼손가락 아시혈(새끼손가락과 손등의 경계선 중앙에서 팔목 방향으로 2센티 정도 떨어진 부위에 좌우 각 1방씩)에 2방

목과 머리 쪽: 풍부혈에 1방, 머리 아시혈(후정혈에서 목 방향으로 3센티 정도 떨어진 부위)에 1방, 이마 아시혈(이마의 M자의 양 끝단 부위에 상당하는 관자놀이 주위로 각 1방씩)에 좌우로 2방, 어깨 아시혈(눌러서 압통을 느끼는 부위에 좌우 대칭으로 3방씩)에 좌우로 6방

성기벌침: 성기벌침 맞은 부위(귀두 경계선에서 몸 안쪽으로 1센티 정도 들어간 부위) 둘레를 7등분하여 7방

합계: 48방이었다.

## 손영미의 37차 벌침 맞는 현황

다리: 족삼리혈(좌, 우)에 2방, 승산혈(좌, 우)에 2방, 태충혈(좌, 우)에 2방, 위중혈(좌, 우)에 2방, 곡천혈(좌, 우)에 2방, 발가락 아시혈(둘째, 셋째, 넷째 발가락의 엄지발가락 대돈혈에 상당하는 부위에 각 1방씩)에 좌우로 6방

복부와 허리 쪽: 중극혈에 1방, 배 아시혈(천추혈 아래로 3센티 떨어진 부위와 6센티 정도 떨어진 부위 그리고 9센티 정도 떨어진 부위에 좌우로 각 3방씩)에 6방, 허리의 아시혈(눌러서 압통을 느끼는 부위에 좌우 대칭으로 각각 3방씩)에 좌우

로 6방
팔: 양계혈(좌, 우)에 2방, 주료혈(좌, 우)에 2방, 새끼손가락 아시혈(새끼손가락과 손등의 경계선 중앙에서 팔목 방향으로 2센티 정도 떨어진 부위에 좌우 각 1방씩)에 2방
목과 머리: 풍부혈에 1방, 머리 아시혈(후정혈에서 목 방향으로 3센티 정도 떨어진 부위)에 1방, 이마 아시혈(이마의 M자의 양 끝단 부위에 상당하는 관자놀이 주위로 각 1방씩)에 좌우로 2방, 오른쪽 귀 앞부분과 뒷부분의 머리와 귀의 경계선 중앙 부위 각 1방씩)에 2방, 어깨 아시혈(눌러서 아픈 부위에 좌우 대칭으로 각각 2방씩)에 좌우로 4방

합계: 45방이었다.

## 최갑용의 37차 벌침 맞는 현황

다리: 족삼리혈(좌, 우)에 2방, 위중혈(좌, 우)에 2방, 곤륜혈(좌, 우)에 2방, 승산혈(좌, 우)에 2방, 태충혈(좌, 우)에 2방, 발가락 아시혈(둘째, 셋째, 넷째 발가락의 엄지발가락 대돈혈에 상당하는 부위에 각 1방씩)에 좌우로 6방
복부와 허리 쪽: 중극혈에 1방, 배 아시혈(천추혈 아래로 3센티 떨어진 부위와 6센티 정도 떨어진 부위 그리고 9센티 정도 떨어진 부위에 좌우로 각 3방씩)에 6방, 허리의 아시혈(눌러서 압통을 느끼는 부위에 좌우 대칭으로 각각 3방씩)에 좌우로 6방
팔: 양계혈(좌, 우)에 2방, 주료혈(좌, 우)에 2방, 새끼손가락 아

시혈(새끼손가락과 손등의 경계선 중앙에서 팔목 방향으로 2센티 정도 떨어진 부위에 좌우 각 1방씩)에 2방

목과 머리: 풍부혈에 1방, 백회혈에 1방, 머리 아시혈(후정혈에서 목 방향으로 3센티 정도 떨어진 부위)에 1방, 이마 아시혈(이마의 M자의 양 끝단 부위에 상당하는 관자놀이 주위로 각 1방씩)에 좌우로 2방, 어깨 아시혈(눌러서 아픈 부위에 좌우 대칭으로 각각 3방씩)에 좌우로 6방

성기벌침: 성기벌침 맞은 부위(귀두 경계선에서 몸 안쪽으로 1센티 정도 들어간 부위) 둘레를 7등분하여 7방

합계: 53방이었다.

## 양미정의 37차 벌침 맞는 현황

다리: 족삼리혈(좌, 우)에 2방, 곡천혈(좌, 우)에 2방, 승산혈(좌, 우)에 2방, 곤륜혈(좌, 우)에 2방, 슝몽혈(좌, 우)에 2방, 위중혈(좌, 우)에 2방, 발등 중앙 관절 부위의 부어있는 아시혈에 좌우로 2방, 발가락 아시혈(둘째, 셋째, 넷째 발가락의 엄지발가락 대돈혈에 상당하는 부위에 각 1방씩)에 좌우로 6방

복부와 허리 쪽: 중극혈에 1방, 배 아시혈(천추혈 아래로 3센티 떨어진 부위와 6센티 정도 떨어진 부위 그리고 9센티 정도 떨어진 부위에 좌우로 각 3방씩)에 6방, 허리의 아시혈(눌러서 압통을 느끼는 부위를 좌우 대칭으로 각각 3방씩)에 좌우로 6방

팔: 양계혈(좌, 우)에 2방, 주료혈(좌, 우)에 2방, 새끼손가락 아
시혈(새끼손가락과 손등의 경계선 중앙에서 팔목 방향으로
2센티 정도 떨어진 부위에 좌우 각 1방씩)에 2방
목과 머리: 풍부혈에 1방, 신정혈에 1방, 머리 아시혈(후정혈에
서 목 방향으로 3센티 정도 떨어진 부위)에 1방, 이
마 아시혈(이마의 M자의 양 끝단 부위에 상당하는
관자놀이 주위로 각 1방씩)에 좌우로 2방, 어깨 아
시혈(눌러서 아픈 부위에 좌우 대칭으로 각각 3방
씩)에 좌우로 6방
합계: 50방이었다.

"귀에 염증이 있어 옆에 가면 이상한 냄새가 나는 아이들을 어렸을 적에 많이 보았을 것이오. 잘 먹지 못해 신체 면역력이 약화된 상태에서 연못이나 도랑 같은 곳에서 미역을 감을 때 귀에 물이 들어가서 염증이 유발된 아이들일 것이오. 요즘은 아이들에게 흔치 않지만 어른들 중에 중이염을 앓고 있는 이들이 늘어나고 있는 것 같소. 과로와 스트레스로 인하여 면역력이 약화된 상태에서 귀를 너무 강하게 후빌 때 염증이 생길 수도 있다오."

# 화장대에 앉아서

금요일 오후가 되었다.

"세상 여자들 중에 예뻐지는 것 싫어할 사람은 하나도 없을 것이오. 모든 여자들이 다 예쁘지만 그 중에서 특히 예쁜 사람들이 있을 것이오. 바로 피부가 매끈한 여성들이오. 선천적으로 좋은 피부를 가지고 타고난 이들도 나이가 들어가면서 피부 탄력이 줄어들게 되어 있소. 그 이유는 아마도 모세혈관에 혈액순환이 활발하게 되지 않기 때문일 것이오. 오염된 환경과 스트레스, 탁한 혈액 등이 혈액순환 장애를 가져다주니 누구나 예외가 없을 것이오. 벌침을 자유롭게 스스로 즐기면 혈액이 맑아지고 혈관이 튼튼해지고 혈액의 점도가 낮아져서 모세혈관까지 혈액순환이 잘 될 것이오. 그러면 예쁘게 되는 것 아니겠소. 화장대에 앉아서 얼굴에 벌침을 즐기는 것을 상상해 보시오. 건강관리도 되면서 노화도 지연

되고 예뻐지는데 벌침을 마다할 사람이 있겠소. 화장품 중에 최고는 벌침이라는 것을 잊지 마시오."

봉만치가 전투에 앞서 손을 씻고 수건으로 손을 닦으면서 한마디 했다.

### 박소영의 38차 벌침 맞는 현황

다리: 족삼리혈(좌, 우)에 2방, 곤륜혈(좌, 우)에 2방, 승부혈(좌, 우)에 2방, 엉덩이 아시혈(엉덩이 가운데 부위로 의자에 앉을 때 닿은 부위 각각 1방씩)에 좌우로 2방, 중봉혈(좌, 우)에 2방, 승근혈(좌, 우)에 2방, 왼쪽 다리와 오른쪽 다리의 무릎 아시혈(둥근 슬개골 둘레 끝 주위를 따라 1cm 정도 밖으로 떨어진 부위를 균등하여 6방씩)에 좌우로 12방

복부와 허리 쪽: 곡골혈에 1방, 중완혈에 1방, 배 아시혈(천추혈 아래로 3센티 떨어진 부위와 6센티 정도 떨어진 부위 그리고 9센티 정도 떨어진 부위에 좌우로 각 3방씩)에 6방, 허리 아시혈(눌러서 압통을 느끼는 부위를 좌우 대칭으로 각각 3방씩)에 좌우로 6방, 등의 아시혈(등 가운데 부위에 등뼈를 기준하여 좌우로 3cm 정도 떨어진 부위에 각 2방씩)에 좌우로 4방

팔: 신문혈(좌, 우)에 2방, 곡지혈(좌, 우)에 2방

목과 머리: 풍지혈(좌, 우)에 2방, 머리 아시혈(귀와 머리의 경계선 중에서 가장 위쪽에서 백회혈 방향으로 3센티 정도 떨어진 부위에 좌우에 각 1방씩)에 2방, 신

회혈에 1방, 신정혈에 1방, 어깨 아시혈(눌러서 아픈 부위에 좌우 대칭으로 각각 3방씩)에 좌우로 6방, 오른쪽 뺨 아시혈(오른쪽 뺨 가운데 부위에 있는 쌀알 크기의 사마귀)에 1방

합계: 59방이었다.

## 김덕배의 38차 벌침 맞는 현황

다리: 족삼리혈(좌, 우)에 2방, 태충혈(좌, 우)에 2방, 은문혈(좌, 우)에 2방, 발가락 아시혈(둘째, 셋째, 넷째 발가락의 엄지발가락 대돈혈에 상당하는 부위에 각 1방씩)에 좌우로 6방

복부와 허리 쪽: 곡골혈에 1방, 중완혈에 1방, 배 아시혈(천추혈 아래로 3센티 떨어진 부위와 6센티 정도 떨어진 부위 그리고 9센티 정도 떨어진 부위에 좌우로 각 3방씩)에 6방, 허리 아시혈(눌러서 압통을 느끼는 부위를 좌우 대칭으로 각각 3방씩)에 좌우로 6방, 등 부위 아시혈(사마귀 3개에 각 2방씩, 사마귀가 거의 새까맣게 타들어가서 뿌리 부위에 벌침을 놓음)에 6방

팔: 신문혈(좌, 우)에 2방, 곡지혈(좌, 우)에 2방, 새끼손가락 아시혈(새끼손가락과 손등의 경계선 중앙에서 팔목 방향으로 2센티 정도 떨어진 부위에 좌우 각 1방씩)에 2방

목과 머리: 풍지혈(좌, 우)에 2방, 머리 아시혈(귀와 머리의 경계선 중에서 가장 위쪽에서 백회혈 방향으로 3센티 정도 떨어진 부위에 좌우에 각 1방씩)에 2방, 신회혈에 1방, 신정혈에 1방, 어깨 아시혈(눌러서 압통을

느끼는 부위에 좌우 대칭으로 4방씩)에 좌우로 8방

합계: 52방이었다.

## 윤미령의 38차 벌침 맞는 현황

다리: 족삼리혈(좌, 우)에 2방, 대돈혈(좌, 우)에 2방, 곤륜혈(좌, 우)에 2방, 곡천혈(좌, 우)에 2방, 발가락 아시혈(둘째, 셋째, 넷째 발가락의 엄지발가락 대돈혈에 상당하는 부위에 각 1방씩)에 좌우로 6방

복부와 허리 쪽: 곡골혈에 1방, 중완혈에 1방, 배 아시혈(천추혈 아래로 3센티 떨어진 부위와 6센티 정도 떨어진 부위 그리고 9센티 정도 떨어진 부위에 좌우로 각 3방씩)에 6방, 허리의 아시혈(눌러서 압통을 느끼는 부위 좌우 대칭으로 각3방씩)에 좌우로 6방

팔: 신문혈(좌, 우)에 2방. 곡지혈(좌, 우)에 2방

목과 머리: 풍지혈(좌, 우)에 2방, 머리 아시혈(귀와 머리의 경계선 중에서 가장 위쪽에서 백회혈 방향으로 3센티 정도 떨어진 부위에 좌우에 각 1방씩)에 2방, 신회혈에 1방, 신정혈에 1방, 어깨 아시혈(눌러서 압통을 느끼는 부위에 좌우 대칭으로 3방씩)에 좌우로 6방

합계: 44방이었다.

## 나찬일의 38차 벌침 맞는 현황

다리: 족삼리혈(좌, 우)에 2방, 위중혈(좌, 우)에 2방, 대돈혈(좌, 우)에 2방, 곤륜혈(좌, 우)에 2방, 발가락 아시혈(둘째, 셋째, 넷째 발가락의 엄지발가락 대돈혈에 상당하는 부위에 각 1방씩)에 좌우로 6방

복부와 허리 쪽: 곡골혈에 1방, 중완혈에 1방, 배 아시혈(천추혈 아래로 3센티 떨어진 부위와 6센티 정도 떨어진 부위 그리고 9센티 정도 떨어진 부위에 좌우로 각 3방씩)에 6방, 허리의 아시혈(눌러서 압통을 느끼는 부위 좌우 대칭으로 각2방씩)에 좌우로 4방, 가슴 부위와 등 부위의 아토피성 피부질환 아시혈(환부)에 각각 3방씩 6방 (아토피성 피부질환 환부를 대략 3등분하여 3방씩 놓음)

팔: 신문혈(좌, 우)에 2방, 곡지혈(좌, 우)에 2방, 새끼손가락 아시혈(새끼손가락과 손등의 경계선 중앙에서 팔목 방향으로 2센티 정도 떨어진 부위에 좌우 각 1방씩)에 2방

목과 머리 쪽: 풍지혈(좌, 우)에 2방, 머리 아시혈(귀와 머리의 경계선 중에서 가장 위쪽에서 백회혈 방향으로 3센티 정도 떨어진 부위에 좌우에 각 1방씩)에 2방, 신회혈에 1방, 신정혈에 1방, 어깨 아시혈 (눌러서 압통을 느끼는 부위에 좌우 대칭으로 3방씩)에 좌우로 6방

합계: 50방이었다.

## 손영미의 38차 벌침 맞는 현황

다리: 족삼리혈(좌, 우)에 2방, 곤륜혈(좌, 우)에 2방, 태충혈(좌, 우)에 2방, 위중혈(좌, 우)에 2방, 곡천혈(좌, 우)에 2방, 발가락 아시혈(둘째, 셋째, 넷째 발가락의 엄지발가락 대돈혈에 상당하는 부위에 각 1방씩)에 좌우로 6방

복부와 허리 쪽: 곡골혈에 1방, 중완혈에 1방, 배 아시혈(천추혈 아래로 3센티 떨어진 부위와 6센티 정도 떨어진 부위 그리고 9센티 정도 떨어진 부위에 좌우로 각 3방씩)에 6방, 허리의 아시혈(눌러서 압통을 느끼는 부위에 좌우 대칭으로 각각 3방씩)에 좌우로 6방

팔: 신문혈(좌, 우)에 2방, 곡지혈(좌, 우)에 2방, 새끼손가락 아시혈(새끼손가락과 손등의 경계선 중앙에서 팔목 방향으로 2센티 정도 떨어진 부위에 좌우 각 1방씩)에 2방

목과 머리: 풍지혈(좌, 우)에 2방, 머리 아시혈(귀와 머리의 경계선 중에서 가장 위쪽에서 백회혈 방향으로 3센티 정도 떨어진 부위에 좌우에 각 1방씩)에 2방, 신회혈에 1방, 신정혈에 1방, 오른쪽 귀 앞부분과 뒷부분의 머리와 귀의 경계선 중앙 부위 각 1방씩)에 2방, 어깨 아시혈(눌러서 아픈 부위에 좌우 대칭으로 각각 2방씩)에 좌우로 4방

합계: 48방이었다.

## 최갑용의 38차 벌침 맞는 현황

다리: 족삼리혈(좌, 우)에 2방, 삼음교혈(좌, 우)에 2방, 곤륜혈(좌, 우)에 2방, 승산혈(좌, 우)에 2방, 태충혈(좌, 우)에 2방, 발가락 아시혈(둘째, 셋째, 넷째 발가락의 엄지발가락 대돈혈에 상당하는 부위에 각 1방씩)에 좌우로 6방

복부와 허리 쪽: 곡골혈에 1방, 중완혈에 1방, 배 아시혈(천추혈 아래로 3센티 떨어진 부위와 6센티 정도 떨어진 부위 그리고 9센티 정도 떨어진 부위에 좌우로 각 3방씩)에 6방, 허리의 아시혈(눌러서 압통을 느끼는 부위에 좌우 대칭으로 각각 3방씩)에 좌우로 6방

팔: 신문혈(좌, 우)에 2방, 곡지혈(좌, 우)에 2방, 새끼손가락 아시혈(새끼손가락과 손등의 경계선 중앙에서 팔목 방향으로 2센티 정도 떨어진 부위에 좌우 각 1방씩)에 2방

목과 머리: 풍지혈(좌, 우)에 2방, 머리 아시혈(귀와 머리의 경계선 중에서 가장 위쪽에서 백회혈 방향으로 3센티 정도 떨어진 부위에 좌우에 각 1방씩)에 2방, 신회혈에 1방, 신정혈에 1방, 양백혈(좌, 우)에 2방, 어깨 아시혈(눌러서 아픈 부위에 좌우 대칭으로 각각 3방씩)에 좌우로 6방

합계: 50방이었다.

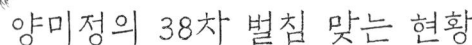
## 양미정의 38차 벌침 맞는 현황

다리: 족삼리혈(좌, 우)에 2방, 삼음교혈(좌, 우)에 2방, 승산혈(좌, 우)에 2방, 곤륜혈(좌, 우)에 2방, 중봉혈(좌, 우)에 2방, 대돈혈(좌, 우)에 2방, 발등 중앙 관절 부위의 부어있는 아시혈에 좌우로 2방, 발가락 아시혈(둘째, 셋째, 넷째 발가락의 엄지발가락 대돈혈에 상당하는 부위에 각 1방씩)에 좌우로 6방

복부와 허리 쪽: 곡골혈에 1방, 중완혈에 1방, 배 아시혈(천추혈 아래로 3센티 떨어진 부위와 6센티 정도 떨어진 부위 그리고 9센티 정도 떨어진 부위에 좌우로 각 3방씩)에 6방, 허리의 아시혈(눌러서 압통을 느끼는 부위를 좌우 대칭으로 각각 3방씩)에 좌우로 6방

팔: 신문혈(좌, 우)에 2방, 곡지혈(좌, 우)에 2방, 새끼손가락 아시혈(새끼손가락과 손등의 경계선 중앙에서 팔목 방향으로 2센티 정도 떨어진 부위에 좌우 각 1방씩)에 2방

목과 머리: 풍지혈(좌, 우)에 2방, 머리 아시혈(귀와 머리의 경계선 중에서 가장 위쪽에서 백회혈 방향으로 3센티 정도 떨어진 부위에 좌우에 각 1방씩)에 2방, 신회혈에 1방, 신정혈에 1방, 어깨 아시혈(눌러서 아픈 부위에 좌우 대칭으로 각각 3방씩)에 좌우로 6방

합계: 52방이었다.

"큰 혈관에는 피가 그럭저럭 돌 수 있지만 모세혈관은 그렇지 못

할 수 있소. 따라서 모세혈관에 피가 잘 돌게 하는 방법은 피를 맑게 만들고 피에 섞여 있는 불순물을 제거하면서 모세혈관 단면적을 넓히는 작용을 하는 벌침이 제격인 것이오. 이것을 불변의 진리라고 믿고 살아가시오."

# 사타구니와 고관절

어느덧 토요일이 되었다.

"박소영 영웅은 고관절도 좋지 않소. 따라서 오늘부터는 많이 좋아진 발목 부위를 줄이면서 사타구니에도 벌침을 맞아야 하오. 지금까지 엉덩이 중앙 부위, 승부혈, 그리고 꼬리뼈 부근의 아시혈(눌러서 압통을 느끼는 곳)에 벌침을 맞았소. 오늘부터는 사타구니에도 벌침을 놓을 텐데, 방안에 들어가서 놓을 것이오. 특별한 곳이 아니라 여러 사람이 보는 곳에서 치마를 올리고 벌침을 맞는 것이 불편할 것 같아서 그렇소."

봉만치는 언제나 7명의 영웅들에게 전투를 하면서 상황이 변하게 되면 공지를 하였다. 봉만치는 박소영 영웅과 함께 거실에서 방으로 가서 사타구니에 벌침을 6방 놓았다. 치마를 걷어 올리고 삼각팬티의 좌우 허벅지 부위를 살짝 들어 사타구니 선이 나오게 한

후에 벌침을 놓았다.

## 박소영의 39차 벌침 맞는 현황

다리: 족삼리혈(좌, 우)에 2방, 태충혈(좌, 우)에 2방, 승부혈(좌, 우)에 2방, 엉덩이 아시혈(엉덩이 가운데 부위로 의자에 앉을 때 닿은 부위 각각 1방씩)에 좌우로 2방, 왼쪽 다리와 오른쪽 다리의 무릎 아시혈(둥근 슬개골 둘레 끝 주위를 따라 1cm 정도 밖으로 떨어진 부위를 균등하여 6방씩)에 좌우로 12방, 사타구니 아시혈(아랫배와 허벅다리가 만나는 경계선의 중앙 부위 즉 서혜부 중앙의 가래톳이 서는 부위와 그곳에서 경계선을 따라 아래로 3센티 정도 떨어진 부위, 6센티 정도 떨어진 부위에 각 1방씩)에 좌우로 6방

복부와 허리 쪽: 석문혈에 1방, 하완혈에 1방, 배 아시혈(천추혈 아래로 3센티 떨어진 부위와 6센티 정도 떨어진 부위 그리고 9센티 정도 떨어진 부위에 좌우로 각 3방씩)에 6방, 허리 아시혈(눌러서 압통을 느끼는 부위를 좌우 대칭으로 각각 3방씩)에 좌우로 6방, 등의 아시혈(등 가운데 부위에 등뼈를 기준하여 좌우로 3cm 정도 떨어진 부위에 각 2방씩)에 좌우로 4방

팔: 합곡혈(좌, 우)에 2방, 수삼리혈(좌, 우)에 2방

목과 머리: 아문혈에 1방, 백회혈에 1방, 양백혈(좌, 우)에 2방, 어깨 아시혈(눌러서 아픈 부위에 좌우 대칭으로 각각 3방씩)에 좌우로 6방, 오른쪽 뺨 아시혈(오른쪽

뺨 가운데 부위에 있는 쌀알 크기의 사마귀)에 1방

합계: 59방이었다.

## 김덕배의 39차 벌침 맞는 현황

다리: 족삼리혈(좌, 우)에 2방, 태충혈(좌, 우)에 2방, 승산혈(좌, 우)에 2방, 발가락 아시혈(모든 발가락 끝 부위 중앙 부위에 각 1방씩)에 좌우로 10방

복부와 허리 쪽: 석문혈에 1방, 하완혈에 1방, 배 아시혈(천추혈 아래로 3센티 떨어진 부위와 6센티 정도 떨어진 부위 그리고 9센티 정도 떨어진 부위에 좌우로 각 3방씩)에 6방, 허리 아시혈(눌러서 압통을 느끼는 부위를 좌우 대칭으로 각각 3방씩)에 좌우로 6방, 등 부위 아시혈(사마귀 3개에 각 2방씩, 사마귀가 거의 새까맣게 타들어 가서 뿌리 부위에 벌침을 놓음)에 6방

팔: 합곡혈(좌, 우)에 2방, 수삼리혈(좌, 우)에 2방, 새끼손가락 아시혈(새끼손가락과 손등의 경계선 중앙에서 팔목 방향으로 2센티 정도 떨어진 부위에 좌우 각 1방씩)에 2방

목과 머리: 아문혈에 1방, 백회혈에 1방, 양백혈(좌, 우)에 2방, 어깨 아시혈(눌러서 압통을 느끼는 부위에 좌우 대칭으로 4방씩)에 좌우로 8방

합계: 54방이었다.

## 윤미령의 39차 벌침 맞는 현황

다리: 족삼리혈(좌, 우)에 2방, 태충혈(좌, 우)에 2방, 승산혈(좌, 우)에 2방, 곡천혈(좌, 우)에 2방, 위중혈(좌, 우)에 2방, 삼음교혈(좌, 우)에 2방

복부와 허리 쪽: 석문혈에 1방, 하완혈에 1방, 배 아시혈(천추혈 아래로 3센티 떨어진 부위와 6센티 정도 떨어진 부위 그리고 9센티 정도 떨어진 부위에 좌우로 각 3방씩)에 6방, 허리의 아시혈(눌러서 압통을 느끼는 부위 좌우 대칭으로 각3방씩)에 좌우로 6방

팔: 합곡혈(좌, 우)에 2방. 수삼리혈(좌, 우)에 2방

목과 머리: 아문혈에 1방, 백회혈에 1방, 양백혈(좌, 우)에 2방, 어깨 아시혈(눌러서 압통을 느끼는 부위에 좌우 대칭으로 4방씩)에 좌우로 6방

합계: 40방이었다.

## 나찬일의 39차 벌침 맞는 현황

다리: 족삼리혈(좌, 우)에 2방, 승근혈(좌, 우)에 2방, 태충혈(좌, 우)에 2방, 곤륜혈(좌, 우)에 2방, 발가락 아시혈(둘째와 셋째발가락 사이, 셋째와 넷째발가락 사이, 넷째와 새끼발가락 사이의 엄지발가락과 둘째 발가락 사이인 태충혈에 상당하는 부위에 각 1방씩)에 좌우로 6방

복부와 허리 쪽: 석문혈에 1방, 하완혈에 1방, 배 아시혈(천추혈 아래로 3센티 떨어진 부위와 6센티 정도 떨어

진 부위 그리고 9센티 정도 떨어진 부위에 좌우로 각 3방씩)에 6방, 허리의 아시혈(눌러서 압통을 느끼는 부위 좌우 대칭으로 각2방씩)에 좌우로 4방, 가슴 부위와 등 부위의 아토피성 피부질환 아시혈(환부)에 각각 3방씩 6방(아토피성 피부질환 환부를 대략 3등분하여 3방씩 놓음)

팔: 합곡혈(좌, 우)에 2방, 수삼리혈(좌, 우)에 2방, 새끼손가락 아시혈(새끼손가락과 손등의 경계선 중앙에서 팔목 방향으로 2센티 정도 떨어진 부위에 좌우 각 1방씩)에 2방

목과 머리 쪽: 아문혈에 1방, 백회혈에 1방, 양백혈(좌, 우)에 2방, 어깨 아시혈(눌러서 압통을 느끼는 부위에 좌우 대칭으로 3방씩)에 좌우로 6방

합계: 48방이었다.

## 손영미의 39차 벌침 맞는 현황

다리: 족삼리혈(좌, 우)에 2방, 삼음교혈(좌, 우)에 2방, 태충혈(좌, 우)에 2방, 위중혈(좌, 우)에 2방, 은문혈(좌, 우)에 2방, 발가락 아시혈(둘째와 셋째발가락 사이, 셋째와 넷째 발가락 사이, 넷째와 새끼발가락 사이의 엄지발가락과 둘째 발가락 사이인 태충혈에 상당하는 부위에 각 1방씩)에 좌우로 6방

복부와 허리 쪽: 석문혈에 1방, 하완혈에 1방, 배 아시혈(천추혈 아래로 3센티 떨어진 부위와 6센티 정도 떨어진 부위 그리고 9센티 정도 떨어진 부위에 좌

우로 각 3방씩)에 6방, 허리의 아시혈(눌러서 압통을 느끼는 부위에 좌우 대칭으로 각각 3방씩)에 좌우로 6방

팔: 합곡혈(좌, 우)에 2방, 수삼리혈(좌, 우)에 2방, 새끼손가락 아시혈(새끼손가락과 손등의 경계선 중앙에서 팔목 방향으로 2센티 정도 떨어진 부위에 좌우 각 1방씩)에 2방

목과 머리: 아문혈에 1방, 백회혈에 1방, 양백혈(좌, 우)에 2방, 오른쪽 귀 앞부분과 뒷부분의 머리와 귀의 경계선 중앙 부위 각 1방씩)에 2방, 어깨 아시혈(눌러서 아픈 부위에 좌우 대칭으로 각각 2방씩)에 좌우로 4방

합계: 46방이었다.

## 최갑용의 39차 벌침 맞는 현황

다리: 족삼리혈(좌, 우)에 2방, 삼음교혈(좌, 우)에 2방, 곤륜혈(좌, 우)에 2방, 승근혈(좌, 우)에 2방, 태충혈(좌, 우)에 2방, 발가락 아시혈(모든 발가락 끝 부위 중앙 부위에 각 1방씩)에 좌우로 10방

복부와 허리 쪽: 석문혈에 1방, 하완혈에 1방, 배 아시혈(천추혈 아래로 3센티 떨어진 부위와 6센티 정도 떨어진 부위 그리고 9센티 정도 떨어진 부위에 좌우로 각 3방씩)에 6방, 허리의 아시혈(눌러서 압통을 느끼는 부위에 좌우 대칭으로 각각 3방씩)에 좌우로 6방

팔: 합곡혈(좌, 우)에 2방, 수삼리혈(좌, 우)에 2방, 새끼손가락 아시혈(새끼손가락과 손등의 경계선 중앙에서 팔목 방향으

로 2센티 정도 떨어진 부위에 좌우 각 1방씩)에 2방

목과 머리: 아문혈에 1방, 백회혈에 1방, 양백혈(좌, 우)에 2방, 사백혈(좌, 우)에 2방, 어깨 아시혈(눌러서 아픈 부위에 좌우 대칭으로 각각 3방씩)에 좌우로 6방

합계: 52방이었다.

## 양미정의 39차 벌침 맞는 현황

다리: 족삼리혈(좌, 우)에 2방, 삼음교혈(좌, 우)에 2방, 승근혈(좌, 우)에 2방, 곤륜혈(좌, 우)에 2방, 위중혈(좌, 우)에 2방, 태충혈(좌, 우)에 2방, 발등 중앙 관절 부위의 부어있는 아시혈에 좌우로 2방, 발가락 아시혈(모든 발가락 끝부위 중앙 부위에 각 1방씩)에 좌우로 10방

복부와 허리 쪽: 석문혈에 1방, 하완혈에 1방, 배 아시혈(천추혈 아래로 3센티 떨어진 부위와 6센티 정도 떨어진 부위 그리고 9센티 정도 떨어진 부위에 좌우로 각 3방씩)에 6방, 허리의 아시혈(눌러서 압통을 느끼는 부위를 좌우 대칭으로 각각 3방씩)에 좌우로 6방

팔: 합곡혈(좌, 우)에 2방, 수삼리혈(좌, 우)에 2방, 새끼손가락 아시혈(새끼손가락과 손등의 경계선 중앙에서 팔목 방향으로 2센티 정도 떨어진 부위에 좌우 각 1방씩)에 2방

목과 머리: 아문혈에 1방, 백회혈에 1방, 양백혈(좌, 우)에 2방, 어깨 아시혈(눌러서 아픈 부위에 좌우 대칭으로 각각 3방씩)에 좌우로 6방

합계: 54방이었다.

봉만치와 7인의 영웅들은 한주간의 질병과의 전투를 무사히 마쳤다. 점심은 특별히 사업을 하는 김덕배 영웅이 한턱내기를 하여 소갈비 집에서 먹었다. 식사를 하면서 7인의 영웅들은 자신들의 전투 결과를 서로에게 자랑하기도 했다. 모두들 건강에 대한 자신감과 함께 건강이 얼마나 소중한 것인지를 깨달은 것이 큰 성과라고 하였다.

"사타구니 벌침을 즐기면 여성들에게 매우 이롭소. 생식기 주위에 혈액순환을 활발하게 해주니 그렇소. 물론 남성들의 탈장이나 음낭수종, 치질, 사타구니 습진 등에도 이롭다오."

봉만치가 사타구니 벌침을 맞지 않은 영웅들에게 사타구니 벌침의 중요성을 가르쳐주었다.

# 40차
# 그 정도

　월요일 오후에 늘 그랬던 것처럼 7인의 영웅들과 봉만치는 질병과의 전투를 위해 약속된 장소에서 만났다.
　"여러분들이 벌침을 맞을 때 알아야 할 것이 있소. 이 봉만치가 늘 말했듯이 '정도'라는 말이오. 벌침은 벌독 주사효과이므로 대략적인 부위 즉 맞고 싶은 부위 근처에 맞으면 된다는 것이오. 벌침을 잘 모르는 이들이 벌침을 침 기능으로 착각하고는 맞는 포인트를 자로 재서 벌침을 맞으려는 것을 보았소. 벌침은 그런 것이 아닌데 말이오. 벌침은 스스로 즐기는 것이라오. 그러니 대략 '그 정도'에 맞으면 된다는 것이오. 일부 사람들이 아주 정확한 곳에 벌침을 맞는다고 반복적으로 한 곳에 집중해서 맞으면 벌침 흔적이 나타나기도 하면서 외관상 좋지 않게 되는 것도 보았소. 한 곳을 집중해서 맞더라도 벌침 맞은 자리를 살짝 비켜가면서 맞아야만 그런 일이 줄어든다는 것이오. 그리고 몇 번 말했지만 벌침을 맞고 빨리 (놓자마자) 몸에 박힌 침을 손톱으로 긁어서 뽑아야 하오."

봉만치가 사람들이 스스로 벌침을 즐길 때 알아야 하는 것에 대해서 말했다. 그러면서 순서대로 벌침을 7인의 영웅들에게 놓아주었다.

### 박소영의 40차 벌침 맞는 현황

다리: 족삼리혈(좌, 우)에 2방, 대돈혈(좌, 우)에 2방, 위중혈(좌, 우)에 2방, 곤륜혈(좌, 우)에 2방, 엉덩이 아시혈(엉덩이 가운데 부위로 의자에 앉을 때 닿은 부위 각각 1방씩)에 좌우로 2방, 왼쪽 다리와 오른쪽 다리의 무릎 아시혈(둥근 슬개골 둘레 끝 주위를 따라 1cm 정도 밖으로 떨어진 부위를 균등하여 4방씩)에 좌우로 8방, 사타구니 아시혈(아랫배와 허벅디리가 만니는 경계선의 중앙 부위 즉 시혜부 중앙의 가래톳이 서는 부위와 그곳에서 경계선을 따라 아래로 3센티 정도 떨어진 부위, 6센티 정도 떨어진 부위에 각 1방씩)에 좌우로 6방

복부와 허리 쪽: 중극혈에 1방, 수분혈에 1방, 천추혈(좌, 우)에 2방, 허리 아시혈(눌러서 압통을 느끼는 부위를 좌우 대칭으로 각각 3방씩)에 좌우로 6방, 등의 아시혈(등 가운데 부위에 등뼈를 기준하여 좌우로 3cm 정도 떨어진 부위에 각 2방씩)에 좌우로 4방

팔: 신문혈(좌, 우)에 2방, 양계혈(좌, 우)에 2방, 주료혈(좌, 우)

에 2방

목과 머리: 풍부혈에 1방, 후정혈에 1방, 신정혈에 1방, 사백혈(좌, 우)에 2방, 어깨 아시혈(눌러서 아픈 부위에 좌우 대칭으로 각각 3방씩)에 좌우로 6방, 오른쪽 뺨 아시혈(오른쪽 뺨 가운데 부위에 있는 쌀알 크기의 사마귀)에 1방

합계: 56방이었다.

## 김덕배의 40차 벌침 맞는 현황

다리: 족삼리혈(좌, 우)에 2방, 곤륜혈(좌, 우)에 2방, 승산혈(좌, 우)에 2방, 대돈혈(좌, 우)에 2방, 발가락 아시혈(둘째, 셋째, 넷째 발가락의 엄지발가락 대돈혈에 상당하는 부위에 각 1방씩)에 좌우로 6방

복부와 허리 쪽: 중극혈에 1방, 수분혈에 1방, 천추혈(좌, 우)에 2방, 허리 아시혈(눌러서 압통을 느끼는 부위를 좌우 대칭으로 각각 3방씩)에 좌우로 6방, 등 부위 아시혈(사마귀 3개에 각 2방씩, 사마귀가 거의 새까맣게 타들어가서 뿌리 부위에 벌침을 놓음)에 6방

팔: 신문혈(좌, 우)에 2방, 양계혈(좌, 우)에 2방, 주료혈(좌, 우)에 2방

목과 머리: 풍부혈에 1방, 후정혈에 1방, 신정혈에 1방, 사백혈(좌, 우)에 2방, 어깨 아시혈(눌러서 압통을 느끼는 부위에 좌우 대칭으로 4방씩)에 좌우로 8방

성기벌침: 성기벌침 맞은 부위(귀두 경계선에서 몸 안쪽으로 1

센티 정도 들어간 부위) 둘레를 7등분하여 7방

합계: 56방이었다.

## 윤미령의 40차 벌침 맞는 현황

다리: 족삼리혈(좌, 우)에 2방, 대돈혈(좌, 우)에 2방, 곤륜혈(좌, 우)에 2방, 은문혈(좌, 우)에 2방, 위중혈(좌, 우)에 2방, 삼음교혈(좌, 우)에 2방

복부와 허리 쪽: 중극혈에 1방, 수분혈에 1방, 천추혈(좌, 우)에 2방, 허리의 아시혈(눌러서 압통을 느끼는 부위 좌우 대칭으로 각3방씩)에 좌우로 6방

팔: 신문혈(좌, 우)에 2방, 양계혈(좌, 우)에 2방, 주료혈(좌, 우)에 2방

목과 머리: 풍부혈에 1방, 후정혈에 1방, 신정혈에 1방, 사백혈(좌, 우)에 2방, 어깨 아시혈(눌러서 압통을 느끼는 부위에 좌우 대칭으로 4방씩)에 좌우로 8방

합계: 41방이었다.

## 나찬일의 40차 벌침 맞는 현황

다리: 족삼리혈(좌, 우)에 2방, 승근혈(좌, 우)에 2방, 대돈혈(좌, 우)에 2방, 곤륜혈(좌, 우)에 2방, 은문혈(좌, 우)에 2방, 삼음교혈(좌, 우)에 2방

복부와 허리 쪽: 중극혈에 1방, 수분혈에 1방, 천추혈(좌, 우)에 2방, 허리의 아시혈(눌러서 압통을 느끼는 부

위 좌우 대칭으로 각2방씩)에 좌우로 4방, 가슴 부위와 등 부위의 아토피성 피부질환 아시혈(환부)에 각각 3방씩 6방(아토피성 피부질환 환부를 대략 3등분하여 3방씩 놓음)

팔: 신문혈(좌, 우)에 2방, 양계혈(좌, 우)에 2방, 주료혈(좌, 우)에 2방

목과 머리 쪽: 풍부혈에 1방, 후정혈에 1방, 신정혈에 1방, 사백혈(좌, 우)에 2방, 어깨 아시혈(눌러서 압통을 느끼는 부위에 좌우 대칭으로 4방씩)에 좌우로 8방

성기벌침: 성기벌침 맞은 부위(귀두 경계선에서 몸 안쪽으로 1센티 정도 들어간 부위) 둘레를 7등분하여 7방

합계: 52방이었다.

## 손영미의 40차 벌침 맞는 현황

다리: 족삼리혈(좌, 우)에 2방, 곤륜혈(좌, 우)에 2방, 태충혈(좌, 우)에 2방, 승산혈(좌, 우)에 2방, 삼음교혈(좌, 우)에 2방, 대돈혈(좌, 우)에 2방

복부와 허리 쪽: 중극혈에 1방, 수분혈에 1방, 천추혈(좌, 우)에 2방, 허리의 아시혈(눌러서 압통을 느끼는 부위에 좌우 대칭으로 각각 3방씩)에 좌우로 6방

팔: 신문혈(좌, 우)에 2방, 양계혈(좌, 우)에 2방, 주료혈(좌, 우)에 2방

목과 머리: 풍부혈에 1방, 후정혈에 1방, 신정혈에 1방, 사백혈(좌, 우)에 2방, 오른쪽 귀 앞부분과 뒷부분의 머리와 귀의 경계선 중앙 부위 각 1방씩)에 2방, 어깨 아

시혈(눌러서 아픈 부위에 좌우 대칭으로 각각 3방씩)에 좌우로 6방

합계: 41방이었다.

 ## 최갑용의 40차 벌침 맞는 현황

다리: 족삼리혈(좌, 우)에 2방, 곤륜혈(좌, 우)에 2방, 곡천혈(좌, 우)에 2방, 승근혈(좌, 우)에 2방, 대돈혈(좌, 우)에 2방, 발가락 아시혈(둘째, 셋째, 넷째 발가락의 엄지발가락 대돈혈에 상당하는 부위에 각 1방씩)에 좌우로 6방

복부와 허리 쪽: 중극혈에 1방, 수분혈에 1방, 천추혈(좌, 우)에 2방, 허리의 아시혈(눌러서 압통을 느끼는 부위에 좌우 대칭으로 각각 3방씩)에 좌우로 6방

팔: 신문혈(좌, 우)에 2방, 양계혈(좌, 우)에 2방, 주료혈(좌, 우)에 2방

목과 머리: 풍부혈에 1방, 후정혈에 1방, 신정혈에 1방, 사백혈(좌, 우)에 2방, 팔자주름 아시혈(팔자주름의 중앙 부위에 좌우로 각 1방씩)에 2방, 어깨 아시혈(눌러서 아픈 부위에 좌우 대칭으로 각각 3방씩)에 좌우로 6방

성기벌침: 성기벌침 맞은 부위(귀두 경계선에서 몸 안쪽으로 1센티 정도 들어간 부위) 둘레를 7등분하여 7방

합계: 52방이었다.

## 양미정의 40차 벌침 맞는 현황

다리: 족삼리혈(좌, 우)에 2방, 삼음교혈(좌, 우)에 2방, 승산혈(좌, 우)에 2방, 곤륜혈(좌, 우)에 2방, 위중혈(좌, 우)에 2방, 대돈혈(좌, 우)에 2방, 발등 중앙 관절 부위의 부어있는 아시혈에 좌우로 2방, 발가락 아시혈(둘째, 셋째, 넷째 발가락의 엄지발가락 대돈혈에 상당하는 부위에 각 1방씩)에 좌우로 6방

복부와 허리 쪽: 중극혈에 1방, 수분혈에 1방, 천추혈(좌, 우)에 2방, 허리의 아시혈(눌러서 압통을 느끼는 부위를 좌우 대칭으로 각각 3방씩)에 좌우로 6방

팔: 신문혈(좌, 우)에 2방, 양계혈(좌, 우)에 2방, 주료혈(좌, 우)에 2방, 새끼손가락 아시혈(새끼손가락과 손등의 경계선 중앙에서 팔목 방향으로 2센티 정도 떨어진 부위에 좌우 각 1방씩)에 2방

목과 머리: 풍부혈에 1방, 후정혈에 1방, 신정혈에 1방, 사백혈(좌, 우)에 2방, 어깨 아시혈(눌러서 아픈 부위에 좌우 대칭으로 각각 4방씩)에 좌우로 8방

합계: 51방이었다.

"오늘 질병과의 전투는 이 정도로 하겠소."

봉만치가 벌침을 다 놓고는 7명의 영웅들에게 한마디 했다.

# 내장 질환

 화요일 오후 질병과의 전투도 계속되었다.

 "인간의 신체에 나타나는 질병을 살펴보면 신체외부 질환보다는 신체내부 질환이 많다는 것을 알 수 있소. 그 중에서도 수많은 내장기관에 질병들이 많이 발병히는 것이오. 내장기관에 질병이 발병하면 직접 그곳에 벌침을 놓기가 불편할 것이오. 내장기관까지 벌독의 영향을 받게 하려면 충분한 양의 벌침을 즐겨야 하지 않겠소. 하지만 스스로 충분한 양의 벌침을 즐기려면 하루아침에 가능한 것이 아니라오. 절차에 따라 자신의 몸 상태에 맞게 벌침을 서서히 늘리면서 맞아야 한다는 것이오. 벌침을 몇 방 맞고는 '벌침을 맞았는데 어쩌고저쩌고' 하면서 시끄러운 사람들이 있소. 벌침 걸음마 수준도 벗어나지 못하고 벌침을 다 맞은 것으로 착각하는 것이 아니겠소. 벌침은 자신의 정량에 맞게 꾸준히 충분히 맞아야 효과를 보게 되는 것이오, 내장기관까지 벌독이 영향을 미치게 하려면 말이오."

봉만치가 인간의 내장기관까지 벌침의 효과를 보려면 꾸준하고 충분한 벌침을 맞아야 한다고 말을 하면서 순서대로 벌침을 7인의 영웅들에게 놓아주었다.

### 박소영의 41차 벌침 맞는 현황

다리: 족삼리혈(좌, 우)에 2방, 중봉혈(좌, 우)에 2방, 승부혈(좌, 우)에 2방, 곤륜혈(좌, 우)에 2방, 승산혈(좌, 우)에 2방, 엉덩이 아시혈(엉덩이 가운데 부위로 의자에 앉을 때 닿은 부위 각각 1방씩)에 좌우로 2방, 왼쪽 다리와 오른쪽 다리의 무릎 아시혈(둥근 슬개골 둘레 끝 주위를 따라 1cm 정도 밖으로 떨어진 부위를 균등하여 4방씩)에 좌우로 8방, 발목 아시혈(복사뼈 안쪽과 바깥쪽 중앙에서 발등 방향으로 각각 3cm정도 떨어진 부위에 2방씩)에 좌우로 4방, 사타구니 아시혈(아랫배와 허벅다리가 만나는 경계선의 중앙 부위 즉 서혜부 중앙의 가래톳이 서는 부위와 그곳에서 경계선을 따라 아래로 3센티 정도 떨어진 부위, 6센티 정도 떨어진 부위에 각 1방씩)에 좌우로 6방

복부와 허리 쪽: 곡골혈에 1방, 관원혈에 1방, 음교혈에 1방, 중완혈에 1방, 허리 아시혈(눌러서 압통을 느끼는 부위를 좌우 대칭으로 각각 3방씩)에 좌우로 6방, 등의 아시혈(등 가운데 부위에 등뼈를 기준하여 좌우로 3cm 정도 떨어진 부위에 각

2방씩)에 좌우로 4방

팔: 합곡혈(좌, 우)에 2방, 천정혈(좌, 우)에 2방, 수삼리혈(좌, 우)에 2방

목과 머리: 천주혈(좌, 우)에 2방, 머리 아시혈(후정혈에서 목 방향으로 3센티 정도 떨어진 부위)에 1방, 팔자주름 아시혈(팔자주름의 중앙 부위에 좌우로 각 1방씩)에 2방, 어깨 아시혈(눌러서 아픈 부위에 좌우 대칭으로 각각 3방씩)에 좌우로 6방, 오른쪽 뺨 아시혈(오른쪽 뺨 가운데 부위에 있는 쌀알 크기의 사마귀)에 1방

합계: 62방이었다.

## 김덕배의 41차 벌침 맞는 현황

다리: 족삼리혈(좌, 우)에 2방, 삼음교혈(좌, 우)에 2방, 위중혈(좌, 우)에 2방, 태충혈(좌, 우)에 2방, 곤륜혈(좌, 우)에 2방, 발가락 아시혈(둘째와 셋째발가락 사이, 셋째와 넷째 발가락 사이, 넷째와 새끼발가락 사이의 엄지발가락과 둘째 발가락 사이인 태충혈에 상당하는 부위에 각 1방씩)에 좌우로 6방

복부와 허리 쪽: 곡골혈에 1방, 관원혈에 1방, 음교혈에 1방, 중완혈에 1방, 허리 아시혈(눌러서 압통을 느끼는 부위를 좌우 대칭으로 각각 3방씩)에 좌우로 6방, 등 부위 아시혈(사마귀 3개에 각 2방씩, 사마귀가 거의 새까맣게 타들어가서 뿌리 부위에 벌침을 놓음)에 6방

팔: 합곡혈(좌, 우)에 2방, 천정혈(좌, 우)에 2방, 수삼리혈(좌,

우)에 2방

목과 머리: 천주혈(좌, 우)에 2방, 머리 아시혈(후정혈에서 목 방향으로 3센티 정도 떨어진 부위)에 1방, 팔자주름 아시혈(팔자주름의 중앙 부위에 좌우로 각 1방씩)에 2방, 어깨 아시혈(눌러서 압통을 느끼는 부위에 좌우 대칭으로 4방씩)에 좌우로 8방

합계: 51방이었다.

## 윤미령의 41차 벌침 맞는 현황

다리: 족삼리혈(좌, 우)에 2방, 태충혈(좌, 우)에 2방, 곤륜혈(좌, 우)에 2방, 곡천혈(좌, 우)에 2방, 승산혈(좌, 우)에 2방, 발가락 아시혈(둘째와 셋째발가락 사이, 셋째와 넷째발가락 사이, 넷째와 새끼발가락 사이의 엄지발가락과 둘째발가락 사이인 태충혈에 상당하는 부위에 각 1방씩)에 좌우로 6방

복부와 허리 쪽: 곡골혈에 1방, 관원혈에 1방, 음교혈에 1방, 중완혈에 1방, 허리의 아시혈(눌러서 압통을 느끼는 부위 좌우 대칭으로 각3방씩)에 좌우로 6방

팔: 합곡혈(좌, 우)에 2방, 천정혈(좌, 우)에 2방, 수삼리혈(좌, 우)에 2방

목과 머리: 천주혈(좌, 우)에 2방, 머리 아시혈(후정혈에서 목 방향으로 3센티 정도 떨어진 부위)에 1방, 팔자주름 아시혈(팔자주름의 중앙 부위에 좌우로 각 1방씩)에 2방, 어깨 아시혈(눌러서 압통을 느끼는 부위에 좌우 대칭으로 4방씩)에 좌우로 8방

합계: 45방이었다.

## 나찬일의 41차 벌침 맞는 현황

다리: 족삼리혈(좌, 우)에 2방, 승산혈(좌, 우)에 2방, 태충혈(좌, 우)에 2방, 곤륜혈(좌, 우)에 2방, 곡천혈(좌, 우)에 2방, 중봉혈(좌, 우)에 2방, 발가락 아시혈(둘째와 셋째발가락 사이, 셋째와 넷째발가락 사이, 넷째와 새끼발가락 사이의 엄지발가락과 둘째 발가락 사이인 태충혈에 상당하는 부위에 각 1방씩)에 좌우로 6방

복부와 허리 쪽: 곡골혈에 1방, 관원혈에 1방, 음교혈에 1방, 중완혈에 1방, 허리의 아시혈(눌러서 압통을 느끼는 부위 좌우 대칭으로 각2방씩)에 좌우로 4방, 가슴 부위와 등 부위의 아토피성 피부질환 아시혈(환부)에 각각 3방씩 6방(아토피성 피부질환 환부를 대략 3등분하여 3방씩 놓음)

팔: 합곡혈(좌, 우)에 2방, 천정혈(좌, 우)에 2방, 수삼리혈(좌, 우)에 2방

목과 머리 쪽: 천주혈(좌, 우)에 2방, 머리 아시혈(후정혈에서 목 방향으로 3센티 정도 떨어진 부위)에 1방, 팔자주름 아시혈(팔자주름의 중앙 부위에 좌우로 각 1방씩)에 2방, 어깨 아시혈(눌러서 압통을 느끼는 부위에 좌우 대칭으로 4방씩)에 좌우로 8방

합계: 51방이었다.

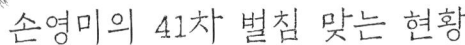
## 손영미의 41차 벌침 맞는 현황

다리: 족삼리혈(좌, 우)에 2방, 승산혈(좌, 우)에 2방, 태충혈(좌, 우)에 2방, 위중혈(좌, 우)에 2방, 곡천혈(좌, 우)에 2방, 발가락 아시혈(둘째와 셋째발가락 사이, 셋째와 넷째발가락 사이, 넷째와 새끼발가락 사이의 엄지발가락과 둘째발가락 사이인 태충혈에 상당하는 부위에 각 1방씩)에 좌우로 6방

복부와 허리 쪽: 곡골혈에 1방, 관원혈에 1방, 음교혈에 1방, 중완혈에 1방, 허리의 아시혈(눌러서 압통을 느끼는 부위에 좌우 대칭으로 각각 3방씩)에 좌우로 6방

팔: 합곡혈(좌, 우)에 2방, 천정혈(좌, 우)에 2방, 수삼리혈(좌, 우)에 2방

목과 머리: 천주혈(좌, 우)에 2방, 머리 아시혈(후정혈에서 목 방향으로 3센티 정도 떨어진 부위)에 1방, 팔자주름 아시혈(팔자주름의 중앙 부위에 좌우로 각 1방씩)에 2방, 오른쪽 귀 앞부분과 뒷부분의 머리와 귀의 경계선 중앙 부위 각 1방씩)에 2방, 어깨 아시혈(눌러서 아픈 부위에 좌우 대칭으로 각각 3방씩)에 좌우로 6방

합계: 45방이었다.

## 최갑용의 41차 벌침 맞는 현황

다리: 족삼리혈(좌, 우)에 2방, 곤륜혈(좌, 우)에 2방, 은문혈(좌, 우)에 2방, 승산혈(좌, 우)에 2방, 태충혈(좌, 우)에 2방, 발가락 아시혈(둘째와 셋째발가락 사이, 셋째와 넷째발가락 사이, 넷째와 새끼발가락 사이의 엄지발가락과 둘째 발가락 사이인 태충혈에 상당하는 부위에 각 1방씩)에 좌우로 6방, 사타구니 아시혈(아랫배와 허벅다리가 만나는 경계선의 중앙 부위 즉 서혜부 중앙의 가래톳이 서는 부위와 그곳에서 경계선을 따라 아래로 3센티 정도 떨어진 부위, 6센티 정도 떨어진 부위에 각 1방씩)에 좌우로 6방

복부와 허리 쪽: 곡골혈에 1방, 관원혈에 1방, 음교혈에 1방, 중완혈에 1방, 허리의 아시혈(눌러서 압통을 느끼는 부위에 좌우 대칭으로 각각 3방씩)에 좌우로 6방

팔: 합곡혈(좌, 우)에 2방, 천정혈(좌, 우)에 2방, 수삼리혈(좌, 우)에 2방

목과 머리: 천주혈(좌, 우)에 2방, 상성혈에 1방, 머리 아시혈(후정혈에서 목 방향으로 3센티 정도 떨어진 부위)에 1방, 눈가의 아시혈(눈가의 좌우 끝에서 밖으로 2센티 정도 떨어진 부위에 좌우로 각 1방씩)에 2방, 어깨 아시혈(눌러서 아픈 부위에 좌우 대칭으로 각각 3방씩)에 좌우로 6방

합계: 50방이었다.

# 양미정의 41차 벌침 맞는 현황

다리: 족삼리혈(좌, 우)에 2방, 곡천혈(좌, 우)에 2방, 승근혈(좌, 우)에 2방, 곤륜혈(좌, 우)에 2방, 중봉혈(좌, 우)에 2방, 태충혈(좌, 우)에 2방, 발등 중앙 관절 부위의 부어있는 아시혈에 좌우로 2방, 발가락 아시혈(둘째와 셋째발가락 사이, 셋째와 넷째발가락 사이, 넷째와 새끼발가락 사이의 엄지발가락과 둘째 발가락 사이인 태충혈에 상당하는 부위에 각 1방씩)에 좌우로 6방

복부와 허리 쪽: 곡골혈에 1방, 관원혈에 1방, 음교혈에 1방, 중완혈에 1방, 허리의 아시혈(눌러서 압통을 느끼는 부위를 좌우 대칭으로 각각 3방씩)에 좌우로 6방

팔: 합곡혈(좌, 우)에 2방, 천정혈(좌, 우)에 2방, 수삼리혈(좌, 우)에 2방, 새끼손가락 아시혈(새끼손가락과 손등의 경계선 중앙에서 팔목 방향으로 2센티 정도 떨어진 부위에 좌우 각 1방씩)에 2방

목과 머리: 천주혈(좌, 우)에 2방, 머리 아시혈(후정혈에서 목 방향으로 3센티 정도 떨어진 부위)에 1방, 팔자주름 아시혈(팔자주름의 중앙 부위에 좌우로 각 1방씩)에 2방, 어깨 아시혈(눌러서 아픈 부위에 좌우 대칭으로 각각 4방씩)에 좌우로 8방

합계: 51방이었다.

봉만치가 7인의 영웅들에게 벌침을 모두 놓아주고는 자신의 오

른쪽 어깨와 왼쪽 어깨의 아시혈(눌러서 압통을 느끼는 부위)에 벌침을 좌우로 5방씩 10방을 놓았다. 질병과의 전투가 계속되면서 봉만치의 양쪽 어깨도 벌침을 필요로 하게 되었던 것이다.

# 42차
# 지방과 근육

수요일 오후 질병과의 전투도 계속되었다.

"벌침을 즐기면 살이 빠진다오. 그렇지만 체중은 크게 변하질 않을 것이오. 벌침을 즐겨 혈액순환이 활발해지면 신체의 신진대사가 원활하게 되어 체지방이 쌓이질 않게 되기 때문이오. 하지만 근육 양은 늘어나게 되어 체중은 심하게 줄지 않게 된다오. 박소영 영웅의 체중을 참고해 보시오 전체적으로 체지방이 빠져서 날씬한 모습이지만 체중이 큰 변동이 없다는 것을 목욕탕에서 확인할 수 있었을 것이오. 근육 양은 건강관리에 중요한 요소인 것이오. 특히 나이가 들면서 근육 양이 줄어들면 퇴행성관절염 같은 것이 발병할 수도 있소. 박소영 영웅의 심한 퇴행성관절염은 근육 양이 부족한 것도 한 원인이 될 수 있다는 것이오. 활동을 하는데 근육이 신체의 각 부분과 부분을 연결시켜 힘을 쓸 수 있게 해야 하는데 연골이 그 역할을 하게 되니 빨리 닳은 것이오. 그래서 퇴행성관절염 같은 질병을 예방하려면 잘 먹어야 하는 것이오."

 봉만치가 벌침을 즐기면 체지방을 줄일 수 있다고 말을 하면서 순서대로 벌침을 7인의 영웅들에게 놓아주었다.

### 박소영의 42차 벌침 맞는 현황

다리: 족삼리혈(좌, 우)에 2방, 태충혈(좌, 우)에 2방, 승산혈(좌, 우)에 2방, 곤륜혈(좌, 우)에 2방, 삼음교혈(좌, 우)에 2방, 엉덩이 아시혈(엉덩이 가운데 부위로 의자에 앉을 때 닿은 부위 각각 1방씩)에 좌우로 2방, 왼쪽 다리와 오른쪽 다리의 무릎 아시혈(둥근 슬개골 둘레 끝 주위를 따라 1cm 정도 밖으로 떨어진 부위를 균등하여 4방씩)에 좌우로 8방, 사타구니 아시혈(아랫배와 허벅다리가 만나는 경계선이 중앙 부위 즉 서혜부 중앙이 가래톳이 서는 부위와 그곳에서 경계선을 따라 아래로 3센티 정도 떨어진 부위, 6센티 정도 떨어진 부위에 각 1방씩)에 좌우로 6방

복부와 허리 쪽: 곡골혈에 1방, 천추혈(좌, 우)에 2방, 기문혈에 1방, 건리혈에 1방, 허리 아시혈(눌러서 압통을 느끼는 부위를 좌우 대칭으로 각각 3방씩)에 좌우로 6방, 등의 아시혈(등 가운데 부위에 등뼈를 기준하여 좌우로 3cm 정도 떨어진 부위에 각 2방씩)에 좌우로 4방

팔: 신문혈(좌, 우)에 2방, 주료혈(좌, 우)에 2방, 팔의 아시혈(곡지혈에서 팔과 몸통의 연결 부위 중 가장 높은 곳까지의

중간 부위에 좌우로 각 1방)에 2방

목과 머리: 풍지혈(좌, 우)에 2방, 머리 아시혈(귀와 머리의 경계선 중에서 가장 위쪽에서 백회혈 방향으로 3센티 정도 떨어진 부위에 좌우에 각 1방씩)에 2방, 눈가의 아시혈(눈가의 좌우 끝에서 밖으로 2센티 정도 떨어진 부위에 좌우로 각 1방씩)에 2방, 어깨 아시혈(눌러서 아픈 부위에 좌우 대칭으로 각각 3방씩)에 좌우로 6방, 오른쪽 뺨 아시혈(오른쪽 뺨 가운데 부위에 있는 쌀알 크기의 사마귀)에 1방

합계: 60방이었다.

## 김덕배의 42차 벌침 맞는 현황

다리: 족삼리혈(좌, 우)에 2방, 삼음교혈(좌, 우)에 2방, 곡천혈(좌, 우)에 2방, 대돈혈(좌, 우)에 2방, 곤륜혈(좌, 우)에 2방, 왼쪽 다리와 오른쪽 다리의 무릎 아시혈(무릎 슬개골 둘레를 기준하여 좌우상하 끝 중앙 부위에서 밖으로 1cm 정도 떨어진 부위에 각각 1방씩)에 좌우로 8방

복부와 허리 쪽: 곡골혈에 1방, 천추혈(좌, 우)에 2방, 기문혈에 1방, 건리혈에 1방, 허리 아시혈(눌러서 압통을 느끼는 부위를 좌우 대칭으로 각각 3방씩)에 좌우로 6방, 등 부위 아시혈(사마귀 3개에 각 2방씩, 사마귀가 거의 새까맣게 타들어가서 뿌리 부위에 벌침을 놓음)에 6방

팔: 신문혈(좌, 우)에 2방, 주료혈(좌, 우)에 2방, 팔의 아시혈(곡지혈에서 팔과 몸통의 연결 부위 중 가장 높은 곳까지의 중

　　　　　　간 부위에 좌우로 각 1방)에 2방
　　목과 머리: 풍지혈(좌, 우)에 2방, 머리 아시혈(귀와 머리의 경계선 중에서 가장 위쪽에서 백회혈 방향으로 3센티 정도 떨어진 부위에 좌우에 각 1방씩)에 2방, 눈가의 아시혈(눈가의 좌우 끝에서 밖으로 2센티 정도 떨어진 부위에 좌우로 각 1방씩)에 2방, 어깨 아시혈(눌러서 압통을 느끼는 부위에 좌우 대칭으로 4방씩)에 좌우로 8방
　　합계: 55방이었다.

## 윤미령의 42차 벌침 맞는 현황

　　다리: 족삼리혈(좌, 우)에 2방, 대돈혈(좌, 우)에 2방, 승근혈(좌, 우)에 2방, 왼쪽 다리와 오른쪽 다리의 무릎 아시혈(무릎 슬개골 둘레를 기준하여 좌우상하 끝 중앙 부위에서 밖으로 1cm 정도 떨어진 부위에 각각 1방씩)에 좌우로 8방
　　복부와 허리 쪽: 곡골혈에 1방, 천추혈(좌, 우)에 2방, 기문혈에 1방, 건리혈에 1방, 허리의 아시혈(눌러서 압통을 느끼는 부위 좌우 대칭으로 각3방씩)에 좌우로 6방
　　팔: 신문혈(좌, 우)에 2방, 주료혈(좌, 우)에 2방, 팔의 아시혈(곡지혈에서 팔과 몸통의 연결 부위 중 가장 높은 곳까지의 중간 부위에 좌우로 각 1방)에 2방
　　목과 머리: 풍지혈(좌, 우)에 2방, 머리 아시혈(귀와 머리의 경계선 중에서 가장 위쪽에서 백회혈 방향으로 3센티 정도 떨어진 부위에 좌우에 각 1방씩)에 2방, 눈가

의 아시혈(눈가의 좌우 끝에서 밖으로 2센티 정도 떨어진 부위에 좌우로 각 1방씩)에 2방, 어깨 아시혈(눌러서 압통을 느끼는 부위에 좌우 대칭으로 4방씩)에 좌우로 8방

합계: 45방이었다.

## 나찬일의 42차 벌침 맞는 현황

다리: 족삼리혈(좌, 우)에 2방, 승근혈(좌, 우)에 2방, 태충혈(좌, 우)에 2방, 삼음교혈(좌, 우)에 2방, 왼쪽 다리와 오른쪽 다리의 무릎 아시혈(무릎 슬개골 둘레를 기준하여 좌우 상하 끝 중앙 부위에서 밖으로 1cm 정도 떨어진 부위에 각각 1방씩)에 좌우로 8방

복부와 허리 쪽: 곡골혈에 1방, 천추혈(좌, 우)에 2방, 기문혈에 1방, 건리혈에 1방, 허리의 아시혈(눌러서 압통을 느끼는 부위 좌우 대칭으로 각2방씩)에 좌우로 4방, 가슴 부위와 등 부위의 아토피성 피부질환 아시혈(환부)에 각각 3방씩 6방(아토피성 피부질환 환부를 대략 3등분하여 3방씩 놓음)

팔: 신문혈(좌, 우)에 2방, 주료혈(좌, 우)에 2방, 팔의 아시혈(곡지혈에서 팔과 몸통의 연결 부위 중 가장 높은 곳까지의 중간 부위에 좌우로 각 1방)에 2방

목과 머리 쪽: 풍지혈(좌, 우)에 2방, 머리 아시혈(귀와 머리의 경계선 중에서 가장 위쪽에서 백회혈 방향으로 3센티 정도 떨어진 부위에 좌우에 각 1방씩)에

2방, 눈가의 아시혈(눈가의 좌우 끝에서 밖으로 2센티 정도 떨어진 부위에 좌우로 각 1방씩)에 2방, 어깨 아시혈(눌러서 압통을 느끼는 부위에 좌우 대칭으로 4방씩)에 좌우로 8방

합계: 51방이었다.

### 손영미의 42차 벌침 맞는 현황

다리: 족삼리혈(좌, 우)에 2방, 승산혈(좌, 우)에 2방, 태충혈(좌, 우)에 2방, 위중혈(좌, 우)에 2방, 곡천혈(좌, 우)에 2방, 왼쪽 다리와 오른쪽 다리의 무릎 아시혈(무릎 슬개골 둘레를 기준하여 좌우상하 끝 중앙 부위에서 밖으로 1cm 정도 떨어진 부위에 각각 1방씩)에 좌우로 8방

복부와 허리 쪽: 곡골혈에 1방, 천추혈(좌, 우)에 2방, 기문혈에 1방, 건리혈에 1방, 허리의 아시혈(눌러서 압통을 느끼는 부위에 좌우 대칭으로 각각 3방씩)에 좌우로 6방

팔: 신문혈(좌, 우)에 2방, 주료혈(좌, 우)에 2방, 팔의 아시혈(곡지혈에서 팔과 몸통의 연결 부위 중 가장 높은 곳까지의 중간 부위에 좌우로 각 1방)에 2방

목과 머리: 풍지혈(좌, 우)에 2방, 머리 아시혈(귀와 머리의 경계선 중에서 가장 위쪽에서 백회혈 방향으로 3센티 정도 떨어진 부위에 좌우에 각 1방씩)에 2방, 눈가의 아시혈(눈가의 좌우 끝에서 밖으로 2센티 정도 떨어진 부위에 좌우로 각 1방씩)에 2방, 어깨 아시혈(눌러서 아픈 부위에 좌우 대칭으로 각각 3방씩)

에 좌우로 6방

합계: 47방이었다.

## 최갑용의 42차 벌침 맞는 현황

다리: 족삼리혈(좌, 우)에 2방, 대돈혈(좌, 우)에 2방, 승근혈(좌, 우)에 2방, 삼음교혈(좌, 우)에 2방, 왼쪽 다리와 오른쪽 다리의 무릎 아시혈(무릎 슬개골 둘레를 기준하여 좌우 상하 끝 중앙 부위에서 밖으로 1cm 정도 떨어진 부위에 각각 1방씩)에 좌우로 8방, 사타구니 아시혈(아랫배와 허벅다리가 만나는 경계선의 중앙 부위 즉 서혜부 중앙의 가래톳이 서는 부위와 그곳에서 경계선을 따라 아래로 3센티 정도 떨어진 부위, 6센티 정도 떨어진 부위에 각 1방씩)에 좌우로 6방

복부와 허리 쪽: 곡골혈에 1방, 천추혈(좌, 우)에 2방, 기문혈에 1방, 건리혈에 1방, 허리의 아시혈(눌러서 압통을 느끼는 부위에 좌우 대칭으로 각각 3방씩)에 좌우로 6방

팔: 신문혈(좌, 우)에 2방, 주료혈(좌, 우)에 2방, 팔의 아시혈(곡지혈에서 팔과 몸통의 연결 부위 중 가장 높은 곳까지의 중간 부위에 좌우로 각 1방)에 2방

목과 머리: 풍지혈(좌, 우)에 2방, 머리 아시혈(귀와 머리의 경계선 중에서 가장 위쪽에서 백회혈 방향으로 3센티 정도 떨어진 부위에 좌우에 각 1방씩)에 2방, 신정혈에 1방, 백회혈에 1방, 어깨 아시혈(눌러서 아픈 부위에 좌우 대칭으로 각각 3방씩)에 좌우로 6방

합계: 51방이었다.

## 양미정의 42차 벌침 맞는 현황

다리: 족삼리혈(좌, 우)에 2방, 곡천혈(좌, 우)에 2방, 승근혈(좌, 우)에 2방, 곤륜혈(좌, 우)에 2방, 태충혈(좌, 우)에 2방, 발등 중앙 관절 부위의 부어있는 아시혈에 좌우로 2방, 왼쪽 다리와 오른쪽 다리의 무릎 아시혈(무릎 슬개골 둘레를 기준하여 좌우상하 끝 중앙 부위에서 밖으로 1cm 정도 떨어진 부위에 각각 1방씩)에 좌우로 8방

복부와 허리 쪽: 곡골혈에 1방, 천추혈(좌, 우)에 2방, 기문혈에 1방, 건리혈에 1방, 허리의 아시혈(눌러서 압통을 느끼는 부위에 좌우 대칭으로 각각 3방씩)에 좌우로 6방

팔: 신문혈(좌, 우)에 2방, 주료혈(좌, 우)에 2방, 팔의 아시혈(곡지혈에서 팔과 몸통의 연결 부위 중 가장 높은 곳까지의 중간 부위에 좌우로 각 1방)에 2방, 새끼손가락 아시혈(새끼손가락과 손등의 경계선 중앙에서 팔목 방향으로 2센티 정도 떨어진 부위에 좌우 각 1방씩)에 2방

목과 머리: 풍지혈(좌, 우)에 2방, 머리 아시혈(귀와 머리의 경계선 중에서 가장 위쪽에서 백회혈 방향으로 3센티 정도 떨어진 부위에 좌우에 각 1방씩)에 2방, 눈가의 아시혈(눈가의 좌우 끝에서 밖으로 2센티 정도 떨어진 부위에 좌우로 각 1방씩)에 2방, 어깨 아시혈(눌러서 아픈 부위에 좌우 대칭으로 각각 4방씩)에 좌우로 8방

합계: 53방이었다.


7인의 영웅들에게 벌침 마릿수가 늘어나면서 봉만치는 오른쪽 어깨와 왼쪽 어깨의 아시혈(눌러서 압통을 느끼는 부위)에 벌침을 좌우로 5방씩 10방을 놓았다. 질병과의 전투가 계속되면서 봉만치의 양쪽 어깨도 벌침을 필요로 하게 되었다.

# 염좌

목요일 오후 질병과의 전투도 계속되었다.

"염좌라는 질병이 있소. 사람들이 교통사고 같은 것을 당했을 때 관절 부위의 연골을 지탱하는 인대가 손상을 입은 것을 나타내는 말이라오. 그런데 이 염좌라는 것이 상당히 사람들을 괴롭히는 경우가 있다오. 차라리 뼈가 부러지면 진단이 확실해져 처방이 쉬운데 염좌라는 것은 외관상 큰 부상도 아닌 것으로 보이는데 환자 본인은 고통을 호소하는 경우도 있으니 말이오. 때로는 가짜 환자라는 오해를 받기도 한다오. 그래서 염좌라는 것이 가장 무섭다고 말하는 이들도 있는 것이오. 염좌 진단이라면 충분히 병원치료를 받고 퇴원한 이후에 염좌 부위 아시혈에 벌침을 즐기면 좋을 것이오. 고질병으로 발전되지 않게 말이오."

염좌에 대하여 봉만치가 한마디 하면서 벌침을 7인의 영웅들에게 놓아주었다.

### 🐝 박소영의 43차 벌침 맞는 현황

다리: 족삼리혈(좌, 우)에 2방, 위중혈(좌, 우)에 2방, 은문혈(좌, 우)에 2방, 곤륜혈(좌, 우)에 2방, 중봉혈(좌, 우)에 2방, 엉덩이 아시혈(엉덩이 가운데 부위로 의자에 앉을 때 닿은 부위 각각 1방씩)에 좌우로 2방, 왼쪽 다리와 오른쪽 다리의 무릎 아시혈(둥근 슬개골 둘레 끝 주위를 따라 1cm 정도 밖으로 떨어진 부위를 균등하여 4방씩)에 좌우로 8방, 사타구니 아시혈(아랫배와 허벅다리가 만나는 경계선의 중앙 부위 즉 서혜부 중앙의 가래톳이 서는 부위와 그곳에서 경계선을 따라 아래로 3센티 정도 떨어진 부위, 6센티 정도 떨어진 부위에 각 1방씩)에 좌우로 6방

복부와 허리 쪽: 관원혈에 1방, 음교혈에 1방, 중완혈에 1방, 배 아시혈(천추혈 아래로 3센티 떨어진 부위와 6센티 정도 떨어진 부위 그리고 9센티 정도 떨어진 부위에 좌우로 각 3방씩)에 6방, 허리 아시혈(눌러서 압통을 느끼는 부위를 좌우 대칭으로 각각 3방씩)에 좌우로 6방, 등의 아시혈(등 가운데 부위에 등뼈를 기준하여 좌우로 3cm 정도 떨어진 부위에 각 2방씩)에 좌우로 4방

팔: 양계혈(좌, 우)에 2방, 천정혈(좌, 우)에 2방, 팔의 아시혈(곡지혈에서 팔과 몸통의 연결 부위 중 가장 높은 곳까지의 중간 부위에 좌우로 각 1방)에 2방

목과 머리: 천주혈(좌, 우)에 2방, 이마 아시혈(이마의 M자 부

위의 꼭지점 부위)에 5방, 어깨 아시혈(눌러서 아픈 부위에 좌우 대칭으로 각각 3방씩)에 좌우로 6방, 오른쪽 뺨 아시혈(오른쪽 뺨 가운데 부위에 있는 쌀알 크기의 사마귀)에 1방

합계: 65방이었다.

## 김덕배의 43차 벌침 맞는 현황

다리: 족삼리혈(좌, 우)에 2방, 승산혈(좌, 우)에 2방, 위중혈(좌, 우)에 2방, 태충혈(좌, 우)에 2방, 왼쪽 다리와 오른쪽 다리의 무릎 아시혈(무릎 슬개골 둘레를 기준하여 좌우상하 끝 중앙 부위에서 밖으로 1cm 정도 떨어진 부위에 각각 1방씩)에 좌우로 8방

복부와 허리 쪽: 관원혈에 1방, 음교혈에 1방, 중완혈에 1방, 배 아시혈(천추혈 아래로 3센티 떨어진 부위와 6센티 정도 떨어진 부위 그리고 9센티 정도 떨어진 부위에 좌우로 각 3방씩)에 6방, 허리 아시혈(눌러서 압통을 느끼는 부위를 좌우 대칭으로 각각 3방씩)에 좌우로 6방, 등 부위 아시혈(사마귀 3개에 각 2방씩, 사마귀가 거의 새까맣게 타들어가서 뿌리 부위에 벌침을 놓음)에 6방

팔: 양계혈(좌, 우)에 2방, 천정혈(좌, 우)에 2방, 팔의 아시혈(곡지혈에서 팔과 몸통의 연결 부위 중 가장 높은 곳까지의 중간 부위에 좌우로 각 1방)에 2방

목과 머리: 천주혈(좌, 우)에 2방, 이마 아시혈(이마의 M자 부위

의 꼭지점 부위)에 5방, 어깨 아시혈(눌러서 압통을 느끼는 부위에 좌우 대칭으로 4방씩)에 좌우로 8방
합계: 58방이었다.

## 윤미령의 43차 벌침 맞는 현황

다리: 족삼리혈(좌, 우)에 2방, 태충혈(좌, 우)에 2방, 위중혈(좌, 우)에 2방, 왼쪽 다리와 오른쪽 다리의 무릎 아시혈(무릎 슬개골 둘레를 기준하여 좌우상하 끝 중앙 부위에서 밖으로 1cm 정도 떨어진 부위에 각각 1방씩)에 좌우로 8방

복부와 허리 쪽: 관원혈에 1방, 음교혈에 1방, 중완혈에 1방, 배 아시혈(천추혈 아래로 3센티 떨어진 부위와 6센티 정도 떨어진 부위 그리고 9센티 정도 떨어진 부위에 좌우로 각 3방씩)에 6방, 허리의 아시혈(눌러서 압통을 느끼는 부위 좌우 대칭으로 각3방씩)에 좌우로 6방

팔: 양계혈(좌, 우)에 2방, 천정혈(좌, 우)에 2방, 팔의 아시혈(곡지혈에서 팔과 몸통의 연결 부위 중 가장 높은 곳까지의 중간 부위에 좌우로 각 1방)에 2방

목과 머리: 천주혈(좌, 우)에 2방, 이마 아시혈(이마의 M자 부위의 꼭지점 부위)에 5방, 어깨 아시혈(눌러서 압통을 느끼는 부위에 좌우 대칭으로 4방씩)에 좌우로 8방
합계: 50방이었다.

## 나찬일의 43차 벌침 맞는 현황

다리: 족삼리혈(좌, 우)에 2방, 위중혈(좌, 우)에 2방, 대돈혈(좌, 우)에 2방, 왼쪽 다리와 오른쪽 다리의 무릎 아시혈(무릎 슬개골 둘레를 기준하여 좌우상하 끝 중앙 부위에서 밖으로 1cm 정도 떨어진 부위에 각각 1방씩)에 좌우로 8방

복부와 허리 쪽: 관원혈에 1방, 음교혈에 1방, 중완혈에 1방, 배 아시혈(천추혈 아래로 3센티 떨어진 부위와 6센티 정도 떨어진 부위 그리고 9센티 정도 떨어진 부위에 좌우로 각 3방씩)에 6방, 허리의 아시혈(눌러서 압통을 느끼는 부위 좌우 대칭으로 각2방씩)에 좌우로 4방, 가슴 부위와 등 부위의 아토피성 피부질환 아시혈(환부)에 각각 3방씩 6방(아토피성 피부질환 환부를 대략 3등분하여 3방씩 놓음)

팔: 양계혈(좌, 우)에 2방, 천정혈(좌, 우)에 2방, 팔의 아시혈(곡지혈에서 팔과 몸통의 연결 부위 중 가장 높은 곳까지의 중간 부위에 좌우로 각 1방)에 2방

목과 머리 쪽: 천주혈(좌, 우)에 2방, 이마 아시혈(이마의 M자 부위의 꼭지점 부위)에 5방, 어깨 아시혈(눌러서 압통을 느끼는 부위에 좌우 대칭으로 4방씩)에 좌우로 8방

합계: 54방이었다.

### 손영미의 43차 벌침 맞는 현황

다리: 족삼리혈(좌, 우)에 2방, 대돈혈(좌, 우)에 2방, 은문혈(좌, 우)에 2방, 왼쪽 다리와 오른쪽 다리의 무릎 아시혈(무릎 슬개골 둘레를 기준하여 좌우상하 끝 중앙 부위에서 밖으로 1cm 정도 떨어진 부위에 각각 1방씩)에 좌우로 8방

복부와 허리 쪽: 관원혈에 1방, 음교혈에 1방, 중완혈에 1방, 배 아시혈(천추혈 아래로 3센티 떨어진 부위와 6센티 정도 떨어진 부위 그리고 9센티 정도 떨어진 부위에 좌우로 각 3방씩)에 6방, 허리의 아시혈(눌러서 압통을 느끼는 부위에 좌우 대칭으로 각각 3방씩)에 좌우로 6방

팔: 양계혈(좌, 우)에 2방, 천정혈(좌, 우)에 2방, 팔의 아시혈(곡지혈에서 팔과 몸통의 연결 부위 중 가장 높은 곳까지의 중간 부위에 좌우로 각 1방)에 2방

목과 머리: 천주혈(좌, 우)에 2방, 이마 아시혈(이마의 M자 부위의 꼭지점 부위)에 5방, 어깨 아시혈(눌러서 아픈 부위에 좌우 대칭으로 각각 3방씩)에 좌우로 6방

합계: 48방이었다.

### 최갑용의 43차 벌침 맞는 현황

다리: 족삼리혈(좌, 우)에 2방, 태충혈(좌, 우)에 2방, 승산혈(좌, 우)에 2방, 위중혈(좌, 우)에 2방, 왼쪽 다리와 오른쪽 다리의 무릎 아시혈(무릎 슬개골 둘레를 기준하여 좌우상하 끝 중앙 부위에서 밖으로 1cm 정도 떨어진 부위에 각

각 1방씩)에 좌우로 8방, 사타구니 아시혈(아랫배와 허벅다리가 만나는 경계선의 중앙 부위 즉 서혜부 중앙의 가래톳이 서는 부위와 그곳에서 경계선을 따라 아래로 3센티 정도 떨어진 부위, 6센티 정도 떨어진 부위에 각 1방씩)에 좌우로 6방

복부와 허리 쪽: 관원혈에 1방, 음교혈에 1방, 중완혈에 1방, 배 아시혈(천추혈 아래로 3센티 떨어진 부위와 6센티 정도 떨어진 부위 그리고 9센티 정도 떨어진 부위에 좌우로 각 3방씩)에 6방, 허리의 아시혈(눌러서 압통을 느끼는 부위에 좌우 대칭으로 각각 3방씩)에 좌우로 6방

팔: 양계혈(좌, 우)에 2방, 천정혈(좌, 우)에 2방, 팔의 아시혈(곡지혈에서 팔과 몸통의 연결 부위 중 가장 높은 곳까지의 중간 부위에 좌우로 각 1방)에 2방

목과 머리: 천주혈(좌, 우)에 2방, 이마 아시혈(이마의 M자 부위의 꼭지점 부위)에 5방, 어깨 아시혈(눌러서 아픈 부위에 좌우 대칭으로 각각 4방씩)에 좌우로 8방

합계: 58방이었다.

## 양미정의 43차 벌침 맞는 현황

다리: 족삼리혈(좌, 우)에 2방, 위중혈(좌, 우)에 2방, 중봉혈(좌, 우)에 2방, 대돈혈(좌, 우)에 2방, 발등 중앙 관절 부위의 부어있는 아시혈에 좌우로 2방, 왼쪽 다리와 오른쪽 다리의 무릎 아시혈(무릎 슬개골 둘레를 기준하여 좌우상하 끝 중앙 부위에서 밖으로 1cm 정도 떨어진 부위에 각각

1방씩)에 좌우로 8방
- 복부와 허리 쪽: 관원혈에 1방, 음교혈에 1방, 중완혈에 1방, 배 아시혈(천추혈 아래로 3센티 떨어진 부위와 6센티 정도 떨어진 부위 그리고 9센티 정도 떨어진 부위에 좌우로 각 3방씩)에 6방, 허리의 아시혈(눌러서 압통을 느끼는 부위에 좌우 대칭으로 각각 3방씩)에 좌우로 6방
- 팔: 합곡혈(좌, 우)에 2방, 양계혈(좌, 우)에 2방, 천정혈(좌, 우)에 2방, 팔의 아시혈(곡지혈에서 팔과 몸통의 연결 부위 중 가장 높은 곳까지의 중간 부위에 좌우로 각 1방)에 2방
- 목과 머리: 천주혈(좌, 우)에 2방, 이마 아시혈(이마의 M자 부위의 꼭지점 부위)에 5방, 어깨 아시혈(눌러서 아픈 부위에 좌우 대칭으로 각각 4방씩)에 좌우로 8방
- 합계: 56방이었다.

염좌라는 것은 초기부터 확실히 벌침을 즐겨 대처한다면 나중에 고질병으로 발전하여 고생하지 않을 것이지만 적당히 무시한다면 살아가면서 많이 괴로움을 당할 수 있다고 봉만치가 강조하면서 내일 다시 만날 것을 약속하였다.

# 정말로 아픈 사람

금요일 오후 질병과의 전투도 계속되었다. 봉만치가 양미정 영웅에게 물었다.

"하나도 따갑지 않소?"

"따갑습니다."

"그런데 왜 따갑다는 표현을 한 번도 하지 않습니까?"

"제가 호들갑을 떨면 봉 선생님이 벌침을 성의 없이 놔줄 것 같아서 참는 것입니다."

"괜찮소. 이 봉만치는 그런 사람이 아니라오. 자신의 느낌대로 표현하는 것은 본능적인 현상이니 본능을 억제할 필요는 없다고 보오."

"알겠습니다."

양미정 영웅은 벌침을 맞을 때 미동도 하지 않고 눈을 조용히 감고 도를 닦는 사람처럼 행동했다. 놀라운 참을성이었다. 벌침을 자신의 신체에 수십 방씩 맞으면서 양미정 영웅 같은 행동을 할 수 있는 사람을 봉만치는 벌침생활 수십 년 동안 보지 못했었다. 봉만치는 양미정 영웅이 정말로 아픈 사람이라는 사실을 알 수 있었다. 봉만치가 양미정 영웅의 백회혈에 벌침을 놓을 때 몇 번 꿀벌이 벌침을 쏘지 못했었다. 양미정 영웅이 따가움을 내색하지 않고 참고 견디느라고 백회혈 부위 근육이 경색된 것이 원인이었다. 양미정 영웅처럼 정말로 아픈 사람은 벌침 맞을 때 따가움 정도는 무시할 수 있는 단계가 될 수 있었다.

### 박소영의 44차 벌침 맞는 현황

다리: 족삼리혈(좌, 우)에 2방, 승근혈(좌, 우)에 2방, 승부혈(좌, 우)에 2방, 곤륜혈(좌, 우)에 2방, 태충혈(좌, 우)에 2방, 엉덩이 아시혈(엉덩이 가운데 부위로 의자에 앉을 때 닿은 부위 각각 1방씩)에 좌우로 2방, 왼쪽 다리와 오른쪽 다리의 무릎 아시혈(둥근 슬개골 둘레 끝 주위를 따라 1cm 정도 밖으로 떨어진 부위를 균등하여 4방씩)에 좌우로 8방, 사타구니 아시혈(아랫배와 허벅다리가 만나는 경계선의 중앙 부위 즉 서혜부 중앙의 가래톳이 서는 부위와 그곳에서 경계선을 따라 아래로 3센티 정도 떨어진 부위, 6센티 정도 떨어진 부위에 각 1방씩)에 좌우로 6방

복부와 허리 쪽: 중극혈에 1방, 석문혈에 1방, 수분혈에 1방, 중완혈에 1방, 배 아시혈(천추혈 아래로 3센티

떨어진 부위와 6센티 정도 떨어진 부위 그리고 9센티 정도 떨어진 부위에 좌우로 각 3방씩)에 6방, 허리 아시혈(눌러서 압통을 느끼는 부위를 좌우 대칭으로 각각 3방씩)에 좌우로 6방, 등의 아시혈(등 가운데 부위에 등뼈를 기준하여 좌우로 3cm 정도 떨어진 부위에 각 2방씩)에 4방

팔: 합곡혈(좌, 우)에 2방, 수삼리혈(좌, 우)에 2방, 팔의 아시혈(곡지혈에서 팔과 몸통의 연결 부위 중 가장 높은 곳까지의 중간 부위에 좌우로 각 1방)에 2방

목과 머리: 아문혈에 1방, 후정혈에 1방, 이마 아시혈(이마의 M자 부위의 선분 중앙 부위에 상당한 곳)에 4방, 어깨 아시혈(눌러서 아픈 부위에 좌우 대칭으로 각각 4방씩)에 좌우로 8방, 오른쪽 뺨 아시혈(오른쪽 뺨 가운데 부위에 있는 쌀알 크기의 사마귀)에 1방

합계: 67방이었다.

## 김덕배의 44차 벌침 맞는 현황

다리: 족삼리혈(좌, 우)에 2방, 곤륜혈(좌, 우)에 2방, 삼음교혈(좌, 우)에 2방, 대돈혈(좌, 우)에 2방, 왼쪽 다리와 오른쪽 다리의 무릎 아시혈(무릎 슬개골 둘레를 기준하여 좌우상하 끝 중앙 부위에서 밖으로 1cm 정도 떨어진 부위에 각각 1방씩)에 좌우로 8방

복부와 허리 쪽: 중극혈에 1방, 석문혈에 1방, 수분혈에 1방, 중완혈에 1방, 배 아시혈(천추혈 아래로 3센티

떨어진 부위와 6센티 정도 떨어진 부위 그리고 9센티 정도 떨어진 부위에 좌우로 각 3방씩)에 6방, 허리 아시혈(눌러서 압통을 느끼는 부위를 좌우 대칭으로 각각 3방씩)에 좌우로 6방, 등 부위 아시혈(사마귀 3개에 각 2방씩, 사마귀가 거의 새까맣게 타들어가서 뿌리 부위에 벌침을 놓음)에 6방

팔: 합곡혈(좌, 우)에 2방, 수삼리혈(좌, 우)에 2방, 팔의 아시혈(곡지혈에서 팔과 몸통의 연결 부위 중 가장 높은 곳까지의 중간 부위에 좌우로 각 1방)에 2방

목과 머리: 아문혈에 1방, 후정혈에 1방, 이마 아시혈(이마의 M자 부위의 선분 중앙 부위에 상당한 곳)에 4방, 어깨 아시혈(눌러서 압통을 느끼는 부위에 좌우 대칭으로 4방씩)에 좌우로 8방

합계: 58방이었다.

## 윤미령의 44차 벌침 맞는 현황

다리: 족삼리혈(좌, 우)에 2방, 곤륜혈(좌, 우)에 2방, 태충혈(좌, 우)에 2방, 승산혈(좌, 우)에 2방, 왼쪽 다리와 오른쪽 다리의 무릎 아시혈(무릎 슬개골 둘레를 기준하여 좌우상하 끝 중앙 부위에서 밖으로 1cm 정도 떨어진 부위에 각각 1방씩)에 좌우로 8방

복부와 허리 쪽: 중극혈에 1방, 석문혈에 1방, 수분혈에 1방, 중완혈에 1방, 배 아시혈(천추혈 아래로 3센티 떨어진 부위와 6센티 정도 떨어진 부위 그리

고 9센티 정도 떨어진 부위에 좌우로 각 3방씩)에 6방, 허리의 아시혈(눌러서 압통을 느끼는 부위 좌우 대칭으로 각3방씩)에 좌우로 6방

팔: 합곡혈(좌, 우)에 2방, 수삼리혈(좌, 우)에 2방, 팔의 아시혈(곡지혈에서 팔과 몸통의 연결 부위 중 가장 높은 곳까지의 중간 부위에 좌우로 각 1방)에 2방

목과 머리: 아문혈에 1방, 후정혈에 1방, 이마 아시혈(이마의 M사 부위의 선분 중앙 부위에 상당한 곳)에 4방, 어깨 아시혈(눌러서 압통을 느끼는 부위에 좌우 대칭으로 4방씩)에 좌우로 8방

합계: 52방이었다.

## 나찬일의 44차 벌침 맞는 현황

다리: 족삼리혈(좌, 우)에 2방, 곤륜혈(좌, 우)에 2방, 태충혈(좌, 우)에 2방, 승신혈(좌, 우)에 2방, 왼쪽 다리와 오른쪽 다리의 무릎 아시혈(무릎 슬개골 둘레를 기준하여 좌우상하 끝 중앙 부위에서 밖으로 1cm 정도 떨어진 부위에 각각 1방씩)에 좌우로 8방

복부와 허리 쪽: 중극혈에 1방, 석문혈에 1방, 수분혈에 1방, 중완혈에 1방, 배 아시혈(천추혈 아래로 3센티 떨어진 부위와 6센티 정도 떨어진 부위 그리고 9센티 정도 떨어진 부위에 좌우로 각 3방씩)에 6방, 허리의 아시혈(눌러서 압통을 느끼는 부위 좌우 대칭으로 각2방씩)에 좌우로 4방, 가슴 부위와 등 부위의 아토피성 피부질환

아시혈(환부)에 각각 3방씩 6방(아토피성 피부질환 환부를 대략 3등분하여 3방씩 놓음)

팔: 합곡혈(좌, 우)에 2방, 수삼리혈(좌, 우)에 2방, 팔의 아시혈(곡지혈에서 팔과 몸통의 연결 부위 중 가장 높은 곳까지의 중간 부위에 좌우로 각 1방)에 2방

목과 머리 쪽: 아문혈에 1방, 후정혈에 1방, 이마 아시혈(이마의 M자 부위의 선분 중앙 부위에 상당한 곳)에 4방, 어깨 아시혈(눌러서 압통을 느끼는 부위에 좌우 대칭으로 4방씩)에 좌우로 8방

합계: 56방이었다.

## 손영미의 44차 벌침 맞는 현황

다리: 족삼리혈(좌, 우)에 2방, 태충혈(좌, 우)에 2방, 승산혈(좌, 우)에 2방, 왼쪽 다리와 오른쪽 다리의 무릎 아시혈(무릎 슬개골 둘레를 기준하여 좌우상하 끝 중앙 부위에서 밖으로 1cm 정도 떨어진 부위에 각각 1방씩)에 좌우로 8방

복부와 허리 쪽: 중극혈에 1방, 석문혈에 1방, 수분혈에 1방, 중완혈에 1방, 배 아시혈(천추혈 아래로 3센티 떨어진 부위와 6센티 정도 떨어진 부위 그리고 9센티 정도 떨어진 부위에 좌우로 각 3방씩)에 6방, 허리의 아시혈(눌러서 압통을 느끼는 부위에 좌우 대칭으로 각각 3방씩)에 좌우로 6방

팔: 합곡혈(좌, 우)에 2방, 수삼리혈(좌, 우)에 2방, 팔의 아시혈(곡지혈에서 팔과 몸통의 연결 부위 중 가장 높은 곳까지의

중간 부위에 좌우로 각 1방)에 2방

목과 머리: 아문혈에 1방, 후정혈에 1방, 이마 아시혈(이마의 M 자 부위의 선분 중앙 부위에 상당한 곳)에 4방, 어깨 아시혈(눌러서 아픈 부위에 좌우 대칭으로 각각 3방씩)에 좌우로 6방

합계: 48방이었다.

## 최갑용의 44차 벌침 맞는 현황

다리: 족삼리혈(좌, 우)에 2방, 곤륜혈(좌, 우)에 2방, 승산혈(좌, 우)에 2방, 대돈혈(좌, 우)에 2방, 왼쪽 다리와 오른쪽 다리의 무릎 아시혈(무릎 슬개골 둘레를 기준하여 좌우상하 끝 중앙 부위에서 밖으로 1cm 정도 떨어진 부위에 각각 1방씩)에 좌우로 8방, 사타구니 아시혈(아랫배와 허벅다리가 만나는 경계선의 중앙 부위 즉 서혜부 중앙의 가래톳이 서는 부위와 그곳에서 경계선을 따라 아래로 3센티 정도 떨어진 부위, 6센티 정도 떨어진 부위에 각 1방씩)에 좌우로 6방, 허벅지 옆의 아시혈(옆으로 누웠을 때 바닥에 닿는 부위 중앙 즉 엉덩이 가운데에서 몸 밖으로 15센티 정도 떨어진 곳으로 뼈가 잘 만져지는 부위에 좌우로 각 1방씩)에 2방

복부와 허리 쪽: 중극혈에 1방, 석문혈에 1방, 수분혈에 1방, 중완혈에 1방, 배 아시혈(천추혈 아래로 3센티 떨어진 부위와 6센티 정도 떨어진 부위 그리고 9센티 정도 떨어진 부위에 좌우로 각 3방씩)에 6방, 허리의 아시혈(눌러서 압통을 느끼

는 부위에 좌우 대칭으로 각각 3방씩)에 좌우로 6방

팔: 합곡혈(좌, 우)에 2방, 수삼리혈(좌, 우)에 2방, 팔의 아시혈(곡지혈에서 팔과 몸통의 연결 부위 중 가장 높은 곳까지의 중간 부위에 좌우로 각 1방)에 2방

목과 머리: 아문혈에 1방, 후정혈에 1방, 이마 아시혈(이마의 M자 부위의 선분 중앙 부위에 상당한 곳)에 4방, 어깨 아시혈(눌러서 아픈 부위에 좌우 대칭으로 각각 4방씩)에 좌우로 8방

합계: 62방이었다.

## 양미정의 44차 벌침 맞는 현황

다리: 족삼리혈(좌, 우)에 2방, 승산혈(좌, 우)에 2방, 곤륜혈(좌, 우)에 2방, 태충혈(좌, 우)에 2방, 발등 중앙 관절 부위의 부어있는 아시혈에 좌우로 2방, 왼쪽 다리와 오른쪽 다리의 무릎 아시혈(무릎 슬개골 둘레를 기준하여 좌우상하 끝 중앙 부위에서 밖으로 1cm 정도 떨어진 부위에 각각 1방씩)에 좌우로 8방

복부와 허리 쪽 : 중극혈에 1방, 석문혈에 1방, 수분혈에 1방, 중완혈에 1방, 배 아시혈(천추혈 아래로 3센티 떨어진 부위와 6센티 정도 떨어진 부위 그리고 9센티 정도 떨어진 부위에 좌우로 각 3방씩)에 6방, 허리의 아시혈(눌러서 압통을 느끼는 부위에 좌우 대칭으로 각각 3방씩)에 좌우로 6방

팔: 신문혈(좌, 우)에 2방, 수삼리혈(좌, 우)에 2방, 주료혈(좌, 우)에 2방, 팔의 아시혈(곡지혈에서 팔과 몸통의 연결 부위 중 가장 높은 곳까지의 중간 부위에 좌우로 각 1방)에 2방

목과 머리: 아문혈에 1방, 후정혈에 1방, 이마 아시혈(이마의 M 자 부위의 선분 중앙 부위에 상당한 곳)에 4방, 어깨 아시혈(눌러서 아픈 부위에 좌우 대칭으로 각각 4방씩)에 좌우로 8방

합계: 56방이었다.

여느 때와 마찬가지로 7인의 영웅들에게 벌침 마릿수가 늘어나면서 봉만치는 오른쪽 어깨와 왼쪽 어깨의 아시혈(눌러서 압통을 느끼는 부위)에 벌침을 좌우로 5방씩 10방을 놓았다. 팔의 합곡혈과 수삼리혈에도 좌우로 4방을 맞았다. 질병과의 전투가 계속되면서 봉만치의 양쪽 어깨, 팔도 벌침을 필요로 하게 되었던 것이다. 봉만치 역시 아파 본 적이 있는 사람이기에 양미정 영웅의 입장을 이해하는 눈치였다. 하지만 너무 몸에 힘을 주어 백회혈에 꿀벌이 침을 쏘지 못할 정도로 긴장하면 죄 없는 꿀벌만 축낼 수 있으므로 긴장을 풀고 느긋하게 벌침을 맞으라고 했다.

# 45차
# 암이라는 것

 어느새 토요일이 되었다. 봉만치와 7인의 영웅들은 질병과의 전투를 하면서 늘 자리를 함께 하였다. 토요일은 가능하면 일주일 동안의 전투성과에 대하여 상호 공감하는 자리를 만들었다. 그래서 7인의 영웅들은 토요일만 되면 들뜨는 분위기였다. 오늘은 나찬일 영웅이 점심을 내기로 했다. 인근 주꾸미 전문 식당에 예약을 한 다음 봉만치가 순서대로 7명의 영웅들에게 벌침을 놓았다.

 박소영의 45차 벌침 맞는 현황

> 다리: 족삼리혈(좌, 우)에 2방, 위중혈(좌, 우)에 2방, 중봉혈(좌, 우)에 2방, 곤륜혈(좌, 우)에 2방, 태충혈(좌, 우)에 2방, 왼쪽 다리와 오른쪽 다리의 무릎 아시혈(둥근 슬개골 둘레 끝 주위를 따라 1cm 정도 밖으로 떨어진 부위를 균등

하여 8방씩)에 좌우로 16방, 발목 아시혈(복사뼈 안쪽과 바깥쪽 중앙에서 발등 방향으로 각각 3cm정도 떨어진 부위에 2방씩)에 좌우로 4방

복부와 허리 쪽: 곡골혈에 1방, 천주혈(좌, 우)에 2방, 하완혈에 1방, 허리 아시혈(눌러서 압통을 느끼는 부위를 좌우 대칭으로 각각 3방씩)에 좌우로 6방, 등의 아시혈(등 가운데 부위에 등뼈를 기준하여 좌우로 3cm 정도 떨어진 부위에 각 2방씩)에 4방

팔: 신문혈(좌, 우)에 2방, 양계혈(좌, 우)에 2방, 팔의 아시혈(곡지혈에서 팔과 몸통의 연결 부위 중 가장 높은 곳까지의 중간 부위에 좌우로 각 1방)에 2방

목과 머리: 풍지혈(좌, 우)에 2방, 백회혈에 1방, 양백혈(좌, 우)에 2방, 어깨 아시혈(눌러서 아픈 부위에 좌우 대칭으로 각각 4방씩)에 좌우로 8방, 오른쪽 뺨 아시혈(오른쪽 뺨 가운데 부위에 있는 쌀알 크기의 사마귀)에 1방

합계: 64방이었다.

## 김덕배의 45차 벌침 맞는 현황

다리: 족삼리혈(좌, 우)에 2방, 곤륜혈(좌, 우)에 2방, 중봉혈(좌, 우)에 2방, 태충혈(좌, 우)에 2방, 왼쪽 다리와 오른쪽 다리의 무릎 아시혈(무릎 슬개골 둘레를 기준하여 좌우상하 끝 중앙 부위에서 밖으로 1cm 정도 떨어진 부위에 각각 1방씩)에 좌우로 8방, 발목 아시혈(복사뼈 안쪽과 바깥

쪽 중앙에서 발등 방향으로 가각 3cm정도 떨어진 부위에 각각 2방씩)에 좌우로 4방

복부와 허리 쪽: 곡골혈에 1방, 천주혈(좌, 우)에 2방, 하완혈에 1방, 허리 아시혈(눌러서 압통을 느끼는 부위를 좌우 대칭으로 각각 3방씩)에 좌우로 6방, 등 부위 아시혈(사마귀 3개에 각 2방씩, 사마귀가 거의 새까맣게 타들어가서 뿌리 부위에 벌침을 놓음)에 6방

팔: 신문혈(좌, 우)에 2방, 양계혈(좌, 우)에 2방, 팔의 아시혈(곡지혈에서 팔과 몸통의 연결 부위 중 가장 높은 곳까지의 중간 부위에 좌우로 각 1방)에 2방

목과 머리: 풍지혈(좌, 우)에 2방, 백회혈에 1방, 양백혈(좌, 우)에 2방, 어깨 아시혈(눌러서 압통을 느끼는 부위에 좌우 대칭으로 5방씩)에 좌우로 10방

합계: 57방이었다.

### 윤미령의 45차 벌침 맞는 현황

다리: 족삼리혈(좌, 우)에 2방, 곤륜혈(좌, 우)에 2방, 태충혈(좌, 우)에 2방, 승산혈(좌, 우)에 2방, 왼쪽 다리와 오른쪽 다리의 무릎 아시혈(무릎 슬개골 둘레를 기준하여 좌우상하 끝 중앙 부위에서 밖으로 1cm 정도 떨어진 부위에 각각 1방씩)에 좌우로 8방, 발목 아시혈(복사뼈 안쪽과 바깥쪽 중앙에서 발등 방향으로 가각 3cm정도 떨어진 부위에 각각 2방씩)에 좌우로 4방

복부와 허리 쪽: 곡골혈에 1방, 천주혈(좌, 우)에 2방, 하완혈에

1방, 허리의 아시혈(눌러서 압통을 느끼는 부위 좌우 대칭으로 각3방씩)에 좌우로 6방

팔: 신문혈(좌, 우)에 2방, 양계혈(좌, 우)에 2방, 팔의 아시혈(곡지혈에서 팔과 몸통의 연결 부위 중 가장 높은 곳까지의 중간 부위에 좌우로 각 1방)에 2방

목과 머리: 풍지혈(좌, 우)에 2방, 백회혈에 1방, 양백혈(좌, 우)에 2방, 어깨 아시혈(눌러서 압통을 느끼는 부위에 좌우 대칭으로 5방씩)에 좌우로 10방

합계: 51방이었다.

## 나찬일의 45차 벌침 맞는 현황

다리: 족삼리혈(좌, 우)에 2방, 곡천혈(좌, 우)에 2방, 태충혈(좌, 우)에 2방, 승근혈(좌, 우)에 2방, 왼쪽 다리와 오른쪽 다리의 무릎 아시혈(무릎 슬개골 둘레를 기준하여 좌우상하 끝 중앙 부위에서 밖으로 1cm 정도 떨어진 부위에 각각 1방씩)에 좌우로 8방, 발목 아시혈(복사뼈 안쪽과 바깥쪽 중앙에서 발등 방향으로 가각 3cm정도 떨어진 부위에 각각 2방씩)에 좌우로 4방

복부와 허리 쪽: 곡골혈에 1방, 천주혈(좌, 우)에 2방, 하완혈에 1방, 허리의 아시혈(눌러서 압통을 느끼는 부위 좌우 대칭으로 각2방씩)에 좌우로 4방, 가슴 부위와 등 부위의 아토피성 피부질환 아시혈(환부)에 각각 3방씩 6방(아토피성 피부질환 환부를 대략 3등분하여 3방씩 놓음)

팔: 신문혈(좌, 우)에 2방, 양계혈(좌, 우)에 2방, 팔의 아시혈(곡

지혈에서 팔과 몸통의 연결 부위 중 가장 높은 곳까지의 중간 부위에 좌우로 각 1방)에 2방

목과 머리 쪽: 풍지혈(좌, 우)에 2방, 백회혈에 1방, 양백혈(좌, 우)에 2방, 어깨 아시혈(눌러서 압통을 느끼는 부위에 좌우 대칭으로 4방씩)에 좌우로 8방

합계: 53방이었다.

## 손영미의 45차 벌침 맞는 현황

다리: 족삼리혈(좌, 우)에 2방, 삼음교혈(좌, 우)에 2방, 위중혈(좌, 우)에 2방, 왼쪽 다리와 오른쪽 다리의 무릎 아시혈(무릎 슬개골 둘레를 기준하여 좌우상하 끝 중앙 부위에서 밖으로 1cm 정도 떨어진 부위에 각각 1방씩)에 좌우로 8방, 발목 아시혈(복사뼈 안쪽과 바깥쪽 중앙에서 발등 방향으로 각각 3cm정도 떨어진 부위에 각각 2방씩)에 좌우로 4방

복부와 허리 쪽: 곡골혈에 1방, 천주혈(좌, 우)에 2방, 하완혈에 1방, 허리의 아시혈(눌러서 압통을 느끼는 부위에 좌우 대칭으로 각각 3방씩)에 좌우로 6방

팔: 신문혈(좌, 우)에 2방, 양계혈(좌, 우)에 2방, 팔의 아시혈(곡지혈에서 팔과 몸통의 연결 부위 중 가장 높은 곳까지의 중간 부위에 좌우로 각 1방)에 2방

목과 머리: 풍지혈(좌, 우)에 2방, 백회혈에 1방, 양백혈(좌, 우)에 2방, 어깨 아시혈(눌러서 아픈 부위에 좌우 대칭으로 각각 3방씩)에 좌우로 6방

합계: 45방이었다.

## 최갑용의 45차 벌침 맞는 현황

다리: 족삼리혈(좌, 우)에 2방, 삼음교혈(좌, 우)에 2방, 위중혈(좌, 우)에 2방, 태충혈(좌, 우)에 2방, 왼쪽 다리와 오른쪽 다리의 무릎 아시혈(무릎 슬개골 둘레를 기준하여 좌우 상하 끝 중앙 부위에서 밖으로 1cm 정도 떨어진 부위에 각각 1방씩)에 좌우로 8방, 사타구니 아시혈(아랫배와 허벅다리가 만나는 경계선의 중앙 부위 즉 서혜부 중앙의 가래톳이 서는 부위와 그곳에서 경계선을 따라 아래로 3센티 정도 떨어진 부위, 6센티 정도 떨어진 부위에 각 1방씩)에 좌우로 6방, 허벅지 옆의 아시혈(옆으로 누었을 때 바닥에 닿는 부위 중앙 즉 엉덩이 가운데에서 몸 밖으로 15센티 정도 떨어진 곳으로 뼈가 잘 만져지는 부위에 좌우로 각 1방씩)에 2방

복부와 허리 쪽: 곡골혈에 1방, 천주혈(좌, 우)에 2방, 하완혈에 1방, 허리의 아시혈(눌러서 압통을 느끼는 부위에 좌우 대칭으로 각각 3방씩)에 좌우로 6방

팔: 신문혈(좌, 우)에 2방, 양계혈(좌, 우)에 2방, 팔의 아시혈(곡지혈에서 팔과 몸통의 연결 부위 중 가장 높은 곳까지의 중간 부위에 좌우로 각 1방)에 2방

목과 머리: 풍지혈(좌, 우)에 2방, 백회혈에 1방, 양백혈(좌, 우)에 2방, 어깨 아시혈(눌러서 아픈 부위에 좌우 대칭으로 각각 5방씩)에 좌우로 10방

합계: 55방이었다.

## 양미정의 45차 벌침 맞는 현황

다리: 족삼리혈(좌, 우)에 2방, 위중혈(좌, 우)에 2방, 곤륜혈(좌, 우)에 2방, 중봉혈(좌, 우)에 2방, 대돈혈(좌, 우)에 2방, 발등 중앙 관절 부위의 부어있는 아시혈에 좌우로 2방, 왼쪽 다리와 오른쪽 다리의 무릎 아시혈(무릎 슬개골 둘레를 기준하여 좌우상하 끝 중앙 부위에서 밖으로 1cm 정도 떨어진 부위에 각각 1방씩)에 좌우로 8방

복부와 허리 쪽: 곡골혈에 1방, 천주혈(좌, 우)에 2방, 하완혈에 1방, 허리의 아시혈(눌러서 압통을 느끼는 부위에 좌우 대칭으로 각각 3방씩)에 좌우로 6방

팔: 합곡혈(좌, 우)에 2방, 양계혈(좌, 우)에 2방, 곡지혈(좌, 우)에 2방, 팔의 아시혈(곡지혈에서 팔과 몸통의 연결 부위 중 가장 높은 곳까지의 중간 부위에 좌우로 각 1방)에 2방

목과 머리: 풍지혈(좌, 우)에 2방, 백회혈에 1방, 양백혈(좌, 우)에 2방, 어깨 아시혈(눌러서 아픈 부위에 좌우 대칭으로 각각 5방씩)에 좌우로 10방

합계: 53방이었다.

봉만치와 7인의 영웅들은 예약한 주꾸미 전문식당으로 이동하여 점심을 함께 먹었다. 반주를 곁들인 점심식사 자리였다. 여성 영웅들은 소주 2잔 정도로 술을 마셨고 봉만치와 남성영웅들은 1인당 소주 1병 정도를 마셨다. 제철인 주꾸미 전골이 비록 낮이지만 술을 마시게 만들었다.

먼저 김덕배 영웅이 입을 열었다.

"내가 이제껏 살아오면서 많은 것을 경험했지만 이렇게 벌침으로 질병과의 전투 경험은 처음입니다. 초기엔 반신반의 하면서 임했지만 이제는 확신을 하게 되었습니다. 내 몸으로 직접 전투를 하니 질병들이 무너져 내리는 것을 눈으로 보고 몸으로 느끼니 말입니다. 손이 떨리는 것이 거의 사라졌습니다. 발톱 색상이 불그스름하게 되었고요. 눈 침침하던 것도 좋아졌습니다. 매일 술을 먹고 생활하다보니 아침에 몸이 무거웠는데, 피로가 확 줄었으니까요. 봉 선생님 고맙습니다."

"천만의 말씀이오. 이 봉만치가 여러분에게 고마울 뿐이오. 지금까지 수많은 사람들을 대했었지만 여러분들처럼 전투에 최선을 다하는 모습은 처음이오. 질병이라는 것은 우리 몸이 약해졌을 때 발병하는 것이오. 좋지 않은 질병 중에 암이라는 것이 있소. 이 봉만치는 암이라는 질병 역시 우리 몸에 혈액순환이 잘 되지 않아서 특정 부위에 면역력이 약해지면 발병한다고 믿고 있소. 그렇다면 우리 몸 구석구석 혈액순환이 잘 되게 하면 암이 걸리지 않을 것 아니오. 혈액순환이 말단세포까지 잘 되게 하는 것 중에서 벌침만한 것이 어디 있겠소. 벌침은 강제로라도 혈액순환을 개선시키니 말이오. 망가진 모세혈관을 재생해주고 혈액의 점도를 낮추어 주는 것이 벌독이오. 이 점 명심하고 다른 것은 다 잊어버려도 밥 먹는 것과 벌침 즐기는 것은 잊어서는 결코 안 되는 것이오."

봉만치와 7인의 영웅들은 점심식사를 하면서 여러 가지 대화를 나누었다.

"처음엔 꿀벌을 보고 무섭다고 느꼈는데 이제는 꿀벌을 보면 벌침 맞고 싶은 생각이 듭니다. 벌침을 1회에 서너 방 맞을 때가 어제 같은데 벌써 1회에 60여 방을 넘게 맞고 있으니 상전벽해라는 말이 생각납니다. 봉 선생님이 벌침을 가르쳐주시어 너무 고맙습니다. 남은 삶은 색다른 인생이 될 것 같습니다."

박소영 영웅이 한마디 거들었다. 나머지 영웅들도 자신의 신체 변화에 대하여 입에 침이 마르도록 자랑을 했다.

# 밥과 보약

월요일이다. 전투가 없는 날인 일요일에 목욕탕을 다녀왔으므로 7인의 영웅들 모습이 말끔하게 보였다.

"벌침을 즐기면서 깨우친 일이 있소. 벌침을 모를 때는 한의원에 가서 보약을 먹으라는 말을 들으면 한의원이 돈벌이 하려고 그러는 줄로 알고 있었소. 보약이 한두 푼도 아닌데 말이오. 그런데 벌침을 즐기면서 왜 보약을 권하는 것인지 이해하게 되었소. 질병을 물리치려면 기본적인 체력이 있어야 가능하다는 것이오. 보약이 비싸지만 않으면 먹으면 좋은 것 아니겠소. 벌침을 즐길 때도 이런 이론이 필요하다오. 벌침으로 질병과의 전투를 할 때 필요한 것이 있소. 밥을 잘 먹는 것이오. 별도로 보약을 먹지 않더라도 밥을 때에 맞춰 적당히 먹어야만 하오. 그런 다음 신체 기본 혈자리에 벌침을 즐기면서 환부에 벌침을 맞으면 승리할 수 있을 것이오."

봉만치가 보약에 대한 오해를 풀었다고 말을 하면서 7인의 영웅들에게 벌침을 놓아주었다.

### 박소영의 46차 벌침 맞는 현황

다리: 족삼리혈(좌, 우)에 2방, 곡천혈(좌, 우)에 2방, 승근혈(좌, 우)에 2방, 곤륜혈(좌, 우)에 2방, 삼음교혈(좌, 우)에 2방, 대돈혈(좌, 우)에 2방, 왼쪽 다리와 오른쪽 다리의 무릎 아시혈(둥근 슬개골 둘레 끝 주위를 따라 1cm 정도 밖으로 떨어진 부위를 균등하여 8방씩)에 좌우로 16방, 발목 아시혈(복사뼈 안쪽과 바깥쪽 중앙에서 발등 방향으로 각각 3cm정도 떨어진 부위에 2방씩)에 좌우로 4방

복부와 허리 쪽: 관원혈에 1방, 기문혈에 1방, 수분혈에 1방, 허리 아시혈(눌러서 압통을 느끼는 부위를 좌우 대칭으로 각각 3방씩)에 좌우로 6방, 등의 아시혈(등 가운데 부위에 등뼈를 기준하여 좌우로 3cm 정도 떨어진 부위에 각 2방씩)에 4방

팔: 합곡혈(좌, 우)에 2방, 신문혈(좌, 우)에 2방, 곡지혈(좌, 우)에 2방

목과 머리: 천주혈(좌, 우)에 2방, 신정혈에 1방, 사백혈(좌, 우)에 2방, 어깨 아시혈(눌러서 아픈 부위에 좌우 대칭으로 각각 4방씩)에 좌우로 8방, 오른쪽 뺨 아시혈(오른쪽 뺨 가운데 부위에 있는 쌀알 크기의 사마귀)에 1방

합계: 65방이었다.

## 김덕배의 46차 벌침 맞는 현황

다리: 족삼리혈(좌, 우)에 2방, 삼음교혈(좌, 우)에 2방, 태충혈(좌, 우)에 2방, 발가락 아시혈(둘째와 셋째발가락 사이, 셋째와 넷째발가락 사이, 넷째와 새끼발가락 사이의 엄지발가락과 둘째 발가락 사이인 태충혈에 상당하는 부위에 각 1방씩)에 좌우로 6방

복부와 허리 쪽: 관원혈에 1방, 기문혈에 1방, 수분혈에 1방, 허리 아시혈(눌러서 압통을 느끼는 부위를 좌우 대칭으로 각각 3방씩)에 좌우로 6방, 등 부위 아시혈(사마귀 3개에 각 2방씩, 사마귀가 거의 새까맣게 타들어가서 뿌리 부위에 벌침을 놓음)에 6방

팔: 합곡혈(좌, 우)에 2방, 신문혈(좌, 우)에 2방, 곡지혈(좌, 우)에 2방

목과 머리: 천주혈(좌, 우)에 2방, 신정혈에 1방, 사백혈(좌, 우)에 2방, 어깨 아시혈(눌러서 압통을 느끼는 부위에 좌우 대칭으로 5방씩)에 좌우로 10방

성기벌침: 성기벌침 맞은 부위(귀두 경계선에서 몸 안쪽으로 1센티 정도 들어간 부위) 둘레를 10등분하여 10방

합계: 58방이었다.

## 윤미령의 46차 벌침 맞는 현황

다리: 족삼리혈(좌, 우)에 2방, 삼음교혈(좌, 우)에 2방, 대돈혈(좌, 우)에 2방, 위중혈(좌, 우)에 2방, 왼쪽 다리와 오른

쪽 다리의 무릎 아시혈(무릎 슬개골 둘레를 기준하여 좌우상하 끝 중앙 부위에서 밖으로 1cm 정도 떨어진 부위에 각각 1방씩)에 좌우로 8방, 발가락 아시혈(둘째와 셋째발가락 사이, 셋째와 넷째발가락 사이, 넷째와 새끼발가락 사이의 엄지발가락과 둘째 발가락 사이인 태충혈에 상당하는 부위에 각 1방씩)에 좌우로 6방

복부와 허리 쪽: 관원혈에 1방, 기문혈에 1방, 수분혈에 1방, 허리의 아시혈(눌러서 압통을 느끼는 부위 좌우 대칭으로 각3방씩)에 좌우로 6방

팔: 합곡혈(좌, 우)에 2방, 신문혈(좌, 우)에 2방, 곡지혈(좌, 우)에 2방

목과 머리: 천주혈(좌, 우)에 2방, 신정혈에 1방, 사백혈(좌, 우)에 2방, 어깨 아시혈(눌러서 압통을 느끼는 부위에 좌우 대칭으로 5방씩)에 좌우로 10방

합계: 52방이었다.

## 나찬일의 46차 벌침 맞는 현황

다리: 족삼리혈(좌, 우)에 2방, 곤륜혈(좌, 우)에 2방, 승산혈(좌, 우)에 2방, 대돈혈(좌, 우)에 2방, 발가락 아시혈(둘째와 셋째발가락 사이, 셋째와 넷째발가락 사이, 넷째와 새끼발가락 사이의 엄지발가락과 둘째 발가락 사이인 태충혈에 상당하는 부위에 각 1방씩)에 좌우로 6방

복부와 허리 쪽: 관원혈에 1방, 기문혈에 1방, 수분혈에 1방, 허리의 아시혈(눌러서 압통을 느끼는 부위 좌우 대칭으로 각2방씩)에 좌우로 4방, 가슴 부위

와 등 부위의 아토피성 피부질환 아시혈(환부)에 각각 3방씩 6방(아토피성 피부질환 환부를 대략 3등분하여 3방씩 놓음)

팔: 합곡혈(좌, 우)에 2방, 신문혈(좌, 우)에 2방, 곡지혈(좌, 우)에 2방

목과 머리 쪽: 천주혈(좌, 우)에 2방, 신정혈에 1방, 사백혈(좌, 우)에 2방, 어깨 아시혈(눌러서 압통을 느끼는 부위에 좌우 대칭으로 4방씩)에 좌우로 8방

성기벌침: 성기벌침 맞은 부위(귀두 경계선에서 몸 안쪽으로 1센티 정도 들어간 부위) 둘레를 10등분하여 10방

합계: 56방이었다.

## 손영미의 46차 벌침 맞는 현황

다리: 족삼리혈(좌, 우)에 2방, 곤륜혈(좌, 우)에 2방, 곡천혈(좌, 우)에 2방, 왼쪽 다리와 오른쪽 다리의 무릎 아시혈(무릎 슬개골 둘레를 기준하여 좌우상하 끝 중앙 부위에서 밖으로 1cm 정도 떨어진 부위에 각각 1방씩)에 좌우로 8방, 발가락 아시혈(둘째와 셋째발가락 사이, 셋째와 넷째발가락 사이, 넷째와 새끼발가락 사이의 엄지발가락과 둘째발가락 사이인 태충혈에 상당하는 부위에 각 1방씩)에 좌우로 6방

복부와 허리 쪽: 관원혈에 1방, 기문혈에 1방, 수분혈에 1방, 허리의 아시혈(눌러서 압통을 느끼는 부위에 좌우 대칭으로 각각 3방씩)에 좌우로 6방

팔: 합곡혈(좌, 우)에 2방, 신문혈(좌, 우)에 2방, 곡지혈(좌, 우)

에 2방

목과 머리: 천주혈(좌, 우)에 2방, 신정혈에 1방, 사백혈(좌, 우)에 2방, 어깨 아시혈(눌러서 아픈 부위에 좌우 대칭으로 각각 3방씩)에 좌우로 6방

합계: 46방이었다.

## 최갑용의 46차 벌침 맞는 현황

다리: 족삼리혈(좌, 우)에 2방, 곤륜혈(좌, 우)에 2방, 승산혈(좌, 우)에 2방, 대돈혈(좌, 우)에 2방, 발가락 아시혈(둘째와 셋째발가락 사이, 셋째와 넷째발가락 사이, 넷째와 새끼발가락 사이의 엄지발가락과 둘째 발가락 사이인 태충혈에 상당하는 부위에 각 1방씩)에 좌우로 6방, 사타구니 아시혈(아랫배와 허벅다리가 만나는 경계선의 중앙 부위 즉 서혜부 중앙의 가래톳이 서는 부위와 그곳에서 경계선을 따라 아래로 3센티 정도 떨어진 부위, 6센티 정도 떨어진 부위에 각 1방씩)에 좌우로 6방, 허벅지 옆의 아시혈(옆으로 누웠을 때 바닥에 닿는 부위 중앙 즉 엉덩이 가운데에서 몸 밖으로 15센티 정도 떨어진 곳으로 뼈가 잘 만져지는 부위에 좌우로 각 1방씩)에 2방

복부와 허리 쪽: 관원혈에 1방, 기문혈에 1방, 수분혈에 1방, 허리의 아시혈(눌러서 압통을 느끼는 부위에 좌우 대칭으로 각각 3방씩)에 좌우로 6방

팔: 합곡혈(좌, 우)에 2방, 신문혈(좌, 우)에 2방, 곡지혈(좌, 우)에 2방

목과 머리: 천주혈(좌, 우)에 2방, 신정혈에 1방, 어깨 아시혈(눌

러서 아픈 부위에 좌우 대칭으로 각각 5방씩)에 좌우로 10방

성기벌침: 성기벌침 맞은 부위(귀두 경계선에서 몸 안쪽으로 1센티 정도 들어간 부위) 둘레를 10등분하여 10방

합계: 60방이었다.

## 양미정의 46차 벌침 맞는 현황

다리: 족삼리혈(좌, 우)에 2방, 삼음교혈(좌, 우)에 2방, 곤륜혈(좌, 우)에 2방, 중봉혈(좌, 우)에 2방, 태충혈(좌, 우)에 2방, 발등 중앙 관절 부위의 부어있는 아시혈에 좌우로 2방, 발가락 아시혈(둘째와 셋째발가락 사이, 셋째와 넷째 발가락 사이, 넷째와 새끼발가락 사이의 엄지발가락과 둘째 발가락 사이인 태충혈에 상당하는 부위에 각 1방씩)에 좌우로 6방

복부와 허리 쪽: 관원혈에 1방, 기문혈에 1방, 수분혈에 1방, 허리의 아시혈(눌러서 압통을 느끼는 부위에 좌우 대칭으로 각각 3방씩)에 좌우로 6방

팔: 신문혈(좌, 우)에 2방, 양계혈(좌, 우)에 2방, 주료혈(좌, 우)에 2방, 팔의 아시혈(곡지혈에서 팔과 몸통의 연결 부위 중 가장 높은 곳까지의 중간 부위에 좌우로 각 1방)에 2방

목과 머리: 천주혈(좌, 우)에 2방, 신정혈에 1방, 사백혈(좌, 우)에 2방, 어깨 아시혈(눌러서 아픈 부위에 좌우 대칭으로 각각 5방씩)에 좌우로 10방

합계: 50방이었다.

"성기벌침을 오늘 10방씩 남성 영웅들에게 놓아주었소. 일주일 만에 맞는 것이니 기분이 좋을 것이오. 성기벌침을 맞은 날에 부부관계를 하는 것보다 다음날이나 하루 이틀 지나서 하면 효과가 더 좋을 것이오. 너무 크면. 호호"

언젠가 손영미 영웅이 남편의 거시기가 너무 커서 불편했다고 봉만치에게 말을 했었다.

# 다발성경화증과 머리벌침

화요일에도 질병과의 전투는 계속되었다.

"몸이 불편하여 병원에 가서 사진을 찍고 검사를 했는데 아무 이상이 없다고 하는 경우가 많이 있소. 정말로 몸이 불편하여 최신 장비로 검사를 했는데도 말이오. 다발성경화증이라는 질병이 있소. 특정 부위가 신경이 마비된 것처럼 아프고 굳는 것이오. 모든 질병은 원인이 있다고 했소. 다발성경화증 역시 분명 발병 원인이 반드시 있을 것이오. 다만 사람들이 원인을 찾지 못하는 것이오. 봉만치는 이렇게 생각하고 있소. 원인을 찾을 수 없는 질병이라면 신체 사령부인 뇌혈관에 문제가 생긴 것일 수 있다고 말이오. 이런 이치라고 보오. 뇌혈관의 모세혈관에 외부 충격(스트레스 포함)이나 내부 혈액의 순도가 낮아진 원인으로 인하여 혈액이 흐르는데 지장을 받았을 경우에 신체 각 부위를 관장하는 뇌 활동에 문제가 생겨서 원인 불명으로 아프다는 것이오. 다시 말하면 특정 부위를 관장하는 뇌에 공급되는 영양분이 정상보다 적게 되어 그렇다는 것이오. 뇌세포가 열심히 일을 해야 되는데 그곳으로 영양분을 공급하는 모세혈관에 약간의 이상이 생겨 보급품이 제대로 조달되지 않아서 뇌 활동이 원만하지 못하다는 것이오. 물론 뇌혈관이 완전히 막히거나 터지거나 하면 검사장비로 쉽게 발견하게 될 것이오. 또한 뇌혈관이 확연하게 좁아지거나 변형된 경우도 그럴 것이오. 하지만 검사장비로 확인할 수 없을 정도로 미세한 변화가 뇌혈관에 있다면 어찌 되겠소. 이야기가 길어졌지만 머리벌침을 즐기면 이유여하를 막론하고 뇌혈관의 짐을 확 덜어 줄 것이오. 그러면 신체 각 부위를 관장하는 모든 뇌의 활동이 활발해져서 알 수 없는 이유로 아픈 경우가 없게 되지 않겠소. 이 봉만치가 경험한 바로는 분명히 확신할 수 있소. 대형 병원에서 포기한 사람을 벌침 마니아 생활을 하면서 머리벌침을 즐기게 하니 몸이 정상으로 돌아오는 것을 보았었소. 복싱선수들이 늙어서 치매 같은 질병에 걸릴 확률이 높다고 하오. 젊어서 머리에 강한 충격을 많이 받다보니 아마도 특정 부위의 뇌혈관에 문제가 생긴 것이 원인일 수 있소. 따라서 누구나 머리벌침을 즐기면 원인 없이 아픈 질병으로 고생하는 일을 줄일 수 있다고 보오. 원인불명의 다발성경화증 환자들 중에서 허리가 아픈 경우에 휠체어 생활을 하게 될 것이오. 그런 사람이 벌침을 즐길 때 아시혈(환부, 아픈 부위)에만 벌침을 맞아서는 효과를 보기 어려운 것이오. 질병의 원인이 될 수 있는 뇌혈관의 문제를 해결해야 호전되게 될 것이오. 벌침의 시스템적 이해가 필요한 것이오. 벌독이 혈액 속의 잡균을 다 죽이고 혈액의 점도를 확 낮추어주는 청혈작용을 하니 뇌 활동이 활발해지는 것이라오."

봉만치가 머리벌침의 중요성에 대하여 설명을 하면서 7인의 영웅들에게 벌침을 놓아주었다.

### 박소영의 47차 벌침 맞는 현황

다리: 족삼리혈(좌, 우)에 2방, 위중혈(좌, 우)에 2방, 승산혈(좌, 우)에 2방, 곤륜혈(좌, 우)에 2방, 중봉혈(좌, 우)에 2방, 태충혈(좌, 우)에 2방, 왼쪽 다리와 오른쪽 다리의 무릎 아시혈(둥근 슬개골 둘레 끝 주위를 따라 1cm 정도 밖으로 떨어진 부위를 균등하여 8방씩)에 좌우로 16방, 발목 아시혈(복사뼈 안쪽과 바깥쪽 중앙에서 발등 방향으로 각각 3cm정도 떨어진 부위에 2방씩)에 좌우로 4방

복부와 허리 쪽: 음교혈에 1방, 중완혈에 1방, 하완혈에 1방, 허리 아시혈(눌러서 압통을 느끼는 부위를 좌우 대칭으로 각각 3방씩)에 좌우로 6방, 등의 아시혈(등 가운데 부위에 등뼈를 기준하여 좌우로 3cm 정도 떨어진 부위에 각 2방씩)에 4방

팔: 양계혈(좌, 우)에 2방, 신문혈(좌, 우)에 2방, 수삼리혈(좌, 우)에 2방

목과 머리: 아문혈에 1방, 풍부혈에 1방, 후정혈에 1방, 이마 아시혈(이마의 M자 부위의 꼭지점 부위)에 5방, 어깨 아시혈(눌러서 아픈 부위에 좌우 대칭으로 각각 4방씩)에 좌우로 8방, 오른쪽 뺨 아시혈(오른쪽 뺨 가운데 부위에 있는 쌀알 크기의 사마귀가 흔적도 없이 사라짐에 따라 중단)

합계: 67방이었다.

## 김덕배의 47차 벌침 맞는 현황

다리: 족삼리혈(좌, 우)에 2방, 곤륜혈(좌, 우)에 2방, 승산혈(좌, 우)에 2방, 곡천혈(좌 우)에 2방, 발가락 아시혈(둘째, 셋째, 넷째 발가락의 엄지발가락 대돈혈에 상당하는 부위에 각 1방씩)에 좌우로 6방

복부와 허리 쪽: 음교혈에 1방, 중완혈에 1방, 하완혈에 1방, 허리 아시혈(눌러서 압통을 느끼는 부위를 좌우 대칭으로 각각 3방씩)에 좌우로 6방, 등 부위 아시혈(사마귀 3개에 각 2방씩, 사마귀가 거의 새까맣게 타들어가서 뿌리 부위에 벌침을 놓음)에 6방

팔: 양계혈(좌, 우)에 2방, 신문혈(좌, 우)에 2방, 수삼리혈(좌, 우)에 2방, 새끼손가락 아시혈(새끼손가락과 손등의 경계선 중앙에서 팔목 방향으로 2센티 정도 떨어진 부위에 좌우 각 1방씩)에 2방

목과 머리: 아문혈에 1방, 풍부혈에 1방, 후정혈에 1방, 이마 아시혈(이마의 M자 부위의 꼭지점 부위)에 5방, 어깨

아시혈(눌러서 압통을 느끼는 부위에 좌우 대칭으로 5방씩)에 좌우로 10방

합계: 55방이었다.

## 윤미령의 47차 벌침 맞는 현황

다리: 족삼리혈(좌, 우)에 2방, 승근혈(좌, 우)에 2방, 왼쪽 다리와 오른쪽 다리의 무릎 아시혈(무릎 슬개골 둘레를 기준하여 좌우상하 끝 중앙 부위에서 밖으로 1cm 정도 떨어진 부위에 각각 1방씩)에 좌우로 8방, 발가락 아시혈(둘째, 셋째, 넷째 발가락의 엄지발가락 대돈혈에 상당하는 부위에 각 1방씩)에 좌우로 6방

복부와 허리 쪽: 음교혈에 1방, 중완혈에 1방, 하완혈에 1방, 허리의 아시혈(눌러서 압통을 느끼는 부위 좌우 대칭으로 각3방씩)에 좌우로 6방

팔: 양계혈(좌, 우)에 2방, 신문혈(좌, 우)에 2방, 수삼리혈(좌, 우)에 2방

목과 머리: 아문혈에 1방, 풍부혈에 1방, 후정혈에 1방, 이마 아시혈(이마의 M자 부위의 꼭지점 부위)에 5방, 어깨 아시혈(눌러서 압통을 느끼는 부위에 좌우 대칭으로 5방씩)에 좌우로 10방

합계: 51방이었다.

## 나찬일의 47차 벌침 맞는 현황

다리: 족삼리혈(좌, 우)에 2방, 삼음교혈(좌, 우)에 2방, 위중혈(좌, 우)에 2방, 태충혈(좌, 우)에 2방, 승근혈(좌, 우)에 2방, 발가락 아시혈(둘째, 셋째, 넷째 발가락의 엄지발가락 대돈혈에 상당하는 부위에 각 1방씩)에 좌우로 6방

복부와 허리 쪽: 음교혈에 1방, 중완혈에 1방, 하완혈에 1방, 허리의 아시혈(눌러서 압통을 느끼는 부위 좌우 대칭으로 각2방씩)에 좌우로 4방, 가슴 부위와 등 부위의 아토피성 피부질환 아시혈(환부)에 각각 3방씩 6방(아토피성 피부질환 환부를 대략 3등분하여 3방씩 놓음)

팔: 양계혈(좌, 우)에 2방, 신문혈(좌, 우)에 2방, 수삼리혈(좌, 우)에 2방, 새끼손가락 아시혈(새끼손가락과 손등의 경계선 중앙에서 팔목 방향으로 2센티 정도 떨어진 부위에 좌우 각 1방씩)에 2방

목과 머리 쪽: 아문혈에 1방, 풍부혈에 1방, 후정혈에 1방, 이마 아시혈(이마의 M자 부위의 꼭지점 부위)에 5방, 어깨 아시혈(눌러서 압통을 느끼는 부위에 좌우 대칭으로 5방씩)에 좌우로 10방

합계: 55방이었다.

## 손영미의 47차 벌침 맞는 현황

다리: 족삼리혈(좌, 우)에 2방, 삼음교혈(좌, 우)에 2방, 왼쪽 다리와 오른쪽 다리의 무릎 아시혈(무릎 슬개골 둘레를 기

준하여 좌우상하 끝 중앙 부위에서 밖으로 1cm 정도 떨어진 부위에 각각 1방씩)에 좌우로 8방, 발가락 아시혈(둘째, 셋째, 넷째 발가락의 엄지발가락 대돈혈에 상당하는 부위에 각 1방씩)에 좌우로 6방

복부와 허리 쪽: 음교혈에 1방, 중완혈에 1방, 하완혈에 1방, 허리의 아시혈(눌러서 압통을 느끼는 부위에 좌우 대칭으로 각각 3방씩)에 좌우로 6방

팔: 양계혈(좌, 우)에 2방, 신문혈(좌, 우)에 2방, 수삼리혈(좌, 우)에 2방

목과 머리: 아문혈에 1방, 풍부혈에 1방, 후정혈에 1방, 이마 아시혈(이마의 M자 부위의 꼭지점 부위)에 5방, 어깨 아시혈(눌러서 아픈 부위에 좌우 대칭으로 각각 3방씩)에 좌우로 6방

합계: 47방이었다.

## 최갑용의 47차 벌침 맞는 현황

다리: 족삼리혈(좌, 우)에 2방, 중봉혈(좌, 우)에 2방, 위중혈(좌, 우)에 2방, 태충혈(좌, 우)에 2방, 발가락 아시혈(둘째, 셋째, 넷째 발가락의 엄지발가락 대돈혈에 상당하는 부위에 각 1방씩)에 좌우로 6방, 사타구니 아시혈(아랫배와 허벅다리가 만나는 경계선의 중앙 부위 즉 서혜부 중앙의 가래톳이 서는 부위와 그곳에서 경계선을 따라 아래로 3센티 정도 떨어진 부위, 6센티 정도 떨어진 부위에 각 1방씩)에 좌우로 6방, 허벅지 옆의 아시혈(옆으로 누웠을 때 바닥에 닿는 부위 중앙 즉 엉덩이 가운데에서 몸 밖으로

15센티 정도 떨어진 곳으로 뼈가 잘 만져지는 부위에 좌우로 각 1방씩)에 2방

복부와 허리 쪽: 음교혈에 1방, 중완혈에 1방, 하완혈에 1방, 허리의 아시혈(눌러서 압통을 느끼는 부위에 좌우 대칭으로 각각 3방씩)에 좌우로 6방

팔: 양계혈(좌, 우)에 2방, 신문혈(좌, 우)에 2방, 수삼리혈(좌, 우)에 2방, 새끼손가락 아시혈(새끼손가락과 손등의 경계선 중앙에서 팔목 방향으로 2센티 정도 떨어진 부위에 좌우 각 1방씩)에 2방

목과 머리: 아문혈에 1방, 풍부혈에 1방, 후정혈에 1방, 이마 아시혈(이마의 M자 부위의 꼭지점 부위)에 5방, 어깨 아시혈(눌러서 아픈 부위에 좌우 대칭으로 각각 5방씩)에 좌우로 10방

합계: 57방이었다.

## 양미정의 47차 벌침 맞는 현황

다리: 족삼리혈(좌, 우)에 2방, 승산혈(좌, 우)에 2방, 곤륜혈(좌, 우)에 2방, 중봉혈(좌, 우)에 2방, 태충혈(좌, 우)에 2방, 발등 중앙 관절 부위의 부어있는 아시혈에 좌우로 2방, 발가락 아시혈(둘째, 셋째, 넷째 발가락의 엄지발가락 대돈혈에 상당하는 부위에 각 1방씩)에 좌우로 6방

복부와 허리 쪽: 음교혈에 1방, 중완혈에 1방, 하완혈에 1방, 허리의 아시혈(눌러서 압통을 느끼는 부위에 좌우 대칭으로 각각 3방씩)에 좌우로 6방

팔: 양계혈(좌, 우)에 2방, 신문혈(좌, 우)에 2방, 수삼리혈(좌,

우)에 2방, 새끼손가락 아시혈(새끼손가락과 손등의 경계선 중앙에서 팔목 방향으로 2센티 정도 떨어진 부위에 좌우 각 1방씩)에 2방

목과 머리: 아문혈에 1방, 풍부혈에 1방, 후정혈에 1방, 이마 아시혈(이마의 M자 부위의 꼭지점 부위)에 5방, 어깨 아시혈(눌러서 아픈 부위에 좌우 대칭으로 각각 5방씩)에 좌우로 10방

합계: 53방이었다.

벌침은 아픈 원인을 찾지 못하는 질병들에도 매우 이로운 것이라고 봉만치가 다시 한 번 강조했다.

# 바이러스

수요일 질병과의 전투도 계속되었다.

"몸이 차면 바이러스성 질환에 걸리는 경우가 많소. 바이러스가 온도가 낮을 때 더 활발하게 움직여서 그럴 수도 있으나 몸이 차면 신체 면역력이 약화되어 바이러스가 공격하기 좋아서 그럴 수도 있소. 따라서 신체의 열손실을 최대한 막으면서 추위를 이겨야 하오. 사람만 그런 것이 아니라 모든 동물이 다 그렇다는 것이오. 구제역, 조류독감, 신종플루 등이 자주 나타나고 있소. 동물들은 모두 자체적으로 바이러스와 싸울 신체조건을 가지고 있다고 보오. 하지만 기온이 급격히 내려가든지 영양분을 충분히 섭취하지 못하게 되면 바이러스와 싸울 신체조건이 망가지게 되어 질병에 걸리는 것이오. 겨울철에 목도리, 마스크, 모자, 귀마개 등이 외출 시 매우 중요하다고 보오. 문에 구멍이 하나 있다면 따뜻한 방으로 찬바람이 들어오는 것을 경험하였을 것이오. 옷을 입어도 목과 입, 얼굴, 귀는 가릴 수 없으니 말이오. 신체의 열손실이 일어나는 곳이 바로 목, 입, 얼굴, 귀 부위라오. 그리고 벌침을 즐기는 것이오. 벌침은 몸에 열을 가하는 것이오. 몸이 차게 되는 것을 막아주는 역할을 하는 것이 벌침이오."

봉만치가 몸이 차지 않게 관리하는 것이 매우 중요한 것이며 벌침이 신체에 열을 가하는 역할을 하므로 누구나 벌침을 즐겨야 한다고 말하면서 7인의 영웅들에게 벌침을 놓아주었다.

### 박소영의 48차 벌침 맞는 현황

다리: 족삼리혈(좌, 우)에 2방, 위중혈(좌, 우)에 2방, 은문혈(좌, 우)에 2방, 곡천혈(좌, 우)에 2방, 곤륜혈(좌, 우)에 2방, 중봉혈(좌, 우)에 2방, 삼음교혈(좌, 우)에 2방, 대돈혈(좌, 우)에 2방, 왼쪽 다리와 오른쪽 다리의 무릎 아시혈(둥근 슬개골 둘레 끝 주위를 따라 1cm 정도 밖으로 떨어진 부위를 균등하여 8방씩)에 좌우로 16방, 발목 아시혈(복사뼈 안쪽과 바깥쪽 중앙에서 발등 방향으로 각각 3cm정도 떨어진 부위에 2방씩)에 좌우로 4방

복부와 허리 쪽: 곡골혈에 1방, 기문혈에 1방, 천추혈(좌, 우)에 2방, 건리혈에 1방, 허리 아시혈(눌러서 압통을 느끼는 부위를 좌우 대칭으로 각각 3방씩)에 좌우로 6방, 등의 아시혈(등 가운데 부위에 등뼈를 기준하여 좌우로 3cm 정도 떨어진 부

위에 각 2방씩)에 4방

팔: 합곡혈(좌, 우)에 2방, 주료혈(좌, 우)에 2방, 팔의 아시혈(곡지혈에서 팔과 몸통의 연결 부위 중 가장 높은 곳까지의 중간 부위에 좌우로 각 1방)에 2방

목과 머리: 천주혈(좌, 우)에 2방, 백회혈에 1방, 이마 아시혈(이마의 M자 부위의 선분 중앙 부위에 상당한 곳)에 4방, 어깨 아시혈(눌러서 아픈 부위에 좌우 대칭으로 각각 4방씩)에 좌우로 8방

합계: 72방이었다.

## 김덕배의 48차 벌침 맞는 현황

다리: 족삼리혈(좌, 우)에 2방, 삼음교혈(좌, 우)에 2방, 승근혈(좌, 우)에 2방, 위중혈(좌 우)에 2방, 은문혈(좌, 우)에 2방, 태충혈(좌, 우)에 2방, 대돈혈(좌, 우)에 2방, 중봉혈(좌, 우)에 2방

복부와 허리 쪽 : 곡골혈에 1방, 기문혈에 1방, 천추혈(좌, 우)에 2방, 건리혈에 1방, 허리 아시혈(눌러서 압통을 느끼는 부위를 좌우 대칭으로 각각 3방씩)에 좌우로 6방, 등 부위 아시혈(사마귀 3개에 각 2방씩, 사마귀가 거의 새까맣게 타들어가서 뿌리 부위에 벌침을 놓음)에 6방

팔: 합곡혈(좌, 우)에 2방, 주료혈(좌, 우)에 2방, 팔의 아시혈(곡지혈에서 팔과 몸통의 연결 부위 중 가장 높은 곳까지의 중간 부위에 좌우로 각 1방)에 2방

목과 머리: 천주혈(좌, 우)에 2방, 백회혈에 1방, 이마 아시혈(이

마의 M자 부위의 선분 중앙 부위에 상당한 곳)에 4방, 어깨 아시혈(눌러서 압통을 느끼는 부위에 좌우 대칭으로 5방씩)에 좌우로 10방

합계: 56방이었다.

## 윤미령의 48차 벌침 맞는 현황

다리: 족삼리혈(좌, 우)에 2방, 승산혈(좌, 우)에 2방, 삼음교혈(좌, 우)에 2방, 태충혈(좌, 우)에 2방, 대돈혈(좌, 우)에 2방, 왼쪽 다리와 오른쪽 다리의 무릎 아시혈(무릎 슬개골 둘레를 기준하여 좌우상하 끝 중앙 부위에서 밖으로 1cm 정도 떨어진 부위에 각각 1방씩)에 좌우로 8방

복부와 허리 쪽: 곡골혈에 1방, 기문혈에 1방, 천추혈(좌, 우)에 2방, 건리혈에 1방, 허리의 아시혈(눌러서 압통을 느끼는 부위 좌우 대칭으로 각3방씩)에 좌우로 6방

팔: 합곡혈(좌, 우)에 2방, 주료혈(좌, 우)에 2방, 팔의 아시혈(곡지혈에서 팔과 몸통의 연결 부위 중 가장 높은 곳까지의 중간 부위에 좌우로 각 1방)에 2방

목과 머리: 천주혈(좌, 우)에 2방, 백회혈에 1방, 이마 아시혈(이마의 M자 부위의 선분 중앙 부위에 상당한 곳)에 4방, 어깨 아시혈(눌러서 압통을 느끼는 부위에 좌우 대칭으로 5방씩)에 좌우로 10방

합계: 52방이었다.

 ## 나찬일의 48차 벌침 맞는 현황

다리: 족삼리혈(좌, 우)에 2방, 삼음교혈(좌, 우)에 2방, 곡천혈(좌, 우)에 2방, 태충혈(좌, 우)에 2방, 승산혈(좌, 우)에 2방, 곤륜혈(좌, 우)에 2방, 대돈혈(좌, 우)에 2방

복부와 허리 쪽: 곡골혈에 1방, 기문혈에 1방, 천추혈(좌, 우)에 2방, 건리혈에 1방, 허리의 아시혈(눌러서 압통을 느끼는 부위 좌우 대칭으로 각3방씩)에 좌우로 6방, 가슴 부위와 등 부위의 아토피성 피부질환 아시혈(환부)에 각각 2방씩 4방(아토피성 피부질환 환부를 대략 2등분하여 2방씩 놓음)

팔: 합곡혈(좌, 우)에 2방, 주료혈(좌, 우)에 2방, 팔의 아시혈(곡지혈에서 팔과 몸통의 연결 부위 중 가장 높은 곳까지의 중간 부위에 좌우로 각 1방)에 2방

목과 머리 쪽: 천주혈(좌, 우)에 2방, 백회혈에 1방, 이마 아시혈(이마의 M자 부위의 선분 중앙 부위에 상당한 곳)에 4방, 어깨 아시혈(눌러서 압통을 느끼는 부위에 좌우 대칭으로 5방씩)에 좌우로 10방

합계: 52방이었다.

## 손영미의 48차 벌침 맞는 현황

다리: 족삼리혈(좌, 우)에 2방, 곡천혈(좌, 우)에 2방, 태충혈(좌, 우)에 2방, 승산혈(좌, 우)에 2방, 왼쪽 다리와 오른쪽 다리의 무릎 아시혈(무릎 슬개골 둘레를 기준하여 좌우상

하 끝 중앙 부위에서 밖으로 1cm 정도 떨어진 부위에 각각 1방씩)에 좌우로 8방

복부와 허리 쪽: 곡골혈에 1방, 기문혈에 1방, 천추혈(좌, 우)에 2방, 건리혈에 1방, 허리의 아시혈(눌러서 압통을 느끼는 부위에 좌우 대칭으로 각각 3방씩)에 좌우로 6방

팔: 합곡혈(좌, 우)에 2방, 주료혈(좌, 우)에 2방, 팔의 아시혈(곡지혈에서 팔과 몸통의 연결 부위 중 가장 높은 곳까지의 중간 부위에 좌우로 각 1방)에 2방

목과 머리: 천주혈(좌, 우)에 2방, 백회혈에 1방, 이마 아시혈(이마의 M자 부위의 선분 중앙 부위에 상당한 곳)에 4방, 어깨 아시혈(눌러서 아픈 부위에 좌우 대칭으로 각각 4방씩)에 좌우로 8방

합계: 48방이었다.

## 최갑용의 48차 벌침 맞는 현황

다리: 족삼리혈(좌, 우)에 2방, 삼음교혈(좌, 우)에 2방, 승산혈(좌, 우)에 2방, 위중혈(좌 우)에 2방, 곤륜혈(좌, 우)에 2방, 은문혈(좌, 우)에 2방, 태충혈(좌, 우)에 2방, 대돈혈(좌, 우)에 2방, 중봉혈(좌, 우)에 2방

복부와 허리 쪽: 곡골혈에 1방, 기문혈에 1방, 천추혈(좌, 우)에 2방, 건리혈에 1방, 허리의 아시혈(눌러서 압통을 느끼는 부위에 좌우 대칭으로 각각 3방씩)에 좌우로 6방

팔: 합곡혈(좌, 우)에 2방, 주료혈(좌, 우)에 2방, 팔의 아시혈(곡

지혈에서 팔과 몸통의 연결 부위 중 가장 높은 곳까지의 중간 부위에 좌우로 각 1방)에 2방, 새끼손가락 아시혈(새끼손가락과 손등의 경계선 중앙에서 팔목 방향으로 2센티 정도 떨어진 부위에 좌우 각 1방씩)에 2방

목과 머리: 천주혈(좌, 우)에 2방, 백회혈에 1방, 상성혈에 1방, 이마 아시혈(이마의 M자 부위의 선분 중앙 부위에 상당한 곳)에 4방, 어깨 아시혈(눌러서 아픈 부위에 좌우 대칭으로 각각 5방씩)에 좌우로 10방

합계: 55방이었다.

## 양미정의 48차 벌침 맞는 현황

다리: 족삼리혈(좌, 우)에 2방, 승근혈(좌, 우)에 2방, 위중혈(좌, 우)에 2방, 곤륜혈(좌, 우)에 2방, 대돈혈(좌, 우)에 2방, 중봉혈(좌, 우)에 2방, 태충혈(좌, 우)에 2방, 발등 중앙 관절 부위의 부어있는 아시혈에 좌우로 2방,

복부와 허리 쪽: 곡골혈에 1방, 기문혈에 1방, 천추혈(좌, 우)에 2방, 건리혈에 1방, 허리의 아시혈(눌러서 압통을 느끼는 부위에 좌우 대칭으로 각각 3방씩)에 좌우로 6방

팔: 합곡혈(좌, 우)에 2방, 주료혈(좌, 우)에 2방, 팔의 아시혈(곡지혈에서 팔과 몸통의 연결 부위 중 가장 높은 곳까지의 중간 부위에 좌우로 각 1방)에 2방, 새끼손가락 아시혈(새끼손가락과 손등의 경계선 중앙에서 팔목 방향으로 2센티 정도 떨어진 부위에 좌우 각 1방씩)에 2방

목과 머리: 천주혈(좌, 우)에 2방, 백회혈에 1방, 이마 아시혈(이

마의 M자 부위의 선분 중앙 부위에 상당한 곳)에 4방, 어깨 아시혈(눌러서 아픈 부위에 좌우 대칭으로 각각 5방씩)에 좌우로 10방

합계: 52방이었다.

날씨가 추울 때 신체의 열손실을 최소화하려는 노력이 곧 바이러스 질환을 예방하는 길이며 평소에 벌침을 즐겨 신체에 열을 가하는 생활습관도 중요한 것이라고 봉만치는 강조했다.

# 뚜렷하게

목요일 질병과의 전투도 계속되었다. 7인의 영웅들이 질병과의 전투를 하면서 자신들이 가지고 있는 질병들이 뚜렷하게 약화되고 있는 것을 느낄 수 있었다. 우선 때깔이 살아났고, 관절염 부위 몰 찬 것이 사라지고 있었다. 사마귀 같은 것은 새까맣게 타들어 갔으며, 아토피 부위도 매끈한 피부로 변하였다. 중풍으로 탱탱하게 부어있던 팔다리 부위가 물렁하게 변하고 있으며, 눈물이 말랐던 것도 사라졌다. 입술 부르텄던 것도 말끔히 사라졌다. 밥맛도 좋아졌으며 소화도 잘 되고 있었다.

## 박소영의 49차 벌침 맞는 현황

다리: 족삼리혈(좌, 우)에 2방, 곤륜혈(좌, 우)에 2방, 중봉혈(좌, 우)에 2방, 승부혈(좌, 우)에 2방, 태충혈(좌, 우)에 2방, 왼쪽 다리와 오른쪽 다리의 무릎 아시혈(둥근 슬개골 둘레 끝 주위를 따라 1cm 정도 밖으로 떨어진 부위를 균등하여 8방씩)에 좌우로 16방, 발목 아시혈(복사뼈 안쪽과 바깥쪽 중앙에서 발등 방향으로 각각 3cm정도 떨어진 부위에 2방씩)에 좌우로 4방, 사타구니 아시혈(아랫배와 허벅다리가 만나는 경계선의 중앙 부위 즉 서혜부 중앙의 가래톳이 서는 부위와 그곳에서 경계선을 따라 아래로 3센티 정도 떨이진 부위, 6센티 정도 떨어진 부위에 각 1방씩)에 좌우로 6방

복부와 허리 쪽: 관원혈 1방, 중완혈에 1방, 배 아시혈(천추혈 아래로 3센티 떨어진 부위와 6센티 정도 떨어진 부위 그리고 9센티 정도 떨어진 부위에 좌우로 각 3방씩)에 6방

팔: 양계혈(좌, 우)에 2방, 천정혈(좌, 우)에 2방, 새끼손가락 아시혈(새끼손가락과 손등의 경계선 중앙에서 팔목 방향으로 2센티 정도 떨어진 부위에 좌우 각 1방씩)에 2방, 팔의 아시혈(곡지혈에서 팔과 몸통의 연결 부위 중 가장 높은 곳까지의 중간 부위에 좌우로 각 1방)에 2방

목과 머리: 풍지혈(좌, 우)에 2방, 전정혈에 1방, 신정혈에 1방, 양백혈(좌, 우)에 2방, 어깨 아시혈(눌러서 아픈 부위에 좌우 대칭으로 각각 5방씩)에 좌우로 10방

합계: 68방이었다.

## 김덕배의 49차 벌침 맞는 현황

다리: 족삼리혈(좌, 우)에 2방, 삼음교혈(좌, 우)에 2방, 승산혈(좌, 우)에 2방, 곡천혈(좌, 우)에 2방, 발 아시혈(둘째와 셋째발가락 사이, 셋째와 넷째발가락 사이, 넷째와 새끼 발가락 사이의 엄지발가락과 둘째 발가락 사이인 태충혈에 상당하는 부위에 각 1방씩)에 좌우로 6방

복부와 허리 쪽: 관원혈 1방, 중완혈에 1방, 배 아시혈(천추혈 아래로 3센티 떨어진 부위와 6센티 정도 떨어진 부위 그리고 9센티 정도 떨어진 부위에 좌우로 각 3방씩)에 6방, 허리 아시혈(눌러서 압통을 느끼는 부위를 좌우 대칭으로 각각 3방씩)에 좌우로 6방, 등 부위 아시혈(사마귀 3개에 각 2방씩, 사마귀가 거의 새까맣게 타 들어가서 뿌리 부위에 벌침을 놓음)에 6방

팔: 양계혈(좌, 우)에 2방, 천정혈(좌, 우)에 2방, 새끼손가락 아시혈(새끼손가락과 손등의 경계선 중앙에서 팔목 방향으로 2센티 정도 떨어진 부위에 좌우 각 1방씩)에 2방, 팔의 아시혈(곡지혈에서 팔과 몸통의 연결 부위 중 가장 높은 곳까지의 중간 부위에 좌우로 각 1방)에 2방

목과 머리: 풍지혈(좌, 우)에 2방, 전정혈에 1방, 신정혈에 1방, 양백혈(좌, 우)에 2방, 어깨 아시혈(눌러서 압통을 느끼는 부위에 좌우 대칭으로 5방씩)에 좌우로 10방

합계: 58방이었다.

## 윤미령의 49차 벌침 맞는 현황

다리: 족삼리혈(좌, 우)에 2방, 곤륜혈(좌, 우)에 2방, 왼쪽 다리와 오른쪽 다리의 무릎 아시혈(무릎 슬개골 둘레를 기준하여 좌우상하 끝 중앙 부위에서 밖으로 1cm 정도 떨어진 부위에 각각 1방씩)에 좌우로 8방, 발 아시혈(둘째와 셋째발가락 사이, 셋째와 넷째발가락 사이, 넷째와 새끼발가락 사이의 엄지발가락과 둘째 발가락 사이인 태충혈에 상당하는 부위에 각 1방씩)에 좌우로 6방

복부와 허리 쪽: 관원혈 1방, 중완혈에 1방, 배 아시혈(천추혈 아래로 3센티 떨어진 부위와 6센티 정도 떨어진 부위 그리고 9센티 정도 떨어진 부위에 좌우로 각 3방씩)에 6방

팔: 양계혈(좌, 우)에 2방, 천정혈(좌, 우)에 2방, 새끼손가락 아시혈(새끼손가락과 손등의 경계선 중앙에서 팔목 방향으로 2센티 정도 떨어진 부위에 좌우 각 1방씩)에 2방, 팔의 아시혈(곡지혈에서 팔과 몸통의 연결 부위 중 가장 높은 곳까지의 중간 부위에 좌우로 각 1방)에 2방

목과 머리: 풍지혈(좌, 우)에 2방, 전정혈에 1방, 신정혈에 1방, 양백혈(좌, 우)에 2방, 어깨 아시혈(눌러서 압통을 느끼는 부위에 좌우 대칭으로 5방씩)에 좌우로 10방

합계: 50방이었다.

## 나찬일의 49차 벌침 맞는 현황

다리: 족삼리혈(좌, 우)에 2방, 삼음교혈(좌, 우)에 2방, 곡천혈(좌, 우)에 2방, 승산혈(좌, 우)에 2방, 발 아시혈(둘째와 셋째발가락 사이, 셋째와 넷째발가락 사이, 넷째와 새끼발가락 사이의 엄지발가락과 둘째 발가락 사이인 태충혈에 상당하는 부위에 각 1방씩)에 좌우로 6방

복부와 허리 쪽: 관원혈 1방, 중완혈에 1방, 배 아시혈(천추혈 아래로 3센티 떨어진 부위와 6센티 정도 떨어진 부위 그리고 9센티 정도 떨어진 부위에 좌우로 각 3방씩)에 6방, 가슴 부위와 등 부위의 아토피성 피부질환 아시혈(환부)에 각각 2방씩 4방(아토피성 피부질환 환부를 대략 2등분하여 2방씩 놓음)

팔: 양계혈(좌, 우)에 2방, 천정혈(좌, 우)에 2방, 새끼손가락 아시혈(새끼손가락과 손등의 경계선 중앙에서 팔목 방향으로 2센티 정도 떨어진 부위에 좌우 각 1방씩)에 2방, 팔의 아시혈(곡지혈에서 팔과 몸통의 연결 부위 중 가장 높은 곳까지의 중간 부위에 좌우로 각 1방)에 2방

목과 머리 쪽: 풍지혈(좌, 우)에 2방, 전정혈에 1방, 신정혈에 1방, 양백혈(좌, 우)에 2방, 어깨 아시혈(눌러서 압통을 느끼는 부위에 좌우 대칭으로 5방씩)에 좌우로 10방

합계: 50방이었다.

## 손영미의 49차 벌침 맞는 현황

다리: 족삼리혈(좌, 우)에 2방, 곤륜혈(좌, 우)에 2방, 곡천혈(좌, 우)에 2방, 셋째와 넷째발가락 사이, 발 아시혈(둘째와 셋째발가락 사이, 셋째와 넷째발가락 사이, 넷째와 새끼발가락 사이의 엄지발가락과 둘째 발가락 사이인 태충혈에 상당하는 부위에 각 1방씩)에 좌우로 6방

복부와 허리 쪽: 관원혈 1방, 중완혈에 1방, 배 아시혈(천추혈 아래로 3센티 떨어진 부위와 6센티 정도 떨어진 부위 그리고 9센티 정도 떨어진 부위에 좌우로 각 3방씩)에 6방

팔: 양계혈(좌, 우)에 2방, 천정혈(좌, 우)에 2방, 새끼손가락 아시혈(새끼손가락과 손등의 경계선 중앙에서 팔목 방향으로 2센티 정도 떨어진 부위에 좌우 각 1방씩)에 2방, 팔의 아시혈(곡지혈에서 팔과 몸통의 연결 부위 중 가장 높은 곳까지의 중간 부위에 좌우로 각 1방)에 2방

목과 머리: 풍지혈(좌, 우)에 2방, 전정혈에 1방, 신정혈에 1방, 양백혈(좌, 우)에 2방, 어깨 아시혈(눌러서 아픈 부위에 좌우 대칭으로 각각 5방씩)에 좌우로 10방

합계: 44방이었다.

## 최갑용의 49차 벌침 맞는 현황

다리: 족삼리혈(좌, 우)에 2방, 삼음교혈(좌, 우)에 2방, 곡천혈(좌, 우)에 2방, 승근혈(좌 우)에 2방, 곤륜혈(좌, 우)에 2방, 은문혈(좌, 우)에 2방, 중봉혈(좌, 우)에 2방, 발 아시

혈(둘째와 셋째발가락 사이, 셋째와 넷째발가락 사이, 넷째와 새끼발가락 사이의 엄지발가락과 둘째 발가락 사이인 태충혈에 상당하는 부위에 각 1방씩)에 좌우로 6방

복부와 허리 쪽: 관원혈 1방, 중완혈에 1방, 배 아시혈(천추혈 아래로 3센티 떨어진 부위와 6센티 정도 떨어진 부위 그리고 9센티 정도 떨어진 부위에 좌우로 각 3방씩)에 6방

팔: 양계혈(좌, 우)에 2방, 천정혈(좌, 우)에 2방, 새끼손가락 아시혈(새끼손가락과 손등의 경계선 중앙에서 팔목 방향으로 2센티 정도 떨어진 부위에 좌우 각 1방씩)에 2방, 팔의 아시혈(곡지혈에서 팔과 몸통의 연결 부위 중 가장 높은 곳까지의 중간 부위에 좌우로 각 1방)에 2방

목과 머리: 풍지혈(좌, 우)에 2방, 전정혈에 1방, 신정혈에 1방, 양백혈(좌, 우)에 2방, 사백혈(좌, 우)에 2방, 후정혈에 1방, 어깨 아시혈(눌러서 아픈 부위에 좌우 대칭으로 각각 5방씩)에 좌우로 10방

합계: 55방이었다.

## 양미정의 49차 벌침 맞는 현황

다리: 족삼리혈(좌, 우)에 2방, 승산혈(좌, 우)에 2방, 삼음교혈(좌, 우)에 2방, 은문혈(좌, 우)에 2방, 중봉혈(좌, 우)에 2방, 발 아시혈(둘째와 셋째발가락 사이, 셋째와 넷째발가락 사이, 넷째와 새끼발가락 사이의 엄지발가락과 둘째 발가락 사이인 태충혈에 상당하는 부위에 각 1방씩)에 좌

우로 6방

복부와 허리 쪽: 관원혈 1방, 중완혈에 1방, 배 아시혈(천추혈 아래로 3센티 떨어진 부위와 6센티 정도 떨어진 부위 그리고 9센티 정도 떨어진 부위에 좌우로 각 3방씩)에 6방, 허리의 아시혈(눌러서 압통을 느끼는 부위에 좌우 대칭으로 각각 3방씩)에 좌우로 6방

팔: 양계혈(좌, 우)에 2방, 천정혈(좌, 우)에 2방, 새끼손가락 아시혈(새끼손가락과 손등의 경계선 중앙에서 팔목 방향으로 2센티 정도 떨어진 부위에 좌우 각 1방씩)에 2방, 팔의 아시혈(곡지혈에서 팔과 몸통의 연결 부위 중 가장 높은 곳까지의 중간 부위에 좌우로 각 1방)에 2방

목과 머리: 풍지혈(좌, 우)에 2방, 전정혈에 1방, 양백혈(좌, 우)에 2방, 사백혈(좌, 우)에 2방, 후정혈에 1방, 어깨 아시혈(눌러서 아픈 부위에 좌우 대칭으로 각각 5방씩)에 좌우로 10방

합계: 56방이었다.

봉만치는 7인의 영웅들의 몸 상태가 뚜렷하게 호전되는 것을 보면서 뿌듯함을 느끼며 하루하루 질병과의 전투성과를 관찰하고 있었다. 벌침의 위대함을 보면서 만족했다.

# 답답할 때

금요일 질병과의 전투도 계속되었다.

"아프긴 한데 돈은 없고 이럴 때 사람들은 답답함을 느낄 것이오. 그럴 때 자연이 준 선물인 벌침을 즐기면 그나마 위안이 될 것이오. 누구나 자유롭게 스스로 즐길 수 있는 것이 벌침이라오. 돈은 많은데 이유 없이 아픈 사람들도 벌침을 일단 즐겨야 하오. 벌침은 있는 자 없는 자 가리지 않고 즐겨야 하고 아픈 자 아프지 않은 자 가리지 말고 즐기는 것이오."

봉만치가 중얼거리면서 7인의 영웅들에게 벌침을 놓아주었다.

## 박소영의 50차 벌침 맞는 현황

다리: 족삼리혈(좌, 우)에 2방, 곤륜혈(좌, 우)에 2방, 중봉혈(좌, 우)에 2방, 은문혈(좌, 우)에 2방, 승산혈(좌, 우)에 2방, 대돈혈(좌, 우)에 2방, 왼쪽 다리와 오른쪽 다리의 무릎 아시혈(둥근 슬개골 둘레 끝 주위를 따라 1cm 정도 밖으로 떨어진 부위를 균등하여 8방씩)에 좌우로 16방, 발목 아시혈(복사뼈 안쪽과 바깥쪽 중앙에서 발등 방향으로 각각 3cm정도 떨어진 부위에 2방씩)에 좌우로 4방, 사타구니 아시혈(아랫배와 허벅다리가 만나는 경계선의 중앙 부위 즉 서혜부 중앙의 가래톳이 서는 부위와 그곳에서 경계선을 따라 아래로 3센티 정도 떨어진 부위, 6센티 정도 떨어진 부위에 각 1방씩)에 좌우로 6방

복부와 허리 쪽: 중극혈 1방, 수분혈에 1방, 배 아시혈(천추혈 아래로 3센티 떨어진 부위와 6센티 정도 떨어진 부위 그리고 9센티 정도 떨어진 부위에 좌우로 각 3방씩)에 6방

팔: 합곡혈(좌, 우)에 2방, 신문혈(좌, 우)에 2방, 곡지혈(좌, 우)에 2방, 새끼손가락 아시혈(새끼손가락과 손등의 경계선 중앙에서 팔목 방향으로 2센티 정도 떨어진 부위에 좌우 각 1방씩)에 2방

목과 머리: 아문혈에 1방, 백회혈에 1방, 머리 아시혈(후정혈에서 목 방향으로 3센티 정도 떨어진 부위)에 1방, 이마 아시혈(이마의 M자의 양 끝단 부위에 상당하는 관자놀이 주위로 각 1방씩)에 좌우로 2방, 어깨 아시혈(눌러서 압통을 느끼는 부위에 좌우 대칭으로

5방씩)에 좌우로 10방

합계: 69방이었다.

## 김덕배의 50차 벌침 맞는 현황

다리: 족삼리혈(좌, 우)에 2방, 곤륜혈(좌, 우)에 2방, 승근혈(좌, 우)에 2방, 위중혈(좌, 우)에 2방, 발가락 아시혈(모든 발가락 끝 부위 중앙 부위에 각 1방씩)에 좌우로 10방

복부와 허리 쪽: 중극혈 1방, 수분혈에 1방, 배 아시혈(천추혈 아래로 3센티 떨어진 부위와 6센티 정도 떨어진 부위 그리고 9센티 정도 떨어진 부위에 좌우로 각 3방씩)에 6방, 허리 아시혈(눌러서 압통을 느끼는 부위를 좌우 대칭으로 각각 3방씩)에 좌우로 6방, 등 부위 아시혈(사마귀 3개에 각 2방씩, 사마귀가 거의 새까맣게 타들어가서 뿌리 부위에 벌침을 놓음)에 6방

팔: 합곡혈(좌, 우)에 2방, 신문혈(좌, 우)에 2방, 곡지혈(좌, 우)에 2방, 새끼손가락 아시혈(새끼손가락과 손등의 경계선 중앙에서 팔목 방향으로 2센티 정도 떨어진 부위에 좌우 각 1방씩)에 2방

목과 머리: 아문혈에 1방, 백회혈에 1방, 머리 아시혈(후정혈에서 목 방향으로 3센티 정도 떨어진 부위)에 1방, 이마 아시혈(이마의 M자의 양 끝단 부위에 상당하는 관자놀이 주위로 각 1방씩)에 좌우로 2방, 어깨 아시혈(눌러서 압통을 느끼는 부위에 좌우 대칭으로 5방씩)에 좌우로 10방

합계: 61방이었다.

## 윤미령의 50차 벌침 맞는 현황

다리: 족삼리혈(좌, 우)에 2방, 곤륜혈(좌, 우)에 2방, 삼음교혈(좌, 우)에 2방, 승산혈(좌, 우)에 2방, 발가락 아시혈(모든 발가락 끝 부위 중앙 부위에 각 1방씩)에 좌우로 10방

복부와 허리 쪽 : 중극혈 1방, 수분혈에 1방, 배 아시혈(천추혈 아래로 3센티 떨어진 부위와 6센티 정도 떨어진 부위 그리고 9센티 정도 떨어진 부위에 좌우로 각 3방씩)에 6방

팔: 합곡혈(좌, 우)에 2방, 신문혈(좌, 우)에 2방, 곡지혈(좌, 우)에 2방, 새끼손가락 아시혈(새끼손가락과 손등의 경계선 중앙에서 팔목 방향으로 2센티 정도 떨어진 부위에 좌우 각 1방씩)에 2방

목과 머리: 아문혈에 1방, 백회혈에 1방, 머리 아시혈(후성혈에서 목 방향으로 3센티 정도 떨어진 부위)에 1방, 이마 아시혈(이마의 M자의 양 끝단 부위에 상당하는 관자놀이 주위로 각 1방씩)에 좌우로 2방, 어깨 아시혈(눌러서 압통을 느끼는 부위에 좌우 대칭으로 5방씩)에 좌우로 10방

합계: 49방이었다.

## 나찬일의 50차 벌침 맞는 현황

다리: 족삼리혈(좌, 우)에 2방, 중봉혈(좌, 우)에 2방, 곤륜혈(좌, 우)에 2방, 승근혈(좌, 우)에 2방, 발가락 아시혈(모든 발가락 끝 부위 중앙 부위에 각 1방씩)에 좌우로 10방

복부와 허리 쪽: 중극혈 1방, 수분혈에 1방, 배 아시혈(천추혈 아래로 3센티 떨어진 부위와 6센티 정도 떨어진 부위 그리고 9센티 정도 떨어진 부위에 좌우로 각 3방씩)에 6방, 가슴 부위와 등 부위의 아토피성 피부질환 아시혈(환부)에 각각 2방씩 4방(아토피성 피부질환 환부를 대략 2등분하여 2방씩 놓음)

팔: 합곡혈(좌, 우)에 2방, 신문혈(좌, 우)에 2방, 곡지혈(좌, 우)에 2방, 새끼손가락 아시혈(새끼손가락과 손등의 경계선 중앙에서 팔목 방향으로 2센티 정도 떨어진 부위에 좌우 각 1방씩)에 2방

목과 머리 쪽: 아문혈에 1방, 백회혈에 1방, 머리 아시혈(후정혈에서 목 방향으로 3센티 정도 떨어진 부위)에 1방, 이마 아시혈(이마의 M자의 양 끝단 부위에 상당하는 관자놀이 주위로 각 1방씩)에 좌우로 2방, 어깨 아시혈(눌러서 압통을 느끼는 부위에 좌우 대칭으로 5방씩)에 좌우로 10방

합계: 53방이었다.

## 손영미의 50차 벌침 맞는 현황

다리: 족삼리혈(좌, 우)에 2방, 삼음교혈(좌, 우)에 2방, 승산혈(좌, 우)에 2방, 셋째와 넷째발가락 사이, 발가락 아시혈(모든 발가락 끝 부위 중앙 부위에 각 1방씩)에 좌우로 10방

복부와 허리 쪽: 중극혈 1방, 수분혈에 1방, 배 아시혈(천추혈 아래로 3센티 떨어진 부위와 6센티 정도 떨어진 부위 그리고 9센티 정도 떨어진 부위에 좌우로 각 3방씩)에 6방

팔: 합곡혈(좌, 우)에 2방, 신문혈(좌, 우)에 2방, 곡지혈(좌, 우)에 2방, 새끼손가락 아시혈(새끼손가락과 손등의 경계선 중앙에서 팔목 방향으로 2센티 정도 떨어진 부위에 좌우 각 1방씩)에 2방

목과 머리 쪽: 아문혈에 1방, 백회혈에 1방, 머리 아시혈(후정혈에서 목 방향으로 3센티 정도 떨어진 부위)에 1방, 이마 아시혈(이마의 M자의 양 끝단 부위에 상당하는 관자놀이 주위로 각 1방씩)에 좌우로 2방, 어깨 아시혈(눌러서 아픈 부위에 좌우 대칭으로 각각 5방씩)에 좌우로 10방

합계: 47방이었다.

## 최갑용의 50차 벌침 맞는 현황

다리: 족삼리혈(좌, 우)에 2방, 삼음교혈(좌, 우)에 2방, 위중혈(좌, 우)에 2방, 승산혈(좌 우)에 2방, 곤륜혈(좌, 우)에 2방, 중봉혈(좌, 우)에 2방, 태충혈(좌, 우)에 2방, 발가락

아시혈(모든 발가락 끝 부위 중앙 부위에 각 1방씩)에 좌우로 10방

복부와 허리 쪽: 중극혈 1방, 수분혈에 1방, 배 아시혈(천추혈 아래로 3센티 떨어진 부위와 6센티 정도 떨어진 부위 그리고 9센티 정도 떨어진 부위에 좌우로 각 3방씩)에 6방, 허리 아시혈(눌러서 압통을 느끼는 부위를 좌우 대칭으로 각각 3방씩)에 좌우로 6방

팔: 합곡혈(좌, 우)에 2방, 신문혈(좌, 우)에 2방, 곡지혈(좌, 우)에 2방, 새끼손가락 아시혈(새끼손가락과 손등의 경계선 중앙에서 팔목 방향으로 2센티 정도 떨어진 부위에 좌우 각 1방씩)에 2방

목과 머리: 아문혈에 1방, 백회혈에 1방, 머리 아시혈(후정혈에서 목 방향으로 3센티 정도 떨어진 부위)에 1방, 이마 아시혈(이마의 M자의 양 끝단 부위에 상당하는 관자놀이 주위로 각 1방씩)에 좌우로 2방, 어깨 아시혈(눌러서 아픈 부위에 좌우 대칭으로 각각 5방씩)에 좌우로 10방

합계: 61방이었다.

## 양미정의 50차 벌침 맞는 현황

다리: 족삼리혈(좌, 우)에 2방, 승근혈(좌, 우)에 2방, 삼음교혈(좌, 우)에 2방, 곤륜혈(좌, 우)에 2방, 중봉혈(좌, 우)에 2방, 곡천혈(좌, 우)에 2방, 발가락 아시혈(모든 발가락 끝 부위 중앙 부위에 각 1방씩)에 좌우로 10방

복부와 허리 쪽: 중극혈 1방, 수분혈에 1방, 배 아시혈(천추혈 아래로 3센티 떨어진 부위와 6센티 정도 떨어진 부위 그리고 9센티 정도 떨어진 부위에 좌우로 각 3방씩)에 6방, 허리의 아시혈(눌러서 압통을 느끼는 부위에 좌우 대칭으로 각각 3방씩)에 좌우로 6방

팔: 합곡혈(좌, 우)에 2방, 신문혈(좌, 우)에 2방, 곡지혈(좌, 우)에 2방, 새끼손가락 아시혈(새끼손가락과 손등의 경계선 중앙에서 팔목 방향으로 2센티 정도 떨어진 부위에 좌우 각 1방씩)에 2방

목과 머리: 아문혈에 1방, 백회혈에 1방, 머리 아시혈(후정혈에서 목 방향으로 3센티 정도 떨어진 부위)에 1방, 이마 아시혈(이마의 M자의 양 끝단 부위에 상당하는 관자놀이 주위로 각 1방씩)에 좌우로 2방, 어깨 아시혈(눌러서 아픈 부위에 좌우 대칭으로 각각 5방씩)에 좌우로 10방

합계: 59방이었나.

봉만치가 7인의 영웅들과 함께 질병과의 전투를 벌이면서 자신의 양 어깨 부위에 벌침을 5방 정도씩 맞는 날이 잦아들었다. 벌침 마릿수 증가가 원인이었다.

# 욕창

토요일 질병과의 전투도 계속되었다.

"장기간 병상에 누워 있다면 바닥과 닿는 부위에 욕창이 날 것이오. 체중에 의한 압력이 특정 부위에 작용하여 그 부위에 혈액순환이 원활하지 않아서 생기는 것이오. 그럴 경우에 벌침을 환부에 즐기면 문제가 풀릴 것이오. 그런데 문제가 있소. 반드시 신체 벌침 적응 훈련을 마치고 난 후에 환부 벌침을 즐길 수 있다는 것이오. 그렇지 않으면 벌침을 맞을 수 없을 것이오."

봉만치가 중얼거리면서 7인의 영웅들에게 벌침을 놓아주었다.

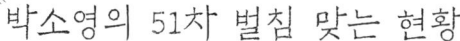
## 박소영의 51차 벌침 맞는 현황

다리: 족삼리혈(좌, 우)에 2방, 곤륜혈(좌, 우)에 2방, 중봉혈(좌, 우)에 2방, 위중혈(좌, 우)에 2방, 승근혈(좌, 우)에 2방, 태충혈(좌, 우)에 2방, 왼쪽 다리와 오른쪽 다리의 무릎 아시혈(둥근 슬개골 둘레 끝 주위를 따라 1cm 정도 밖으로 떨어진 부위를 균등하여 8방씩)에 좌우로 16방, 발목 아시혈(복사뼈 안쪽과 바깥쪽 중앙에서 발등 방향으로 각각 3cm정도 떨어진 부위에 2방씩)에 좌우로 4방, 발가락 아시혈(둘째, 셋째, 넷째 발가락의 엄지발가락 대돈혈에 상당하는 부위에 각 1방씩)에 좌우로 6방

복부와 허리 쪽: 곡골혈 1방, 석문혈에 1방, 천추혈(좌, 우)에 2방, 하완혈에 1방, 중완혈에 1방

팔: 양계혈(좌, 우)에 2방, 신문혈(좌, 우)에 2방, 수삼리혈(좌, 우)에 2방, 새끼손가락 아시혈(새끼손가락과 손등의 경계선 중앙에서 팔목 방향으로 2센티 정도 떨어진 부위에 좌우 각 1방씩)에 2방

목과 머리: 풍부혈에 1방, 신회혈에 1방, 신정혈에 1방, 턱 부위 아시혈(턱 끝 중앙 부위에서 목으로 3센티 정도 떨어진 부위와 그곳에서 좌우로 3센티 정도 떨어진 부위에 각 1방씩)에 3방, 어깨 아시혈(눌러서 압통을 느끼는 부위에 좌우 대칭으로 5방씩)에 좌우로 10방

합계: 68방이었다.

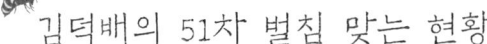
## 김덕배의 51차 벌침 맞는 현황

다리: 족삼리혈(좌, 우)에 2방, 삼음교혈(좌, 우)에 2방, 곤륜혈(좌, 우)에 2방, 승산혈(좌, 우)에 2방, 곡천혈(좌, 우)에 2방, 발가락 아시혈(둘째, 셋째, 넷째 발가락의 엄지발가락 대돈혈에 상당하는 부위에 각 1방씩)에 좌우로 6방

복부와 허리 쪽: 곡골혈 1방, 석문혈에 1방, 천추혈(좌, 우)에 2방, 하완혈에 1방, 중완혈에 1방, 등 부위 아시혈(사마귀 3개에 각 2방씩, 사마귀가 거의 새까맣게 타들어가서 뿌리 부위에 벌침을 놓음)에 6방

팔: 양계혈(좌, 우)에 2방, 신문혈(좌, 우)에 2방, 수삼리혈(좌, 우)에 2방, 새끼손가락 아시혈(새끼손가락과 손등의 경계선 중앙에서 팔목 방향으로 2센티 정도 떨어진 부위에 좌우 각 1방씩)에 2방

목과 머리: 풍부혈에 1방, 신회혈에 1방, 후정혈에 1방, 머리 아시혈(귀와 머리의 경계선 중에서 가장 위쪽에서 백회혈 방향으로 3센티 정도 떨어진 부위에 좌우에 각 1방씩)에 2방, 이마 아시혈(이마의 M자 부위의 꼭지점 부위)에 5방, 어깨 아시혈(눌러서 압통을 느끼는 부위에 좌우 대칭으로 5방씩)에 좌우로 10방

합계: 56방이었다.

## 윤미령의 51차 벌침 맞는 현황

다리: 족삼리혈(좌, 우)에 2방, 승산혈(좌, 우)에 2방, 삼음교혈(좌, 우)에 2방, 위중혈(좌, 우)에 2방, 발가락 아시혈(둘째, 셋째, 넷째 발가락의 엄지발가락 대돈혈에 상당하는 부위에 각 1방씩)에 좌우로 6방

복부와 허리 쪽: 곡골혈 1방, 석문혈에 1방, 천추혈(좌, 우)에 2방, 하완혈에 1방, 중완혈에 1방

팔: 양계혈(좌, 우)에 2방, 신문혈(좌, 우)에 2방, 수삼리혈(좌, 우)에 2방, 새끼손가락 아시혈(새끼손가락과 손등의 경계선 중앙에서 팔목 방향으로 2센티 정도 떨어진 부위에 좌우 각 1방씩)에 2방

목과 머리: 풍부혈에 1방, 신회혈에 1방, 신정혈에 1방, 머리 아시혈(귀와 머리의 경계선 중에서 가장 위쪽에서 백회혈 방향으로 3센티 정도 떨어진 부위에 좌우에 각 1방씩)에 2방, 턱 부위 아시혈(턱 끝 중앙 부위에서 목으로 3센티 정도 떨어진 부위와 그곳에서 좌우로 3센티 정도 떨어진 부위에 각 1방씩)에 3방, 어깨 아시혈(눌러서 압통을 느끼는 부위에 좌우 대칭으로 5방씩)에 좌우로 10방

합계: 46방이었다.

## 나찬일의 51차 벌침 맞는 현황

다리: 족삼리혈(좌, 우)에 2방, 승산혈(좌, 우)에 2방, 태충혈(좌, 우)에 2방, 위중혈(좌, 우)에 2방, 발가락 아시혈(둘째, 셋

째, 넷째 발가락의 엄지발가락 대돈혈에 상당하는 부위에 각 1방씩)에 좌우로 6방

복부와 허리 쪽: 곡골혈 1방, 석문혈에 1방, 천추혈(좌, 우)에 2방, 하완혈에 1방, 중완혈에 1방, 가슴 부위와 등 부위의 아토피성 피부질환 아시혈(환부)에 각각 2방씩 4방(아토피성 피부질환 환부를 대략 2등분하여 2방씩 놓음)

팔: 양계혈(좌, 우)에 2방, 신문혈(좌, 우)에 2방, 수삼리혈(좌, 우)에 2방, 새끼손가락 아시혈(새끼손가락과 손등의 경계선 중앙에서 팔목 방향으로 2센티 정도 떨어진 부위에 좌우 각 1방씩)에 2방

목과 머리 쪽: 풍부혈에 1방, 신회혈에 1방, 후정혈에 1방, 머리 아시혈(귀와 머리의 경계선 중에서 가장 위쪽에서 백회혈 방향으로 3센티 정도 떨어진 부위에 좌우에 각 1방씩)에 2방, 이마 아시혈(이마의 M자 부위의 꼭지점 부위)에 5방, 어깨 아시혈(눌러서 압통을 느끼는 부위에 좌우 대칭으로 5방씩)에 좌우로 10방

합계: 52방이었다.

## 손영미의 51차 벌침 맞는 현황

다리: 족삼리혈(좌, 우)에 2방, 곤륜혈(좌, 우)에 2방, 삼음교혈(좌, 우)에 2방, 위중혈(좌, 우)에 2방, 셋째와 넷째발가락 사이, 발가락 아시혈(둘째, 셋째, 넷째 발가락의 엄지발가락 대돈혈에 상당하는 부위에 각 1방씩)에 좌우로 6방

복부와 허리 쪽: 곡골혈 1방, 석문혈에 1방, 천추혈(좌, 우)에 2방, 하완혈에 1방, 중완혈에 1방

팔: 양계혈(좌, 우)에 2방, 신문혈(좌, 우)에 2방, 수삼리혈(좌, 우)에 2방, 새끼손가락 아시혈(새끼손가락과 손등의 경계선 중앙에서 팔목 방향으로 2센티 정도 떨어진 부위에 좌우 각 1방씩)에 2방

목과 머리 쪽: 풍부혈에 1방, 신회혈에 1방, 신정혈에 1방, 머리 아시혈(귀와 머리의 경계선 중에서 가장 위쪽에서 백회혈 방향으로 3센티 정도 떨어진 부위에 좌우에 각 1방씩)에 2방, 턱 부위 아시혈(턱 끝 중앙 부위에서 목으로 3센티 정도 떨어진 부위와 그곳에서 좌우로 3센티 정도 떨어진 부위에 각 1방씩)에 3방, 어깨 아시혈(눌러서 아픈 부위에 좌우 대칭으로 각각 5방씩)에 좌우로 10방

합계: 46방이었다.

## 최갑용의 51차 벌침 맞는 현황

다리: 족삼리혈(좌, 우)에 2방, 삼음교혈(좌, 우)에 2방, 곡천혈(좌, 우)에 2방, 승근혈(좌 우)에 2방, 곤륜혈(좌, 우)에 2방, 위중혈(좌, 우)에 2방, 태충혈(좌, 우)에 2방, 발가락 아시혈(둘째, 셋째, 넷째 발가락의 엄지발가락 대돈혈에 상당하는 부위에 각 1방씩)에 좌우로 6방

복부와 허리 쪽: 곡골혈 1방, 석문혈에 1방, 천추혈(좌, 우)에 2방, 하완혈에 1방, 중완혈에 1방, 허리 아시혈(눌러서 압통을 느끼는 부위를 좌우 대칭으로

각각 3방씩)에 좌우로 6방

팔: 양계혈(좌, 우)에 2방, 신문혈(좌, 우)에 2방, 수삼리혈(좌, 우)에 2방, 새끼손가락 아시혈(새끼손가락과 손등의 경계선 중앙에서 팔목 방향으로 2센티 정도 떨어진 부위에 좌우 각 1방씩)에 2방

목과 머리: 풍부혈에 1방, 신회혈에 1방, 후정혈에 1방, 머리 아시혈(귀와 머리의 경계선 중에서 가장 위쪽에서 백회혈 방향으로 3센티 정도 떨어진 부위에 좌우에 각 1방씩)에 2방, 이마 아시혈(이마의 M자 부위의 꼭지점 부위에) 5방, 어깨 아시혈(눌러서 아픈 부위에 좌우 대칭으로 각각 5방씩)에 좌우로 10방

합계: 60방이었다.

## 양미정의 51차 벌침 맞는 현황

다리: 족삼리혈(좌, 우)에 2방, 위중혈(좌, 우)에 2방, 삼음교혈(좌, 우)에 2방, 곤륜혈(좌, 우)에 2방, 중봉혈(좌, 우)에 2방, 태충혈(좌, 우)에 2방, 발가락 아시혈(둘째, 셋째, 넷째 발가락의 엄지발가락 대돈혈에 상당하는 부위에 각 1방씩)에 좌우로 6방

복부와 허리 쪽: 곡골혈 1방, 석문혈에 1방, 천추혈(좌, 우)에 2방, 하완혈에 1방, 중완혈에 1방, 허리의 아시혈(눌러서 압통을 느끼는 부위에 좌우 대칭으로 각각 3방씩)에 좌우로 6방

팔: 양계혈(좌, 우)에 2방, 신문혈(좌, 우)에 2방, 수삼리혈(좌, 우)에 2방, 새끼손가락 아시혈(새끼손가락과 손등의 경계선

중앙에서 팔목 방향으로 2센티 정도 떨어진 부위에 좌우 각 1방씩)에 2방

목과 머리: 풍부혈에 1방, 신회혈에 1방, 신정혈에 1방, 머리 아시혈(귀와 머리의 경계선 중에서 가장 위쪽에서 백회혈 방향으로 3센티 정도 떨어진 부위에 좌우에 각 1방씩)에 2방, 턱 부위 아시혈(턱 끝 중앙 부위에서 목으로 3센티 정도 떨어진 부위와 그곳에서 좌우로 3센티 정도 떨어진 부위에 각 1방씩)에 3방, 어깨 아시혈(눌러서 아픈 부위에 좌우 대칭으로 각각 5방씩)에 좌우로 10방

합계: 56방이었다.

봉만치와 7인의 영웅들은 질병과의 전투를 마치고 가까운 식당으로 이동하여 늦은 점심을 먹었다. 모두가 전투성과에 만족하고 있었다.

# 화농

새로운 월요일이 되었다. 여느 때와 마찬가지로 봉만치와 7인의 영웅들은 질병과의 전투를 계속하였다.

"성기벌침을 즐기다보면 좁쌀만 한 화농이 생기는 경우가 있을 것이오. 성기벌침을 즐기는 남성들에게는 병가지상사와 같은 일일 것이오. 성기벌침을 너무 자주 즐길 때 그런 일이 일어날 수 있으며 또한 침을 오래도록 꽂아놓을 경우에도 자주 생길 수 있소. 화농 발생을 막으려면 성기벌침을 즐기는 것을 자주 하지 말고 일주일이나 열흘 아니면 보름에 한 번 정도로 즐기는 것이오. 대신에 벌침 마릿수를 10~15마리 정도로 즐기면 편리할 것이오. 물론 성기벌침을 즐길 수 있는 몸이 만들어졌을 때 말이오. 그러니깐 성기벌침 절차를 지켜서 몸을 만든 다음에 그렇게 하라는 것이오. 그리고 성기벌침을 맞은 후에 성기를 비눗물로 씻어주면 좋을 것이오. 화농이 발생하면 소독해주면 쉽게 사라질 것이고 자주 맞아서 그렇다면 벌침을 중단하고 며칠 지나면 저절로 사라지게 된다오."

봉만치가 성기벌침을 즐길 때 발생하는 화농에 대하여 말해주면서 7인의 영웅들에게 벌침을 놓아주었다.

### 박소영의 52차 벌침 맞는 현황

다리: 족삼리혈(좌, 우)에 2방, 곤륜혈(좌, 우)에 2방, 중봉혈(좌, 우)에 2방, 위중혈(좌, 우)에 2방, 승산혈(좌, 우)에 2방, 곡천혈(좌, 우)에 2방, 태충혈(좌, 우)에 2방, 왼쪽 다리와 오른쪽 다리의 무릎 아시혈(둥근 슬개골 둘레 끝 주위를 따라 1cm 정도 밖으로 떨어진 부위를 균등하여 8방씩)에 좌우로 16방, 발목 아시혈(복사뼈 안쪽과 바깥쪽 중앙에서 발등 방향으로 각각 3cm정도 떨어진 부위에 2방씩)에 좌우로 4방, 사타구니 아시혈(아랫배와 허벅다리가 만나는 경계선의 중앙 부위 즉 서혜부 중앙의 가래톳이 서는 부위와 그곳에서 경계선을 따라 아래로 3센티 정도 떨어진 부위, 6센티 정도 떨어진 부위에 각 1방씩)에 좌우로 6방

복부와 허리 쪽: 중극혈 1방, 기문혈에 1방, 수분혈에 1방, 건리혈에 1방

팔: 합곡혈(좌, 우)에 2방, 주료혈(좌, 우)에 2방, 새끼손가락 아시혈(새끼손가락과 손등의 경계선 중앙에서 팔목 방향으로 2센티 정도 떨어진 부위에 좌우 각 1방씩)에 2방

목과 머리: 천주혈(좌, 우)에 2방, 백회혈에 1방, 상성혈에 1방,

머리 아시혈(귀와 머리의 경계선 중에서 가장 위쪽에서 백회혈 방향으로 3센티 정도 떨어진 부위에 좌우에 각 1방씩)에 2방, 어깨 아시혈(눌러서 압통을 느끼는 부위에 좌우 대칭으로 5방씩)에 좌우로 10방

합계: 66방이었다.

##  김덕배의 52차 벌침 맞는 현황

다리: 족삼리혈(좌, 우)에 2방, 삼음교혈(좌, 우)에 2방, 곤륜혈(좌, 우)에 2방, 위중혈(좌, 우)에 2방, 곡천혈(좌, 우)에 2방, 태충혈(좌, 우)에 2방

복부와 허리 쪽: 중극혈 1방, 기문혈에 1방, 수분혈에 1방, 건리혈에 1방, 허리 아시혈(눌러서 압통을 느끼는 부위를 좌우 대칭으로 각각 3방씩)에 좌우로 6방, 등 부위 아시혈(사마귀 3개에 각 2방씩, 사마귀가 거의 새까맣게 타들어가서 뿌리 부위에 벌침을 놓음)에 6방

팔: 합곡혈(좌, 우)에 2방, 주료혈(좌, 우)에 2방, 새끼손가락 아시혈(새끼손가락과 손등의 경계선 중앙에서 팔목 방향으로 2센티 정도 떨어진 부위에 좌우 각 1방씩)에 2방

목과 머리: 천주혈(좌, 우)에 2방, 백회혈에 1방, 머리 아시혈(머리 부위를 검지로 눌러서 움푹 들어가는 곳, 함하점)에 1방, 어깨 아시혈(눌러서 압통을 느끼는 부위에 좌우 대칭으로 5방씩)에 좌우로 10방

성기벌침: 성기벌침 맞은 부위(귀두 경계선에서 몸 안쪽으로 1센티 정도 들어간 부위) 둘레를 10등분하여 10방

합계: 58방이었다.

## 윤미령의 52차 벌침 맞는 현황

다리: 족삼리혈(좌, 우)에 2방, 곤륜혈(좌, 우)에 2방, 삼음교혈(좌, 우)에 2방, 태충혈(좌, 우)에 2방, 왼쪽 다리와 오른쪽 다리의 무릎 아시혈(무릎 슬개골 둘레를 기준하여 좌우 상하 끝 중앙 부위에서 밖으로 1cm 정도 떨어진 부위에 각각 1방씩)에 좌우로 8방

복부와 허리 쪽: 중극혈 1방, 기문혈에 1방, 수분혈에 1방, 건리혈에 1방, 허리 아시혈(눌러서 압통을 느끼는 부위를 좌우 대칭으로 각각 3방씩)에 좌우로 6방

팔: 합곡혈(좌, 우)에 2방, 주료혈(좌, 우)에 2방, 새끼손가락 아시혈(새끼손가락과 손등의 경계선 중앙에서 팔목 방향으로 2센티 징도 떨어진 부위에 좌우 각 1방씩)에 2방

목과 머리: 천주혈(좌, 우)에 2방, 백회혈에 1방, 머리 아시혈(머리 부위를 검지로 눌러서 움푹 들어가는 곳, 함하점)에 1방, 어깨 아시혈(눌러서 압통을 느끼는 부위에 좌우 대칭으로 5방씩)에 좌우로 10방

합계: 46방이었다.

## 나찬일의 52차 벌침 맞는 현황

다리: 족삼리혈(좌, 우)에 2방, 삼음교혈(좌, 우)에 2방, 곤륜혈(좌, 우)에 2방, 대돈혈(좌, 우)에 2방, 왼쪽 다리와 오른

쪽 다리의 무릎 아시혈(무릎 슬개골 둘레를 기준하여 좌우상하 끝 중앙 부위에서 밖으로 1cm 정도 떨어진 부위에 각각 1방씩)에 좌우로 8방

복부와 허리 쪽: 중극혈 1방, 기문혈에 1방, 수분혈에 1방, 건리혈에 1방, 가슴 부위와 등 부위의 아토피성 피부질환 아시혈(환부)에 각각 2방씩 4방(아토피성 피부질환 환부를 대략 2등분하여 2방씩 놓음)

팔: 합곡혈(좌, 우)에 2방, 주료혈(좌, 우)에 2방, 새끼손가락 아시혈(새끼손가락과 손등의 경계선 중앙에서 팔목 방향으로 2센티 정도 떨어진 부위에 좌우 각 1방씩)에 2방

목과 머리 쪽: 천주혈(좌, 우)에 2방, 백회혈에 1방, 머리 아시혈(머리 부위를 검지로 눌러서 움푹 들어가는 곳, 함하점)에 1방, 어깨 아시혈(눌러서 압통을 느끼는 부위에 좌우 대칭으로 5방씩)에 좌우로 10방

성기벌침: 성기벌침 맞은 부위(귀두 경계선에서 몸 안쪽으로 1센티 정도 들어간 부위) 둘레를 10등분하여 10방

합계: 54방이었다.

## 손영미의 52차 벌침 맞는 현황

다리: 족삼리혈(좌, 우)에 2방, 승산혈(좌, 우)에 2방, 삼음교혈(좌, 우)에 2방, 태충혈(좌, 우)에 2방, 왼쪽 다리와 오른쪽 다리의 무릎 아시혈(무릎 슬개골 둘레를 기준하여 좌우상하 끝 중앙 부위에서 밖으로 1cm 정도 떨어진 부위에 각각 1방씩)에 좌우로 8방

복부와 허리 쪽: 중극혈 1방, 기문혈에 1방, 수분혈에 1방, 건리혈에 1방, 허리 아시혈(눌러서 압통을 느끼는 부위를 좌우 대칭으로 각각 3방씩)에 좌우로 6방

팔: 합곡혈(좌, 우)에 2방, 주료혈(좌, 우)에 2방, 새끼손가락 아시혈(새끼손가락과 손등의 경계선 중앙에서 팔목 방향으로 2센티 정도 떨어진 부위에 좌우 각 1방씩)에 2방

목과 머리 쪽: 천주혈(좌, 우)에 2방, 백회혈에 1방, 머리 아시혈(머리 부위를 검지로 눌러서 움푹 들어가는 곳, 함하점)에 1방, 어깨 아시혈(눌러서 아픈 부위에 좌우 대칭으로 각각 5방씩)에 좌우로 10방

합계: 46방이었다.

## 최갑용의 52차 벌침 맞는 현황

다리: 족삼리혈(좌, 우)에 2방, 삼음교혈(좌, 우)에 2방, 은문혈(좌, 우)에 2방, 승산혈(좌, 우)에 2방, 곤륜혈(좌, 우)에 2방, 위중혈(좌, 우)에 2방, 대돈혈(좌, 우)에 2방

복부와 허리 쪽: 중극혈 1방, 기문혈에 1방, 수분혈에 1방, 건리혈에 1방, 허리 아시혈(눌러서 압통을 느끼는 부위를 좌우 대칭으로 각각 3방씩)에 좌우로 6방

팔: 합곡혈(좌, 우)에 2방, 주료혈(좌, 우)에 2방, 곡지혈(좌, 우)에 2방, 새끼손가락 아시혈(새끼손가락과 손등의 경계선 중앙에서 팔목 방향으로 2센티 정도 떨어진 부위에 좌우 각 1방씩)에 2방

목과 머리: 천주혈(좌, 우)에 2방, 백회혈에 1방, 신정혈에 1방, 머리 아시혈(머리 부위를 검지로 눌러서 움푹 들어

가는 곳, 함하점)에 1방, 어깨 아시혈(눌러서 아픈 부위에 좌우 대칭으로 각각 5방씩)에 좌우로 10방

성기벌침: 성기벌침 맞은 부위(귀두 경계선에서 몸 안쪽으로 1센티 정도 들어간 부위) 둘레를 10등분하여 10방

합계: 57방이었다.

## 양미정의 52차 벌침 맞는 현황

다리: 족삼리혈(좌, 우)에 2방, 승산혈(좌, 우)에 2방, 삼음교혈(좌, 우)에 2방, 곤륜혈(좌, 우)에 2방, 중봉혈(좌, 우)에 2방, 대돈혈(좌, 우)에 2방, 왼쪽 다리와 오른쪽 다리의 무릎 아시혈(무릎 슬개골 둘레를 기준하여 좌우상하 끝 중앙 부위에서 밖으로 1cm 정도 떨어진 부위에 각각 1방씩)에 좌우로 8방

복부와 허리 쪽: 중극혈 1방, 기문혈에 1방, 수분혈에 1방, 건리혈에 1방, 허리의 아시혈(눌러서 압통을 느끼는 부위에 좌우 대칭으로 각각 3방씩)에 좌우로 6방

팔: 합곡혈(좌, 우)에 2방, 주료혈(좌, 우)에 2방, 곡지혈(좌, 우)에 2방, 새끼손가락 아시혈(새끼손가락과 손등의 경계선 중앙에서 팔목 방향으로 2센티 정도 떨어진 부위에 좌우 각 1방씩)에 2방

목과 머리: 천주혈(좌, 우)에 2방, 백회혈에 1방, 신정혈에 1방, 머리 아시혈(머리 부위를 검지로 눌러서 움푹 들어가는 곳, 함하점)에 1방, 어깨 아시혈(눌러서 아픈 부위에 좌우 대칭으로 각각 5방씩)에 좌우로 10방

합계: 53방이었다.


성기벌침은 욕심 부리지 말고 느긋하게 자신의 정량을 찾아 즐기는 것이라고 봉만치가 말을 해주었다.

# 경추와 손가락 저림

화요일 질병과의 전투도 계속되었다.

"손가락이 저린 사람들이 많이 있을 것이오. 신체 구조상으로 목덜미 쪽 경추 부위에 신경이 간섭 받아서 나타나는 증상이오. 신체 구조에 대한 상식이 없는 사람들이 벌침을 손가락 부위에 맞고 있으나 틀린 것이오. 원인을 제거하는 목덜미 부위에 벌침을 즐기면 금방 손가락 저린 것이 사라지는 것을 느낄 수 있을 것이오. 그러면서 삐딱한 자세를 바르게 하고 텔레비전 같은 것을 보거나 컴퓨터를 할 때도 바른 자세로 하려는 노력을 한다면 더 이상 손가락 저린 증상은 나타나지 않을 것이오. 여러분들에게 늘 목덜미 쪽 아시혈에 벌침을 놓아주는 이유는 누구나 완벽한 생활습관을 유지할 수 없기 때문이오."

봉만치가 목덜미 쪽 벌침의 중요성을 강조하면서 7인의 영웅들에게 벌침을 놓아주었다.

### 🐝 박소영의 53차 벌침 맞는 현황

다리: 족삼리혈(좌, 우)에 2방, 곡천혈(좌, 우)에 2방, 곤륜혈(좌, 우)에 2방, 은문혈(좌, 우)에 2방, 위중혈(좌, 우)에 2방, 승근혈(좌, 우)에 2방, 삼음교혈(좌, 우)에 2방, 태충혈(좌, 우)에 2방, 왼쪽 다리와 오른쪽 다리의 무릎 아시혈(둥근 슬개골 둘레 끝 주위를 따라 1cm 정도 밖으로 떨어진 부위를 균등하여 8방씩)에 좌우로 16방, 발목 아시혈(복사뼈 안쪽과 바깥쪽 중앙에서 발등 방향으로 각각 3cm정도 떨어진 부위에 2방씩)에 좌우로 4방, 사타구니 아시혈(아랫배와 허벅다리가 만나는 경계선의 중앙 부위 즉 서혜부 중앙의 가래톳이 서는 부위와 그곳에서 경계선을 따라 아래로 3센티 정도 떨이진 부위, 6센티 정도 떨어진 부위에 각 1방씩)에 좌우로 6방

복부와 허리 쪽: 관원혈 1방, 천추혈(좌, 우)에 2방, 하완혈에 1방

팔: 양계혈(좌, 우)에 2방, 신문혈(좌, 우)에 2방, 수삼리혈(좌, 우)에 2방, 새끼손가락 아시혈(새끼손가락과 손등의 경계선 중앙에서 팔목 방향으로 2센티 정도 떨어진 부위에 좌우 각 1방씩)에 2방

목과 머리: 풍지혈(좌, 우)에 2방, 신회혈에 1방, 신정혈에 1방, 머리 아시혈(귀와 머리의 경계선 중에서 가장 위쪽에서 백회혈 방향으로 3센티 정도 떨어진 부위에 좌우에 각 1방씩)에 2방, 어깨 아시혈(눌러서 압통을 느끼는 부위에 좌우 대칭으로 5방씩)에 좌우로 10방

합계: 70방이었다.

## 김덕배의 53차 벌침 맞는 현황

다리: 족삼리혈(좌, 우)에 2방, 삼음교혈(좌, 우)에 2방, 곤륜혈(좌, 우)에 2방, 승산혈(좌, 우)에 2방, 중봉혈(좌, 우)에 2방, 대돈혈(좌, 우)에 2방, 발가락 아시혈(둘째와 셋째발가락 사이, 셋째와 넷째발가락 사이, 넷째와 새끼발가락 사이의 엄지발가락과 둘째 발가락 사이인 태충혈에 상당하는 부위에 각 1방씩)에 좌우로 6방

복부와 허리 쪽: 관원혈 1방, 천추혈(좌, 우)에 2방, 하완혈에 1방, 허리 아시혈(눌러서 압통을 느끼는 부위를 좌우 대칭으로 각각 3방씩)에 좌우로 6방, 등 부위 아시혈(사마귀 3개에 각 2방씩, 사마귀가 거의 새까맣게 타들어가서 뿌리 부위에 벌침을 놓음)에 6방

팔: 양계혈(좌, 우)에 2방, 신문혈(좌, 우)에 2방, 수삼리혈(좌, 우)에 2방, 새끼손가락 아시혈(새끼손가락과 손등의 경계선 중앙에서 팔목 방향으로 2센티 정도 떨어진 부위에 좌우 각 1방씩)에 2방

목과 머리: 풍지혈(좌, 우)에 2방, 신회혈에 1방, 신정혈에 1방, 머리 아시혈(귀와 머리의 경계선 중에서 가장 위쪽에서 백회혈 방향으로 3센티 정도 떨어진 부위에 좌우에 각 1방씩)에 2방, 어깨 아시혈(눌러서 압통을 느끼는 부위에 좌우 대칭으로 5방씩)에 좌우로 10방

합계: 58방이었다.

## 윤미령의 53차 벌침 맞는 현황

다리: 족삼리혈(좌, 우)에 2방, 승산혈(좌, 우)에 2방, 삼음교혈(좌, 우)에 2방, 대돈혈(좌, 우)에 2방, 곡천혈(좌, 우)에 2방, 왼쪽 다리와 오른쪽 다리의 무릎 아시혈(무릎 슬개골 둘레를 기준하여 좌우상하 끝 중앙 부위에서 밖으로 1cm 정도 떨어진 부위에 각각 1방씩)에 좌우로 8방

복부와 허리 쪽: 관원혈 1방, 천추혈(좌, 우)에 2방, 하완혈에 1방, 허리 아시혈(눌러서 압통을 느끼는 부위를 좌우 대칭으로 각각 3방씩)에 좌우로 6방

팔: 양계혈(좌, 우)에 2방, 신문혈(좌, 우)에 2방, 수삼리혈(좌, 우)에 2방, 새끼손가락 아시혈(새끼손가락과 손등의 경계선 중앙에서 팔목 방향으로 2센티 정도 떨어진 부위에 좌우 각 1방씩)에 2방

목과 머리: 풍지혈(좌, 우)에 2방, 신회혈에 1방, 신정혈에 1방, 머리 아시혈(귀와 머리의 경계선 중에서 가장 위쪽에서 백회혈 방향으로 3센티 정도 떨어진 부위에 좌우에 각 1방씩)에 2방, 어깨 아시혈(눌러서 압통을 느끼는 부위에 좌우 대칭으로 5방씩)에 좌우로 10방

합계: 52방이었다.

## 나찬일의 53차 벌침 맞는 현황

다리: 족삼리혈(좌, 우)에 2방, 중봉혈(좌, 우)에 2방, 승산혈(좌, 우)에 2방, 대돈혈(좌, 우)에 2방, 왼쪽 다리와 오른쪽 다리의 무릎 아시혈(무릎 슬개골 둘레를 기준하여 좌우상

하 끝 중앙 부위에서 밖으로 1cm 정도 떨어진 부위에 각각 1방씩)에 좌우로 8방, 발가락 아시혈(둘째와 셋째발가락 사이, 셋째와 넷째발가락 사이, 넷째와 새끼발가락 사이의 엄지발가락과 둘째 발가락 사이인 태충혈에 상당하는 부위에 각 1방씩)에 좌우로 6방

복부와 허리 쪽: 관원혈 1방, 천추혈(좌, 우)에 2방, 하완혈에 1방, 가슴 부위와 등 부위의 아토피성 피부질환 아시혈(환부)에 각각 2방씩 4방(아토피성 피부질환 환부를 대략 2등분하여 2방씩 놓음)

팔: 양계혈(좌, 우)에 2방, 신문혈(좌, 우)에 2방, 수삼리혈(좌, 우)에 2방, 새끼손가락 아시혈(새끼손가락과 손등의 경계선 중앙에서 팔목 방향으로 2센티 정도 떨어진 부위에 좌우 각 1방씩)에 2방

목과 머리 쪽: 풍지혈(좌, 우)에 2방, 신회혈에 1방, 신정혈에 1방, 머리 아시혈(귀와 머리의 경계선 중에서 가장 위쪽에서 백회혈 방향으로 3센티 정도 떨어진 부위에 좌우에 각 1방씩)에 2방, 어깨 아시혈(눌러서 압통을 느끼는 부위에 좌우 대칭으로 5방씩)에 좌우로 10방

합계: 54방이었다.

## 손영미의 53차 벌침 맞는 현황

다리: 족삼리혈(좌, 우)에 2방, 곤륜혈(좌, 우)에 2방, 중봉혈(좌, 우)에 2방, 대돈혈(좌, 우)에 2방, 왼쪽 다리와 오른쪽 다리의 무릎 아시혈(무릎 슬개골 둘레를 기준하여 좌우상하

끝 중앙 부위에서 밖으로 1cm 정도 떨어진 부위에 각각 1방씩)에 좌우로 8방

복부와 허리 쪽: 관원혈 1방, 천추혈(좌, 우)에 2방, 하완혈에 1방, 허리 아시혈(눌러서 압통을 느끼는 부위를 좌우 대칭으로 각각 3방씩)에 좌우로 6방

팔: 양계혈(좌, 우)에 2방, 신문혈(좌, 우)에 2방, 수삼리혈(좌, 우)에 2방, 새끼손가락 아시혈(새끼손가락과 손등의 경계선 중앙에서 팔목 방향으로 2센티 정도 떨어진 부위에 좌우 각 1방씩)에 2방

목과 머리 쪽: 풍지혈(좌, 우)에 2방, 신회혈에 1방, 신정혈에 1방, 머리 아시혈(귀와 머리의 경계선 중에서 가장 위쪽에서 백회혈 방향으로 3센티 정도 떨어진 부위에 좌우에 각 1방씩)에 2방, 어깨 아시혈(눌러서 아픈 부위에 좌우 대칭으로 각각 5방씩)에 좌우로 10방

합계: 50방이었다.

### 최갑용의 53차 벌침 맞는 현황

다리: 족삼리혈(좌, 우)에 2방, 삼음교혈(좌, 우)에 2방, 곡천혈(좌, 우)에 2방, 승근혈(좌 우)에 2방, 곤륜혈(좌, 우)에 2방, 위중혈(좌, 우)에 2방, 중봉혈(좌, 우)에 2방, 발가락 아시혈(둘째와 셋째발가락 사이, 셋째와 넷째발가락 사이, 넷째와 새끼발가락 사이의 엄지발가락과 둘째 발가락 사이인 태충혈에 상당하는 부위에 각 1방씩)에 좌우로 6방

복부와 허리 쪽: 관원혈 1방, 천추혈(좌, 우)에 2방, 하완혈에 1

방, 허리 아시혈(눌러서 압통을 느끼는 부위를 좌우 대칭으로 각각 3방씩)에 좌우로 6방

팔: 양계혈(좌, 우)에 2방, 신문혈(좌, 우)에 2방, 수삼리혈(좌, 우)에 2방, 새끼손가락 아시혈(새끼손가락과 손등의 경계선 중앙에서 팔목 방향으로 2센티 정도 떨어진 부위에 좌우 각 1방씩)에 2방

목과 머리: 풍지혈(좌, 우)에 2방, 신회혈에 1방, 신정혈에 1방, 머리 아시혈(귀와 머리의 경계선 중에서 가장 위쪽에서 백회혈 방향으로 3센티 정도 떨어진 부위에 좌우에 각 1방씩)에 2방, 어깨 아시혈(눌러서 아픈 부위에 좌우 대칭으로 각각 5방씩)에 좌우로 10방

합계: 54방이었다.

## 양미정의 53차 벌침 맞는 현황

다리: 족삼리혈(좌, 우)에 2방, 승근혈(좌, 우)에 2방, 곤륜혈(좌, 우)에 2방, 중봉혈(좌, 우)에 2방, 대돈혈(좌, 우)에 2방, 왼쪽 다리와 오른쪽 다리의 무릎 아시혈(무릎 슬개골 둘레를 기준하여 좌우상하 끝 중앙 부위에서 밖으로 1cm 정도 떨어진 부위에 각각 1방씩)에 좌우로 8방, 발가락 아시혈(둘째와 셋째발가락 사이, 셋째와 넷째발가락 사이, 넷째와 새끼발가락 사이의 엄지발가락과 둘째 발가락 사이인 태충혈에 상당하는 부위에 각 1방씩)에 좌우로 6방

복부와 허리 쪽: 관원혈 1방, 천추혈(좌, 우)에 2방, 하완혈에 1방, 허리의 아시혈(눌러서 압통을 느끼는 부위에 좌우 대칭으로 각각 3방씩)에 좌우로 6방

팔: 양계혈(좌, 우)에 2방, 신문혈(좌, 우)에 2방, 수삼리혈(좌, 우)에 2방, 새끼손가락 아시혈(새끼손가락과 손등의 경계선 중앙에서 팔목 방향으로 2센티 정도 떨어진 부위에 좌우 각 1방씩)에 2방

목과 머리: 풍지혈(좌, 우)에 2방, 신회혈에 1방, 신정혈에 1방, 머리 아시혈(귀와 머리의 경계선 중에서 가장 위쪽에서 백회혈 방향으로 3센티 정도 떨어진 부위에 좌우에 각 1방씩)에 2방, 어깨 아시혈(눌러서 아픈 부위에 좌우 대칭으로 각각 5방씩)에 좌우로 10방

합계: 58방이었다.

경추 부위 중에서도 특히 목과 등이 연결된 부위를 목뼈에서 좌우로 3센티 정도 벗어난 곳에 벌침을 즐기면서 그곳에서 위 아래로 3센티 정도 떨어진 부위에 벌침을 즐기면 목 디스크와 손가락 저린데 좋다고 봉만치가 말을 했다.

# 땀띠와 낭습

수요일 질병과의 전투도 계속되었다.

"고환에 땀띠가 나는 경우에 벌침 마니아가 되었다면 땀띠에 벌침을 맞으면 좋을 것이오. 또한 낭습이 있을 때는 성기벌침과 사타구니 부위에도 벌침을 즐기면 좋소. 낭습의 원인이 곰팡이균에 의한 것이라면 목초액을 몇 번 발라주는 것을 병행하면 완치될 것이오."

봉만치가 땀띠와 낭습에 벌침을 즐기면 좋다고 말을 하면서 7인의 영웅들에게 벌침을 놓아주었다.

## 박소영의 54차 벌침 맞는 현황

다리: 족삼리혈(좌, 우)에 2방, 곡천혈(좌, 우)에 2방, 위중혈(좌, 우)에 2방, 곤륜혈(좌, 우)에 2방, 승산혈(좌, 우)에 2방, 중봉혈(좌, 우)에 2방, 삼음교혈(좌, 우)에 2방, 태충혈(좌, 우)에 2방, 승부혈(좌, 우)에 2방, 왼쪽 다리와 오른쪽 다리의 무릎 아시혈(둥근 슬개골 둘레 끝 주위를 따라 1cm 정도 밖으로 떨어진 부위를 균등하여 8방씩)에 좌우로 16방, 발목 아시혈(복사뼈 안쪽과 바깥쪽 중앙에서 발등 방향으로 각각 3cm정도 떨어진 부위에 2방씩)에 좌우로 4방

복부와 허리 쪽: 중극혈에 1방, 중완혈에 1방, 배 아시혈(천추혈 아래로 3센티 떨어진 부위와 6센티 정도 떨어진 부위 그리고 9센티 정도 떨어진 부위에 좌우로 각 3방씩)에 6방, 허리의 아시혈(눌러서 압통을 느끼는 부위를 좌우 대칭으로 각각 3방씩)에 좌우로 6방

팔: 합곡혈(좌, 우)에 2방, 곡지혈(좌, 우)에 2방, 천정혈(좌, 우)에 2방, 새끼손가락 아시혈(새끼손가락과 손등의 경계선 중앙에서 팔목 방향으로 2센티 정도 떨어진 부위에 좌우 각 1방씩)에 2방

목과 머리: 풍부혈에 1방, 아문혈에 1방, 백회혈에 1방, 머리 아시혈(귀와 머리의 경계선 중에서 가장 위쪽에서 백회혈 방향으로 3센티 정도 떨어진 부위에 좌우에 각 1방씩)에 2방, 어깨 아시혈(눌러서 압통을 느끼는 부위에 좌우 대칭으로 5방씩)에 좌우로 10방

합계: 75방이었다.

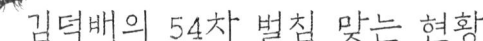
## 김덕배의 54차 벌침 맞는 현황

다리: 족삼리혈(좌, 우)에 2방, 삼음교혈(좌, 우)에 2방, 곤륜혈(좌, 우)에 2방, 승근혈(좌, 우)에 2방, 중봉혈(좌, 우)에 2방, 태충혈(좌, 우)에 2방, 발가락 아시혈(둘째, 셋째, 넷째 발가락의 엄지발가락 대돈혈에 상당하는 부위에 각 1방씩)에 좌우로 6방

복부와 허리 쪽: 중극혈에 1방, 중완혈에 1방, 배 아시혈(천추혈 아래로 3센티 떨어진 부위와 6센티 정도 떨어진 부위 그리고 9센티 정도 떨어진 부위에 좌우로 각 3방씩)에 6방, 허리 아시혈(눌러서 압통을 느끼는 부위를 좌우 대칭으로 각각 3방씩)에 좌우로 6방, 등 부위 아시혈(사마귀 3개에 각 2방씩, 사마귀가 거의 새까맣게 타들어가서 뿌리 부위에 벌침을 놓음)에 6방

팔: 합곡혈(좌, 우)에 2방, 곡지혈(좌, 우)에 2방, 천정혈(좌, 우)에 2방, 새끼손가락 아시혈(새끼손가락과 손등의 경계선 중앙에서 팔목 방향으로 2센티 정도 떨어진 부위에 좌우 각 1방씩)에 2방

목과 머리: 풍부혈에 1방, 아문혈에 1방, 백회혈에 1방, 머리 아시혈(귀와 머리의 경계선 중에서 가장 위쪽에서 백회혈 방향으로 3센티 정도 떨어진 부위에 좌우에 각 1방씩)에 2방, 어깨 아시혈(눌러서 압통을 느끼는 부위에 좌우 대칭으로 5방씩)에 좌우로 10방

합계: 61방이었다.

## 윤미령의 54차 벌침 맞는 현황

다리: 족삼리혈(좌, 우)에 2방, 승근혈(좌, 우)에 2방, 삼음교혈(좌, 우)에 2방, 곤륜혈(좌, 우)에 2방, 위중혈(좌, 우)에 2방, 대돈혈(좌, 우)에 2방, 왼쪽 다리와 오른쪽 다리의 무릎 아시혈(무릎 슬개골 둘레를 기준하여 좌우상하 끝 중앙 부위에서 밖으로 1cm 정도 떨어진 부위에 각각 1방씩)에 좌우로 8방

복부와 허리 쪽: 중극혈에 1방, 중완혈에 1방, 배 아시혈(천추혈 아래로 3센티 떨어진 부위와 6센티 정도 떨어진 부위 그리고 9센티 정도 떨어진 부위에 좌우로 각 3방씩)에 6방

팔: 합곡혈(좌, 우)에 2방, 곡지혈(좌, 우)에 2방, 천정혈(좌, 우)에 2방, 새끼손가락 아시혈(새끼손가락과 손등의 경계선 중앙에서 팔목 방향으로 2센티 정도 떨어진 부위에 좌우 각 1방씩)에 2방

목과 머리: 풍부혈에 1방, 아문혈에 1방, 백회혈에 1방, 머리 아시혈(귀와 머리의 경계선 중에서 가장 위쪽에서 백회혈 방향으로 3센티 정도 떨어진 부위에 좌우에 각 1방씩)에 2방, 어깨 아시혈(눌러서 압통을 느끼는 부위에 좌우 대칭으로 5방씩)에 좌우로 10방

합계: 51방이었다.

# 나찬일의 54차 벌침 맞는 현황

다리: 족삼리혈(좌, 우)에 2방, 곤륜혈(좌, 우)에 2방, 승근혈(좌, 우)에 2방, 삼음교혈(좌, 우)에 2방, 왼쪽 다리와 오른쪽 다리의 무릎 아시혈(무릎 슬개골 둘레를 기준하여 좌우 상하 끝 중앙 부위에서 밖으로 1cm 정도 떨어진 부위에 각각 1방씩)에 좌우로 8방, 발가락 아시혈(둘째, 셋째, 넷째 발가락의 엄지발가락 대돈혈에 상당하는 부위에 각 1방씩)에 좌우로 6방

복부와 허리 쪽: 중극혈에 1방, 중완혈에 1방, 배 아시혈(천추혈 아래로 3센티 떨어진 부위와 6센티 정도 떨어진 부위 그리고 9센티 정도 떨어진 부위에 좌우로 각 3방씩)에 6방, 가슴 부위와 등 부위의 아토피성 피부질환 아시혈(환부)에 각각 2방씩 4방(아토피성 피부질환 환부를 대략 2등분하여 2방씩 놓음)

팔: 합곡혈(좌, 우)에 2방, 곡지혈(좌, 우)에 2방, 천정혈(좌, 우)에 2방, 새끼손가락 아시혈(새끼손가락과 손등의 경계선 중앙에서 팔목 방향으로 2센티 정도 떨어진 부위에 좌우 각 1방씩)에 2방

목과 머리 쪽: 풍부혈에 1방, 아문혈에 1방, 백회혈에 1방, 머리 아시혈(귀와 머리의 경계선 중에서 가장 위쪽에서 백회혈 방향으로 3센티 정도 떨어진 부위에 좌우에 각 1방씩)에 2방, 어깨 아시혈(눌러서 압통을 느끼는 부위에 좌우 대칭으로 5방씩)에 좌우로 10방

합계: 57방이었다.

## 손영미의 54차 벌침 맞는 현황

다리: 족삼리혈(좌, 우)에 2방, 삼음교혈(좌, 우)에 2방, 승산혈(좌, 우)에 2방, 태충혈(좌, 우)에 2방, 왼쪽 다리와 오른쪽 다리의 무릎 아시혈(무릎 슬개골 둘레를 기준하여 좌우상하 끝 중앙 부위에서 밖으로 1cm 정도 떨어진 부위에 각각 1방씩)에 좌우로 8방

복부와 허리 쪽: 중극혈에 1방, 중완혈에 1방, 배 아시혈(천추혈 아래로 3센티 떨어진 부위와 6센티 정도 떨어진 부위 그리고 9센티 정도 떨어진 부위에 좌우로 각 3방씩)에 6방

팔: 합곡혈(좌, 우)에 2방, 곡지혈(좌, 우)에 2방, 천정혈(좌, 우)에 2방, 새끼손가락 아시혈(새끼손가락과 손등의 경계선 중잉에서 팔목 방향으로 2센티 정도 떨어진 부위에 좌우 각 1방씩)에 2방

목과 머리 쪽: 풍부혈에 1방, 아문혈에 1방, 백회혈에 1방, 머리 아시혈(귀와 머리의 경계선 중에서 가장 위쪽에서 백회혈 방향으로 3센티 정도 떨어진 부위에 좌우에 각 1방씩)에 2방, 어깨 아시혈(눌러서 아픈 부위에 좌우 대칭으로 각각 5방씩)에 좌우로 10방

합계: 47방이었다.

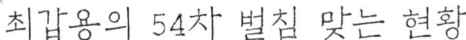
## 최갑용의 54차 벌침 맞는 현황

다리: 족삼리혈(좌, 우)에 2방, 삼음교혈(좌, 우)에 2방, 곡천혈(좌, 우)에 2방, 승산혈(좌 우)에 2방, 곤륜혈(좌, 우)에 2방, 은문혈(좌, 우)에 2방, 중봉혈(좌, 우)에 2방, 발가락 아시혈(둘째, 셋째, 넷째 발가락의 엄지발가락 대돈혈에 상당하는 부위에 각 1방씩)에 좌우로 6방

복부와 허리 쪽: 중극혈에 1방, 중완혈에 1방, 배 아시혈(천추혈 아래로 3센티 떨어진 부위와 6센티 정도 떨어진 부위 그리고 9센티 정도 떨어진 부위에 좌우로 각 3방씩)에 6방, 허리 아시혈(눌러서 압통을 느끼는 부위를 좌우 대칭으로 각각 3방씩)에 좌우로 6방

팔: 합곡혈(좌, 우)에 2방, 곡지혈(좌, 우)에 2방, 천정혈(좌, 우)에 2방, 새끼손가락 아시혈(새끼손가락과 손등의 경계선 중앙에서 팔목 방향으로 2센티 정도 떨어진 부위에 좌우 각 1방씩)에 2방

목과 머리: 풍부혈에 1방, 아문혈에 1방, 백회혈에 1방, 양백혈(좌, 우)에 2방, 신정혈에 1방, 머리 아시혈(귀와 머리의 경계선 중에서 가장 위쪽에서 백회혈 방향으로 3센티 정도 떨어진 부위에 좌우에 각 1방씩)에 2방, 어깨 아시혈(눌러서 아픈 부위에 좌우 대칭으로 각각 5방씩)에 좌우로 10방

합계: 60방이었다.

## 양미정의 54차 벌침 맞는 현황

다리: 족삼리혈(좌, 우)에 2방, 삼음교혈(좌, 우)에 2방, 승산혈(좌, 우)에 2방, 곤륜혈(좌, 우)에 2방, 중봉혈(좌, 우)에 2방, 태충혈(좌, 우)에 2방, 왼쪽 다리와 오른쪽 다리의 무릎 아시혈(무릎 슬개골 둘레를 기준하여 좌우상하 끝 중앙 부위에서 밖으로 1cm 정도 떨어진 부위에 각각 1방씩)에 좌우로 8방, 발가락 아시혈(둘째, 셋째, 넷째 발가락의 엄지발가락 대돈혈에 상당하는 부위에 각 1방씩)에 좌우로 6방

복부와 허리 쪽: 중극혈에 1방, 중완혈에 1방, 배 아시혈(천추혈 아래로 3센티 떨어진 부위와 6센티 정도 떨어진 부위 그리고 9센티 정도 떨어진 부위에 좌우로 각 3방씩)에 6방, 허리의 아시혈(눌러서 압통을 느끼는 부위에 좌우 대칭으로 각각 3방씩)에 좌우로 6방

팔: 합곡혈(좌, 우)에 2방, 곡지혈(좌, 우)에 2방, 천정혈(좌, 우)에 2방, 새끼손가락 아시혈(새끼손가락과 손등의 경계선 중앙에서 팔목 방향으로 2센티 정도 떨어진 부위에 좌우 각 1방씩)에 2방

목과 머리: 풍부혈에 1방, 아문혈에 1방, 백회혈에 1방, 머리 아시혈(귀와 머리의 경계선 중에서 가장 위쪽에서 백회혈 방향으로 3센티 정도 떨어진 부위에 좌우에 각 1방씩)에 2방, 어깨 아시혈(눌러서 아픈 부위에 좌우 대칭으로 각각 5방씩)에 좌우로 10방

합계: 63방이었다.

신체를 벌독에 완전히 적응시켜 놓으면 사소한 잡병들은 무시할 수 있을 정도로 벌침으로 스스로 다스릴 수 있다고 봉만치가 말했다.

# 창자와 성기벌침

목요일 질병과의 전투도 계속되었다.

"우리 몸에 있는 모든 장기들은 혹사를 당하고 있소. 신체 내부에 있어서 직접 벌침을 놓기가 어렵다오. 따라서 장기에 기별이라도 가게 벌침을 맞는 방법은 신체를 벌독에 완전히 적응시켜 충분히 벌침을 즐겨야만 하오. 그 방법 중 하나가 성기벌침이라오. 성기벌침은 꽤 여러 방을 한꺼번에 즐길 수도 있고 벌침 흔적이 생겨도 밖으로 노출되는 것이 아니므로 편리하다고 보오. 오래 즐기면 작품이 만들어지는데 그곳에 벌침을 맞으면 따가움이 약해서 좋다오. 과하지 않게 적당한 간격을 두고 즐긴다면 말이오."

봉만치가 성기벌침의 편리성을 말하면서 7인의 영웅들에게 벌침을 놓아주었다.

… 박소영의 55차 벌침 맞는 현황

다리: 족삼리혈(좌, 우)에 2방, 곡천혈(좌, 우)에 2방, 은문혈(좌, 우)에 2방, 곤륜혈(좌, 우)에 2방, 승근혈(좌, 우)에 2방, 중봉혈(좌, 우)에 2방, 삼음교혈(좌, 우)에 2방, 대돈혈(좌, 우)에 2방, 왼쪽 다리와 오른쪽 다리의 무릎 아시혈(둥근 슬개골 둘레 끝 주위를 따라 1cm 정도 밖으로 떨어진 부위를 균등하여 8방씩)에 좌우로 16방, 발목 아시혈(복사뼈 안쪽과 바깥쪽 중앙에서 발등 방향으로 각각 3cm정도 떨어진 부위에 2방씩)에 좌우로 4방

복부와 허리 쪽: 석문혈에 1방, 수분혈에 1방, 배 아시혈(천추혈 아래로 3센티 떨어진 부위와 6센티 정도 떨어진 부위 그리고 9센티 정도 떨어진 부위에 좌우로 각 3방씩)에 6방, 허리의 아시혈(눌러서 압통을 느끼는 부위를 좌우 대칭으로 각각 3방씩)에 좌우로 6방

팔: 양계혈(좌, 우)에 2방, 신문혈(좌, 우)에 2방, 주료혈(좌, 우)에 2방, 새끼손가락 아시혈(새끼손가락과 손등의 경계선 중앙에서 팔목 방향으로 2센티 정도 떨어진 부위에 좌우 각 1방씩)에 2방

목과 머리: 천주혈(좌, 우)에 2방, 후정혈에 1방, 신정혈에 1방, 양백혈(좌, 우)에 2방, 사백혈(좌, 우)에 2방, 어깨 아시혈(눌러서 압통을 느끼는 부위에 좌우 대칭으로 5방씩)에 좌우로 10방

합계: 76방이었다.

## 김덕배의 55차 벌침 맞는 현황

다리: 족삼리혈(좌, 우)에 2방, 삼음교혈(좌, 우)에 2방, 곤륜혈(좌, 우)에 2방, 승산혈(좌, 우)에 2방, 중봉혈(좌, 우)에 2방, 태충혈(좌, 우)에 2방, 위중혈(좌, 우)에 2방, 은문혈(좌, 우)에 2방

복부와 허리 쪽: 석문혈에 1방, 수분혈에 1방, 배 아시혈(천추혈 아래로 3센티 떨어진 부위와 6센티 정도 떨어진 부위 그리고 9센티 정도 떨어진 부위에 좌우로 각 3방씩)에 6방, 허리 아시혈(눌러서 압통을 느끼는 부위를 좌우 대칭으로 각각 3방씩)에 좌우로 6방, 등 부위 아시혈(사마귀 3개에 각 2방씩, 사마귀가 거의 새까맣게 타 들어가서 뿌리 부위에 벌침을 놓음)에 6방

팔: 양계혈(좌, 우)에 2방, 신문혈(좌, 우)에 2방, 주료혈(좌, 우)에 2방, 새끼손가락 아시혈(새끼손가락과 손등의 경계선 중앙에서 팔목 방향으로 2센티 정도 떨어진 부위에 좌우 각 1방씩)에 2방

목과 머리: 천주혈(좌, 우)에 2방, 후정혈에 1방, 신정혈에 1방, 양백혈(좌, 우)에 2방, 사백혈(좌, 우)에 2방, 어깨 아시혈(눌러서 압통을 느끼는 부위에 좌우 대칭으로 5방씩)에 좌우로 10방

합계: 62방이었다.

## 윤미령의 55차 벌침 맞는 현황

다리: 족삼리혈(좌, 우)에 2방, 승산혈(좌, 우)에 2방, 삼음교혈(좌, 우)에 2방, 중봉혈(좌, 우)에 2방, 곡천혈(좌, 우)에 2방, 태충혈(좌, 우)에 2방, 발가락 아시혈(둘째, 셋째, 넷째 발가락의 엄지발가락 대돈혈에 상당하는 부위에 각 1방씩)에 좌우로 6방

복부와 허리 쪽: 석문혈에 1방, 수분혈에 1방, 배 아시혈(천추혈 아래로 3센티 떨어진 부위와 6센티 정도 떨어진 부위 그리고 9센티 정도 떨어진 부위에 좌우로 각 3방씩)에 6방

팔: 양계혈(좌, 우)에 2방, 신문혈(좌, 우)에 2방, 주료혈(좌, 우)에 2방, 새끼손가락 아시혈(새끼손가락과 손등의 경계선 중앙에서 팔목 방향으로 2센티 정도 떨어진 부위에 좌우 각 1방씩)에 2방

목과 머리: 천주혈(좌, 우)에 2방, 후정혈에 1방, 신정혈에 1방, 양백혈(좌, 우)에 2방, 사백혈(좌, 우)에 2방, 어깨 아시혈(눌러서 압통을 느끼는 부위에 좌우 대칭으로 5방씩)에 좌우로 10방

합계: 52방이었다.

## 나찬일의 55차 벌침 맞는 현황

다리: 족삼리혈(좌, 우)에 2방, 중봉혈(좌, 우)에 2방, 승산혈(좌, 우)에 2방, 삼음교혈(좌, 우)에 2방, 태충혈(좌, 우)에 2방, 곡천혈(좌, 우)에 2방, 왼쪽 다리와 오른쪽 다리의 무릎

아시혈(무릎 슬개골 둘레를 기준하여 좌우상하 끝 중앙 부위에서 밖으로 1cm 정도 떨어진 부위에 각각 1방씩)에 좌우로 8방

복부와 허리 쪽: 석문혈에 1방, 수분혈에 1방, 배 아시혈(천추혈 아래로 3센티 떨어진 부위와 6센티 정도 떨어진 부위 그리고 9센티 정도 떨어진 부위에 좌우로 각 3방씩)에 6방, 가슴 부위와 등 부위의 아토피성 피부질환 아시혈(환부)에 각각 2방씩 4방(아토피성 피부질환 환부를 대략 2등분하여 2방씩 놓음)

팔: 양계혈(좌, 우)에 2방, 신문혈(좌, 우)에 2방, 주료혈(좌, 우)에 2방, 새끼손가락 아시혈(새끼손가락과 손등의 경계선 중앙에서 팔목 방향으로 2센티 정도 떨어진 부위에 좌우 각 1방씩)에 2방

목과 머리 쪽: 천주혈(좌, 우)에 2방, 후정혈에 1방, 신정혈에 1방, 양백혈(좌, 우)에 2방, 사백혈(좌, 우)에 2방, 어깨 아시혈(눌러서 압통을 느끼는 부위에 좌우 대칭으로 5방씩)에 좌우로 10방

합계: 58방이었다.

## 손영미의 55차 벌침 맞는 현황

다리: 족삼리혈(좌, 우)에 2방, 곤륜혈(좌, 우)에 2방, 승근혈(좌, 우)에 2방, 대돈혈(좌, 우)에 2방, 왼쪽 다리와 오른쪽 다리의 무릎 아시혈(무릎 슬개골 둘레를 기준하여 좌우상하 끝 중앙 부위에서 밖으로 1cm 정도 떨어진 부위에 각

각 1방씩)에 좌우로 8방

복부와 허리 쪽: 석문혈에 1방, 수분혈에 1방, 배 아시혈(천추혈 아래로 3센티 떨어진 부위와 6센티 정도 떨어진 부위 그리고 9센티 정도 떨어진 부위에 좌우로 각 3방씩)에 6방

팔: 양계혈(좌, 우)에 2방, 신문혈(좌, 우)에 2방, 주료혈(좌, 우)에 2방, 새끼손가락 아시혈(새끼손가락과 손등의 경계선 중앙에서 팔목 방향으로 2센티 정도 떨어진 부위에 좌우 각 1방씩)에 2방

목과 머리 쪽: 천주혈(좌, 우)에 2방, 후정혈에 1방, 신정혈에 1방, 양백혈(좌, 우)에 2방, 사백혈(좌, 우)에 2방, 어깨 아시혈(눌러서 아픈 부위에 좌우 대칭으로 각각 5방씩)에 좌우로 10방

합계: 50방이었다.

## 최갑용의 55차 벌침 맞는 현황

다리: 족삼리혈(좌, 우)에 2방, 삼음교혈(좌, 우)에 2방, 곡천혈(좌, 우)에 2방, 승산혈(좌 우)에 2방, 곤륜혈(좌, 우)에 2방, 은문혈(좌, 우)에 2방, 중봉혈(좌, 우)에 2방, 태충혈(좌, 우)에 2방

복부와 허리 쪽: 석문혈에 1방, 수분혈에 1방, 배 아시혈(천추혈 아래로 3센티 떨어진 부위와 6센티 정도 떨어진 부위 그리고 9센티 정도 떨어진 부위에 좌우로 각 3방씩)에 6방, 허리 아시혈(눌러서 압통을 느끼는 부위를 좌우 대칭으로 각각

3방씩)에 좌우로 6방

팔: 양계혈(좌, 우)에 2방, 신문혈(좌, 우)에 2방, 주료혈(좌, 우)에 2방, 새끼손가락 아시혈(새끼손가락과 손등의 경계선 중앙에서 팔목 방향으로 2센티 정도 떨어진 부위에 좌우 각 1방씩)에 2방

목과 머리: 천주혈(좌, 우)에 2방, 풍지혈(좌, 우)에 2방, 후정혈에 1방, 신정혈에 1방, 머리 아시혈(귀와 머리의 경계선 중에서 가장 위쪽에서 백회혈 방향으로 3센티 정도 떨어진 부위에 좌우에 각 1방씩)에 2방, 어깨 아시혈(눌러서 아픈 부위에 좌우 대칭으로 각각 5방씩)에 좌우로 10방

합계: 56방이었다.

## 양미정의 55차 벌침 맞는 현황

다리: 족삼리혈(좌, 우)에 2방, 위중혈(좌, 우)에 2방, 승근혈(좌, 우)에 2방, 곤륜혈(좌, 우)에 2방, 중봉혈(좌, 우)에 2방, 은문혈(좌, 우)에 2방, 태충혈(좌, 우)에 2방, 왼쪽 다리와 오른쪽 다리의 무릎 아시혈(무릎 슬개골 둘레를 기준하여 좌우상하 끝 중앙 부위에서 밖으로 1cm 정도 떨어진 부위에 각각 1방씩)에 좌우로 8방, 발목 아시혈(복사뼈 안쪽과 바깥쪽 중앙에서 발등 방향으로 각각 3cm정도 떨어진 부위에 2방씩)에 좌우로 4방

복부와 허리 쪽: 석문혈에 1방, 수분혈에 1방, 배 아시혈(천추혈 아래로 3센티 떨어진 부위와 6센티 정도 떨어진 부위 그리고 9센티 정도 떨어진 부위에

좌우로 각 3방씩)에 6방, 허리의 아시혈(눌러서 압통을 느끼는 부위에 좌우 대칭으로 각각 3방씩)에 좌우로 6방

팔: 양계혈(좌, 우)에 2방, 신문혈(좌, 우)에 2방, 주료혈(좌, 우)에 2방, 새끼손가락 아시혈(새끼손가락과 손등의 경계선 중앙에서 팔목 방향으로 2센티 정도 떨어진 부위에 좌우 각 1방씩)에 2방

목과 머리: 천주혈(좌, 우)에 2방, 풍지혈(좌, 우)에 2방, 후정혈에 1방, 머리 아시혈(귀와 머리의 경계선 중에서 가장 위쪽에서 백회혈 방향으로 3센티 정도 떨어진 부위에 좌우에 각 1방씩)에 2방, 어깨 아시혈(눌러서 아픈 부위에 좌우 대칭으로 각각 5방씩)에 좌우로 10방

합계: 65방이었다.

벌침으로 질병을 다스리려고 할 때는 먼저 몸부터 만든 다음에 자신의 정량을 찾아 충분히 즐겨야 창자에 기별이 간다는 것이었다.

# 뇌진탕

금요일 질병과의 전투도 계속되었다.

"사람이 살아가면서 머리 부위에 외부로부터 강한 충격을 받는 일이 많이 있을 것이오. 어린 시절 아이들과 장난치다가 벽 같은 곳에 부딪히는 경우도 있고, 운동을 하다가 땅바닥에 넘어져 머리에 충격을 받을 수도 있겠소. 아무리 뇌를 머리뼈가 보호를 한다고 해도 충격을 받으면 연약한 뇌는 약간의 변형이 올 것이오. 변형이 온다는 것은 모세혈관의 변형도 있을 수 있다는 것이라오. 모세혈관이 변형되어 정상보다 휘어진다면 혈류가 원활하지 못할 것이오, 그러면 뇌에 충분한 영양공급이 안 되어 아픈 곳이 생기든지 기억이 잘 나지 않을 수 있소. 벌침을 즐기면 피가 맑게 되어 혈류가 개선이 된다오. 그리고 벌독이 손상된 모세혈관을 재생시켜 준다오. 늘 뇌진탕 위험에 처해 있는 우리들은 벌침을 취미 삼아 즐겨야 하지 않겠소. 과격한 운동선수 출신 중에 치매 걸리는 사람이 많다오."

봉만치가 벌침을 취미 삼아 즐겨야 한다고 말을 하면서 7인의 영웅들에게 벌침을 놓아주었다.

### 박소영의 56차 벌침 맞는 현황

다리: 족삼리혈(좌, 우)에 2방, 곡천혈(좌, 우)에 2방, 위중혈(좌, 우)에 2방, 은문혈(좌, 우)에 2방, 곤륜혈(좌, 우)에 2방, 승산혈(좌, 우)에 2방, 중봉혈(좌, 우)에 2방, 삼음교혈(좌, 우)에 2방, 태충혈(좌, 우)에 2방, 왼쪽 다리와 오른쪽 다리의 무릎 아시혈(둥근 슬개골 둘레 끝 주위를 따라 1cm 정도 밖으로 떨어진 부위를 균등하여 10방씩)에 좌우로 20방, 발목 아시혈(복사뼈 안쪽과 바깥쪽 중앙에서 발등 방향으로 각각 3cm정도 떨어진 부위에 2방씩)에 좌우로 4방

복부와 허리 쪽: 곡골혈에 1방, 천추혈(좌, 우)에 2방, 건리혈에 1방, 허리의 아시혈(눌러서 압통을 느끼는 부위를 좌우 대칭으로 각각 3방씩)에 좌우로 6방

팔: 합곡혈(좌, 우)에 2방, 신문혈(좌, 우)에 2방, 수삼리혈(좌, 우)에 2방, 새끼손가락 아시혈(새끼손가락과 손등의 경계선 중앙에서 팔목 방향으로 2센티 정도 떨어진 부위에 좌우 각 1방씩)에 2방, 팔의 아시혈(곡지혈에서 팔과 몸통의 연결 부위 중 가장 높은 곳까지의 중간 부위에 좌우로 각 1방)에 2방

목과 머리: 풍지혈(좌, 우)에 2방, 백회혈에 1방, 이마 아시혈(이

마의 M자 부위의 꼭지점 부위)에 5방, 어깨 아시혈
(눌러서 압통을 느끼는 부위에 좌우 대칭으로 5방
씩)에 좌우로 10방

합계: 80방이었다.

## 김덕배의 56차 벌침 맞는 현황

다리: 족삼리혈(좌, 우)에 2방, 삼음교혈(좌, 우)에 2방, 곤륜혈
(좌, 우)에 2방, 승산혈(좌, 우)에 2방, 위중혈(좌, 우)에 2
방, 은문혈(좌, 우)에 2방, 발가락 아시혈(모든 발가락 끝
부위 중앙 부위에 각 1방씩)에 좌우로 10방

복부와 허리 쪽: 곡골혈에 1방, 천추혈(좌, 우)에 2방, 건리혈에
1방, 허리 아시혈(눌러서 압통을 느끼는 부위
를 좌우 대칭으로 각각 3방씩)에 좌우로 6방,
등 부위 아시혈(사마귀 3개에 각 2방씩, 사마
귀가 거의 새까맣게 타들어가서 뿌리 부위에
벌침을 놓음)에 6방

팔: 합곡혈(좌, 우)에 2방, 신문혈(좌, 우)에 2방, 수삼리혈(좌,
우)에 2방, 새끼손가락 아시혈(새끼손가락과 손등의 경계
선 중앙에서 팔목 방향으로 2센티 정도 떨어진 부위에 좌
우 각 1방씩)에 2방, 팔의 아시혈(곡지혈에서 팔과 몸통의
연결 부위 중 가장 높은 곳까지의 중간 부위에 좌우로 각 1
방)에 2방

목과 머리: 풍지혈(좌, 우)에 2방, 백회혈에 1방, 이마 아시혈(이
마의 M자 부위의 꼭지점 부위)에 5방, 어깨 아시혈
(눌러서 압통을 느끼는 부위에 좌우 대칭으로 5방

씩)에 좌우로 10방

합계: 66방이었다.

## 윤미령의 56차 벌침 맞는 현황

다리: 족삼리혈(좌, 우)에 2방, 위중혈(좌, 우)에 2방, 승근혈(좌, 우)에 2방, 곤륜혈(좌, 우)에 2방, 대돈혈(좌, 우)에 2방, 왼쪽 다리와 오른쪽 다리의 무릎 아시혈(무릎 슬개골 둘레를 기준하여 좌우상하 끝 중앙 부위에서 밖으로 1cm 정도 떨어진 부위에 각각 1방씩)에 좌우로 8방

복부와 허리 쪽: 곡골혈에 1방, 천추혈(좌, 우)에 2방, 건리혈에 1방

팔: 합곡혈(좌, 우)에 2방, 신문혈(좌, 우)에 2방, 수삼리혈(좌, 우)에 2방, 새끼손가락 아시혈(새끼손가락과 손등의 경계선 중앙에서 팔목 방향으로 2센티 정도 떨어진 부위에 좌우 각 1방씩)에 2방, 팔의 아시혈(곡지혈에서 팔과 몸통의 연결 부위 중 가장 높은 곳까지의 중간 부위에 좌우로 각 1방)에 2방

목과 머리: 풍지혈(좌, 우)에 2방, 백회혈에 1방, 이마 아시혈(이마의 M자 부위의 꼭지점 부위)에 5방, 코 아시혈(코 끝 가장 높은 곳의 중앙)에 1방, 어깨 아시혈(눌러서 압통을 느끼는 부위에 좌우 대칭으로 5방씩)에 좌우로 10방

합계: 51방이었다.

## 나찬일의 56차 벌침 맞는 현황

다리: 족삼리혈(좌, 우)에 2방, 곤륜혈(좌, 우)에 2방, 승근혈(좌, 우)에 2방, 삼음교혈(좌, 우)에 2방, 대돈혈(좌, 우)에 2방, 위중혈(좌, 우)에 2방, 왼쪽 다리와 오른쪽 다리의 무릎 아시혈(무릎 슬개골 둘레를 기준하여 좌우상하 끝 중앙 부위에서 밖으로 1cm 정도 떨어진 부위에 각각 1방씩)에 좌우로 8방

복부와 허리 쪽: 곡골혈에 1방, 천추혈(좌, 우)에 2방, 건리혈에 1방, 가슴 부위와 등 부위의 아토피성 피부질환 아시혈(환부)에 각각 2방씩 4방(아토피성 피부질환 환부를 대략 2등분하여 2방씩 놓음)

팔: 합곡혈(좌, 우)에 2방, 신문혈(좌, 우)에 2방, 수삼리혈(좌, 우)에 2방, 새끼손가락 아시혈(새끼손가락과 손등의 경계선 중앙에서 팔목 방향으로 2센티 정도 떨어진 부위에 좌우 각 1방씩)에 2방, 팔의 아시혈(곡지혈에서 팔과 몸통의 연결 부위 중 가장 높은 곳까지의 중간 부위에 좌우로 각 1방)에 2방

목과 머리 쪽: 풍지혈(좌, 우)에 2방, 백회혈에 1방, 이마 아시혈(이마의 M자 부위의 꼭지점 부위)에 5방, 어깨 아시혈(눌러서 압통을 느끼는 부위에 좌우 대칭으로 5방씩)에 좌우로 10방

합계: 56방이었다.

## 손영미의 56차 벌침 맞는 현황

다리: 족삼리혈(좌, 우)에 2방, 삼음교혈(좌, 우)에 2방, 승산혈(좌, 우)에 2방, 태충혈(좌, 우)에 2방, 왼쪽 다리와 오른쪽 다리의 무릎 아시혈(무릎 슬개골 둘레를 기준하여 좌우상하 끝 중앙 부위에서 밖으로 1cm 정도 떨어진 부위에 각각 1방씩)에 좌우로 8방

복부와 허리 쪽: 곡골혈에 1방, 천추혈(좌, 우)에 2방, 건리혈에 1방, 허리 아시혈(눌러서 압통을 느끼는 부위를 좌우 대칭으로 각각 3방씩)에 좌우로 6방

팔: 합곡혈(좌, 우)에 2방, 신문혈(좌, 우)에 2방, 수삼리혈(좌, 우)에 2방, 새끼손가락 아시혈(새끼손가락과 손등의 경계선 중앙에서 팔목 방향으로 2센티 정도 떨어진 부위에 좌우 각 1방씩)에 2방, 팔의 아시혈(곡지혈에서 팔과 몸통의 연결 부위 중 가장 높은 곳까지의 중간 부위에 좌우로 각 1방)에 2방

목과 머리 쪽: 풍지혈(좌, 우)에 2방, 백회혈에 1방, 이마 아시혈(이마의 M자 부위의 꼭지점 부위)에 5방, 코 아시혈(코 끝 가장 높은 곳의 중앙)에 1방, 어깨 아시혈(눌러서 아픈 부위에 좌우 대칭으로 각각 5방씩)에 좌우로 10방

합계: 55방이었다.

### 🐝 최갑용의 56차 벌침 맞는 현황

다리: 족삼리혈(좌, 우)에 2방, 중봉혈(좌, 우)에 2방, 곡천혈(좌, 우)에 2방, 위중혈(좌 우)에 2방, 곤륜혈(좌, 우)에 2방, 발가락 아시혈(모든 발가락 끝 부위 중앙 부위에 각 1방씩)에 좌우로 10방

복부와 허리 쪽: 곡골혈에 1방, 천추혈(좌, 우)에 2방, 건리혈에 1방, 허리 아시혈(눌러서 압통을 느끼는 부위를 좌우 대칭으로 각각 3방씩)에 좌우로 6방

팔: 합곡혈(좌, 우)에 2방, 신문혈(좌, 우)에 2방, 수삼리혈(좌, 우)에 2방, 새끼손가락 아시혈(새끼손가락과 손등의 경계선 중앙에서 팔목 방향으로 2센티 정도 떨어진 부위에 좌우 각 1방씩)에 2방, 팔의 아시혈(곡지혈에서 팔과 몸통의 연결 부위 중 가장 높은 곳까지의 중간 부위에 좌우로 각 1방)에 2방

목과 머리: 풍지혈(좌, 우)에 2방, 백회혈에 1방, 이마 아시혈(이마의 M자 부위의 꼭지점 부위)에 5방, 코 아시혈(코 끝 가장 높은 곳의 중앙)에 1방, 어깨 아시혈(눌러서 아픈 부위에 좌우 대칭으로 각각 5방씩)에 좌우로 10방

합계: 59방이었다.

### 🐝 양미정의 56차 벌침 맞는 현황

다리: 족삼리혈(좌, 우)에 2방, 승근혈(좌, 우)에 2방, 곤륜혈(좌, 우)에 2방, 중봉혈(좌, 우)에 2방, 은문혈(좌, 우)에 2방, 왼쪽 다리와 오른쪽 다리의 무릎 아시혈(무릎 슬개골 둘

레를 기준하여 좌우상하 끝 중앙 부위에서 밖으로 1cm 정도 떨어진 부위에 각각 1방씩)에 좌우로 8방, 발가락 아시혈(모든 발가락 끝 부위 중앙 부위에 각 1방씩)에 좌우로 10방

복부와 허리 쪽: 곡골혈에 1방, 천추혈(좌, 우)에 2방, 건리혈에 1방, 허리의 아시혈(눌러서 압통을 느끼는 부위에 좌우 대칭으로 각각 3방씩)에 좌우로 6방

팔: 합곡혈(좌, 우)에 2방, 신문혈(좌, 우)에 2방, 수삼리혈(좌, 우)에 2방, 새끼손가락 아시혈(새끼손가락과 손등의 경계선 중앙에서 팔목 방향으로 2센티 정도 떨어진 부위에 좌우 각 1방씩)에 2방, 팔의 아시혈(곡지혈에서 팔과 몸통의 연결 부위 중 가장 높은 곳까지의 중간 부위에 좌우로 각 1방)에 2방

목과 머리: 풍지혈(좌, 우)에 2방, 백회혈에 1방, 이마 아시혈(이마의 M자 부위의 꼭지점 부위)에 5방, 코 아시혈(코 끝 가장 높은 곳의 중앙)에 1방, 어깨 아시혈(눌러서 아픈 부위에 좌우 대칭으로 각각 5방씩)에 좌우로 10방

합계: 67방이었다.

7명의 영웅들이 벌침 마릿수가 늘어감에 따라 벌침에 대한 자신감이 높아지고 있었다. 그에 따라 봉만치는 어깨에 벌침을 좌우로 5방 정도로 스스로 맞으면서 영웅들과 함께 질병과의 전투를 벌이게 되었다.

# 부인병과 성기벌침

토요일 질병과의 전투도 계속되었다.

"여성들이 나이가 들면 부인병이 생기는 경우가 많을 것이오. 남성이 성기벌침을 즐긴다면 성기를 완전히 청소하는 개념이므로 배우자의 부인과 쪽 질병 발생 원인을 많이 줄일 수 있다고 믿고 있소. 물론 여성도 성기벌침을 배워 즐긴다면 그 효과는 배가 될 것이오."

봉만치가 성기벌침이 부인병 예방과 치료에 상당한 도움이 된다고 강조하면서 7인의 영웅들에게 벌침을 놓아주었다.

## 박소영의 57차 벌침 맞는 현황

다리: 족삼리혈(좌, 우)에 2방, 곡천혈(좌, 우)에 2방, 위중혈(좌, 우)에 2방, 은문혈(좌, 우)에 2방, 곤륜혈(좌, 우)에 2방, 승근혈(좌, 우)에 2방, 중봉혈(좌, 우)에 2방, 삼음교혈(좌, 우)에 2방, 대돈혈(좌, 우)에 2방, 왼쪽 다리와 오른쪽 다리의 무릎 아시혈(둥근 슬개골 둘레 끝 주위를 따라 1cm 정도 밖으로 떨어진 부위를 균등하여 10방씩)에 좌우로 20방, 발목 아시혈(복사뼈 안쪽과 바깥쪽 중앙에서 발등 방향으로 각각 3cm정도 떨어진 부위에 2방씩)에 좌우로 4방

복부와 허리 쪽: 음교혈에 1방, 수분혈에 1방, 중완혈에 1방, 허리의 아시혈(눌러서 압통을 느끼는 부위를 좌우 대칭으로 각각 3방씩)에 좌우로 6방

팔: 양계혈(좌, 우)에 2방, 곡지혈(좌, 우)에 2방, 천정혈(좌, 우)에 2방, 새끼손가락 아시혈(새끼손가락과 손등의 경계선 중앙에서 팔목 방향으로 2센티 정도 떨어진 부위에 좌우 각 1방씩)에 2방, 팔의 아시혈(곡지혈에서 팔과 몸통의 연결 부위 중 가장 높은 곳까지의 중간 부위에 좌우로 각 1방)에 2방

목과 머리: 아문혈에 1방, 후정혈에 1방, 이마 아시혈(이마의 M자 부위의 선분 중앙 부위에 상당한 곳)에 4방, 어깨 아시혈(눌러서 압통을 느끼는 부위에 좌우 대칭으로 5방씩)에 좌우로 10방

성기벌침: 용문혈(여성의 음핵을 덮고 있는 표피의 중앙 부위)에 1방

합계: 78방이었다.

## 김덕배의 57차 벌침 맞는 현황

다리: 족삼리혈(좌, 우)에 2방, 삼음교혈(좌, 우)에 2방, 곤륜혈(좌, 우)에 2방, 승근혈(좌, 우)에 2방, 위중혈(좌, 우)에 2방, 은문혈(좌, 우)에 2방, 태충혈(좌, 우)에 2방, 곡천혈(좌, 우)에 2방, 중봉혈(좌, 우)에 2방

복부와 허리 쪽: 음교혈에 1방, 수분혈에 1방, 중완혈에 1방, 허리 아시혈(눌러서 압통을 느끼는 부위를 좌우 대칭으로 각각 3방씩)에 좌우로 6방, 등 부위 아시혈(사마귀 3개에 각 2방씩, 사마귀가 거의 새까맣게 타들어가서 뿌리 부위에 벌침을 놓음)에 6방

팔: 양계혈(좌, 우)에 2방, 곡지혈(좌, 우)에 2방, 천정혈(좌, 우)에 2방, 새끼손가락 아시혈(새끼손가락과 손등의 경계선 중앙에서 팔목 방향으로 2센티 정도 떨어진 부위에 좌우 각 1방씩)에 2방, 팔의 아시혈(곡지혈에서 팔과 몸통의 연결 부위 중 가장 높은 곳까지의 중간 부위에 좌우로 각 1방)에 2방

목과 머리: 아문혈에 1방, 후정혈에 1방, 이마 아시혈(이마의 M자 부위의 선분 중앙 부위에 상당한 곳)에 4방, 어깨 아시혈(눌러서 압통을 느끼는 부위에 좌우 대칭으로 5방씩)에 좌우로 10방

합계: 59방이었다.

## 윤미령의 57차 벌침 맞는 현황

다리: 족삼리혈(좌, 우)에 2방, 삼음교혈(좌, 우)에 2방, 승산혈(좌, 우)에 2방, 곤륜혈(좌, 우)에 2방, 태충혈(좌, 우)에 2방, 왼쪽 다리와 오른쪽 다리의 무릎 아시혈(무릎 슬개골 둘레를 기준하여 좌우상하 끝 중앙 부위에서 밖으로 1cm 정도 떨어진 부위에 각각 1방씩)에 좌우로 8방

복부와 허리 쪽: 음교혈에 1방, 수분혈에 1방, 중완혈에 1방, 허리 아시혈(눌러서 압통을 느끼는 부위를 좌우 대칭으로 각각 2방씩)에 좌우로 4방

팔: 양계혈(좌, 우)에 2방, 곡지혈(좌, 우)에 2방, 천정혈(좌, 우)에 2방, 새끼손가락 아시혈(새끼손가락과 손등의 경계선 중앙에서 팔목 방향으로 2센티 정도 떨어진 부위에 좌우 각 1방씩)에 2방, 팔의 아시혈(곡지혈에서 팔과 몸통의 연결 부위 중 가장 높은 곳까지의 중간 부위에 좌우로 각 1방)에 2방

목과 머리: 아문혈에 1방, 후정혈에 1방, 이마 아시혈(이마의 M자 부위의 선분 중앙 부위에 상당한 곳)에 4방, 어깨 아시혈(눌러서 압통을 느끼는 부위에 좌우 대칭으로 5방씩)에 좌우로 10방

합계 : 51방이었다.

## 나찬일의 57차 벌침 맞는 현황

다리: 족삼리혈(좌, 우)에 2방, 곤륜혈(좌, 우)에 2방, 승산혈(좌, 우)에 2방, 삼음교혈(좌, 우)에 2방, 태충혈(좌, 우)에 2방, 곡천혈(좌, 우)에 2방, 왼쪽 다리와 오른쪽 다리의 무릎

아시혈(무릎 슬개골 둘레를 기준하여 좌우상하 끝 중앙 부위에서 밖으로 1cm 정도 떨어진 부위에 각각 1방씩)에 좌우로 8방

복부와 허리 쪽: 음교혈에 1방, 수분혈에 1방, 중완혈에 1방, 가슴 부위와 등 부위의 아토피성 피부질환 아시혈(환부)에 각각 2방씩 4방(아토피성 피부질환 환부를 대략 2등분하여 2방씩 놓음)

팔: 양계혈(좌, 우)에 2방, 곡지혈(좌, 우)에 2방, 천정혈(좌, 우)에 2방, 새끼손가락 아시혈(새끼손가락과 손등의 경계선 중앙에서 팔목 방향으로 2센티 정도 떨어진 부위에 좌우 각 1방씩)에 2방, 팔의 아시혈(곡지혈에서 팔과 몸통의 연결 부위 중 가장 높은 곳까지의 중간 부위에 좌우로 각 1방)에 2방

목과 머리 쪽: 아문혈에 1방, 후정혈에 1방, 이마 아시혈(이마의 M자 부위의 선분 중앙 부위에 상당한 곳)에 4방, 어깨 아시혈(눌러서 압통을 느끼는 부위에 좌우 대칭으로 5방씩)에 좌우로 10방

합계: 53방이었다.

## 손영미의 57차 벌침 맞는 현황

다리: 족삼리혈(좌, 우)에 2방, 곤륜혈(좌, 우)에 2방, 승근혈(좌, 우)에 2방, 대돈혈(좌, 우)에 2방, 왼쪽 다리와 오른쪽 다리의 무릎 아시혈(무릎 슬개골 둘레를 기준하여 좌우상하 끝 중앙 부위에서 밖으로 1cm 정도 떨어진 부위에 각각 1방씩)에 좌우로 8방

복부와 허리 쪽: 음교혈에 1방, 수분혈에 1방, 중완혈에 1방, 허리 아시혈(눌러서 압통을 느끼는 부위를 좌우 대칭으로 각각 3방씩)에 좌우로 6방

팔: 양계혈(좌, 우)에 2방, 곡지혈(좌, 우)에 2방, 천정혈(좌, 우)에 2방, 새끼손가락 아시혈(새끼손가락과 손등의 경계선 중앙에서 팔목 방향으로 2센티 정도 떨어진 부위에 좌우 각 1방씩)에 2방, 팔의 아시혈(곡지혈에서 팔과 몸통의 연결 부위 중 가장 높은 곳까지의 중간 부위에 좌우로 각 1방)에 2방

목과 머리 쪽: 아문혈에 1방, 후정혈에 1방, 이마 아시혈(이마의 M자 부위의 선분 중앙 부위에 상당한 곳)에 4방, 어깨 아시혈(눌러서 아픈 부위에 좌우 대칭으로 각각 5방씩)에 좌우로 10방

합계: 51방이었다.

## 최갑용의 57차 벌침 맞는 현황

다리: 족삼리혈(좌, 우)에 2방, 태충혈(좌, 우)에 2방, 삼음교혈(좌, 우)에 2방, 승산혈(좌 우)에 2방, 곤륜혈(좌, 우)에 2방, 왼쪽 다리와 오른쪽 다리의 무릎 아시혈(무릎 슬개골 둘레를 기준하여 좌우상하 끝 중앙 부위에서 밖으로 1cm 정도 떨어진 부위에 각각 1방씩)에 좌우로 8방

복부와 허리 쪽: 음교혈에 1방, 수분혈에 1방, 중완혈에 1방, 허리 아시혈(눌러서 압통을 느끼는 부위를 좌우 대칭으로 각각 3방씩)에 좌우로 6방

팔: 양계혈(좌, 우)에 2방, 곡지혈(좌, 우)에 2방, 천정혈(좌, 우)에 2방, 새끼손가락 아시혈(새끼손가락과 손등의 경계선 중앙에서 팔목 방향으로 2센티 정도 떨어진 부위에 좌우 각 1방씩)

에 2방, 팔의 아시혈(곡지혈에서 팔과 몸통의 연결 부위 중 가장 높은 곳까지의 중간 부위에 좌우로 각 1방)에 2방

목과 머리: 아문혈에 1방, 후정혈에 1방, 이마 아시혈(이마의 M자 부위의 선분 중앙 부위에 상당한 곳)에 4방, 어깨 아시혈(눌러서 아픈 부위에 좌우 대칭으로 각각 5방씩)에 좌우로 10방

합계: 53방이었다.

## 양미정의 57차 벌침 맞는 현황

다리: 족삼리혈(좌, 우)에 2방, 승산혈(좌, 우)에 2방, 곤륜혈(좌, 우)에 2방, 중봉혈(좌, 우)에 2방, 삼음교혈(좌, 우)에 2방, 태충혈(좌, 우)에 2방, 왼쪽 다리와 오른쪽 다리의 무릎 아시혈(무릎 슬개골 둘레를 기준하여 좌우상하 끝 중앙 부위에서 밖으로 1cm 정도 떨어진 부위에 각각 1방씩)에 좌우로 8방, 발목 아시혈(복사뼈 안쪽과 바깥쪽 중앙에서 발등 방향으로 각각 3cm정도 떨어진 부위에 2방씩)에 좌우로 4방

복부와 허리 쪽: 음교혈에 1방, 수분혈에 1방, 중완혈에 1방, 허리의 아시혈(눌러서 압통을 느끼는 부위에 좌우 대칭으로 각각 3방씩)에 좌우로 6방

팔: 양계혈(좌, 우)에 2방, 곡지혈(좌, 우)에 2방, 천정혈(좌, 우)에 2방, 새끼손가락 아시혈(새끼손가락과 손등의 경계선 중앙에서 팔목 방향으로 2센티 정도 떨어진 부위에 좌우 각 1방씩)에 2방, 팔의 아시혈(곡지혈에서 팔과 몸통의 연결 부위 중 가장 높은 곳까지의 중간 부위에 좌우로 각 1방)에 2방

목과 머리: 아문혈에 1방, 후정혈에 1방, 이마 아시혈(이마의 M자 부위의 선분 중앙 부위에 상당한 곳)에 4방, 어깨 아시혈(눌러서 아픈 부위에 좌우 대칭으로 각각 5방씩)에 좌우로 10방

합계: 59방이었다.

여느 토요일과 마찬가지로 봉만치와 7명의 영웅들은 질병과의 전투를 마무리하고 가까운 식당으로 가서 늦은 점심을 먹었다. 떡갈비와 소주를 곁들인 점심식사였다. 봉만치가 먼저 입을 열었다.

"오늘 박소영 영웅은 성기벌침을 처음으로 시작했다오. 다른 분들은 남편 분들에게 가르쳐 줄 것이니 부부가 함께 성기벌침을 가끔씩 즐기시기 바라오. 여성들도 부인병 예방을 위해 부담 없이 즐기면 좋을 것이오."

이런 말을 하면서 봉만치가 7인의 영웅들과 소주잔을 주고받으면서 여성 성기벌침 적응 훈련에 대하여 가르쳐주었다.

# 포경수술

새로운 월요일이 시작되었다. 봉만치와 7인의 영웅들은 질병과의 전쟁에서 완전한 승리를 하기 위해 전투를 계속하였다. 봉만치는 남성 영웅들 중에서 포경수술을 하지 않은 최갑용의 성기벌침 시작에 화농이 생긴 것을 발견했다. 소독약인 과산화수소를 약국에서 사다 주고는 성기벌침 전후에 항상 성기를 비눗물로 청결하게 씻을 것을 강조했다. 포경수술을 하지 않은 사람은 표피를 몸 안쪽으로 살짝 당겨서 벌침을 맞을 때 청결하지 않으면 좁쌀만 한 화농이 자주 생길 수 있다는 사실을 알고 있는 봉만치가 최갑용에게 당부를 했다. 최갑용의 오른손 사용이 불편하니 더 신경 써서 샤워를 자주 하라고 했다.

## 박소영의 58차 벌침 맞는 현황

다리: 족삼리혈(좌, 우)에 2방, 곡천혈(좌, 우)에 2방, 위중혈(좌, 우)에 2방, 승부혈(좌, 우)에 2방, 곤륜혈(좌, 우)에 2방, 승산혈(좌, 우)에 2방, 중봉혈(좌, 우)에 2방, 삼음교혈(좌, 우)에 2방, 태충혈(좌, 우)에 2방, 왼쪽 다리와 오른쪽 다리의 무릎 아시혈(둥근 슬개골 둘레 끝 주위를 따라 1cm 정도 밖으로 떨어진 부위를 균등하여 10방씩)에 좌우로 20방, 발목 아시혈(복사뼈 안쪽과 바깥쪽 중앙에서 발등 방향으로 각각 3cm정도 떨어진 부위에 2방씩)에 좌우로 4방

복부와 허리 쪽: 관원혈에 1방, 하완혈에 1방, 건리혈에 1방, 허리의 아시혈(눌러서 압통을 느끼는 부위를 좌우 대칭으로 각각 3방씩)에 좌우로 6방

팔: 합곡혈(좌, 우)에 2방, 신문혈(좌, 우)에 2방, 주료혈(좌, 우)에 2방, 새끼손가락 아시혈(새끼손가락과 손등의 경계선 중앙에서 팔목 방향으로 2센티 정도 떨어진 부위에 좌우 각 1방씩)에 2방, 팔의 아시혈(곡지혈에서 팔과 몸통의 연결 부위 중 가장 높은 곳까지의 중간 부위에 좌우로 각 1방)에 2방

목과 머리: 천주혈(좌, 우)에 2방, 백회혈에 1방, 사백혈(좌, 우)에 2방, 얼굴 아시혈(턱 부위의 살이 늘어지는 부위)의 중앙에 1방, 어깨 아시혈(눌러서 압통을 느끼는 부위에 좌우 대칭으로 5방씩)에 좌우로 10방

합계: 77방이었다.

## 김덕배의 58차 벌침 맞는 현황

다리: 족삼리혈(좌, 우)에 2방, 삼음교혈(좌, 우)에 2방, 곤륜혈(좌, 우)에 2방, 승산혈(좌, 우)에 2방, 태충혈(좌, 우)에 2방

복부와 허리 쪽: 관원혈에 1방, 하완혈에 1방, 건리혈에 1방, 허리 아시혈(눌러서 압통을 느끼는 부위를 좌우 대칭으로 각각 3방씩)에 좌우로 6방, 등 부위 아시혈(사마귀 3개에 각 2방씩, 사마귀가 거의 새까맣게 타들어가서 뿌리 부위에 벌침을 놓음)에 6방

팔: 합곡혈(좌, 우)에 2방, 신문혈(좌, 우)에 2방, 주료혈(좌, 우)에 2방, 새끼손가락 아시혈(새끼손가락과 손등의 경계선 중앙에서 팔목 방향으로 2센티 정도 떨어진 부위에 좌우 각 1방씩)에 2방, 팔의 아시혈(곡지혈에서 팔과 몸통의 연결 부위 중 가장 높은 곳까지의 중간 부위에 좌우로 각 1방)에 2방

목과 머리: 천주혈(좌, 우)에 2방, 백회혈에 1방, 사백혈(좌, 우)에 2방, 어깨 아시혈(눌러서 압통을 느끼는 부위에 좌우 대칭으로 5방씩)에 좌우로 10방

성기벌침: 성기벌침 맞은 부위(귀두 경계선에서 몸 안쪽으로 1센티 정도 들어간 부위) 둘레를 10등분하여 10방

합계: 60방이었다.

## 윤미령의 58차 벌침 맞는 현황

다리: 족삼리혈(좌, 우)에 2방, 위중혈(좌, 우)에 2방, 승근혈(좌, 우)에 2방, 곤륜혈(좌, 우)에 2방, 대돈혈(좌, 우)에 2방,

왼쪽 다리와 오른쪽 다리의 무릎 아시혈(무릎 슬개골 둘레를 기준하여 좌우상하 끝 중앙 부위에서 밖으로 1cm 정도 떨어진 부위에 각각 1방씩)에 좌우로 8방

복부와 허리 쪽: 관원혈에 1방, 하완혈에 1방, 건리혈에 1방, 허리 아시혈(눌러서 압통을 느끼는 부위를 좌우 대칭으로 각각 2방씩)에 좌우로 4방

팔: 합곡혈(좌, 우)에 2방, 신문혈(좌, 우)에 2방, 주료혈(좌, 우)에 2방, 새끼손가락 아시혈(새끼손가락과 손등의 경계선 중앙에서 팔목 방향으로 2센티 정도 떨어진 부위에 좌우 각 1방씩)에 2방, 팔의 아시혈(곡지혈에서 팔과 몸통의 연결 부위 중 가장 높은 곳까지의 중간 부위에 좌우로 각 1방)에 2방

목과 머리: 천주혈(좌, 우)에 2방, 백회혈에 1방, 사백혈(좌, 우)에 2방, 얼굴 아시혈(턱 부위의 살이 늘어지는 부위)의 중앙에 1방, 어깨 아시혈(눌러서 압통을 느끼는 부위에 좌우 대칭으로 5방씩)에 좌우로 10방

합계: 51방이었다.

### 나찬일의 58차 벌침 맞는 현황

다리: 족삼리혈(좌, 우)에 2방, 위중혈(좌, 우)에 2방, 승근혈(좌, 우)에 2방, 삼음교혈(좌, 우)에 2방, 대돈혈(좌, 우)에 2방

복부와 허리 쪽: 관원혈에 1방, 하완혈에 1방, 건리혈에 1방, 가슴 부위와 등 부위의 아토피성 피부질환 아시혈(환부)에 각각 2방씩 4방(아토피성 피부질환 환부를 대략 2등분하여 2방씩 놓음)

팔: 합곡혈(좌, 우)에 2방, 신문혈(좌, 우)에 2방, 주료혈(좌, 우)

에 2방, 새끼손가락 아시혈(새끼손가락과 손등의 경계선 중앙에서 팔목 방향으로 2센티 정도 떨어진 부위에 좌우 각 1방씩)에 2방, 팔의 아시혈(곡지혈에서 팔과 몸통의 연결 부위 중 가장 높은 곳까지의 중간 부위에 좌우로 각 1방)에 2방

목과 머리 쪽: 천주혈(좌, 우)에 2방, 백회혈에 1방, 사백혈(좌, 우)에 2방, 어깨 아시혈(눌러서 압통을 느끼는 부위에 좌우 대칭으로 5방씩)에 좌우로 10방

성기벌침: 성기벌침 맞은 부위(귀두 경계선에서 몸 안쪽으로 1센티 정도 들어간 부위) 둘레를 10등분하여 10방

합계: 52방이었다.

## 손영미의 58차 벌침 맞는 현황

다리: 족삼리혈(좌, 우)에 2방, 삼음교혈(좌, 우)에 2방, 승산혈(좌, 우)에 2방, 태충혈(좌, 우)에 2방, 왼쪽 다리와 오른쪽 다리의 무릎 아시혈(무릎 슬개골 둘레를 기준하여 좌우상하 끝 중앙 부위에서 밖으로 1cm 정도 떨어진 부위에 각각 1방씩)에 좌우로 8방

복부와 허리 쪽: 관원혈에 1방, 하완혈에 1방, 건리혈에 1방, 허리 아시혈(눌러서 압통을 느끼는 부위를 좌우 대칭으로 각각 3방씩)에 좌우로 6방

팔: 합곡혈(좌, 우)에 2방, 신문혈(좌, 우)에 2방, 주료혈(좌, 우)에 2방, 새끼손가락 아시혈(새끼손가락과 손등의 경계선 중앙에서 팔목 방향으로 2센티 정도 떨어진 부위에 좌우 각 1방씩)에 2방, 팔의 아시혈(곡지혈에서 팔과 몸통의 연결 부위

중 가장 높은 곳까지의 중간 부위에 좌우로 각 1방)에 2방
목과 머리 쪽: 천주혈(좌, 우)에 2방, 백회혈에 1방, 사백혈(좌, 우)에 2방, 얼굴 아시혈(턱 부위의 살이 늘어지는 부위)의 중앙에 1방, 어깨 아시혈(눌러서 아픈 부위에 좌우 대칭으로 각각 5방씩)에 좌우로 10방
합계: 51방이었다.

## 최갑용의 58차 벌침 맞는 현황

다리: 족삼리혈(좌, 우)에 2방, 대돈혈(좌, 우)에 2방, 삼음교혈(좌, 우)에 2방, 승근혈(좌 우)에 2방, 곤륜혈(좌, 우)에 2방, 위중혈(좌, 우)에 2방, 곡천혈(좌, 우)에 2방
복부와 허리 쪽: 관원혈에 1방, 하완혈에 1방, 건리혈에 1방, 허리 아시혈(눌러서 압통을 느끼는 부위를 좌우 대칭으로 각각 3방씩)에 좌우로 6방
팔: 합곡혈(좌, 우)에 2방, 신문혈(좌, 우)에 2방, 주료혈(좌, 우)에 2방, 새끼손가락 아시혈(새끼손가락과 손등의 경계선 중앙에서 팔목 방향으로 2센티 정도 떨어진 부위에 좌우 각 1방씩)에 2방, 팔의 아시혈(곡지혈에서 팔과 몸통의 연결 부위 중 가장 높은 곳까지의 중간 부위에 좌우로 각 1방)에 2방
목과 머리: 천주혈(좌, 우)에 2방, 백회혈에 1방, 사백혈(좌, 우)에 2방, 어깨 아시혈(눌러서 아픈 부위에 좌우 대칭으로 각각 5방씩)에 좌우로 10방
성기벌침: 성기벌침 맞은 부위(귀두 경계선에서 몸 안쪽으로 1센티 정도 들어간 부위) 둘레를 10등분하여 10방
합계: 58방이었다.

## 양미정의 58차 벌침 맞는 현황

다리: 족삼리혈(좌, 우)에 2방, 승근혈(좌, 우)에 2방, 곤륜혈(좌, 우)에 2방, 위중혈(좌, 우)에 2방, 곡천혈(좌, 우)에 2방, 대돈혈(좌, 우)에 2방, 왼쪽 다리와 오른쪽 다리의 무릎 아시혈(무릎 슬개골 둘레를 기준하여 좌우상하 끝 중앙 부위에서 밖으로 1cm 정도 떨어진 부위에 각각 1방씩)에 좌우로 8방, 발목 아시혈(복사뼈 안쪽과 바깥쪽 중앙에서 발등 방향으로 각각 3cm정도 떨어진 부위에 2방씩)에 좌우로 4방

복부와 허리 쪽: 관원혈에 1방, 하완혈에 1방, 건리혈에 1방, 허리의 아시혈(눌러서 압통을 느끼는 부위에 좌우 대칭으로 각각 3방씩)에 좌우로 6방

팔: 합곡혈(좌, 우)에 2방, 신문혈(좌, 우)에 2방, 주료혈(좌, 우)에 2방, 새끼손가락 아시혈(새끼손가락과 손등의 경계선 중앙에서 팔목 방향으로 2센티 정도 떨어진 부위에 좌우 각 1방씩)에 2방, 팔의 아시혈(곡지혈에서 팔과 몸통의 연결 부위 중 가장 높은 곳까지의 중간 부위에 좌우로 각 1방)에 2방

목과 머리: 천주혈(좌, 우)에 2방, 백회혈에 1방, 사백혈(좌, 우)에 2방, 얼굴 아시혈(턱 부위의 살이 늘어지는 부위)의 중앙에 1방, 어깨 아시혈(눌러서 아픈 부위에 좌우 대칭으로 각각 5방씩)에 좌우로 10방

합계: 59방이었다.

봉만치가 월요일부터 전투를 마치고 자신의 어깨에 벌침 10여방

정도를 좌우로 즐겼다. 핀셋으로 꿀벌을 잡고 벌침을 놓고 꿀벌을 눌러 죽이는 것이 만만한 일이 아니었다.

# 59차
# 장보기

화요일 질병과의 전투도 계속 되었다.

"봉 선생님, 그저께 목욕 마치고 장보기를 했습니다. 그 동안 장보기가 소원이었거든요. 관절염으로 무너지고 난 후 시장에 가서 여기저기를 둘러보는 것을 하지 못했는데 드디어 그것이 가능해졌습니다. 시장의 단골가게 사장님들이 매우 반갑게 맞아 주더군요. 눈물이 다 나려고 했습니다. 제가 벌침에 욕심을 내는 이유를 이제 아시겠지요?"

박소영 영웅이 일요일에 시장을 둘러보고 왔다고 자랑을 하였다. 건강한 사람들이야 시장 둘러보는 것이 아무것도 아니겠지만 걸음을 잘 걸을 수 없을 정도로 무릎관절염과 발목관절염이 심한 사람은 그야말로 인생 최고의 선물이 될 수도 있겠다. 퇴행성관절염으로 무릎연골이 거의 마모가 된 것이어서 새로운 수술법만 개

발되기를 기다리며 살았었는데 시장을 한 바퀴 둘러봤다는 것은 참으로 의미 있는 일이 아닐 수 없었다.

"아직 완전한 것이 아니니 무리하지 말고 서서히 걷는 연습을 하면서 벌침을 즐겨봅시다. 날이 따스해지니 임상실험 마치면 잠자리채로 아파트 화단에서 꿀벌을 잡으면서 운동을 하면 좋을 것이오. 운동도 하고 꿀벌을 잡아 벌침도 즐기고 일거양득 아니겠소."

봉만치가 이렇게 대답하면서 7명의 영웅들에게 벌침을 놓아주었다.

### 박소영의 59차 벌침 맞는 현황

다리: 족삼리혈(좌, 우)에 2방, 삼음교혈(좌, 우)에 2방, 위중혈(좌, 우)에 2방, 은문혈(좌, 우)에 2방, 곤륜혈(좌, 우)에 2방, 승근혈(좌, 우)에 2방, 중봉혈(좌, 우)에 2방, 태충혈(좌, 우)에 2방, 대돈혈(좌, 우)에 2방, 왼쪽 다리와 오른쪽 다리의 무릎 아시혈(둥근 슬개골 둘레 끝 주위를 따라 1cm 정도 밖으로 떨어진 부위를 균등하여 10방씩)에 좌우로 20방, 발목 아시혈(복사뼈 안쪽과 바깥쪽 중앙에서 발등 방향으로 각각 3cm정도 떨어진 부위에 2방씩)에 좌우로 4방

복부와 허리 쪽: 천추혈(좌, 우)에 2방, 배 아시혈(천추혈 아래로 3센티 떨어진 부위와 6센티 정도 떨어진 부위 그리고 9센티 정도 떨어진 부위에 좌우로 각 3방씩)에 6방, 허리의 아시혈(눌러서 압

통을 느끼는 부위를 좌우 대칭으로 각각 3방씩)에 좌우로 6방

팔: 합곡혈(좌, 우)에 2방, 신문혈(좌, 우)에 2방, 수삼리혈(좌, 우)에 2방, 곡지혈(좌, 우)에 2방, 팔의 아시혈(곡지혈에서 팔과 몸통의 연결 부위 중 가장 높은 곳까지의 중간 부위에 좌우로 각 1방)에 2방

목과 머리: 풍지혈(좌, 우)에 2방, 전정혈에 1방, 얼굴 아시혈(양 볼 중앙 부위의 노화로 살이 들어가려는 곳에 각 1방)에 좌우로 2방, 얼굴 아시혈(턱 부위의 살이 늘어지는 부위)의 중앙에 1방, 어깨 아시혈(눌러서 압통을 느끼는 부위에 좌우 대칭으로 5방씩)에 좌우로 10방

합계: 82방이었다.

## 김덕배의 59차 벌침 맞는 현황

다리: 족삼리혈(좌, 우)에 2방, 대돈혈(좌, 우)에 2방, 중봉혈(좌, 우)에 2방, 은문혈(좌, 우)에 2방, 태충혈(좌, 우)에 2방, 왼쪽 다리와 오른쪽 다리의 무릎 아시혈(무릎 슬개골 둘레를 기준하여 좌우상하 끝 중앙 부위에서 밖으로 1cm 정도 떨어진 부위에 각각 1방씩)에 좌우로 8방

복부와 허리 쪽: 천추혈(좌, 우)에 2방, 배 아시혈(천추혈 아래로 3센티 떨어진 부위와 6센티 정도 떨어진 부위 그리고 9센티 정도 떨어진 부위에 좌우로 각 3방씩)에 6방, 허리 아시혈(눌러서 압통을 느끼는 부위를 좌우 대칭으로 각각 3방씩)에 좌우로 6방, 등 부위 아시혈(사마귀 3개에

각 2방씩, 사마귀가 거의 새까맣게 타들어가서 뿌리 부위에 벌침을 놓음)에 6방

팔: 합곡혈(좌, 우)에 2방, 신문혈(좌, 우)에 2방, 수삼리혈(좌, 우)에 2방, 곡지혈(좌, 우)에 2방, 팔의 아시혈(곡지혈에서 팔과 몸통의 연결 부위 중 가장 높은 곳까지의 중간 부위에 좌우로 각 1방)에 2방

목과 머리: 풍지혈(좌, 우)에 2방, 전정혈에 1방, 양백혈(좌, 우)에 2방, 어깨 아시혈(눌러서 압통을 느끼는 부위에 좌우 대칭으로 5방씩)에 좌우로 10방

합계 : 63방이었다.

## 윤미령의 59차 벌침 맞는 현황

다리: 족삼리혈(좌, 우)에 2방, 승산혈(좌, 우)에 2방, 곡천혈(좌, 우)에 2방, 태충혈(좌, 우)에 2방, 왼쪽 다리와 오른쪽 다리의 무릎 아시혈(무릎 슬개골 둘레를 기준하여 좌우상하 끝 중앙 부위에서 밖으로 1cm 정도 떨어진 부위에 각각 1방씩)에 좌우로 8방

복부와 허리 쪽: 천추혈(좌, 우)에 2방, 배 아시혈(천추혈 아래로 3센티 떨어진 부위와 6센티 정도 떨어진 부위 그리고 9센티 정도 떨어진 부위에 좌우로 각 3방씩)에 6방

팔: 합곡혈(좌, 우)에 2방, 신문혈(좌, 우)에 2방, 수삼리혈(좌, 우)에 2방, 곡지혈(좌, 우)에 2방, 팔의 아시혈(곡지혈에서 팔과 몸통의 연결 부위 중 가장 높은 곳까지의 중간 부위에 좌우로 각 1방)에 2방

목과 머리: 풍지혈(좌, 우)에 2방, 전정혈에 1방, 얼굴 아시혈(양
볼 중앙 부위의 노화로 살이 들어가려는 곳에 각 1
방)에 좌우로 2방, 얼굴 아시혈(턱 부위의 살이 늘
어지는 부위)의 중앙에 1방, 어깨 아시혈(눌러서 압
통을 느끼는 부위에 좌우 대칭으로 5방씩)에 좌우
로 10방

합계: 50방이었다.

## 나찬일의 59차 벌침 맞는 현황

다리: 족삼리혈(좌, 우)에 2방, 승산혈(좌, 우)에 2방, 위중혈(좌,
우)에 2방, 중봉혈(좌, 우)에 2방, 태충혈(좌, 우)에 2방,
왼쪽 다리와 오른쪽 다리의 무릎 아시혈(무릎 슬개골 둘
레를 기준하여 좌우상하 끝 중앙 부위에서 밖으로 1cm
정도 떨어진 부위에 각각 1방씩)에 좌우로 8방

복부와 허리 쪽: 천추혈(좌, 우)에 2방, 배 아시혈(천추혈 아래
로 3센티 떨어진 부위와 6센티 정도 떨어진
부위 그리고 9센티 정도 떨어진 부위에 좌우
로 각 3방씩)에 6방

팔: 합곡혈(좌, 우)에 2방, 신문혈(좌, 우)에 2방, 수삼리혈(좌,
우)에 2방, 곡지혈(좌, 우)에 2방, 팔의 아시혈(곡지혈에서
팔과 몸통의 연결 부위 중 가장 높은 곳까지의 중간 부위에
좌우로 각 1방)에 2방

목과 머리 쪽: 풍지혈(좌, 우)에 2방, 전정혈에 1방, 양백혈(좌,
우)에 2방, 어깨 아시혈(눌러서 압통을 느끼는
부위에 좌우 대칭으로 5방씩)에 좌우로 10방

합계: 51방이었다.

## 손영미의 59차 벌침 맞는 현황

다리: 족삼리혈(좌, 우)에 2방, 중봉혈(좌, 우)에 2방, 곤륜혈(좌, 우)에 2방, 대돈혈(좌, 우)에 2방, 왼쪽 다리와 오른쪽 다리의 무릎 아시혈(무릎 슬개골 둘레를 기준하여 좌우상하 끝 중앙 부위에서 밖으로 1cm 정도 떨어진 부위에 각각 1방씩)에 좌우로 8방

복부와 허리 쪽: 천추혈(좌, 우)에 2방, 배 아시혈(천추혈 아래로 3센티 떨어진 부위와 6센티 정도 떨어진 부위 그리고 9센티 정도 떨어진 부위에 좌우로 각 3방씩)에 6방

팔: 합곡혈(좌, 우)에 2방, 신문혈(좌, 우)에 2방, 수삼리혈(좌, 우)에 2방, 곡지혈(좌, 우)에 2방, 팔의 아시혈(곡지혈에서 팔과 몸통의 연결 부위 중 가장 높은 곳까지의 중간 부위에 좌우로 각 1방)에 2방

목과 머리 쪽: 풍지혈(좌, 우)에 2방, 전정혈에 1방, 얼굴 아시혈(양볼 중앙 부위의 노화로 살이 들어가려는 곳에 각 1방)에 좌우로 2방, 얼굴 아시혈(턱 부위의 살이 늘어지는 부위)의 중앙에 1방, 어깨 아시혈(눌러서 아픈 부위에 좌우 대칭으로 각각 5방씩)에 좌우로 10방

합계: 50방이었다.

### 최갑용의 59차 벌침 맞는 현황

다리: 족삼리혈(좌, 우)에 2방, 태충혈(좌, 우)에 2방, 삼음교혈(좌, 우)에 2방, 승산혈(좌 우)에 2방, 중봉혈(좌, 우)에 2방, 왼쪽 다리와 오른쪽 다리의 무릎 아시혈(무릎 슬개골 둘레를 기준하여 좌우상하 끝 중앙 부위에서 밖으로 1cm 정도 떨어진 부위에 각각 1방씩)에 좌우로 8방

복부와 허리 쪽: 천추혈(좌, 우)에 2방, 배 아시혈(천추혈 아래로 3센티 떨어진 부위와 6센티 정도 떨어진 부위 그리고 9센티 정도 떨어진 부위에 좌우로 각 3방씩)에 6방

팔: 합곡혈(좌, 우)에 2방, 신문혈(좌, 우)에 2방, 수삼리혈(좌, 우)에 2방, 곡지혈(좌, 우)에 2방, 팔의 아시혈(곡지혈에서 팔과 몸통의 연결 부위 중 가장 높은 곳까지의 중간 부위에 좌우로 각 1방)에 2방

목과 머리: 풍지혈(좌, 우)에 2방, 전정혈에 1방, 양백혈(좌, 우)에 2방, 어깨 아시혈(눌러서 아픈 부위에 좌우 대칭으로 각각 5방씩)에 좌우로 10방

합계: 51방이었다.

### 양미정의 59차 벌침 맞는 현황

다리: 족삼리혈(좌, 우)에 2방, 승산혈(좌, 우)에 2방, 중봉혈(좌, 우)에 2방, 은문혈(좌, 우)에 2방, 곡천혈(좌, 우)에 2방, 태충혈(좌, 우)에 2방, 왼쪽 다리와 오른쪽 다리의 무릎 아시혈(무릎 슬개골 둘레를 기준하여 좌우상하 끝 중앙

부위에서 밖으로 1cm 정도 떨어진 부위에 각각 1방씩)에 좌우로 8방, 발목 아시혈(복사뼈 안쪽과 바깥쪽 중앙에서 발등 방향으로 각각 3cm정도 떨어진 부위에 2방씩)에 좌우로 4방

복부와 허리 쪽: 천추혈(좌, 우)에 2방, 배 아시혈(천추혈 아래로 3센티 떨어진 부위와 6센티 정도 떨어진 부위 그리고 9센티 정도 떨어진 부위에 좌우로 각 3방씩)에 6방, 허리의 아시혈(눌러서 압통을 느끼는 부위에 좌우 대칭으로 각각 3방씩)에 좌우로 6방

팔: 합곡혈(좌, 우)에 2방, 신문혈(좌, 우)에 2방, 수삼리혈(좌, 우)에 2방, 곡지혈(좌, 우)에 2방, 팔의 아시혈(곡지혈에서 팔과 몸통의 연결 부위 중 가장 높은 곳까지의 중간 부위에 좌우로 각 1방)에 2방

목과 머리: 풍지혈(좌, 우)에 2방, 전정혈에 1방, 얼굴 아시혈(양볼 중앙 부위의 노화로 살이 들어가려는 곳에 각 1방)에 좌우로 2방, 얼굴 아시혈(턱 부위의 살이 늘어지는 부위)의 중앙에 1방. 어깨 아시혈(눌러서 아픈 부위에 좌우 대칭으로 각각 5방씩)에 좌우로 10방

합계: 64방이었다.

전투에 임하는 7인의 영웅들의 표정이 점점 더 밝은 모습을 띠었다. 이제는 벌침을 자신들이 맞고 싶은 곳에 놓아달라고 조르기까지 하였다.

# 언제까지

수요일 질병과의 전투도 계속 되었다.

"벌침을 언제까지 맞아야 합니까?"

손영미 영웅이 봉만치에게 물었다.

"벌침은 맞고 싶을 때까지 맞으면 좋소. 사람들이 벌침을 맞으면서 싫어지면 중단했다가 다시 맞고 싶을 때 다시 맞으면 되는 것이오. 그 이유는 간단하오. 벌침을 즐기면 몸 상태가 좋아지게 된다오. 그러면 벌침이 귀찮다는 생각이 들 것이오. 그러면 중단했다가 다시 벌침을 맞고 싶다는 생각이 들면 맞으면 되는 것이라오."

봉만치가 이렇게 대답하면서 7명의 영웅들에게 벌침을 놓아주었다.

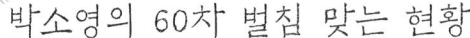
## 박소영의 60차 벌침 맞는 현황

다리: 족삼리혈(좌, 우)에 2방, 삼음교혈(좌, 우)에 2방, 승부혈(좌, 우)에 2방, 곤륜혈(좌, 우)에 2방, 승산혈(좌, 우)에 2방, 중봉혈(좌, 우)에 2방, 곡천혈(좌, 우)에 2방, 태충혈(좌, 우)에 2방, 왼쪽 다리와 오른쪽 다리의 무릎 아시혈(둥근 슬개골 둘레 끝 주위를 따라 1cm 정도 밖으로 떨어진 부위를 균등하여 10방씩)에 좌우로 20방, 발목 아시혈(복사뼈 안쪽과 바깥쪽 중앙에서 발등 방향으로 각각 3cm정도 떨어진 부위에 2방씩)에 좌우로 4방

복부와 허리 쪽: 곡골혈에 1방, 관원혈에 1방, 기문혈에 1방, 배 아시혈(천추혈 아래로 3센티 떨어진 부위와 6센티 정도 떨어진 부위 그리고 9센티 정도 떨어진 부위에 좌우로 각 3방씩)에 6방, 등의 아시혈(눌러서 압통을 느끼는 부위를 좌우 대칭으로 각각 2방씩)에 좌우로 4방

팔: 양계혈(좌, 우)에 2방, 신문혈(좌, 우)에 2방, 주료혈(좌, 우)에 2방, 곡지혈(좌, 우)에 2방, 팔의 아시혈(곡지혈에서 팔과 몸통의 연결 부위 중 가장 높은 곳까지의 중간 부위에 좌우로 각 1방)에 2방

목과 머리: 아문혈에 1방, 백회혈에 1방, 신정혈에 1방, 얼굴 아시혈(팔자주름 중앙 부위에 각 1방씩)에 좌우로 2방, 얼굴 아시혈(턱 부위의 살이 늘어지는 부위)의 중앙에 1방, 어깨 아시혈(눌러서 압통을 느끼는 부위에 좌우 대칭으로 5방씩)에 좌우로 10방

합계: 79방이었다.

## 김덕배의 60차 벌침 맞는 현황

다리: 족삼리혈(좌, 우)에 2방, 승산혈(좌, 우)에 2방, 삼음교혈(좌, 우)에 2방, 위중혈(좌, 우)에 2방, 태충혈(좌, 우)에 2방, 발가락 아시혈(둘째, 셋째, 넷째 발가락의 엄지발가락 대돈혈에 상당하는 부위에 각 1방씩)에 좌우로 6방

복부와 허리 쪽: 곡골혈에 1방, 관원혈에 1방, 기문혈에 1방, 배 아시혈(천추혈 아래로 3센티 떨어진 부위와 6센티 정도 떨어진 부위 그리고 9센티 정도 떨어진 부위에 좌우로 각 3방씩)에 6방, 허리 아시혈(눌러서 압통을 느끼는 부위를 좌우 대칭으로 각각 3방씩)에 좌우로 6방, 등 부위 아시혈(사마귀 3개에 각 2방씩, 사마귀가 거의 새까맣게 타들어가서 뿌리 부위에 벌침을 놓음)에 6방

팔: 양계혈(좌, 우)에 2방, 신문혈(좌, 우)에 2방, 주료혈(좌, 우)에 2방, 곡지혈(좌, 우)에 2방, 팔의 아시혈(곡지혈에서 팔과 몸통의 연결 부위 중 가장 높은 곳까지의 중간 부위에 좌우로 각 1방)에 2방

목과 머리: 아문혈에 1방, 백회혈에 1방, 신정혈에 1방, 얼굴 아시혈(팔자주름 중앙 부위에 각 1방씩)에 좌우로 2방, 어깨 아시혈(눌러서 압통을 느끼는 부위에 좌우 대칭으로 5방씩)에 좌우로 10방

합계: 62방이었다.

## 윤미령의 60차 벌침 맞는 현황

다리: 족삼리혈(좌, 우)에 2방, 위중혈(좌, 우)에 2방, 곤륜혈(좌, 우)에 2방, 삼음교혈(좌, 우)에 2방, 발가락 아시혈(둘째, 셋째, 넷째 발가락의 엄지발가락 대돈혈에 상당하는 부위에 각 1방씩)에 좌우로 6방

복부와 허리 쪽: 곡골혈에 1방, 관원혈에 1방, 기문혈에 1방, 배 아시혈(천추혈 아래로 3센티 떨어진 부위와 6센티 정도 떨어진 부위 그리고 9센티 정도 떨어진 부위에 좌우로 각 3방씩)에 6방

팔: 양계혈(좌, 우)에 2방, 신문혈(좌, 우)에 2방, 주료혈(좌, 우)에 2방, 곡지혈(좌, 우)에 2방, 팔의 아시혈(곡지혈에서 팔과 몸통의 연결 부위 중 가장 높은 곳까지의 중간 부위에 좌우로 각 1방)에 2방

목과 머리: 아문혈에 1방, 백회혈에 1방, 신정혈에 1방, 얼굴 아시혈(팔자주름 중앙 부위에 각 1방씩)에 좌우로 2방, 얼굴 아시혈(턱 부위의 살이 늘어지는 부위)의 중앙에 1방, 어깨 아시혈(눌러서 압통을 느끼는 부위에 좌우 대칭으로 5방씩)에 좌우로 10방

합계: 49방이었다.

## 나찬일의 60차 벌침 맞는 현황

다리: 족삼리혈(좌, 우)에 2방, 곤륜혈(좌, 우)에 2방, 승근혈(좌, 우)에 2방, 삼음교혈(좌, 우)에 2방, 곡천혈(좌, 우)에 2방, 발가락 아시혈(둘째, 셋째, 넷째 발가락의 엄지발가락 대

돈혈에 상당하는 부위에 각 1방씩)에 좌우로 6방

복부와 허리 쪽: 곡골혈에 1방, 관원혈에 1방, 기문혈에 1방, 배 아시혈(천추혈 아래로 3센티 떨어진 부위와 6센티 정도 떨어진 부위 그리고 9센티 정도 떨어진 부위에 좌우로 각 3방씩)에 6방

팔: 양계혈(좌, 우)에 2방, 신문혈(좌, 우)에 2방, 주료혈(좌, 우)에 2방, 곡지혈(좌, 우)에 2방, 팔의 아시혈(곡지혈에서 팔과 몸통의 연결 부위 중 가장 높은 곳까지의 중간 부위에 좌우로 각 1방)에 2방

목과 머리 쪽: 아문혈에 1방, 백회혈에 1방, 신정혈에 1방, 얼굴 아시혈(팔자주름 중앙 부위에 각 1방씩)에 좌우로 2방, 어깨 아시혈(눌러서 압통을 느끼는 부위에 좌우 대칭으로 5방씩)에 좌우로 10방

합계: 50방이었다.

## 손영미의 60차 벌침 맞는 현황

다리: 족삼리혈(좌, 우)에 2방, 중봉혈(좌, 우)에 2방, 곤륜혈(좌, 우)에 2방, 대돈혈(좌, 우)에 2방, 발가락 아시혈(둘째, 셋째, 넷째 발가락의 엄지발가락 대돈혈에 상당하는 부위에 각 1방씩)에 좌우로 6방

복부와 허리 쪽: 곡골혈에 1방, 관원혈에 1방, 기문혈에 1방, 배 아시혈(천추혈 아래로 3센티 떨어진 부위와 6센티 정도 떨어진 부위 그리고 9센티 정도 떨어진 부위에 좌우로 각 3방씩)에 6방

팔: 양계혈(좌, 우)에 2방, 신문혈(좌, 우)에 2방, 주료혈(좌, 우)

에 2방, 곡지혈(좌, 우)에 2방, 팔의 아시혈(곡지혈에서 팔과 몸통의 연결 부위 중 가장 높은 곳까지의 중간 부위에 좌우로 각 1방)에 2방

목과 머리 쪽: 아문혈에 1방, 백회혈에 1방, 신정혈에 1방, 얼굴 아시혈(팔자주름 중앙 부위에 각 1방씩)에 좌우로 2방, 얼굴 아시혈(턱 부위의 살이 늘어지는 부위)의 중앙에 1방, 어깨 아시혈(눌러서 아픈 부위에 좌우 대칭으로 각각 5방씩)에 좌우로 10방

합계: 49방이었다.

## 최갑용의 60차 벌침 맞는 현황

다리: 족삼리혈(좌, 우)에 2방, 태충혈(좌, 우)에 2방, 삼음교혈(좌, 우)에 2방, 승근혈(좌 우)에 2방, 곤륜혈(좌, 우)에 2방, 위중혈(좌, 우)에 2방, 발가락 아시혈(둘째, 셋째, 넷째 발가락의 엄지발가락 대돈혈에 상당하는 부위에 각 1방씩)에 좌우로 6방

복부와 허리 쪽: 곡골혈에 1방, 관원혈에 1방, 기문혈에 1방, 배 아시혈(천추혈 아래로 3센티 떨어진 부위와 6센티 정도 떨어진 부위 그리고 9센티 정도 떨어진 부위에 좌우로 각 3방씩)에 6방, 허리 아시혈(눌러서 압통을 느끼는 부위를 좌우 대칭으로 각각 3방씩)에 좌우로 6방,

팔: 양계혈(좌, 우)에 2방, 신문혈(좌, 우)에 2방, 주료혈(좌, 우)에 2방, 곡지혈(좌, 우)에 2방, 팔의 아시혈(곡지혈에서 팔과 몸통의 연결 부위 중 가장 높은 곳까지의 중간 부위에

좌우로 각 1방)에 2방

목과 머리: 아문혈에 1방, 백회혈에 1방, 신정혈에 1방, 얼굴 아시혈(팔자주름 중앙 부위에 각 1방씩)에 좌우로 2방, 어깨 아시혈(눌러서 아픈 부위에 좌우 대칭으로 각각 5방씩)에 좌우로 10방

합계: 58방이었다.

## 양미정의 60차 벌침 맞는 현황

다리: 족삼리혈(좌, 우)에 2방, 승근혈(좌, 우)에 2방, 중봉혈(좌, 우)에 2방, 곤륜혈(좌, 우)에 2방, 곡천혈(좌, 우)에 2방, 대돈혈(좌, 우)에 2방, 왼쪽 다리와 오른쪽 다리의 무릎 아시혈(무릎 슬개골 둘레를 기준하여 좌우상하 끝 중앙 부위에서 밖으로 1cm 정도 떨어진 부위에 각각 1방씩)에 좌우로 8방, 발가락 아시혈(둘째, 셋째, 넷째 발가락의 엄지발가락 내돈혈에 상당하는 부위에 각 1방씩)에 좌우로 6방

복부와 허리 쪽: 곡골혈에 1방, 관원혈에 1방, 기문혈에 1방, 배 아시혈(천추혈 아래로 3센티 떨어진 부위와 6센티 정도 떨어진 부위 그리고 9센티 정도 떨어진 부위에 좌우로 각 3방씩)에 6방, 허리의 아시혈(눌러서 압통을 느끼는 부위에 좌우 대칭으로 각각 3방씩)에 좌우로 6방

팔: 양계혈(좌, 우)에 2방, 신문혈(좌, 우)에 2방, 주료혈(좌, 우)에 2방, 곡지혈(좌, 우)에 2방, 팔의 아시혈(곡지혈에서 팔과 몸통의 연결 부위 중 가장 높은 곳까지의 중간 부위에 좌우

로 각 1방)에 2방

목과 머리: 아문혈에 1방, 백회혈에 1방, 신정혈에 1방, 얼굴 아시혈(팔자주름 중앙 부위에 각 1방씩)에 좌우로 2방, 얼굴 아시혈(턱 부위의 살이 늘어지는 부위)의 중앙에 1방, 어깨 아시혈(눌러서 아픈 부위에 좌우 대칭으로 각각 5방씩)에 좌우로 10방

합계: 67방이었다.

벌침은 기한이 없으므로 맞고 싶으면 맞고 맞기 싫으면 맞지 않으면 된다고 봉만치가 말했다.

# 61차
# 알 수 없다

목요일 질병과의 전투도 계속 되었다.

"이웃집 아줌마 중에 이유 없이 피로하고 아프다고 하는 이가 있습니다. 병원에서 종합검진을 받고 검사할 것은 거의 다 했는데 특별한 증상이 나타나지 않고 말입니다. 봉 선생님은 이떻게 생각하십니까? 그런 이도 벌침을 맞으면 좋나요?"

윤미령 영웅이 봉만치에게 물었다.

"그런 분들이 의외로 많소. 이유는 아마도 혈액순환 장애가 원인일 것이오. 병원에서 검사를 받았는데 특별한 증상이 없다는 것은 아마도 검사 장비의 측정오차 범위 내에 모세혈관 등이 변형되어 혈액순환 장애가 있을 수도 있는 것 아니겠소. 그러면 죽었다 깨어나도 원인을 찾을 수 없을 것이오. 물론 혈액성분 분석도 정상으로 나왔지만 말이오. 만성피로 같은 것이 그런 질병 아니겠소. 아무튼 알 수 없는 원인으로 고생하는 분들이라면 그냥 벌침을 즐기길 바라오. 본인이 즐겨보면 직접 느낄 수 있는 것 아니겠소."

봉만치가 이렇게 대답하면서 7명의 영웅들에게 벌침을 놓아주었다.

### 박소영의 61차 벌침 맞는 현황

다리: 족삼리혈(좌, 우)에 2방, 삼음교혈(좌, 우)에 2방, 은문혈(좌, 우)에 2방, 곤륜혈(좌, 우)에 2방, 승근혈(좌, 우)에 2방, 위중혈(좌, 우)에 2방, 곡천혈(좌, 우)에 2방, 대돈혈(좌, 우)에 2방, 왼쪽 다리와 오른쪽 다리의 무릎 아시혈(둥근 슬개골 둘레 끝 주위를 따라 1cm 정도 밖으로 떨어진 부위를 균등하여 10방씩)에 좌우로 20방, 발목 아시혈(복사뼈 안쪽과 바깥쪽 중앙에서 발등 방향으로 각각 3cm정도 떨어진 부위에 2방씩)에 좌우로 4방

복부와 허리 쪽: 중극혈에 1방, 석문혈에 1방, 천추혈(좌, 우)에 2방, 중완혈에 1방, 수분혈에 1방, 허리 아시혈(눌러서 압통을 느끼는 부위를 좌우 대칭으로 각각 3방씩)에 좌우로 6방, 등의 아시혈(눌러서 압통을 느끼는 부위를 좌우 대칭으로 각각 2방씩)에 좌우로 4방

팔: 합곡혈(좌, 우)에 2방, 수삼리혈(좌, 우)에 2방, 천정혈(좌, 우)에 2방, 팔의 아시혈(곡지혈에서 팔과 몸통의 연결 부위 중 가장 높은 곳까지의 중간 부위에 좌우로 각 1방)에 2방

목과 머리: 천주혈(좌, 우)에 2방, 후정혈에 1방, 신회혈에 1방,

얼굴 아시혈(눈썹과 눈썹 사이 중앙 부위)에 1방, 얼굴 아시혈(양볼 중앙 부위의 노화로 살이 들어가려는 곳에 각 1방)에 좌우로 2방, 얼굴 아시혈(턱 부위의 살이 늘어지는 부위)의 중앙에 1방, 어깨 아시혈(눌러서 압통을 느끼는 부위에 좌우 대칭으로 5방씩)에 좌우로 10방

합계: 82방이었다.

## 김덕배의 61차 벌침 맞는 현황

다리: 족삼리혈(좌, 우)에 2방, 곤륜혈(좌, 우)에 2방, 삼음교혈(좌, 우)에 2방, 승근혈(좌, 우)에 2방, 중봉혈(좌, 우)에 2방, 발 아시혈(둘째와 셋째발가락 사이, 셋째와 넷째발가락 사이, 넷째와 새끼발가락 사이의 엄지발가락과 둘째발가락 사이인 태충혈에 상당하는 부위에 각 1방씩)에 좌우로 6방

복부와 허리 쪽: 중극혈에 1방, 석문혈에 1방, 천추혈(좌, 우)에 2방, 중완혈에 1방, 수분혈에 1방, 허리 아시혈(눌러서 압통을 느끼는 부위를 좌우 대칭으로 각각 3방씩)에 좌우로 6방, 등 부위 아시혈(사마귀 3개 중 2개는 완전히 사라지고 1개도 90% 정도 사라졌음. 아직 사라지지 않은 사마귀의 뿌리 부위에만 벌침을 놓음)에 3방

팔: 합곡혈(좌, 우)에 2방, 수삼리혈(좌, 우)에 2방, 천정혈(좌, 우)에 2방, 팔의 아시혈(곡지혈에서 팔과 몸통의 연결 부위 중 가장 높은 곳까지의 중간 부위에 좌우로 각 1방)에 2방

목과 머리: 천주혈(좌, 우)에 2방, 후정혈에 1방, 신회혈에 1방, 얼굴 아시혈(눈썹과 눈썹 사이 중앙 부위)에 1방, 어깨 아시혈(눌러서 압통을 느끼는 부위에 좌우 대칭으로 5방씩)에 좌우로 10방

합계: 54방이었다.

### 윤미령의 61차 벌침 맞는 현황

다리: 족삼리혈(좌, 우)에 2방, 승산혈(좌, 우)에 2방, 위중혈(좌, 우)에 2방, 곡천혈(좌, 우)에 2방, 발 아시혈(둘째와 셋째 발가락 사이, 셋째와 넷째발가락 사이, 넷째와 새끼발가락 사이의 엄지발가락과 둘째 발가락 사이인 태충혈에 상당하는 부위에 각 1방씩)에 좌우로 6방

복부와 허리 쪽: 중극혈에 1방, 석문혈에 1방, 천추혈(좌, 우)에 2방, 중완혈에 1방, 수분혈에 1방

팔: 합곡혈(좌, 우)에 2방, 수삼리혈(좌, 우)에 2방, 천정혈(좌, 우)에 2방, 팔의 아시혈(곡지혈에서 팔과 몸통의 연결 부위 중 가장 높은 곳까지의 중간 부위에 좌우로 각 1방)에 2방

목과 머리: 천주혈(좌, 우)에 2방, 후정혈에 1방, 신회혈에 1방, 얼굴 아시혈(눈썹과 눈썹 사이 중앙 부위)에 1방, 얼굴 아시혈(양볼 중앙 부위의 노화로 살이 들어가려는 곳에 각 1방)에 좌우로 2방, 얼굴 아시혈(턱 부위의 살이 늘어지는 부위)의 중앙에 1방, 어깨 아시혈(눌러서 압통을 느끼는 부위에 좌우 대칭으로 5방씩)에 좌우로 10방

합계: 46방이었다.

## 나찬일의 61차 벌침 맞는 현황

다리: 족삼리혈(좌, 우)에 2방, 승산혈(좌, 우)에 2방, 위중혈(좌, 우)에 2방, 삼음교혈(좌, 우)에 2방, 은문혈(좌, 우)에 2방, 발 아시혈(둘째와 셋째발가락 사이, 셋째와 넷째발가락 사이, 넷째와 새끼발가락 사이의 엄지발가락과 둘째 발가락 사이인 태충혈에 상당하는 부위에 각 1방씩)에 좌우로 6방

복부와 허리 쪽: 중극혈에 1방, 석문혈에 1방, 천추혈(좌, 우)에 2방, 중완혈에 1방, 수분혈에 1방

팔: 합곡혈(좌, 우)에 2방, 수삼리혈(좌, 우)에 2방, 천정혈(좌, 우)에 2방, 팔의 아시혈(곡지혈에서 팔과 몸통의 연결 부위 중 가장 높은 곳까지의 중간 부위에 좌우로 각 1방)에 2방

목과 머리 쪽: 천주혈(좌, 우)에 2방, 후정혈에 1방, 신회혈에 1방, 얼굴 아시혈(눈썹과 눈썹 사이 중앙 부위)에 1방, 어깨 아시혈(눌러서 압통을 느끼는 부위에 좌우 대칭으로 5방씩)에 좌우로 10방

합계: 45방이었다.

## 손영미의 61차 벌침 맞는 현황

다리: 족삼리혈(좌, 우)에 2방, 승산혈(좌, 우)에 2방, 삼음교혈(좌, 우)에 2방, 곡천혈(좌, 우)에 2방, 발 아시혈(둘째와 셋째발가락 사이, 셋째와 넷째발가락 사이, 넷째와 새끼발가락 사이의 엄지발가락과 둘째 발가락 사이인 태충혈에 상당하는 부위에 각 1방씩)에 좌우로 6방

복부와 허리 쪽: 중극혈에 1방, 석문혈에 1방, 천추혈(좌, 우)에 2방, 중완혈에 1방, 수분혈에 1방

팔: 합곡혈(좌, 우)에 2방, 수삼리혈(좌, 우)에 2방, 천정혈(좌, 우)에 2방, 팔의 아시혈(곡지혈에서 팔과 몸통의 연결 부위 중 가장 높은 곳까지의 중간 부위에 좌우로 각 1방)에 2방

목과 머리 쪽: 천주혈(좌, 우)에 2방, 후정혈에 1방, 신회혈에 1방, 얼굴 아시혈(눈썹과 눈썹 사이 중앙 부위)에 1방, 얼굴 아시혈(양볼 중앙 부위의 노화로 살이 들어가려는 곳에 각 1방)에 좌우로 2방, 얼굴 아시혈(턱 부위의 살이 늘어지는 부위)의 중앙에 1방, 어깨 아시혈(눌러서 아픈 부위에 좌우 대칭으로 각각 5방씩)에 좌우로 10방

합계: 46방이었다.

## 최갑용의 61차 벌침 맞는 현황

다리: 족삼리혈(좌, 우)에 2방, 곤륜혈(좌, 우)에 2방, 중봉혈(좌, 우)에 2방, 승산혈(좌 우)에 2방, 삼음교혈(좌, 우)에 2방, 곡천혈(좌, 우)에 2방, 발 아시혈(둘째와 셋째발가락 사이, 셋째와 넷째발가락 사이, 넷째와 새끼발가락 사이의 엄지발가락과 둘째 발가락 사이인 태충혈에 상당하는 부위에 각 1방씩)에 좌우로 6방

복부와 허리 쪽: 중극혈에 1방, 석문혈에 1방, 천추혈(좌, 우)에 2방, 중완혈에 1방, 수분혈에 1방, 허리 아시혈(눌러서 압통을 느끼는 부위를 좌우 대칭으로 각각 3방씩)에 좌우로 6방,

팔: 합곡혈(좌, 우)에 2방, 수삼리혈(좌, 우)에 2방, 천정혈(좌,

우)에 2방, 팔의 아시혈(곡지혈에서 팔과 몸통의 연결 부위 중 가장 높은 곳까지의 중간 부위에 좌우로 각 1방)에 2방

목과 머리: 천주혈(좌, 우)에 2방, 후정혈에 1방, 신회혈에 1방, 얼굴 아시혈(눈썹과 눈썹 사이 중앙 부위)에 1방, 어깨 아시혈(눌러서 아픈 부위에 좌우 대칭으로 각각 5방씩)에 좌우로 10방

합계: 53방이었다.

## 양미정의 61차 벌침 맞는 현황

다리: 족삼리혈(좌, 우)에 2방, 승산혈(좌, 우)에 2방, 삼음교혈(좌, 우)에 2방, 곤륜혈(좌, 우)에 2방, 위중혈(좌, 우)에 2방, 은문혈(좌, 우)에 2방, 왼쪽 다리와 오른쪽 다리의 무릎 아시혈(무릎 슬개골 둘레를 기준하여 좌우상하 끝 중앙 부위에서 밖으로 1cm 정도 떨어진 부위에 각각 1방씩)에 좌우로 8방, 발 아시혈(둘째와 셋째발가락 사이, 셋째와 넷째발가락 사이, 넷째와 새끼발가락 사이의 엄지발가락과 둘째 발가락 사이인 태충혈에 상당하는 부위에 각 1방씩)에 좌우로 6방

복부와 허리 쪽: 중극혈에 1방, 석문혈에 1방, 천추혈(좌, 우)에 2방, 중완혈에 1방, 수분혈에 1방, 허리의 아시혈(눌러서 압통을 느끼는 부위에 좌우 대칭으로 각각 3방씩)에 좌우로 6방

팔: 합곡혈(좌, 우)에 2방, 수삼리혈(좌, 우)에 2방, 천정혈(좌, 우)에 2방, 팔의 아시혈(곡지혈에서 팔과 몸통의 연결 부위 중 가장 높은 곳까지의 중간 부위에 좌우로 각 1방)에 2방

목과 머리: 천주혈(좌, 우)에 2방, 후정혈에 1방, 신회혈에 1방, 얼굴 아시혈(눈썹과 눈썹 사이 중앙 부위)에 1방, 얼굴 아시혈(양볼 중앙 부위의 노화로 살이 들어가려는 곳에 각 1방)에 좌우로 2방, 얼굴 아시혈(턱 부위의 살이 늘어지는 부위)의 중앙에 1방, 어깨 아시혈(눌러서 아픈 부위에 좌우 대칭으로 각각 5방씩)에 좌우로 10방

합계: 64방이었다.

알 수 없는 이유로 피로하고 아프고 의욕이 없는 무기력증세가 있는 사람은 벌침을 접해보는 것이 좋다고 봉만치가 말을 했다.

# 공포심

금요일 질병과의 전투도 계속 되었다.

"벌침을 일반인들이 처음 접할 때 누구나 두려움이 있는 것 같소. 여러분들은 함께 질병과의 전투를 하면서 수십 방씩 즐겨도 절차에 따라 시시히 즐기면 문제가 없다는 것을 느꼈을 것이오. 여러분들은 지금 아무도 가보지 않은 길을 가는 것이오. 그래서 이 봉만치가 여러분들은 영웅으로 칭하는 것이오. 하지만 여러분들도 개별적으로 질병과의 전투를 했다면 공포심 때문에 단기간에 수십 방에 도전하지 못했을 것이라고 믿고 있소. 어찌됐든 여러분들은 공포심을 이긴 영웅인 것이오. 여러분들의 이야기가 세상에 알려지면 많은 사람들이 혜택을 받을 것이오. 왜냐하면 그들은 이미 누군가가 가본 길을 가니 말이오."

봉만치가 이렇게 대답하면서 7명의 영웅들에게 벌침을 놓아주었다.

### 박소영의 62차 벌침 맞는 현황

다리: 족삼리혈(좌, 우)에 2방, 삼음교혈(좌, 우)에 2방, 승부혈(좌, 우)에 2방, 곤륜혈(좌, 우)에 2방, 승산혈(좌, 우)에 2방, 위중혈(좌, 우)에 2방, 곡천혈(좌, 우)에 2방, 중봉혈(좌, 우)에 2방, 왼쪽 다리와 오른쪽 다리의 무릎 아시혈(둥근 슬개골 둘레 끝 주위를 따라 1cm 정도 밖으로 떨어진 부위를 균등하여 10방씩)에 좌우로 20방, 발목 아시혈(복사뼈 안쪽과 바깥쪽 중앙에서 발등 방향으로 각각 3cm정도 떨어진 부위에 2방씩)에 좌우로 4방

복부와 허리 쪽: 음교혈에 1방, 천추혈(좌, 우)에 2방, 하완혈에 1방, 건리혈에 1방, 허리 아시혈(눌러서 압통을 느끼는 부위를 좌우 대칭으로 각각 3방씩)에 좌우로 6방, 등의 아시혈(눌러서 압통을 느끼는 부위를 좌우 대칭으로 각각 2방씩)에 좌우로 4방

팔: 합곡혈(좌, 우)에 2방, 신문혈(좌, 우)에 2방, 양계혈(좌, 우)에 2방, 곡지혈(좌, 우)에 2방, 팔의 아시혈(곡지혈에서 팔과 몸통의 연결 부위 중 가장 높은 곳까지의 중간 부위에 좌우로 각 1방)에 2방

목과 머리: 풍지혈(좌, 우)에 2방, 백회혈에 1방, 신정혈에 1방, 사백혈(좌, 우)에 2방, 얼굴 아시혈(눈과 눈 사이의 중앙 부위)에 1방, 얼굴 아시혈(양볼 중앙 부위의 노화로 살이 들어가려는 곳에 각 1방)에 좌우로

2방, 얼굴 아시혈(턱 부위의 살이 늘어지는 부위)의 중앙에 1방, 어깨 아시혈(눌러서 압통을 느끼는 부위에 좌우 대칭으로 5방씩)에 좌우로 10방

합계: 85방이었다.

 ### 김덕배의 62차 벌침 맞는 현황

다리: 족삼리혈(좌, 우)에 2방, 태충혈(좌, 우)에 2방, 삼음교혈(좌, 우)에 2방, 승근혈(좌, 우)에 2방, 대돈혈(좌, 우)에 2방, 왼쪽 다리와 오른쪽 다리의 무릎 아시혈(무릎 슬개골 둘레를 기준하여 좌우상하 끝 중앙 부위에서 밖으로 1cm 정도 떨어진 부위에 각각 1방씩)에 좌우로 8방

복부와 허리 쪽: 음교혈에 1방, 천추혈(좌, 우)에 2방, 하완혈에 1방, 건리혈에 1방, 허리 아시혈(눌러서 압통을 느끼는 부위를 좌우 대칭으로 각각 3방씩)에 좌우로 6방, 등 부위 아시혈(사마귀 3개 중 2개는 완전히 사라지고 1개도 90% 정도 사라졌음, 아직 사라지지 않은 사마귀의 뿌리 부위에만 벌침을 놓음)에 3방

팔: 합곡혈(좌, 우)에 2방, 신문혈(좌, 우)에 2방, 양계혈(좌, 우)에 2방, 곡지혈(좌, 우)에 2방, 팔의 아시혈(곡지혈에서 팔과 몸통의 연결 부위 중 가장 높은 곳까지의 중간 부위에 좌우로 각 1방)에 2방

목과 머리: 풍지혈(좌, 우)에 2방, 백회혈에 1방, 신정혈에 1방, 사백혈(좌, 우)에 2방, 얼굴 아시혈(눈썹과 눈썹 사이 중앙 부위)에 1방, 어깨 아시혈(눌러서 압통을 느

끼는 부위에 좌우 대칭으로 5방씩)에 좌우로 10방

합계: 59방이었다.

## 윤미령의 62차 벌침 맞는 현황

다리: 족삼리혈(좌, 우)에 2방, 승근혈(좌, 우)에 2방, 태충혈(좌, 우)에 2방, 중봉혈(좌, 우)에 2방, 곤륜혈(좌, 우)에 2방, 왼쪽 다리와 오른쪽 다리의 무릎 아시혈(무릎 슬개골 둘레를 기준하여 좌우상하 끝 중앙 부위에서 밖으로 1cm 정도 떨어진 부위에 각각 1방씩)에 좌우로 8방

복부와 허리 쪽: 음교혈에 1방, 천추혈(좌, 우)에 2방, 하완혈에 1방, 건리혈에 1방

팔: 합곡혈(좌, 우)에 2방, 신문혈(좌, 우)에 2방, 양계혈(좌, 우)에 2방, 곡지혈(좌, 우)에 2방

목과 머리: 풍지혈(좌, 우)에 2방, 백회혈에 1방, 신정혈에 1방, 사백혈(좌, 우)에 2방, 얼굴 아시혈(눈과 눈 사이의 중앙 부위에 1방, 얼굴 아시혈(양볼 중앙 부위의 노화로 살이 들어가려는 곳에 각 1방)에 좌우로 2방, 얼굴 아시혈(턱 부위의 살이 늘어지는 부위)의 중앙에 1방, 어깨 아시혈(눌러서 압통을 느끼는 부위에 좌우 대칭으로 5방씩)에 좌우로 10방

합계: 51방이었다.

## 나찬일의 62차 벌침 맞는 현황

다리: 족삼리혈(좌, 우)에 2방, 승근혈(좌, 우)에 2방, 태충혈(좌, 우)에 2방, 중봉혈(좌, 우)에 2방, 삼음교혈(좌, 우)에 2방, 왼쪽 다리와 오른쪽 다리의 무릎 아시혈(무릎 슬개골 둘레를 기준하여 좌우상하 끝 중앙 부위에서 밖으로 1cm 정도 떨어진 부위에 각각 1방씩)에 좌우로 8방

복부와 허리 쪽: 음교혈에 1방, 천추혈(좌, 우)에 2방, 하완혈에 1방, 건리혈에 1방

팔: 합곡혈(좌, 우)에 2방, 신문혈(좌, 우)에 2방, 양계혈(좌, 우)에 2방, 곡지혈(좌, 우)에 2방

목과 머리 쪽: 풍지혈(좌, 우)에 2방, 백회혈에 1방, 신정혈에 1방, 사백혈(좌, 우)에 2방, 얼굴 아시혈(눈썹과 눈썹 사이 중앙 부위)에 1방, 어깨 아시혈(눌러서 압통을 느끼는 부위에 좌우 대칭으로 5방씩)에 좌우로 10방

합계: 48방이었다.

## 손영미의 62차 벌침 맞는 현황

다리: 족삼리혈(좌, 우)에 2방, 승근혈(좌, 우)에 2방, 곤륜혈(좌, 우)에 2방, 태충혈(좌, 우)에 2방, 왼쪽 다리와 오른쪽 다리의 무릎 아시혈(무릎 슬개골 둘레를 기준하여 좌우상하 끝 중앙 부위에서 밖으로 1cm 정도 떨어진 부위에 각각 1방씩)에 좌우로 8방

복부와 허리 쪽: 음교혈에 1방, 천추혈(좌, 우)에 2방, 하완혈에 1방, 건리혈에 1방

팔: 합곡혈(좌, 우)에 2방, 수삼리혈(좌, 우)에 2방, 천정혈(좌, 우)에 2방, 곡지혈(좌, 우)에 2방

목과 머리 쪽: 풍지혈(좌, 우)에 2방, 백회혈에 1방, 신정혈에 1방, 사백혈(좌, 우)에 2방, 얼굴 아시혈(눈과 눈 사이의 중앙 부위)에 1방, 얼굴 아시혈(양볼 중앙 부위의 노화로 살이 들어가려는 곳에 각 1방)에 좌우로 2방, 얼굴 아시혈(턱 부위의 살이 늘어지는 부위)의 중앙에 1방, 어깨 아시혈(눌러서 아픈 부위에 좌우 대칭으로 각각 5방씩)에 좌우로 10방

합계: 49방이었다.

## 최갑용의 62차 벌침 맞는 현황

다리: 족삼리혈(좌, 우)에 2방, 곤륜혈(좌, 우)에 2방, 태충혈(좌, 우)에 2방, 승근혈(좌 우)에 2방, 삼음교혈(좌, 우)에 2방, 대돈혈(좌, 우)에 2방, 왼쪽 다리와 오른쪽 다리의 무릎 아시혈(무릎 슬개골 둘레를 기준하여 좌우상하 끝 중앙 부위에서 밖으로 1cm 정도 떨어진 부위에 각각 1방씩)에 좌우로 8방

복부와 허리 쪽: 음교혈에 1방, 천추혈(좌, 우)에 2방, 하완혈에 1방, 건리혈에 1방, 허리 아시혈(눌러서 압통을 느끼는 부위를 좌우 대칭으로 각각 3방씩)에 좌우로 6방,

팔: 합곡혈(좌, 우)에 2방, 신문혈(좌, 우)에 2방, 양계혈(좌, 우)

에 2방, 곡지혈(좌, 우)에 2방, 팔의 아시혈(곡지혈에서 팔과 몸통의 연결 부위 중 가장 높은 곳까지의 중간 부위에 좌우로 각 1방)에 2방

목과 머리: 풍지혈(좌, 우)에 2방, 백회혈에 1방, 신정혈에 1방, 사백혈(좌, 우)에 2방, 얼굴 아시혈(눈과 눈 사이의 중앙 부위)에 1방, 얼굴 아시혈(양볼 중앙 부위의 노화로 살이 들어가려는 곳에 각 1방)에 좌우로 2방, 얼굴 아시혈(턱 부위의 살이 늘어지는 부위)의 중앙에 1방, 어깨 아시혈(눌러서 아픈 부위에 좌우 대칭으로 각각 5방씩)에 좌우로 10방

합계: 61방이었다.

## 양미정의 62차 벌침 맞는 현황

다리: 족삼리혈(좌, 우)에 2방, 승산혈(좌, 우)에 2방, 중봉혈(좌, 우)에 2방, 곤륜혈(좌, 우)에 2방, 태충혈(좌, 우)에 2방, 위중혈(좌, 우)에 2방, 왼쪽 다리와 오른쪽 다리의 무릎 아시혈(무릎 슬개골 둘레를 기준하여 좌우상하 끝 중앙 부위에서 밖으로 1cm 정도 떨어진 부위에 각각 1방씩)에 좌우로 8방, 발목 아시혈(복사뼈 안쪽과 바깥쪽 중앙에서 발등 방향으로 각각 3cm정도 떨어진 부위에 2방씩)에 좌우로 4방

복부와 허리 쪽: 음교혈에 1방, 천추혈(좌, 우)에 2방, 하완혈에 1방, 건리혈에 1방, 허리의 아시혈(눌러서 압통을 느끼는 부위에 좌우 대칭으로 각각 3방씩)에 좌우로 6방

팔: 합곡혈(좌, 우)에 2방, 신문혈(좌, 우)에 2방, 양계혈(좌, 우)에 2방, 곡지혈(좌, 우)에 2방, 팔의 아시혈(곡지혈에서 팔과 몸통의 연결 부위 중 가장 높은 곳까지의 중간 부위에 좌우로 각 1방)에 2방

목과 머리: 풍지혈(좌, 우)에 2방, 백회혈에 1방, 신정혈에 1방, 사백혈(좌, 우)에 2방, 얼굴 아시혈(눈과 눈 사이의 중앙 부위)에 1방, 얼굴 아시혈(양볼 중앙 부위의 노화로 살이 들어가려는 곳에 각 1방)에 좌우로 2방, 얼굴 아시혈(턱 부위의 살이 늘어지는 부위)의 중앙에 1방, 어깨 아시혈(눌러서 아픈 부위에 좌우 대칭으로 각각 5방씩)에 좌우로 10방

합계: 65방이었다.

머지않아 사람들이 벌침에 대한 공포심을 완전히 떨쳐버릴 날이 올 것이라고 봉만치가 말했다. 7명의 영웅들의 이야기가 그렇게 만들 수 있다고 믿었기 때문이다.

# 잇몸

토요일 질병과의 전투도 계속 되었다.

"잇몸이 아플 때 벌침을 잇몸에 맞아도 되는지요? 어젯밤에 왼쪽 위 어금니 부위의 잇몸이 아파서 고생을 했습니다."

최갑용 영웅이 봉만치에게 질문을 했다.

"여러분처럼 벌침을 자유롭게 즐길 수 있도록 신체조건이 만들어진 사람이라면 잇몸 벌침을 즐겨도 좋을 것이오. 하지만 신체에 벌독 항체가 만들어지지 않은 사람은 맞을 수 없소. 약국에서 잇몸 아픈데 효과가 있는 약을 구해 먹어야만 할 것이오. 잇몸이 아픈 원인은 아마도 염증에 의한 것이 대부분으로 알고 있소. 벌침을 아픈 잇몸 부위에 2~3방정도 맞으면 시원함을 느낄 것이오. 하지만 염증을 유발시키는 지저분한 것들을 청소하는 것을 병행하지 않으면 재발될 수도 있소. 정기적으로 이빨관리 해주면서 과로와 스트레스를 줄이는 것도 필요하다는 것이오. 모든 질병은 생활습관과 연관되어 있으니 말이오. 오늘 잇몸 벌침을 놓아 주겠소."

봉만치가 이렇게 대답하면서 7명의 영웅들에게 벌침을 놓아주었다.

### 박소영의 63차 벌침 맞는 현황

다리: 족삼리혈(좌, 우)에 2방, 삼음교혈(좌, 우)에 2방, 은문혈(좌, 우)에 2방, 곤륜혈(좌, 우)에 2방, 승산혈(좌, 우)에 2방, 위중혈(좌, 우)에 2방, 곡천혈(좌, 우)에 2방, 대돈혈(좌, 우)에 2방, 왼쪽 다리와 오른쪽 다리의 무릎 아시혈(둥근 슬개골 둘레 끝 주위를 따라 1cm 정도 밖으로 떨어진 부위를 균등하여 10방씩)에 좌우로 20방, 발목 아시혈(복사뼈 안쪽과 바깥쪽 중앙에서 발등 방향으로 각각 3cm정도 떨어진 부위에 2방씩)에 좌우로 4방

복부와 허리 쪽: 곡골혈에 1방, 천추혈(좌, 우)에 2방, 중완혈에 1방, 허리 아시혈(눌러서 압통을 느끼는 부위를 좌우 대칭으로 각각 3방씩)에 좌우로 6방, 등의 아시혈(눌러서 압통을 느끼는 부위를 좌우 대칭으로 각각 2방씩)에 좌우로 4방

팔: 합곡혈(좌, 우)에 2방, 천정혈(좌, 우)에 2방, 수삼리혈(좌, 우)에 2방, 주료혈(좌, 우)에 2방, 새끼손가락 아시혈(새끼손가락과 손등의 경계선 중앙에서 팔목 방향으로 2센티 정도 떨어진 부위에 좌우 각 1방씩)에 2방

목과 머리: 아문혈에 1방, 후정혈에 1방, 상성혈에 1방, 눈가의

아시혈(눈가의 좌우 끝에서 밖으로 2센티 정도 떨어진 부위에 좌우로 각 1방씩)에 2방, 얼굴 아시혈(양볼 중앙 부위의 노화로 살이 들어가려는 곳에 각 1방)에 좌우로 2방, 얼굴 아시혈(턱 부위의 살이 늘어지는 부위)의 중앙에 1방, 어깨 아시혈(눌러서 압통을 느끼는 부위에 좌우 대칭으로 5방씩)에 좌우로 10방

합계: 82방이었다.

## 김덕배의 63차 벌침 맞는 현황

다리: 족삼리혈(좌, 우)에 2방, 곤륜혈(좌, 우)에 2방, 삼음교혈(좌, 우)에 2방, 승산혈(좌, 우)에 2방, 태충혈(좌, 우)에 2방, 왼쪽 다리와 오른쪽 다리의 무릎 아시혈(무릎 슬개골 둘레를 기준하여 좌우상하 끝 중앙 부위에서 밖으로 1cm 정도 떨어진 부위에 각각 1방씩)에 좌우로 8방

복부와 허리 쪽: 곡골혈에 1방, 천추혈(좌, 우)에 2방, 중완혈에 1방, 허리 아시혈(눌러서 압통을 느끼는 부위를 좌우 대칭으로 각각 3방씩)에 좌우로 6방, 등 부위 아시혈(사마귀 3개 중 2개는 완전히 사라지고 1개도 90% 정도 사라졌음, 아직 사라지지 않은 사마귀의 뿌리 부위에만 벌침을 놓음)에 3방

팔: 합곡혈(좌, 우)에 2방, 천정혈(좌, 우)에 2방, 수삼리혈(좌, 우)에 2방, 주료혈(좌, 우)에 2방, 새끼손가락 아시혈(새끼손가락과 손등의 경계선 중앙에서 팔목 방향으로 2센티 정도 떨어진 부위에 좌우 각 1방씩)에 2방

목과 머리: 아문혈에 1방, 후정혈에 1방, 상성혈에 1방, 눈가의 아시혈(눈가의 좌우 끝에서 밖으로 2센티 정도 떨어진 부위에 좌우로 각 1방씩)에 2방, 어깨 아시혈(눌러서 압통을 느끼는 부위에 좌우 대칭으로 5방씩)에 좌우로 10방

합계: 56방이었다.

### 윤미령의 63차 벌침 맞는 현황

다리: 족삼리혈(좌, 우)에 2방, 승산혈(좌, 우)에 2방, 대돈혈(좌, 우)에 2방, 삼음교혈(좌, 우)에 2방, 위중혈(좌, 우)에 2방, 왼쪽 다리와 오른쪽 다리의 무릎 아시혈(무릎 슬개골 둘레를 기준하여 좌우상하 끝 중앙 부위에서 밖으로 1cm 정도 떨어진 부위에 각각 1방씩)에 좌우로 8방

복부와 허리 쪽: 곡골혈에 1방, 천추혈(좌, 우)에 2방, 중완혈에 1방

팔: 합곡혈(좌, 우)에 2방, 천정혈(좌, 우)에 2방, 수삼리혈(좌, 우)에 2방, 주료혈(좌, 우)에 2방, 새끼손가락 아시혈(새끼손가락과 손등의 경계선 중앙에서 팔목 방향으로 2센티 정도 떨어진 부위에 좌우 각 1방씩)에 2방

목과 머리: 아문혈에 1방, 후정혈에 1방, 상성혈에 1방, 눈가의 아시혈(눈가의 좌우 끝에서 밖으로 2센티 정도 떨어진 부위에 좌우로 각 1방씩)에 2방, 얼굴 아시혈(양볼 중앙 부위의 노화로 살이 들어가려는 곳에 각 1방)에 좌우로 2방, 얼굴 아시혈(턱 부위의 살이 늘어지는 부위)의 중앙에 1방, 어깨 아시혈(눌러서 압통을 느끼는 부위에 좌우 대칭으로 5방씩)에 좌

우로 10방

합계: 50방이었다.

## 🐝 나찬일의 63차 벌침 맞는 현황

다리: 족삼리혈(좌, 우)에 2방, 승산혈(좌, 우)에 2방, 대돈혈(좌, 우)에 2방, 위중혈(좌, 우)에 2방, 삼음교혈(좌, 우)에 2방, 왼쪽 다리와 오른쪽 다리의 무릎 아시혈(무릎 슬개골 둘레를 기준하여 좌우상하 끝 중앙 부위에서 밖으로 1cm 정도 떨어진 부위에 각각 1방씩)에 좌우로 8방

복부와 허리 쪽: 곡골혈에 1방, 천추혈(좌, 우)에 2방, 중완혈에 1방

팔: 합곡혈(좌, 우)에 2방, 천정혈(좌, 우)에 2방, 수삼리혈(좌, 우)에 2방, 주료혈(좌, 우)에 2방, 새끼손가락 아시혈(새끼손가락과 손등의 경계선 중앙에서 팔목 방향으로 2센티 정도 떨어진 부위에 좌우 각 1방씩)에 2방

목과 머리 쪽: 아문혈에 1방, 후정혈에 1방, 상성혈에 1방, 눈가의 아시혈(눈가의 좌우 끝에서 밖으로 2센티 정도 떨어진 부위에 좌우로 각 1방씩)에 2방, 어깨 아시혈(눌러서 압통을 느끼는 부위에 좌우 대칭으로 5방씩)에 좌우로 10방

합계: 47방이었다.

 손영미의 63차 벌침 맞는 현황

다리: 족삼리혈(좌, 우)에 2방, 승산혈(좌, 우)에 2방, 삼음교혈(좌, 우)에 2방, 대돈혈(좌, 우)에 2방, 왼쪽 다리와 오른쪽 다리의 무릎 아시혈(무릎 슬개골 둘레를 기준하여 좌우상하 끝 중앙 부위에서 밖으로 1cm 정도 떨어진 부위에 각각 1방씩)에 좌우로 8방

복부와 허리 쪽: 곡골혈에 1방, 천추혈(좌, 우)에 2방, 중완혈에 1방

팔: 합곡혈(좌, 우)에 2방, 천정혈(좌, 우)에 2방, 수삼리혈(좌, 우)에 2방, 주료혈(좌, 우)에 2방, 새끼손가락 아시혈(새끼손가락과 손등의 경계선 중앙에서 팔목 방향으로 2센티 정도 떨어진 부위에 좌우 각 1방씩)에 2방

목과 머리 쪽: 아문혈에 1방, 후정혈에 1방, 상성혈에 1방, 눈가의 아시혈(눈가의 좌우 끝에서 밖으로 2센티 정도 떨어진 부위에 좌우로 각 1방씩)에 2방, 얼굴 아시혈(양볼 중앙 부위의 노화로 살이 들어가려는 곳에 각 1방)에 좌우로 2방, 얼굴 아시혈(턱 부위의 살이 늘어지는 부위)의 중앙에 1방, 어깨 아시혈(눌러서 아픈 부위에 좌우 대칭으로 각각 5방씩)에 좌우로 10방

합계: 48방이었다.

## 최갑용의 63차 벌침 맞는 현황

다리: 족삼리혈(좌, 우)에 2방, 은문혈(좌, 우)에 2방, 위중혈(좌, 우)에 2방, 승산혈(좌 우)에 2방, 중봉혈(좌, 우)에 2방,

대돈혈(좌, 우)에 2방, 왼쪽 다리와 오른쪽 다리의 무릎 아시혈(무릎 슬개골 둘레를 기준하여 좌우상하 끝 중앙 부위에서 밖으로 1cm 정도 떨어진 부위에 각각 1방씩)에 좌우로 8방

복부와 허리 쪽: 곡골혈에 1방, 천추혈(좌, 우)에 2방, 중완혈에 1방, 허리 아시혈(눌러서 압통을 느끼는 부위를 좌우 대칭으로 각각 3방씩)에 좌우로 6방,

팔: 합곡혈(좌, 우)에 2방, 천정혈(좌, 우)에 2방, 수삼리혈(좌, 우)에 2방, 주료혈(좌, 우)에 2방, 새끼손가락 아시혈(새끼손가락과 손등의 경계선 중앙에서 팔목 방향으로 2센티 정도 떨어진 부위에 좌우 각 1방씩)에 2방, 팔의 아시혈(곡지혈에서 팔과 몸통의 연결 부위 중 가장 높은 곳까지의 중간 부위에 좌우로 각 1방)에 2방

목과 머리: 아문혈에 1방, 후정혈에 1방, 상성혈에 1방, 눈가의 아시혈(눈가의 좌우 끝에서 밖으로 2센티 정도 떨어진 부위에 좌우로 각 1방씩)에 2방, 잇몸 벌침(좌측 위 앞니로부터 3번째 이의 바깥 잇몸)에 2방, 어깨 아시혈(눌러서 아픈 부위에 좌우 대칭으로 각각 5방씩)에 좌우로 10방

합계: 59방이었다.

## 양미정의 63차 벌침 맞는 현황

다리: 족삼리혈(좌, 우)에 2방, 승산혈(좌, 우)에 2방, 중봉혈(좌, 우)에 2방, 곤륜혈(좌, 우)에 2방, 태충혈(좌, 우)에 2방, 위중혈(좌, 우)에 2방, 왼쪽 다리와 오른쪽 다리의 무릎

아시혈(무릎 슬개골 둘레를 기준하여 좌우상하 끝 중앙 부위에서 밖으로 1cm 정도 떨어진 부위에 각각 1방씩)에 좌우로 8방, 발목 아시혈(복사뼈 안쪽과 바깥쪽 중앙에서 발등 방향으로 각각 3cm정도 떨어진 부위에 2방씩)에 좌우로 4방

복부와 허리 쪽: 곡골혈에 1방, 천추혈(좌, 우)에 2방, 중완혈에 1방, 허리의 아시혈(눌러서 압통을 느끼는 부위에 좌우 대칭으로 각각 3방씩)에 좌우로 6방

팔: 합곡혈(좌, 우)에 2방, 천정혈(좌, 우)에 2방, 수삼리혈(좌, 우)에 2방, 주료혈(좌, 우)에 2방, 새끼손가락 아시혈(새끼손가락과 손등의 경계선 중앙에서 팔목 방향으로 2센티 정도 떨어진 부위에 좌우 각 1방씩)에 2방

목과 머리: 아문혈에 1방, 후정혈에 1방, 상성혈에 1방, 눈가의 아시혈(눈가의 좌우 끝에서 밖으로 2센티 정도 떨어진 부위에 좌우로 각 1방씩)에 2방, 얼굴 아시혈(양볼 중앙 부위의 노화로 살이 들어가려는 곳에 각 1방)에 좌우로 2방, 얼굴 아시혈(턱 부위의 살이 늘어지는 부위)의 중앙에 1방, 어깨 아시혈(눌러서 아픈 부위에 좌우 대칭으로 각각 5방씩)에 좌우로 10방

합계: 62방이었다.

잇몸 벌침은 반드시 벌침을 자유롭게 즐길 수 있는 벌침 마니아가 된 이후에 즐겨야 한다고 봉만치가 다시 한 번 강조했다.

# 질문

월요일 질병과의 전투도 계속 되었다.

"벌침에 대하여 여러 사람들에게서 질문을 받아보았소, 모두가 자신들이 궁금한 것에 대한 것을 질문하는 것이었소, 하지만 질문의 질에 문제가 있었소, 자신은 이디가 불편헌데 이떤 혈자리에 벌침을 몇 번 맞으면 좋은 효과를 볼 수 있느냐와 같은 내용이 주를 이루었소, 벌침에 대한 이해가 부족한 질문이라는 것을 금방 여러분도 알 수 있을 것이오. 벌침은 그런 것이 아니기 때문이오. 어떤 질병의 발병 원인은 매우 복잡하고 종류가 많은 것이오. 스트레스, 혈액순환 장애, 신경전달 물질 생성 저조, 나쁜 생활습관, 지나친 욕심, 먹거리 종류, 과로, 수면부족, 환경재앙 등등 그 원인은 헤아릴 수 없을 정도라고 보오, 이런 여러 가지 원인에 의한 질병들이 벌침을 혈자리 몇 군데 맞아서 사라진다고 할 수 없지 않겠소. 그런 질문을 하는 사람들에게 신체 골고루 벌침을 즐기라는 말을 해주는 것이 이 봉만치의 답변이었소. 아마도 벌침에 붙은 침이라는 글자가 그런 질문을 하게 한 것인가 보오. 아니면 벌침에 이해 관계를 가진 이들이 혈자리를 강조하여 벌침이 매우 어려운 것으로 착각하게 만들어서 그럴 수도 있겠소. 여러분들은 절대로 이런 어리석은 질문은 누구에게 하지 말길 바라오. 질문을 하려면 그냥 벌침을 어떻게 맞는 것이 가장 좋은 것입니까? 라고만 해주시오."

봉만치가 이렇게 말하면서 7명의 영웅들에게 벌침을 놓아주었다.

### 박소영의 64차 벌침 맞는 현황

다리: 족삼리혈(좌, 우)에 2방, 중봉혈(좌, 우)에 2방, 승산혈(좌, 우)에 2방, 곤륜혈(좌, 우)에 2방, 승근혈(좌, 우)에 2방, 위중혈(좌, 우)에 2방, 곡천혈(좌, 우)에 2방, 태충혈(좌, 우)에 2방, 왼쪽 다리와 오른쪽 다리의 무릎 아시혈(둥근 슬개골 둘레 끝 주위를 따라 1cm 정도 밖으로 떨어진 부위를 균등하여 10방씩)에 좌우로 20방, 발목 아시혈(복사뼈 안쪽과 바깥쪽 중앙에서 발등 방향으로 각각 3cm정도 떨어진 부위에 2방씩)에 좌우로 4방

복부와 허리 쪽: 관원혈에 1방, 하완혈에 1방, 허리 아시혈(눌러서 압통을 느끼는 부위를 좌우 대칭으로 각각 3방씩)에 좌우로 6방, 등의 아시혈(눌러서 압통을 느끼는 부위를 좌우 대칭으로 각각 2방

씩)에 좌우로 4방

팔: 양계혈(좌, 우)에 2방, 신문혈(좌, 우)에 2방, 수삼리혈(좌, 우)에 2방, 곡지혈(좌, 우)에 2방, 새끼손가락 아시혈(새끼손가락과 손등의 경계선 중앙에서 팔목 방향으로 2센티 정도 떨어진 부위에 좌우 각 1방씩)에 2방

목과 머리: 풍부혈에 1방, 백회혈에 1방, 이마 아시혈(이마의 M자 부위의 꼭지점 부위)에 5방, 얼굴 아시혈(턱 부위의 살이 늘어지는 부위)의 중앙에 1방, 어깨 아시혈(눌러서 압통을 느끼는 부위에 좌우 대칭으로 5방씩)에 좌우로 10방

합계: 80방이었다.

## 김덕배의 64차 벌침 맞는 현황

다리: 족삼리혈(좌, 우)에 2방, 삼음교혈(좌, 우)에 2방, 승근혈(좌, 우)에 2방, 대돈혈(좌, 우)에 2방, 곤륜혈(좌, 우)에 2방, 중봉혈(좌, 우)에 2방

복부와 허리 쪽: 관원혈에 1방, 하완혈에 1방, 허리 아시혈(눌러서 압통을 느끼는 부위를 좌우 대칭으로 각각 3방씩)에 좌우로 6방, 등 부위 아시혈(사마귀 3개 중 2개는 완전히 사라지고 1개도 90% 정도 사라졌음. 아직 사라지지 않은 사마귀의 뿌리 부위에만 벌침을 놓음)에 3방

팔: 양계혈(좌, 우)에 2방, 신문혈(좌, 우)에 2방, 수삼리혈(좌, 우)에 2방, 곡지혈(좌, 우)에 2방, 새끼손가락 아시혈(새끼손가락과 손등의 경계선 중앙에서 팔목 방향으로 2센티 정

도 떨어진 부위에 좌우 각 1방씩)에 2방

목과 머리: 풍부혈에 1방, 백회혈에 1방, 이마 아시혈(이마의 M자 부위의 꼭지점 부위)에 5방, 어깨 아시혈(눌러서 압통을 느끼는 부위에 좌우 대칭으로 5방씩)에 좌우로 10방

성기벌침: 성기벌침 맞은 부위(귀두 경계선에서 몸 안쪽으로 1센티 정도 들어간 부위) 둘레를 10등분하여 10방

합계: 60방이었다.

## 윤미령의 64차 벌침 맞는 현황

다리: 족삼리혈(좌, 우)에 2방, 곤륜혈(좌, 우)에 2방, 승근혈(좌, 우)에 2방, 태충혈(좌, 우)에 2방, 삼음교혈(좌, 우)에 2방, 중봉혈(좌, 우)에 2방, 왼쪽 다리와 오른쪽 다리의 무릎 아시혈(무릎 슬개골 둘레를 기준하여 좌우상하 끝 중앙 부위에서 밖으로 1cm 정도 떨어진 부위에 각각 1방씩)에 좌우로 8방

복부와 허리 쪽: 관원혈에 1방, 하완혈에 1방

팔: 양계혈(좌, 우)에 2방, 신문혈(좌, 우)에 2방, 수삼리혈(좌, 우)에 2방, 곡지혈(좌, 우)에 2방, 새끼손가락 아시혈(새끼손가락과 손등의 경계선 중앙에서 팔목 방향으로 2센티 정도 떨어진 부위에 좌우 각 1방씩)에 2방

목과 머리: 풍부혈에 1방, 백회혈에 1방, 이마 아시혈(이마의 M자 부위의 꼭지점 부위)에 5방, 얼굴 아시혈(턱 부위의 살이 늘어지는 부위)의 중앙에 1방, 어깨 아시혈(눌러서 압통을 느끼는 부위에 좌우 대칭으로 5방씩)에 좌우로 10방

합계: 50방이었다.

## 나찬일의 64차 벌침 맞는 현황

다리: 족삼리혈(좌, 우)에 2방, 태충혈(좌, 우)에 2방, 승근혈(좌, 우)에 2방, 곤륜혈(좌, 우)에 2방, 곡천혈(좌, 우)에 2방

복부와 허리 쪽: 관원혈에 1방, 하완혈에 1방

팔: 양계혈(좌, 우)에 2방, 신문혈(좌, 우)에 2방, 수삼리혈(좌, 우)에 2방, 곡지혈(좌, 우)에 2방, 새끼손가락 아시혈(새끼손가락과 손등의 경계선 중앙에서 팔목 방향으로 2센티 정도 떨어진 부위에 좌우 각 1방씩)에 2방

목과 머리 쪽: 풍부혈에 1방, 백회혈에 1방, 이마 아시혈(이마의 M자 부위의 꼭지점 부위)에 5방, 어깨 아시혈(눌러서 압통을 느끼는 부위에 좌우 대칭으로 5방씩)에 좌우로 10방

성기벌침: 성기벌침 맞은 부위(귀두 경계선에서 몸 안쪽으로 1센티 정도 들어간 부위) 둘레를 10등분하여 10방

합계: 49방이었다.

## 손영미의 64차 벌침 맞는 현황

다리: 족삼리혈(좌, 우)에 2방, 승근혈(좌, 우)에 2방, 곤륜혈(좌, 우)에 2방, 태충혈(좌, 우)에 2방, 왼쪽 다리와 오른쪽 다리의 무릎 아시혈(무릎 슬개골 둘레를 기준하여 좌우상하 끝 중앙 부위에서 밖으로 1cm 정도 떨어진 부위에 각

각 1방씩)에 좌우로 8방

복부와 허리 쪽: 관원혈에 1방, 하완혈에 1방

팔: 양계혈(좌, 우)에 2방, 신문혈(좌, 우)에 2방, 수삼리혈(좌, 우)에 2방, 곡지혈(좌, 우)에 2방, 새끼손가락 아시혈(새끼손가락과 손등의 경계선 중앙에서 팔목 방향으로 2센티 정도 떨어진 부위에 좌우 각 1방씩)에 2방

목과 머리 쪽: 풍부혈에 1방, 백회혈에 1방, 이마 아시혈(이마의 M자 부위의 꼭지점 부위)에 5방, 얼굴 아시혈(턱 부위의 살이 늘어지는 부위)의 중앙에 1방, 어깨 아시혈(눌러서 아픈 부위에 좌우 대칭으로 각각 5방씩)에 좌우로 10방

합계: 46방이었다.

## 최갑용의 64차 벌침 맞는 현황

다리: 족삼리혈(좌, 우)에 2방, 삼음교혈(좌, 우)에 2방, 곤륜혈(좌, 우)에 2방, 승근혈(좌 우)에 2방, 곡천혈(좌, 우)에 2방, 태충혈(좌, 우)에 2방

복부와 허리 쪽: 관원혈에 1방, 하완혈에 1방, 허리 아시혈(눌러서 압통을 느끼는 부위를 좌우 대칭으로 각각 3방씩)에 좌우로 6방,

팔: 양계혈(좌, 우)에 2방, 신문혈(좌, 우)에 2방, 수삼리혈(좌, 우)에 2방, 곡지혈(좌, 우)에 2방, 새끼손가락 아시혈(새끼손가락과 손등의 경계선 중앙에서 팔목 방향으로 2센티 정도 떨어진 부위에 좌우 각 1방씩)에 2방, 팔의 아시혈(곡지혈에서 팔과 몸통의 연결 부위 중 가장 높은 곳까지의 중간

부위에 좌우로 각 1방)에 2방

목과 머리: 풍부혈에 1방, 백회혈에 1방, 이마 아시혈(이마의 M자 부위의 꼭지점 부위)에 5방, 잇몸 벌침(좌측 위 앞니로부터 3번째 이의 바깥 잇몸)에 2방, 어깨 아시혈(눌러서 아픈 부위에 좌우 대칭으로 각각 5방씩)에 좌우로 10방

성기벌침: 성기벌침 맞은 부위(귀두 경계선에서 몸 안쪽으로 1센티 정도 들어간 부위) 둘레를 10등분하여 10방

합계: 61방이었다.

## 양미정의 64차 벌침 맞는 현황

다리: 족삼리혈(좌, 우)에 2방, 삼음교혈(좌, 우)에 2방, 곤륜혈(좌, 우)에 2방, 중봉혈(좌, 우)에 2방, 대돈혈(좌, 우)에 2방, 곡천혈(좌, 우)에 2방, 왼쪽 다리와 오른쪽 다리의 무릎 아시혈(무릎 슬개골 둘레를 기준하여 좌우상하 끝 중앙 부위에서 밖으로 1cm 정도 떨어진 부위에 각각 1방씩)에 좌우로 8방, 발목 아시혈(복사뼈 안쪽과 바깥쪽 중앙에서 발등 방향으로 각각 3cm정도 떨어진 부위에 2방씩)에 좌우로 4방

복부와 허리 쪽: 관원혈에 1방, 하완혈에 1방, 허리의 아시혈(눌러서 압통을 느끼는 부위에 좌우 대칭으로 각각 3방씩)에 좌우로 6방

팔: 양계혈(좌, 우)에 2방, 신문혈(좌, 우)에 2방, 수삼리혈(좌, 우)에 2방, 곡지혈(좌, 우)에 2방, 새끼손가락 아시혈(새끼손가락과 손등의 경계선 중앙에서 팔목 방향으로 2센티 정

도 떨어진 부위에 좌우 각 1방씩)에 2방

목과 머리: 풍부혈에 1방, 백회혈에 1방, 이마 아시혈(이마의 M자 부위의 꼭지점 부위)에 5방, 얼굴 아시혈(턱 부위의 살이 늘어지는 부위)의 중앙에 1방, 어깨 아시혈(눌러서 아픈 부위에 좌우 대칭으로 각각 5방씩)에 좌우로 10방

합계: 60방이었다.

벌침은 벌독을 몸에 주입하는 벌독 주사효과가 대부분이므로 혈자리에 너무 집착하는 것이 아니라고 봉만치가 강조했다.

# 난치병과 불치병

 화요일 질병과의 전투도 계속 되었다. 질병과의 전투도 이제 얼마 남지 않았다. 대부분의 질병들이 기가 죽어서 도망치고 있었다.

 "세상일은 열심히 한다고 다 풀리는 것이 아니라오. 열심히 하는데 제대로 열심히 해야 한다는 것이오. 목적지를 향하여 갈 때 반대 방향으로 열심히 걷는다고 목적지에 도달하는 것이 아니듯이 질병과의 전투도 올바른 방법으로 열심히 해야 한다는 것이오. 목적지와 반대 방향으로 열심히 걸어가면 오히려 목적지와는 점점 더 멀어져갈 뿐이라오. 난치병 불치병 환우들이 많이 보이고 있소. 이것저것 다 시도해 보지만 물리치기 어려운 것이 난치병 불치병 아니겠소. 쉽게 치료된다면 난치병 불치병이라는 이름이 어울리지 않을 것이오. 난치병 불치병에 걸린 사람들이 지푸라기라도 잡고 싶은 심정으로 이 사람 저 사람 말을 들으면서 열심히 노력하지만 목적지와 반대 방향으로 가지 말라는 법이 없으므로 잘못된 처방으로 오히려 더 악화만 될 수도 있는 법이라오. 그런 사람들에게 벌침을 권하는 것이오. 벌침은 경제적 부담감이 없이 누구나 관심만 기울이면 자신이 직접 자유롭게 스스로 즐길 수 있는 것이오. 그리고 벌침은 밥을 먹듯이 즐기는 것이오, 다른 처방 다 받아 치료하면서 별도로 취미생활로 즐기면 되는 것이오, 벌침을 원리를 이해했다면 마다할 이유가 없을 것이오."

봉만치가 난치병 불치병 환우들도 벌침을 취미생활로 즐기면 이로울 것이라고 말하면서 7명의 영웅들에게 벌침을 놓아주었다.

### 박소영의 65차 벌침 맞는 현황

다리: 족삼리혈(좌, 우)에 2방, 삼음교혈(좌, 우)에 2방, 위중혈(좌, 우)에 2방, 곤륜혈(좌, 우)에 2방, 승근혈(좌, 우)에 2방, 은문혈(좌, 우)에 2방, 곡천혈(좌, 우)에 2방, 대돈혈(좌, 우)에 2방, 왼쪽 다리와 오른쪽 다리의 무릎 아시혈(둥근 슬개골 둘레 끝 주위를 따라 1cm 정도 밖으로 떨어진 부위를 균등하여 10방씩)에 좌우로 20방, 발목 아시혈(복사뼈 안쪽과 바깥쪽 중앙에서 발등 방향으로 각각 3cm정도 떨어진 부위에 2방씩)에 좌우로 4방

복부와 허리 쪽: 음교혈에 1방, 천추혈(좌, 우)에 2방, 수분혈에 1방, 허리 아시혈(눌러서 압통을 느끼는 부위를 좌우 대칭으로 각각 3방씩)에 좌우로 6방, 등의 아시혈(눌러서 압통을 느끼는 부위를 좌

　　　　　　　　우 대칭으로 각각 2방씩)에 좌우로 4방
팔: 합곡혈(좌, 우)에 2방, 신문혈(좌, 우)에 2방, 수삼리혈(좌, 우)에 2방, 새끼손가락 아시혈(새끼손가락과 손등의 경계선 중앙에서 팔목 방향으로 2센티 정도 떨어진 부위에 좌우 각 1방씩)에 2방
목과 머리: 천주혈(좌, 우)에 2방, 전정혈에 1방, 사백혈(좌, 우)에 2방, 이마 아시혈(이마의 M자 부위의 선분 중앙 부위에 상당한 곳)에 4방, 어깨 아시혈(눌러서 압통을 느끼는 부위에 좌우 대칭으로 5방씩)에 좌우로 10방
합계: 81방이었다.

## 김덕배의 65차 벌침 맞는 현황

다리: 족삼리혈(좌, 우)에 2방, 태충혈(좌, 우)에 2방, 승산혈(좌, 우)에 2방, 위중혈(좌, 우)에 2방, 곤륜혈(좌, 우)에 2방, 곡천혈(좌, 우)에 2방, 발가락 아시혈(둘째, 셋째, 넷째 발가락의 엄지발가락 대돈혈에 상당하는 부위에 각 1방씩)에 좌우로 6방
복부와 허리 쪽: 음교혈에 1방, 천추혈(좌, 우)에 2방, 수분혈에 1방, 허리 아시혈(눌러서 압통을 느끼는 부위를 좌우 대칭으로 각각 3방씩)에 좌우로 6방, 등 부위 아시혈(사마귀 3개 중 2개는 완전히 사라지고 1개도 95% 정도 사라졌음, 아직 사라지지 않은 사마귀의 뿌리 부위에만 벌침을 놓음, 사마귀 흔적을 없애기 위함)에 3방
팔: 합곡혈(좌, 우)에 2방, 신문혈(좌, 우)에 2방, 수삼리혈(좌,

우)에 2방, 새끼손가락 아시혈(새끼손가락과 손등의 경계선 중앙에서 팔목 방향으로 2센티 정도 떨어진 부위에 좌우 각 1방씩)에 2방

목과 머리: 천주혈(좌, 우)에 2방, 전정혈에 1방, 사백혈(좌, 우)에 2방, 이마 아시혈(이마의 M자 부위의 선분 중앙 부위에 상당한 곳)에 4방, 어깨 아시혈(눌러서 압통을 느끼는 부위에 좌우 대칭으로 5방씩)에 좌우로 10방

합계: 58방이었다.

## 윤미령의 65차 벌침 맞는 현황

다리: 족삼리혈(좌, 우)에 2방, 삼음교혈(좌, 우)에 2방, 승산혈(좌, 우)에 2방, 곤륜혈(좌, 우)에 2방, 위중혈(좌, 우)에 2방, 곡천혈(좌, 우)에 2방, 발가락 아시혈(둘째, 셋째, 넷째 발가락의 엄지발가락 대돈혈에 상당하는 부위에 각 1방씩)에 좌우로 6방

복부와 허리 쪽: 음교혈에 1방, 천추혈(좌, 우)에 2방, 수분혈에 1방

팔: 합곡혈(좌, 우)에 2방, 신문혈(좌, 우)에 2방, 수삼리혈(좌, 우)에 2방, 새끼손가락 아시혈(새끼손가락과 손등의 경계선 중앙에서 팔목 방향으로 2센티 정도 떨어진 부위에 좌우 각 1방씩)에 2방

목과 머리: 천주혈(좌, 우)에 2방, 전정혈에 1방, 사백혈(좌, 우)에 2방, 이마 아시혈(이마의 M자 부위의 선분 중앙 부위에 상당한 곳)에 4방, 어깨 아시혈(눌러서 압통을 느끼는 부위에 좌우 대칭으로 5방씩)에 좌우로 10방

합계: 49방이었다.

## 나찬일의 65차 벌침 맞는 현황

다리: 족삼리혈(좌, 우)에 2방, 삼음교혈(좌, 우)에 2방, 위중혈(좌, 우)에 2방, 승근혈(좌, 우)에 2방, 태충혈(좌, 우)에 2방, 발가락 아시혈(둘째, 셋째, 넷째 발가락의 엄지발가락 대돈혈에 상당하는 부위에 각 1방씩)에 좌우로 6방

복부와 허리 쪽: 음교혈에 1방, 천추혈(좌, 우)에 2방, 수분혈에 1방

팔: 합곡혈(좌, 우)에 2방, 신문혈(좌, 우)에 2방, 수삼리혈(좌, 우)에 2방, 새끼손가락 아시혈(새끼손가락과 손등의 경계선 중앙에서 팔목 방향으로 2센티 정도 떨어진 부위에 좌우 각 1방씩)에 2방

목과 머리 쪽: 천주혈(좌, 우)에 2방, 전정혈에 1방, 사백혈(좌, 우)에 2방, 이마 아시혈(이마의 M자 부위의 선분 중앙 부위에 상당한 곳)에 4방, 어깨 아시혈(눌러서 압통을 느끼는 부위에 좌우 대칭으로 5방씩)에 좌우로 10방

합계: 47방이었다.

## 손영미의 65차 벌침 맞는 현황

다리: 족삼리혈(좌, 우)에 2방, 승산혈(좌, 우)에 2방, 위중혈(좌, 우)에 2방, 삼음교혈(좌, 우)에 2방, 발가락 아시혈(둘째, 셋째, 넷째 발가락의 엄지발가락 대돈혈에 상당하는 부위에 각 1방씩)에 좌우로 6방

복부와 허리 쪽: 음교혈에 1방, 천추혈(좌, 우)에 2방, 수분혈에 1방

팔: 합곡혈(좌, 우)에 2방, 신문혈(좌, 우)에 2방, 수삼리혈(좌, 우)에 2방, 새끼손가락 아시혈(새끼손가락과 손등의 경계선 중앙에서 팔목 방향으로 2센티 정도 떨어진 부위에 좌우 각 1방씩)에 2방

목과 머리 쪽: 천주혈(좌, 우)에 2방, 전정혈에 1방, 사백혈(좌, 우)에 2방, 이마 아시혈(이마의 M자 부위의 선분 중앙 부위에 상당한 곳)에 4방, 어깨 아시혈(눌러서 아픈 부위에 좌우 대칭으로 각각 5방씩)에 좌우로 10방

합계: 45방이었다.

## 최갑용의 65차 벌침 맞는 현황

다리: 족삼리혈(좌, 우)에 2방, 승근혈(좌, 우)에 2방, 곤륜혈(좌, 우)에 2방, 위중혈(좌 우)에 2방, 은문혈(좌, 우)에 2방, 태충혈(좌, 우)에 2방, 발가락 아시혈(둘째, 셋째, 넷째 발가락의 엄지발가락 대돈혈에 상당하는 부위에 각 1방씩)에 좌우로 6방

복부와 허리 쪽: 음교혈에 1방, 천추혈(좌, 우)에 2방, 수분혈에 1방, 허리 아시혈(눌러서 압통을 느끼는 부위를 좌우 대칭으로 각각 3방씩)에 좌우로 6방,

팔: 합곡혈(좌, 우)에 2방, 신문혈(좌, 우)에 2방, 수삼리혈(좌, 우)에 2방, 새끼손가락 아시혈(새끼손가락과 손등의 경계선 중앙에서 팔목 방향으로 2센티 정도 떨어진 부위에 좌우 각 1방씩)에 2방, 팔의 아시혈(곡지혈에서 팔과 몸통의 연결 부위 중 가장 높은 곳까지의 중간 부위에 좌우로 각 1

방)에 2방

목과 머리: 천주혈(좌, 우)에 2방, 전정혈에 1방, 사백혈(좌, 우)에 2방, 이마 아시혈(이마의 M자 부위의 선분 중앙 부위에 상당한 곳)에 4방, 어깨 아시혈(눌러서 아픈 부위에 좌우 대칭으로 각각 5방씩)에 좌우로 10방

합계: 57방이었다.

## 양미정의 65차 벌침 맞는 현황

다리: 족삼리혈(좌, 우)에 2방, 태충혈(좌, 우)에 2방, 곤륜혈(좌, 우)에 2방, 중봉혈(좌, 우)에 2방, 승근혈(좌, 우)에 2방, 위중혈(좌, 우)에 2방, 왼쪽 다리와 오른쪽 다리의 무릎 아시혈(무릎 슬개골 둘레를 기준하여 좌우상하 끝 중앙 부위에서 밖으로 1cm 정도 떨어진 부위에 각각 1방씩)에 좌우로 8방, 발가락 아시혈(둘째, 셋째, 넷째 발가락의 엄지발가락 대돈혈에 상당하는 부위에 각 1방씩)에 좌우로 6방

복부와 허리 쪽: 음교혈에 1방, 천추혈(좌, 우)에 2방, 수분혈에 1방, 허리의 아시혈(눌러서 압통을 느끼는 부위에 좌우 대칭으로 각각 3방씩)에 좌우로 6방

팔: 합곡혈(좌, 우)에 2방, 신문혈(좌, 우)에 2방, 수삼리혈(좌, 우)에 2방, 새끼손가락 아시혈(새끼손가락과 손등의 경계선 중앙에서 팔목 방향으로 2센티 정도 떨어진 부위에 좌우 각 1방씩)에 2방

목과 머리: 천주혈(좌, 우)에 2방, 전정혈에 1방, 사백혈(좌, 우)에 2방, 이마 아시혈(이마의 M자 부위의 선분 중앙 부위에 상당한 곳)에 4방, 어깨 아시혈(눌러서 아픈

부위에 좌우 대칭으로 각각 5방씩)에 좌우로 10방 합계: 63방이었다.


난치병과 불치병에 환우들이 벌침을 병행하면 이로울 것이라고 봉만치가 재차 강조했다. 아프지 않은 사람들도 벌침을 즐기는데 아픈 사람들이 즐기지 않는 것은 이치에 맞지 않다는 것이었다.

# 술과 주입량

　수요일 질병과의 전투도 계속 되었다.

　"벌침을 즐길 때 가장 중요한 것이 바로 벌독 주입량이오. 초보자에게 신체에 벌독에 대한 항체가 만들어지기 전에 벌독을 과하게 주입되면 낭패를 당할 수 있는 것이오. 술도 마찬가지잖소. 시서히 주도를 배우면서 주량을 늘려가야만 술을 제대로 배우게 되고 술을 마시고 행패를 부리거나 길거리에서 누워 자다가 사고를 당하는 것을 피할 수 있다오. 그리고 술을 과하게 먹으면 혀가 돌아가서 말을 제대로 하지도 못하고 필름이 끊어진 것 같이 특정 시간대의 기억을 할 수도 없게 된다오. 벌침도 술과 같다고 보면 쉽게 이해가 갈 것이오. 그래서 벌침을 맞을 때는 몸에 박힌 침을 빨리 뽑아야 하는 것이오. 조금이라도 늦게 뽑으면 벌독이 신체에 과하게 들어갈 수 있으니 말이오. 봉만치가 주장하는 것은 벌침을 맞고 빨리(놓자마자) 손톱으로 긁어서 뽑으라는 것이오. 이 봉만치가 여러분들에게 놓듯이 말이오. 그렇게 해야 낭패를 줄일 수 있고 수십 방을 안전하게 즐길 수 있다오. 벌침 맞는 부위의 흔적도 최소화하면서 말이오. 다른 것은 잊어도 좋으나 이것만은 잊지 말기 바라오."

봉만치가 벌침을 즐길 때 몸에 박힌 침을 놓자마자 손톱으로 긁어서 뽑으라고 재차 강조했다.

### 박소영의 66차 벌침 맞는 현황

다리: 족삼리혈(좌, 우)에 2방, 태충혈(좌, 우)에 2방, 위중혈(좌, 우)에 2방, 곤륜혈(좌, 우)에 2방, 승산혈(좌, 우)에 2방, 중봉혈(좌, 우)에 2방, 곡천혈(좌, 우)에 2방, 승부혈(좌, 우)에 2방, 왼쪽 다리와 오른쪽 다리의 무릎 아시혈(둥근 슬개골 둘레 끝 주위를 따라 1cm 정도 밖으로 떨어진 부위를 균등하여 10방씩)에 좌우로 20방, 발목 아시혈(복사뼈 안쪽과 바깥쪽 중앙에서 발등 방향으로 각각 3cm정도 떨어진 부위에 2방씩)에 좌우로 4방

복부와 허리 쪽: 중극혈에 1방, 석문혈에 1방, 천추혈(좌, 우)에 2방, 중완혈에 1방, 허리 아시혈(눌러서 압통을 느끼는 부위를 좌우 대칭으로 각각 3방씩)에 좌우로 6방, 등의 아시혈(눌러서 압통을 느끼는 부위를 좌우 대칭으로 각각 2방씩)에 좌우로 4방

팔: 양계혈(좌, 우)에 2방, 신문혈(좌, 우)에 2방, 주료혈(좌, 우)에 2방, 천정혈(좌, 우)에 2방

목과 머리: 풍지혈(좌, 우)에 2방, 신회혈에 1방, 양백혈(좌, 우)에 2방, 얼굴 아시혈(팔자주름 가운데 부위에 각각 1방씩)에 좌우로 2방, 어깨 아시혈(눌러서 압통을 느끼는 부위에 좌우 대칭으로 5방씩)에 좌우로 10방

합계: 80방이었다.

## 김덕배의 66차 벌침 맞는 현황

다리: 족삼리혈(좌, 우)에 2방, 삼음교혈(좌, 우)에 2방, 승근혈(좌, 우)에 2방, 위중혈(좌, 우)에 2방, 태충혈(좌, 우)에 2방, 곡천혈(좌, 우)에 2방, 발 아시혈(둘째와 셋째발가락 사이, 셋째와 넷째발가락 사이, 넷째와 새끼발가락 사이의 엄지발가락과 둘째 발가락 사이인 태충혈에 상당하는 부위에 각 1방씩)에 좌우로 6방

복부와 허리 쪽: 중극혈에 1방, 석문혈에 1방, 천추혈(좌, 우)에 2방, 중완혈에 1방, 허리 아시혈(눌러서 압통을 느끼는 부위를 좌우 대칭으로 각각 3방씩)에 좌우로 6방, 등 부위 아시혈(사마귀 3개 중 2개는 완전히 사라지고 1개도 95% 정도 사라졌음. 아직 사라지지 않은 사마귀의 뿌리 부위에만 벌침을 놓음. 사마귀 흔적을 없애기 위함)에 3방

팔: 양계혈(좌, 우)에 2방, 신문혈(좌, 우)에 2방, 주료혈(좌, 우)에 2방, 천정혈(좌, 우)에 2방

목과 머리: 풍지혈(좌, 우)에 2방, 신회혈에 1방, 양백혈(좌, 우)에 2방, 얼굴 아시혈(팔자주름 가운데 부위에 각각 1방씩)에 좌우로 2방, 어깨 아시혈(눌러서 압통을 느끼는 부위에 좌우 대칭으로 5방씩)에 좌우로 10방

합계: 57방이었다.

## 윤미령의 66차 벌침 맞는 현황

다리: 족삼리혈(좌, 우)에 2방, 대돈혈(좌, 우)에 2방, 승근혈(좌, 우)에 2방, 삼음교혈(좌, 우)에 2방, 위중혈(좌, 우)에 2방, 곡천혈(좌, 우)에 2방, 발 아시혈(둘째와 셋째발가락 사이, 셋째와 넷째발가락 사이, 넷째와 새끼발가락 사이의 엄지발가락과 둘째 발가락 사이인 태충혈에 상당하는 부위에 각 1방씩)에 좌우로 6방

복부와 허리 쪽: 중극혈에 1방, 석문혈에 1방, 천추혈(좌, 우)에 2방, 중완혈에 1방

팔: 양계혈(좌, 우)에 2방, 신문혈(좌, 우)에 2방, 주료혈(좌, 우)에 2방, 천정혈(좌, 우)에 2방

목과 머리: 풍지혈(좌, 우)에 2방, 신회혈에 1방, 양백혈(좌, 우)에 2방, 얼굴 아시혈(팔자주름 가운데 부위에 각각 1방씩)에 좌우로 2방, 어깨 아시혈(눌러서 압통을 느끼는 부위에 좌우 대칭으로 5방씩)에 좌우로 10방

합계: 48방이었다.

## 나찬일의 66차 벌침 맞는 현황

다리: 족삼리혈(좌, 우)에 2방, 중봉혈(좌, 우)에 2방, 곡천혈(좌, 우)에 2방, 위중혈(좌, 우)에 2방, 승근혈(좌, 우)에 2방, 발 아시혈(둘째와 셋째발가락 사이, 셋째와 넷째발가락 사이, 넷째와 새끼발가락 사이의 엄지발가락과 둘째 발가락 사이인 태충혈에 상당하는 부위에 각 1방씩)에 좌우로 6방

복부와 허리 쪽: 중극혈에 1방, 석문혈에 1방, 천추혈(좌, 우)에 2방, 중완혈에 1방

팔: 양계혈(좌, 우)에 2방, 신문혈(좌, 우)에 2방, 주료혈(좌, 우)에 2방, 천정혈(좌, 우)에 2방

목과 머리 쪽: 풍지혈(좌, 우)에 2방, 신회혈에 1방, 양백혈(좌, 우)에 2방, 얼굴 아시혈(팔자주름 가운데 부위에 각각 1방씩)에 좌우로 2방, 어깨 아시혈(눌러서 압통을 느끼는 부위에 좌우 대칭으로 5방씩)에 좌우로 10방

합계: 46방이었다.

## 손영미의 66차 벌침 맞는 현황

다리: 족삼리혈(좌, 우)에 2방, 곤륜혈(좌, 우)에 2방, 곡천혈(좌, 우)에 2방, 은문혈(좌, 우)에 2방, 발 아시혈(둘째와 셋째발가락 사이, 셋째와 넷째발가락 사이, 넷째와 새끼발가락 사이의 엄지발가락과 둘째 발가락 사이인 태충혈에

상당하는 부위에 각 1방씩)에 좌우로 6방

복부와 허리 쪽: 중극혈에 1방, 석문혈에 1방, 천추혈(좌, 우)에 2방, 중완혈에 1방

팔: 양계혈(좌, 우)에 2방, 신문혈(좌, 우)에 2방, 주료혈(좌, 우)에 2방, 천정혈(좌, 우)에 2방

목과 머리 쪽: 풍지혈(좌, 우)에 2방, 신회혈에 1방, 양백혈(좌, 우)에 2방, 얼굴 아시혈(팔자주름 가운데 부위에 각각 1방씩)에 좌우로 2방, 어깨 아시혈(눌러서 아픈 부위에 좌우 대칭으로 각각 5방씩)에 좌우로 10방

합계: 44방이었다.

## 최갑용의 66차 벌침 맞는 현황

다리: 족삼리혈(좌, 우)에 2방, 삼음교혈(좌, 우)에 2방, 승산혈(좌, 우)에 2방, 곡천혈(좌 우)에 2방, 위중혈(좌, 우)에 2방, 대돈혈(좌, 우)에 2방, 발 아시혈(둘째와 셋째발가락 사이, 셋째와 넷째발가락 사이, 넷째와 새끼발가락 사이의 엄지발가락과 둘째 발가락 사이인 태충혈에 상당하는 부위에 각 1방씩)에 좌우로 6방

복부와 허리 쪽: 중극혈에 1방, 석문혈에 1방, 천추혈(좌, 우)에 2방, 중완혈에 1방, 허리 아시혈(눌러서 압통을 느끼는 부위를 좌우 대칭으로 각각 3방씩)에 좌우로 6방,

팔: 양계혈(좌, 우)에 2방, 신문혈(좌, 우)에 2방, 주료혈(좌, 우)에 2방, 천정혈(좌, 우)에 2방, 새끼손가락 아시혈(새끼손가

락과 손등의 경계선 중앙에서 팔목 방향으로 2센티 정도 떨어진 부위에 좌우 각 1방씩)에 2방, 팔의 아시혈(곡지혈에서 팔과 몸통의 연결 부위 중 가장 높은 곳까지의 중간 부위에 좌우로 각 1방)에 2방

목과 머리: 풍지혈(좌, 우)에 2방, 신회혈에 1방, 양백혈(좌, 우)에 2방, 얼굴 아시혈(팔자주름 가운데 부위에 각각 1방씩)에 좌우로 2방, 어깨 아시혈(눌러서 아픈 부위에 좌우 대칭으로 각각 5방씩)에 좌우로 10방

합계: 58방이었다.

## 양미정의 66차 벌침 맞는 현황

다리: 족삼리혈(좌, 우)에 2방, 삼음교혈(좌, 우)에 2방, 곤륜혈(좌, 우)에 2방, 중봉혈(좌, 우)에 2방, 곡천혈(좌, 우)에 2방, 은문혈(좌, 우)에 2방, 왼쪽 다리와 오른쪽 다리의 무릎 아시혈(무릎 슬개골 둘레를 기준하여 좌우상하 끝 중앙 부위에서 밖으로 1cm 정도 떨어진 부위에 각각 1방씩)에 좌우로 8방, 발 아시혈(둘째와 셋째발가락 사이, 셋째와 넷째발가락 사이, 넷째와 새끼발가락 사이의 엄지발가락과 둘째 발가락 사이인 태충혈에 상당하는 부위에 각 1방씩)에 좌우로 6방

복부와 허리 쪽: 중극혈에 1방, 석문혈에 1방, 천추혈(좌, 우)에 2방, 중완혈에 1방, 허리의 아시혈(눌러서 압통을 느끼는 부위에 좌우 대칭으로 각각 3방씩)에 좌우로 6방

팔: 양계혈(좌, 우)에 2방, 신문혈(좌, 우)에 2방, 주료혈(좌, 우)

에 2방, 천정혈(좌, 우)에 2방, 새끼손가락 아시혈(새끼손가
　　락과 손등의 경계선 중앙에서 팔목 방향으로 2센티 정도 떨
　　어진 부위에 좌우 각 1방씩)에 2방, 팔의 아시혈(곡지혈에서
　　팔과 몸통의 연결 부위 중 가장 높은 곳까지의 중간 부위에
　　좌우로 각 1방)에 2방
목과 머리: 풍지혈(좌, 우)에 2방, 신회혈에 1방, 양백혈(좌, 우)
　　에 2방, 얼굴 아시혈(팔자주름 가운데 부위에 각각
　　1방씩)에 좌우로 2방, 어깨 아시혈(눌러서 아픈 부
　　위에 좌우 대칭으로 각각 5방씩)에 좌우로 10방
합계: 66방이었다.

　벌침의 주입량이 가장 주요한 요소이며 벌에게 쏘였을 때도 마찬가지로 따가움을 느끼는 부위에 있는 몸에 박힌 침을 즉시 손톱으로 긁어서 제거해야만 낭패를 당하지 않는다고 봉만치가 강조했다. 손톱이 아닌 다른 물건으로 밀어서 뽑을 수도 있으나 그런 물건을 준비하는데 이미 시간이 많이 흐르기 때문에 무조건 손톱으로 긁어서 침을 제거하는 것이 순리라고 봉만치가 말했다. 벌독이 신체에 들어가는 양을 최소화하면 낭패를 당하는 경우를 줄일 수 있다는 것이었다.

# 압축

 목요일 질병과의 전투도 계속 되었다.
 "여러분들은 질병과의 전투를 벌이게 된 것은 이미 질병들이 여러분의 건강을 침범해서 괴롭혔기 때문이오. 여러분들과 같이 이미 건강상테기 많이 좋지 않을 경우엔 벌침과 힘께 질병과의 전투를 벌일 때 압축적으로 전투를 벌이면 좋을 것이오. 질병들이 정신 차리지 못하게 말이오. 하지만 예방적 차원이라면 벌침을 느긋하게 즐기고 싶을 때 즐기고 벌침 맛이 떨어질 때면 쉬면서 즐기는 것이 벌침이라오. 그 어떤 경우라도 욕심 부리지 말고 말이오. 새털 같이 많이 남은 세월이니 말이오."
 봉만치가 벌침을 즐길 때 여유롭게 느긋하게 자신의 신체조건에 맞게 적당히 즐기는 것이 원칙이라고 강조했다. 벌침으로 질병과의 전투를 벌이면서 자신이 벌침을 이길 수 없을 정도라면 어리석은 행동이라는 것이었다.

## 박소영의 67차 벌침 맞는 현황

다리: 족삼리혈(좌, 우)에 2방, 대돈혈(좌, 우)에 2방, 삼음교혈(좌, 우)에 2방, 곤륜혈(좌, 우)에 2방, 승근혈(좌, 우)에 2방, 은문혈(좌, 우)에 2방, 곡천혈(좌, 우)에 2방, 중봉혈(좌, 우)에 2방, 왼쪽 다리와 오른쪽 다리의 무릎 아시혈(둥근 슬개골 둘레 끝 주위를 따라 1cm 정도 밖으로 떨어진 부위를 균등하여 10방씩)에 좌우로 20방, 발 아시혈(둘째와 셋째발가락 사이, 셋째와 넷째발가락 사이, 넷째와 새끼발가락 사이의 엄지발가락과 둘째 발가락 사이인 태충혈에 상당하는 부위에 각 1방씩)에 좌우로 6방

복부와 허리 쪽: 곡골혈에 1방, 관원혈에 1방, 기문혈에 1방, 건리혈에 1방, 허리 아시혈(눌러서 압통을 느끼는 부위를 좌우 대칭으로 각각 3방씩)에 좌우로 6방, 등의 아시혈(눌러서 압통을 느끼는 부위를 좌우 대칭으로 각각 2방씩)에 좌우로 4방

팔: 합곡혈(좌, 우)에 2방, 신문혈(좌, 우)에 2방, 수삼리혈(좌, 우)에 2방, 곡지혈(좌, 우)에 2방

목과 머리: 아문혈에 1방, 풍부혈에 1방, 후정혈에 1방, 신정혈에 1방, 얼굴 아시혈(양볼 중앙 부위의 노화로 살이 들어가려는 곳에 각 1방)에 좌우로 2방, 어깨 아시혈(눌러서 압통을 느끼는 부위에 좌우 대칭으로 5방씩)에 좌우로 10방

합계: 80방이었다.

### 김덕배의 67차 벌침 맞는 현황

다리: 족삼리혈(좌, 우)에 2방, 대돈혈(좌, 우)에 2방, 승근혈(좌, 우)에 2방, 곤륜혈(좌, 우)에 2방, 중봉혈(좌, 우)에 2방, 삼음교혈(좌, 우)에 2방, 승산혈(좌, 우)에 2방, 은문혈(좌, 우)에 2방

복부와 허리 쪽: 곡골혈에 1방, 관원혈에 1방, 기문혈에 1방, 건리혈에 1방, 배 아시혈(천추혈 아래로 3센티 떨어진 부위와 6센티 정도 떨어진 부위 그리고 9센티 정도 떨어진 부위에 좌우로 각 3방씩)에 6방, 허리 아시혈(눌러서 압통을 느끼는 부위를 좌우 대칭으로 각각 3방씩)에 좌우로 6방

팔: 합곡혈(좌, 우)에 2방, 신문혈(좌, 우)에 2방, 수삼리혈(좌, 우)에 2방, 곡지혈(좌, 우)에 2방

목과 머리: 아문혈에 1방, 풍부혈에 1방, 후정혈에 1방, 신정혈에 1방, 얼굴 아시혈(양볼 중앙 부위의 노화로 살이 들어가려는 곳에 각 1방)에 좌우로 2방, 어깨 아시혈(눌러서 압통을 느끼는 부위에 좌우 대칭으로 5방씩)에 좌우로 10방

합계: 56방이었다.

### 윤미령의 67차 벌침 맞는 현황

다리: 족삼리혈(좌, 우)에 2방, 태충혈(좌, 우)에 2방, 곤륜혈(좌, 우)에 2방, 삼음교혈(좌, 우)에 2방, 승근혈(좌, 우)에 2방,

곡천혈(좌, 우)에 2방

복부와 허리 쪽: 곡골혈에 1방, 관원혈에 1방, 기문혈에 1방, 건리혈에 1방, 배 아시혈(천추혈 아래로 3센티 떨어진 부위와 6센티 정도 떨어진 부위 그리고 9센티 정도 떨어진 부위에 좌우로 각 3방씩)에 6방

팔: 합곡혈(좌, 우)에 2방, 신문혈(좌, 우)에 2방, 수삼리혈(좌, 우)에 2방, 곡지혈(좌, 우)에 2방

목과 머리: 아문혈에 1방, 풍부혈에 1방, 후정혈에 1방, 신정혈에 1방, 얼굴 아시혈(양볼 중앙 부위의 노화로 살이 들어가려는 곳에 각 1방)에 좌우로 2방, 어깨 아시혈(눌러서 압통을 느끼는 부위에 좌우 대칭으로 5방씩)에 좌우로 10방

합계: 46방이었다.

## 나찬일의 67차 벌침 맞는 현황

다리: 족삼리혈(좌, 우)에 2방, 태충혈(좌, 우)에 2방, 삼음교혈(좌, 우)에 2방, 곤륜혈(좌, 우)에 2방, 승산혈(좌, 우)에 2방, 곡천혈(좌, 우)에 2방

복부와 허리 쪽: 곡골혈에 1방, 관원혈에 1방, 기문혈에 1방, 건리혈에 1방, 배 아시혈(천추혈 아래로 3센티 떨어진 부위와 6센티 정도 떨어진 부위 그리고 9센티 정도 떨어진 부위에 좌우로 각 3방씩)에 6방

팔: 합곡혈(좌, 우)에 2방, 신문혈(좌, 우)에 2방, 수삼리혈(좌,

우)에 2방, 곡지혈(좌, 우)에 2방

목과 머리 쪽: 아문혈에 1방, 풍부혈에 1방, 후정혈에 1방, 신정혈에 1방, 얼굴 아시혈(양볼 중앙 부위의 노화로 살이 들어가려는 곳에 각 1방)에 좌우로 2방, 어깨 아시혈(눌러서 압통을 느끼는 부위에 좌우 대칭으로 5방씩)에 좌우로 10방

합계: 46방이었다.

## 손영미의 67차 벌침 맞는 현황

다리: 족삼리혈(좌, 우)에 2방, 태충혈(좌, 우)에 2방, 삼음교혈(좌, 우)에 2방, 승산혈(좌, 우)에 2방

복부와 허리 쪽 : 곡골혈에 1방, 관원혈에 1방, 기문혈에 1방, 건리혈에 1방, 배 아시혈(천추혈 아래로 3센티 떨어진 부위와 6센티 정도 떨어진 부위 그리고 9센티 정도 떨어진 부위에 좌우로 각 3방씩)에 6방

팔: 합곡혈(좌, 우)에 2방, 신문혈(좌, 우)에 2방, 수삼리혈(좌, 우)에 2방, 곡지혈(좌, 우)에 2방

목과 머리 쪽: 아문혈에 1방, 풍부혈에 1방, 후정혈에 1방, 신정혈에 1방, 얼굴 아시혈(양볼 중앙 부위의 노화로 살이 들어가려는 곳에 각 1방)에 좌우로 2방, 어깨 아시혈(눌러서 아픈 부위에 좌우 대칭으로 각각 5방씩)에 좌우로 10방

합계: 42방이었다.

## 최갑용의 67차 벌침 맞는 현황

다리: 족삼리혈(좌, 우)에 2방, 삼음교혈(좌, 우)에 2방, 승산혈(좌, 우)에 2방, 곤륜혈(좌 우)에 2방, 태충혈(좌, 우)에 2방, 은문혈(좌, 우)에 2방

복부와 허리 쪽: 곡골혈에 1방, 관원혈에 1방, 기문혈에 1방, 건리혈에 1방, 배 아시혈(천추혈 아래로 3센티 떨어진 부위와 6센티 정도 떨어진 부위 그리고 9센티 정도 떨어진 부위에 좌우로 각 3방씩)에 6방, 허리 아시혈(눌러서 압통을 느끼는 부위를 좌우 대칭으로 각각 3방씩)에 좌우로 6방,

팔: 합곡혈(좌, 우)에 2방, 신문혈(좌, 우)에 2방, 수삼리혈(좌, 우)에 2방, 곡지혈(좌, 우)에 2방, 새끼손가락 아시혈(새끼손가락과 손등의 경계선 중앙에서 팔목 방향으로 2센티 정도 떨어진 부위에 좌우 각 1방씩)에 2방, 팔의 아시혈(곡지혈에서 팔과 몸통의 연결 부위 중 가장 높은 곳까지의 중간 부위에 좌우로 각 1방)에 2방

목과 머리: 아문혈에 1방, 풍부혈에 1방, 후정혈에 1방, 신정혈에 1방, 얼굴 아시혈(양볼 중앙 부위의 노화로 살이 들어가려는 곳에 각 1방)에 좌우로 2방, 어깨 아시혈(눌러서 아픈 부위에 좌우 대칭으로 각각 5방씩)에 좌우로 10방

합계: 56방이었다.

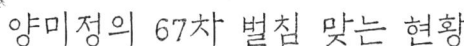
## 양미정의 67차 벌침 맞는 현황

다리: 족삼리혈(좌, 우)에 2방, 태충혈(좌, 우)에 2방, 곤륜혈(좌, 우)에 2방, 중봉혈(좌, 우)에 2방, 곡천혈(좌, 우)에 2방, 위중혈(좌, 우)에 2방, 왼쪽 다리와 오른쪽 다리의 무릎 아시혈(무릎 슬개골 둘레를 기준하여 좌우상하 끝 중앙 부위에서 밖으로 1cm 정도 떨어진 부위에 각각 1방씩)에 좌우로 8방, 발목 아시혈(복사뼈 안쪽과 바깥쪽 중앙에서 발등 방향으로 각각 3cm정도 떨어진 부위에 2방씩)에 좌우로 4방

복부와 허리 쪽: 곡골혈에 1방, 관원혈에 1방, 기문혈에 1방, 건리혈에 1방, 배 아시혈(천추혈 아래로 3센티 떨어진 부위와 6센티 정도 떨어진 부위 그리고 9센티 정도 떨어진 부위에 좌우로 각 3방씩)에 6방, 허리의 아시혈(눌러서 압통을 느끼는 부위에 좌우 대칭으로 각각 3방씩)에 좌우로 6방

팔: 합곡혈(좌, 우)에 2방, 신문혈(좌, 우)에 2방, 수삼리혈(좌, 우)에 2방, 곡지혈(좌, 우)에 2방, 새끼손가락 아시혈(새끼손가락과 손등의 경계선 중앙에서 팔목 방향으로 2센티 정도 떨어진 부위에 좌우 각 1방씩)에 2방, 팔의 아시혈(곡지혈에서 팔과 몸통의 연결 부위 중 가장 높은 곳까지의 중간 부위에 좌우로 각 1방)에 2방

목과 머리: 아문혈에 1방, 풍부혈에 1방, 후정혈에 1방, 신정혈에 1방, 얼굴 아시혈(양볼 중앙 부위의 노화로 살이 들어가려는 곳에 각 1방)에 좌우로 2방, 어깨 아시

혈(눌러서 아픈 부위에 좌우 대칭으로 각각 5방씩)에 좌우로 10방

합계: 68방이었다.

벌침을 즐기는 목적이 질병과의 전투가 아니라면 압축하여 즐기는 것보다 취미로 느긋하게 맞고 싶을 때 즐기는 것이 벌침 마니아의 자세라고 봉만치가 강조했다.

# 68차
# 야유회

　금요일 질병과의 전투도 계속 되었다. 7명의 영웅들의 몸 상태가 질병과의 전투 개시 후 몰라보게 달라져 있었다. 서로가 상대방의 건강 상태를 눈으로 확인할 수 있었기 때문에 벌침으로 하는 질병과의 전투가 얼마나 효과적이었는지 알 수 있었다. 7명의 영웅들 모두 자신들이 만족할만한 전과를 올렸다고 좋아했다.

　"겨울철에 시작한 전투를 이제 마무리할 때가 왔소. 이제 봄이 깊어가고 있으니 여러분들의 건강도 따스한 봄처럼 안정되기를 바랄 뿐이오. 여러분들과 봉만치는 벌침의 한계를 알아보려고 그 누구도 하지 않은 질병과의 전투를 경험했다오. 목숨 걸고 싸운 것이니 영원히 기억될 것이오, 여러분들이 도전한 이 역사적인 전투는 세상 사람들에게 많은 도움이 될 것이오. 오늘로서 전투를 마무리 하더라도 질병이란 놈들은 항상 여러분들의 건강을 노리고 있으므로 벌침을 취미로 즐기시기 바라오. 하지만 욕심은 부리지 마시오. 세상 모든 것들은 지나치면 모자람만 못하다는 것이오."

봉만치가 마지막 전투에 임하면서 7명의 영웅들에게 그 동안 전투를 치르면서 수고했다는 말을 하였다. 그리고 전투성과는 세상 사람들에게 반드시 도움이 될 것이며 7명의 영웅들의 이야기는 영원히 기억될 것이라고 말했다.

"기념으로 야유회 한 번 다녀왔으면 합니다. 내일이 토요일인데 우리 모두 밖으로 마음껏 햇볕을 즐기고 싶습니다."

김덕배 영웅이 제안을 했다. 모두가 좋다고 하여 토요일 야유회를 가기로 했다.

## 박소영의 68차 벌침 맞는 현황

다리: 족삼리혈(좌, 우)에 2방, 태충혈(좌, 우)에 2방, 삼음교혈(좌, 우)에 2방, 곤륜혈(좌, 우)에 2방, 승근혈(좌, 우)에 2방, 위중혈(좌, 우)에 2방, 은문혈(좌, 우)에 2방, 중봉혈(좌, 우)에 2방, 왼쪽 다리와 오른쪽 다리의 무릎 아시혈(둥근 슬개골 둘레 끝 주위를 따라 1cm 정도 밖으로 떨어진 부위를 균등하여 10방씩)에 좌우로 20방, 발목 아시혈(복사뼈 안쪽과 바깥쪽 중앙에서 발등 방향으로 각각 3cm정도 떨어진 부위에 2방씩)에 좌우로 4방

복부와 허리 쪽: 중극혈에 1방, 석문혈에 1방, 수분혈에 1방, 중완혈에 1방, 배 아시혈(천추혈 아래로 3센티 떨어진 부위와 6센티 정도 떨어진 부위 그리고 9

센티 정도 떨어진 부위에 좌우로 각 3방씩)에
6방, 허리 아시혈(눌러서 압통을 느끼는 부위
를 좌우 대칭으로 각각 3방씩)에 좌우로 6방

팔: 합곡혈(좌, 우)에 2방, 신문혈(좌, 우)에 2방, 양계혈(좌, 우)
에 2방, 수삼리혈(좌, 우)에 2방

목과 머리: 천주혈(좌, 우)에 2방, 백회혈에 1방, 상성혈에 1방,
이마 아시혈(이마 가운데 부위)에 1방, 어깨 아시혈
(눌러서 압통을 느끼는 부위에 좌우 대칭으로 5방
씩)에 좌우로 10방

합계: 79방이었다.

## 김덕배의 68차 벌침 맞는 현황

다리: 족삼리혈(좌, 우)에 2방, 태충혈(좌, 우)에 2방, 승산혈(좌,
우)에 2방, 곤륜혈(좌, 우)에 2방, 중봉혈(좌, 우)에 2방,
산음교혈(좌, 우)에 2반, 곡천혈(좌, 우)에 2반, 위중혈(좌,
우)에 2방

복부와 허리 쪽: 중극혈에 1방, 석문혈에 1방, 수분혈에 1방, 중완
혈에 1방, 배 아시혈(천추혈 아래로 3센티 떨어
진 부위와 6센티 정도 떨어진 부위 그리고 9센
티 정도 떨어진 부위에 좌우로 각 3방씩)에 6
방, 허리 아시혈(눌러서 압통을 느끼는 부위를
좌우 대칭으로 각각 3방씩)에 좌우로 6방

팔: 합곡혈(좌, 우)에 2방, 신문혈(좌, 우)에 2방, 양계혈(좌, 우)
에 2방, 수삼리혈(좌, 우)에 2방

목과 머리: 천주혈(좌, 우)에 2방, 백회혈에 1방, 상성혈에 1방,

이마 아시혈(이마 가운데 부위)에 1방, 어깨 아시혈 (눌러서 압통을 느끼는 부위에 좌우 대칭으로 5방 씩)에 좌우로 10방

합계: 55방이었다.

### 윤미령의 68차 벌침 맞는 현황

다리: 족삼리혈(좌, 우)에 2방, 대돈혈(좌, 우)에 2방, 곤륜혈(좌, 우)에 2방, 곡천혈(좌, 우)에 2방, 중봉혈(좌, 우)에 2방, 위중혈(좌, 우)에 2방, 승산혈(좌, 우)에 2방

복부와 허리 쪽: 중극혈에 1방, 석문혈에 1방, 수분혈에 1방, 중완혈에 1방, 배 아시혈(천추혈 아래로 3센티 떨어진 부위와 6센티 정도 떨어진 부위 그리고 9센티 정도 떨어진 부위에 좌우로 각 3방 씩)에 6방

팔: 합곡혈(좌, 우)에 2방, 신문혈(좌, 우)에 2방, 양계혈(좌, 우)에 2방, 수삼리혈(좌, 우)에 2방

목과 머리: 천주혈(좌, 우)에 2방, 백회혈에 1방, 상성혈에 1방, 이마 아시혈(이마 가운데 부위)에 1방, 어깨 아시혈(눌러서 압통을 느끼는 부위에 좌우 대칭으로 5방 씩)에 좌우로 10방

합계: 47방이었다.

## 나찬일의 68차 벌침 맞는 현황

다리: 족삼리혈(좌, 우)에 2방, 대돈혈(좌, 우)에 2방, 중봉혈(좌, 우)에 2방, 곤륜혈(좌, 우)에 2방, 승근혈(좌, 우)에 2방, 위중혈(좌, 우)에 2방

복부와 허리 쪽: 중극혈에 1방, 석문혈에 1방, 수분혈에 1방, 중완혈에 1방, 배 아시혈(천추혈 아래로 3센티 떨어진 부위와 6센티 정도 떨어진 부위 그리고 9센티 정도 떨어진 부위에 좌우로 각 3방씩)에 6방

팔: 합곡혈(좌, 우)에 2방, 신문혈(좌, 우)에 2방, 양계혈(좌, 우)에 2방, 수삼리혈(좌, 우)에 2방

목과 머리 쪽: 천주혈(좌, 우)에 2방, 백회혈에 1방, 상성혈에 1방, 이마 아시혈(이마 가운데 부위)에 1방, 어깨 아시혈(눌러서 압통을 느끼는 부위에 좌우 대칭으로 5방씩)에 좌우로 10방

합계: 45방이었다.

## 손영미의 68차 벌침 맞는 현황

다리: 족삼리혈(좌, 우)에 2방, 승근혈(좌, 우)에 2방, 태충혈(좌, 우)에 2방, 곤륜혈(좌, 우)에 2방, 위중혈(좌, 우)에 2방

복부와 허리 쪽 : 중극혈에 1방, 석문혈에 1방, 수분혈에 1방, 중완혈에 1방, 배 아시혈(천추혈 아래로 3센티 떨어진 부위와 6센티 정도 떨어진 부위 그리

고 9센티 정도 떨어진 부위에 좌우로 각 3방씩)에 6방

팔: 합곡혈(좌, 우)에 2방, 신문혈(좌, 우)에 2방, 양계혈(좌, 우)에 2방, 수삼리혈(좌, 우)에 2방

목과 머리 쪽: 천주혈(좌, 우)에 2방, 백회혈에 1방, 상성혈에 1방, 이마 아시혈(이마 가운데 부위)에 1방, 어깨 아시혈(눌러서 아픈 부위에 좌우 대칭으로 각각 5방씩)에 좌우로 10방

합계: 43방이었다.

## 최갑용의 68차 벌침 맞는 현황

다리: 족삼리혈(좌, 우)에 2방, 대돈혈(좌, 우)에 2방, 삼음교혈(좌, 우)에 2방, 승근혈(좌, 우)에 2방, 중봉혈(좌 우)에 2방, 태충혈(좌, 우)에 2방, 위중혈(좌, 우)에 2방, 곡천혈(좌, 우)에 2방

복부와 허리 쪽: 중극혈에 1방, 석문혈에 1방, 수분혈에 1방, 중완혈에 1방, 배 아시혈(천추혈 아래로 3센티 떨어진 부위와 6센티 정도 떨어진 부위 그리고 9센티 정도 떨어진 부위에 좌우로 각 3방씩)에 6방, 허리 아시혈(눌러서 압통을 느끼는 부위를 좌우 대칭으로 각각 3방씩)에 좌우로 6방

팔: 합곡혈(좌, 우)에 2방, 신문혈(좌, 우)에 2방, 양계혈(좌, 우)에 2방, 수삼리혈(좌, 우)에 2방, 새끼손가락 아시혈(새끼손가락과 손등의 경계선 중앙에서 팔목 방향으로 2센티 정도 떨어진 부위에 좌우 각 1방씩)에 2방, 팔의 아시혈(곡지혈

에서 팔과 몸통의 연결 부위 중 가장 높은 곳까지의 중간 부위에 좌우로 각 1방)에 2방

목과 머리: 천주혈(좌, 우)에 2방, 백회혈에 1방, 상성혈에 1방, 이마 아시혈(이마 가운데 부위)에 1방, 어깨 아시혈(눌러서 아픈 부위에 좌우 대칭으로 각각 5방씩)에 좌우로 10방

합계: 59방이었다.

## 양미정의 68차 벌침 맞는 현황

다리: 족삼리혈(좌, 우)에 2방, 대돈혈(좌, 우)에 2방, 태충혈(좌, 우)에 2방, 곤륜혈(좌, 우)에 2방, 중봉혈(좌, 우)에 2방, 승산혈(좌, 우)에 2방, 은문혈(좌, 우)에 2방, 왼쪽 다리와 오른쪽 다리의 무릎 아시혈(무릎 슬개골 둘레를 기준하여 좌우상하 끝 중앙 부위에서 밖으로 1cm 정도 떨어진 부위에 각각 1방씩)에 좌우로 8방, 발목 아시혈(복사뼈 안쪽과 바깥쪽 중앙에서 발등 방향으로 각각 3cm정도 떨어진 부위에 2방씩)에 좌우로 4방

복부와 허리 쪽: 중극혈에 1방, 석문혈에 1방, 수분혈에 1방, 중완혈에 1방, 배 아시혈(천추혈 아래로 3센티 떨어진 부위와 6센티 정도 떨어진 부위 그리고 9센티 정도 떨어진 부위에 좌우로 각 3방씩)에 6방, 허리의 아시혈(눌러서 압통을 느끼는 부위에 좌우 대칭으로 각각 3방씩)에 좌우로 6방

팔: 합곡혈(좌, 우)에 2방, 신문혈(좌, 우)에 2방, 양계혈(좌, 우)

에 2방, 수삼리혈(좌, 우)에 2방, 새끼손가락 아시혈(새끼손가락과 손등의 경계선 중앙에서 팔목 방향으로 2센티 정도 떨어진 부위에 좌우 각 1방씩)에 2방, 팔의 아시혈(곡지혈에서 팔과 몸통의 연결 부위 중 가장 높은 곳까지의 중간 부위에 좌우로 각 1방)에 2방

목과 머리: 천주혈(좌, 우)에 2방, 백회혈에 1방, 상성혈에 1방, 이마 아시혈(이마 가운데 부위)에 1방, 어깨 아시혈(눌러서 아픈 부위에 좌우 대칭으로 각각 5방씩)에 좌우로 10방

합계: 69방이었다.

토요일이 되어 바닷가로 봉만치와 7명의 영웅들은 야유회를 갔다. 횟집에서 싱싱한 회를 먹으면서 돌아다닐 수 있다는 것이 얼마나 행복한 것인지를 느끼고 있었다. 아프면 하고 싶어도 할 수 없다는 것을 너무나 잘 알고 있는 그들이었기에 세상을 다 가진 것처럼 행복했다.

# 1년 뒤

"따르릉."

봉만치에게 한 통의 전화가 걸려왔다. 박소영 영웅이었다.

"봉 선생님 어찌 지내고 계신지요? 저는 그럭저럭 시간을 보내고 있습니다. 선생님이 만들어주신 잠자리채로 심심하면 걷기 운동 겸 꿀벌을 잡아서 벌침을 즐기면서요. 귀찮으면 양봉원에서 구입해서 맞고 있고요."

"반갑소. 걷기 운동 겸 꿀벌을 잡는다고 하니 반가운 소식이오. 걸을 수 있다면 행복한 것 아니겠소. 그래 몇 마리 정도로 즐기고 있소?"

"어떤 날은 오전 오후에 맞다보면 마릿수 계산이 헷갈려서 세 자릿수를 넘기도 했어요. 호호"

"벌침은 과유불급이오. 두 자릿수로 조정하고 쉬어 가면서 욕심 부리지 말기 바라오. 다른 영웅들은 어떻게 지내고 있소?"

"최갑용 부부는 부부금슬이 좋아져서 양봉원에 꿀벌 구하러 갈 때 함께 시내버스 타고 다닌다고 합니다. 벌침 즐기기 전에는 그런 일이 없었다고 합니다. 최갑용 친구는 팔과 다리의 붓기가 빠져서 걸음걸이가 확실히 좋아졌다고 합니다. 양미정 친구는 통증이 사라져서 너무 좋다고 합니다. 김덕배 부부는 꿀벌을 큰 통으로 구입해 놓고 아내와 함께 밥 먹듯이 벌침을 즐기면서 생활하고 있고 나찬일 부부는 양봉원에서 벌침용 꿀벌을 택배로 주문해서 벌침 마니아 생활을 열심히 하고 있습니다. 세상이 너무 좋아졌습니다. 언제라도 벌침을 마음만 먹으면 즐길 수 있으니까요. 아무쪼록 봉 선생님 건강하시기 바랍니다. 고맙습니다."

-끝-

# 벌침용 주요 혈자리

# 벌침용 주요 혈자리

 벌침은 침술효과보다는 주사효과가 대부분이므로 혈자리의 노예가 되어서는 안 된다. 벌독이 작용하는 부위가 상당히 넓으므로 혈자리를 갖고 왈가왈부하는 어리석음을 가져서도 안 되는 것이다. 다만, 여기에 소개하는 혈자리는 신체의 핵심 혈자리로 반드시 벌침을 자주 즐겨 신체의 기를 순환시켜 면역력을 강화하여 만병의 발병을 막아야 한다.

【상지의 주요 혈자리】

 상지(팔)의 혈자리를 찾는 기준은 먼저 합곡혈을 찾아서 양계혈과 신문혈을 찾으면 편리하다. 그런 다음 팔을 구부려서 팔꿈치 부위에 생기는 주름을 기준하여 곡지혈을 확인하고 수삼리혈, 주료혈, 천정혈 등을 찾으면 편리하다.

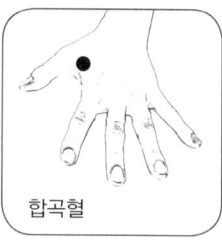

### (1) 합곡혈

엄지손가락과 검지 사이를 눌렀을 때 압통이 강하게 느껴지는 부위로 엄지손가락과 검지를 서로 붙였을 때 손등의 두 손가락 사이 주름이 팔목 쪽으로 끝나는 부근

소화불량, 편두통, 안면마비, 비염, 치통, 어깨결림, 안구충혈, 스트레스, 폐질환, 혈액순환 장애, 기순환

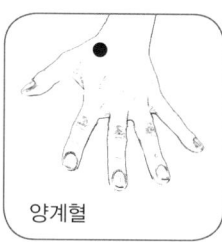

### (2) 양계혈

합곡혈에서 팔목 쪽으로 3cm 정도 떨어진 부위로 엄지손가락을 세웠을 때 오목하게 들어가는 부위

두통, 치통, 손목관절염, 숙취, 혈액순환 장애, 류머티스

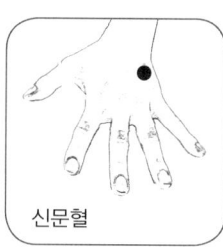

### (3) 신문혈

양계혈과 대칭되는 부위로 양계혈에서 팔목 관절 둘레를 기준하여 가장 먼 곳

두통, 치통, 혈액순환 장애, 팔목관절염, 류머티스

### (4) 곡지혈

팔의 바깥쪽 방향 기준하여 팔꿈치를 세웠을 때 생기는 주름의 끝에서 팔 안쪽으로 1cm 정도 들어간 부위

고혈압, 두통, 두드러기, 심장마비, 피부병, 반신불수, 염증, 팔꿈치관절염

### (5) 수삼리혈

곡지혈에서 손끝 쪽으로 5cm 정도 떨어진 부위

중풍, 감기, 고혈압, 어깨결림, 두통, 반신불수, 혈액순환 장애, 스트레스

### (6) 주료혈

팔을 굽혔을 때 곡지혈에서 바깥쪽으로 3cm 정도 떨어진 부위

팔의 통증, 팔꿈치관절염, 류머티스

### (7) 천정혈

팔을 굽혔을 때 바깥쪽을 눌러 오목하게 들어가는 부근으로 팔꿈치의 가장 바깥 부위

팔꿈치관절염, 혈액순환 장애, 류머티스

## 【하지의 주요 혈자리】

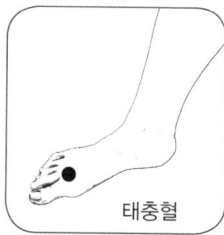

### (1) 태충혈

엄지발가락과 둘째발가락 사이에 위치하는 곳으로 두 발가락이 만나는 곳에서 발등쪽으로 3cm 정도 떨어진 부위. 상지의 합곡혈과 함께 '사관' 이라 함.

간질환, 어지럼증, 인후통, 두통, 기순환, 혈액순환 장애

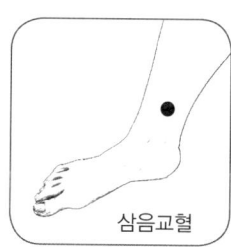

### (2) 삼음교혈

발목 안쪽의 복사뼈에서 위로 4cm 정도 떨어진 부위

남성 생식기 질환, 부인과 질환, 자궁 내막염, 냉대하, 발이 찰때, 생리불순, 혈액순환 장애, 류머티스

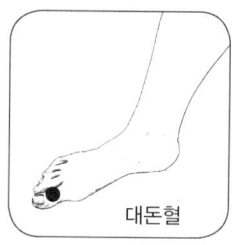

### (3) 대돈혈

엄지발가락에 털이 난 부위

숙취, 관절염, 당뇨, 혈액순환 장애

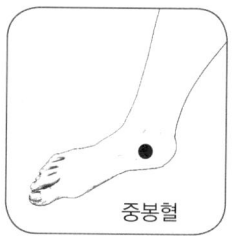

### (4) 중봉혈

발목 안쪽 복사뼈 아래 3cm 정도 떨어진 부위

관절염, 발목 삔 경우 혈액순환 장애

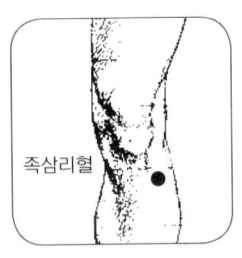

### (5) 족삼리혈

상지의 수삼리혈과 비슷한 혈자리로 무릎 슬개골(종지뼈)을 손가락으로 쫙 펴서 손바닥으로 감쌀 때 가운데 손가락이 끝나는 부위임. 상지의 수삼리혈, 합곡혈과 다리의 족삼리혈, 태충혈을 가리켜 '8관' 이라 함.

무병장수, 면연력 증강, 피로회복, 중풍, 신경쇠약, 좌골신경통, 무릎관절염

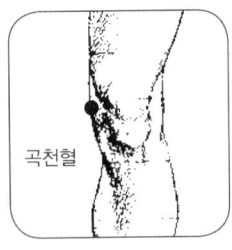

### (6) 곡천혈

무릎을 굽혔을 때 무릎 안쪽에 생기는 주름의 끝 부위

전립선염, 무릎관절염, 혈액순환 장애

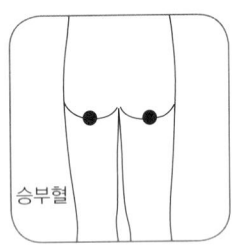

### (7) 승부혈

엉덩이와 다리의 경계선에 횡으로 생기는 주름의 가운데 부위

혈액순환 개선, 고관절염, 치질, 욕창

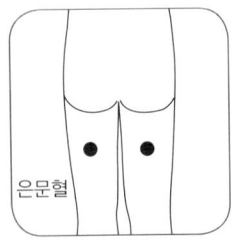

### (8) 은문혈

허벅지 뒷부분에 있는 승부혈 아래로 18센티 정도 떨어진 부위

혈액순환 개선, 허벅지 근육 피로, 무릎관절염

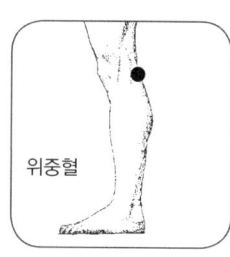

### (9) 위중혈

뒷다리와 허벅지의 경계선의 가운데 부위로 무릎을 꿇었을 때 접히는 부위의 중앙 부위

혈액순환 개선, 무릎관절염, 하지정맥류, 근육피로

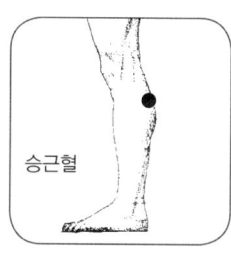

### (10) 승근혈

위중혈(무릎 뒤쪽 접히는 부위의 중앙)에서 아래쪽으로 15센티 정도 떨어진 부위

혈액순환 개선, 하지 정맥류, 뒷다리 뭉침, 근육피로

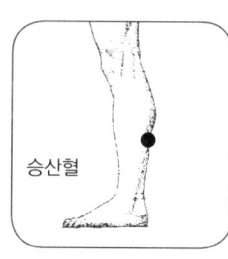

### (11) 승산혈

승근혈 아래 6센티 정도 아래 부위로 장딴지에 힘을 주었을 때 장딴지와 근육이 횡으로 갈라지는 곳의 중앙 부위

혈액순환 개선, 뒷다리 당김, 하지 정맥류

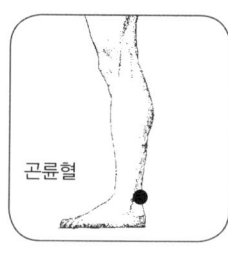

### (12) 곤륜혈

발목의 복사뼈 바깥 부위와 발뒷꿈치 사이의 중앙 부위

발목 관절염, 발목 삐었을 때, 혈액순환 개선

## 【복부의 주요 혈자리】

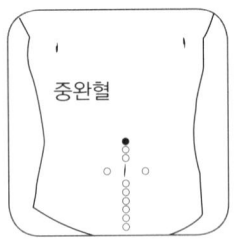

### (1) 중완혈

배꼽 위로 12cm 정도 떨어진 부위

위장병 질환의 주요 혈자리로 위궤양, 구토, 설사, 식욕부진

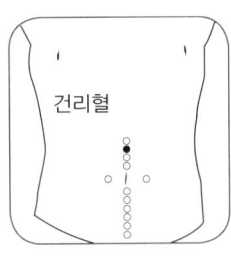

### (2) 건리혈

중완혈에서 아래로 3cm 정도 떨어진 부위

급만성 위염, 위궤양, 소화불량

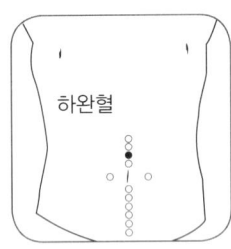

### (3) 하완혈

건리혈에서 아래로 3cm 정도 떨어진 부위

급만성 위장염, 위통, 위궤양, 소화불량

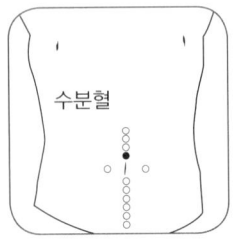

### (4) 수분혈

하완혈에서 아래로 3cm 정도 떨어진 부위

만성 위장병, 위통, 남녀 생식기 질환, 소화불량

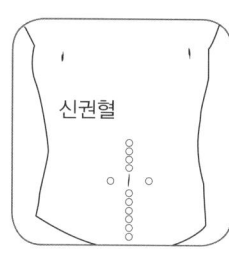

### (5) 신궐혈

배꼽(직접 복막과 연결되므로 침을 놓는 것은 금물). 벌침은 배꼽에서 1cm 이상 떨어진 부위에 십자형으로 놓을 수 있음

복부팽창, 급만성 장염, 장협착

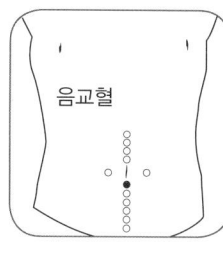

### (6) 음교혈

배꼽과 음모가 있는 부위를 일직선으로 그어 5등분 했을 때 배꼽에서 아래로 1/5되는 부위

생리불순, 대하, 혈액순환 장애

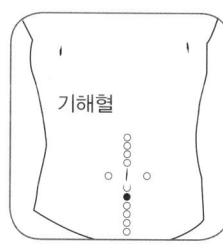

### (7) 기해혈

음교혈 아래로 1cm 정도 되는 부위

신경쇠약, 히스테리, 울화병, 비뇨생식기 질환, 신경과민

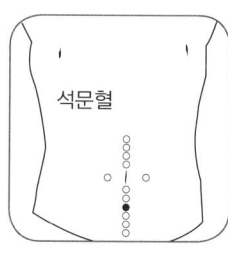

### (8) 석문혈

기해혈에서 아래로 2cm 정도 떨어진 부위

소화기 질환, 맹장염, 무월경, 부인과 질환, 비뇨생식기 질환

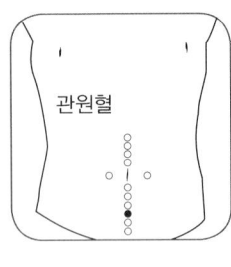

### (9) 관원혈

단전, 석문혈 아래로 3cm 정도 떨어진 부위로 원기를 보호하는 혈자리로 '정력 혈자리' 라고 함

비만, 신장질환, 복통, 설사, 이질, 폐경, 생리불순, 정력증강, 자궁염, 류마티스

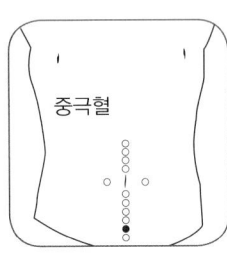

### (10) 중극혈

관원혈에서 아래로 3cm 정도 떨어진 부위

소변불통, 요실금, 요도염, 전립선염, 좌골신겨옹, 대하, 불임, 복부비만

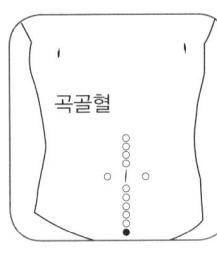

### (11) 곡골혈

중극혈에서 아래로 3cm 정도 떨어진 부위

방광마비, 고환염, 자궁내막염, 배뇨장애

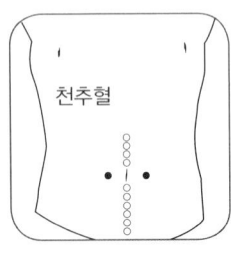

### (12) 천추혈

배꼽에서 좌우 양방향으로 5cm 정도 떨어진 부위

대장질환, 변비, 복통, 장염

【머리의 주요 혈자리】

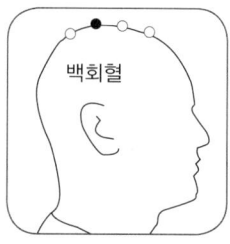

(1) 백회혈

신체 내의 여러 혈이 모이는 혈자리(100가지 혈이 모인다는 의미). 양쪽 귀에서 올라가는 선과 양미간 사이에서 올라가는 선이 만나는 머리의 중심 부위

두통, 어지럼증, 고혈압, 쇼크, 불면증, 중풍, 스트레스, 숙취, 혈액순환 장애

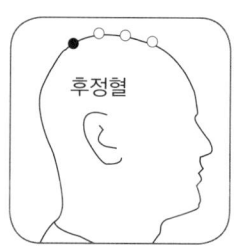

(2) 후정혈

정수리. 백회혈 뒤로 3cm 정도 떨어진 부위. 전정혈과 서로 대응

편두통, 감기, 불면증, 탈모

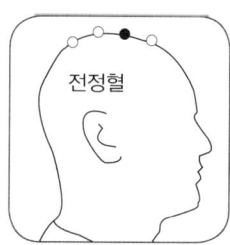

(3) 전정혈

신회혈 후방으로 3cm 정도 떨어진 부위

두통, 스트레스, 어지러움, 탈모

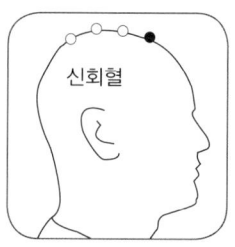

(4) 신회혈

영아 시기에 연골이 움직이는 부위

비염, 만서두통, 어지러움

### (5) 상성혈

앞이마의 가운데 머리카락이 시작되는 부위에서 2cm 정도 들어간 곳

비염, 안구통, 두통

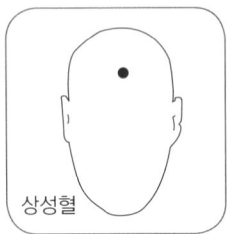

### (6) 신정혈

앞이마의 가운데 머리카락이 시작되는 부위

비염, 눈 침침, 정신과 질환, 두통 어지러움, 탈모

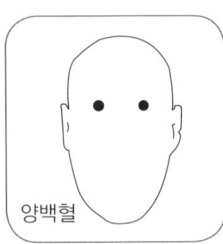

### (7) 양백혈

이마와 눈썹의 경계선 중앙 부위

안구 건조증, 노안, 백내장, 녹내장, 주름살, 머리벌침

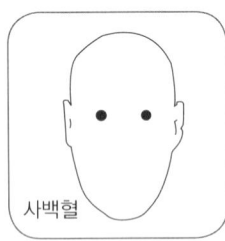

### (8) 사백혈

눈 아래 다크써클 부위의 중앙 부위로 눈에서 아래로 2센티 정도 떨어진 부위

안구 건조증, 노안, 백내장, 녹내장, 비염, 피부미용, 얼굴벌침

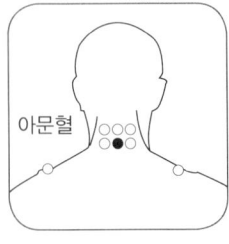

### (9) 아문혈

뒷목 중앙의 움푹 들어간 곳으로 머리카락이 나기 시작한 부위

기관지 천식, 목디스크, 혈액순환 장애, 스트레스

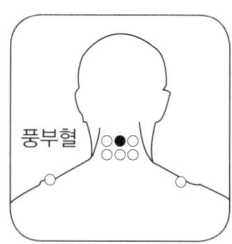

### (10) 풍부혈

아문혈 위로 3cm 정도 떨어진 부위로 머리와 목이 만나는 곳

만성두통, 탈모, 스트레스, 중풍

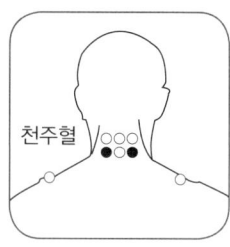

### (11) 천주혈

아문혈에서 좌우로 3cm 정도 떨어진 곳으로 머리카락이 나기 시작한 경계에 위치함

두통, 탈모, 스트레스, 천식, 혈액순환 장애, 비만, 뇌의 노화바지, 중풍

### (12) 풍지혈

천주혈에서 머리 위쪽으로 2cm 정도 떨어진 부위

중풍, 스트레스, 혈액순환 장애, 탈모

### (13) 견정혈

어깨선에서 중간 부위의 움푹 들어간 곳

어깨결림, 혈액순환 장애, 오십견, 어깨관절염